著名翻译家、画家高莽为本书作者画的肖像
（在全国屠格涅夫学术讨论会上）

1992年本书作者在莫斯科大学访学

雅斯纳亚·波良那庄园托尔斯泰故居书房
（托尔斯泰在这里创作了《战争与和平》）

莫斯科契诃夫故居

莫斯科阿·托尔斯泰故居书房

（阿·托尔斯泰站在靠墙的高书桌前创作了历史小说《彼得大帝》）

莫斯科普希金纪念碑

莫斯科郊外小镇扎果尔斯克教堂

本书由苏州大学“211 工程”建设经费资助出版

回　　眸

——俄苏文学论集

陆人豪　著

苏州大学出版社

图书在版编目(CIP)数据

回眸:俄苏文学论集/陆人豪著.—苏州:苏州大学出版社,2010.7
ISBN 978-7-81137-499-5

Ⅰ.①回… Ⅱ.①陆… Ⅲ.①文学研究-俄罗斯-文集 Ⅳ.①I512.06-53

中国版本图书馆 CIP 数据核字(2010)第 131067 号

回　眸

——俄苏文学论集

著

陆人豪

责任编辑

郑亚楠

出版发行

苏州大学出版社
(苏州市十梓街 1 号　邮编　215006)
苏州大学出版社网址　http://www.sudapress.com

印　　刷

扬中市印刷有限公司
(江苏省扬中市科技园区东进大道 6 号　邮编 212212)

开本　700mm×1 000mm　1/16
印张　23　**插页** 2　**字数** 340 千
版次　2010 年 7 月第 1 版　2010 年 7 月第 1 次印刷
书号　ISBN 978-7-81137-499-5
定价　45.00 元

目录

中　篇

下　篇

前言

这部集子收录了我历年发表在《俄罗斯文艺》《当代苏联文学》《外国文学研究》《求是学刊》和《苏州大学学报》等学术刊物上的文章。古人云："葑菲不弃，敝帚自珍。"翻阅旧作，回想当年撰写这些文章时所付出的心血，实在舍不得让它们湮没在尘封的杂志堆里。沉吟良久，犹豫再三，最终下决心从中选出若干篇，结集出版。文章中保存了我多年来在读书过程中搜集的资料，这些文字也许能为偶然翻阅此书的同行的研究工作提供查检的线索。

我从 20 世纪 50 年代初学习俄语，继而进入俄苏文学教学和研究领域，所受时代的影响和局限不言自明。当然，人人都受一定历史条件的制约，今人如此，前人和后人亦如此。

我在编校这本集子时，仿照古建筑"修旧如旧"的做法，恪守"编旧如旧"的原则，除了极少数笔误外，对原作不作任何变动。集子分上中下三篇：上篇论及 20 世纪俄苏文学；中篇论及 19 世纪俄罗斯文学和俄罗斯文化；下篇收进施瓦尔茨的剧本《蛇妖》等三篇译文。我在俄罗斯访学时，征得施瓦尔茨女儿的同意，翻译了施瓦尔茨的代表作《蛇妖》，译文与介绍施瓦尔茨的文章同时发表在《苏联文学》(联刊)1993 年第 4 期上。施瓦尔茨的作品在我国至今无单行本，为方便阅读和查证，我将《蛇妖》全文收录于此。目录中文章排列的次序并不严格按照发表时间的先后，但基本上是由近及远。我把《湮没在历史风尘中的半部俄苏文学史》列为第一篇，有以下一点缘由：这篇文章的原稿是我在"全国高校外国文学教学研究会 1992 年桂林年会"上的长篇发言。当时，我刚从莫斯科大学访学回国。从我在俄罗斯接触到的大量材料来看，我认为我们过去读到的和讲授过的只是半部俄苏文学史，即使这半部文学史也有许多模糊不清的地方。我列举了许多事例来论证自己的观点。这次发言引起了激烈的争论，这在苏联刚刚解体的1992年是不足为奇的。发言要点经整理成文后发表在1993年7月14日的《文艺报》上。后来得知，当时编辑部领导对“重写苏联文学史”的提法都十分敏感，要求改成“重新认识苏联文学史”。

仅仅过了几年，“重写苏联文学史”的问题已经成为一次全国性俄罗斯文学学术研讨会的主题了。时至今日，学术界披露的有关俄苏文学的许多事实真相、提出和讨论的问题都已大大超出我在那次发言中涉及的方面。许多被禁被埋没的作品译介过来了，许多研究空白得到了填补。

这篇文章在国内较早提出“半部俄苏文学史”的问题；而对于我个人来说，则表明我在年过半百之后终于了解到一些令我内心震动的文学现象的真相，学术视野得以扩大，学术观点开始发生变化。文集中随后几篇论及柯罗连科、施瓦尔茨和法捷耶夫的文章，就是我为完整介绍20世纪俄苏文学史面貌所作的一点极小的努力。

中国俄罗斯文学研究会于1999年在北京召开了名为“回眸与前瞻”的学术年会，会议名称无意中划分出当下俄罗斯文学研究领域中两代人的视野。从年龄上说，我勉强属于“回眸”的一代，这本集子的文章也都属于“回眸”的范围；至于“前瞻”，目力不济，能望多远就望多远吧。

陆人豪

2009年3月

上篇

湮没在历史风尘中的半部俄苏文学史

苏联解体已成为客观事实，人们表示尊重俄罗斯人民自己的选择。20 世纪俄罗斯文学将被作为一个整体加以考察，苏维埃时代的文学是它的组成部分之一。当中国学术界正视这种变化并试图勾勒 20 世纪俄罗斯文学史的轮廓时，我们惊讶地发现，直到现在为止，我们只是比较清晰地了解半部文学史，而对另一半则若明若暗，对某些文学现象甚至一无所知。这样说并非危言耸听，十月革命后出生的一般苏联读者也只接触到他们本国的半部文学史。中国人甚至比苏联人早一年读到帕斯捷尔纳克的《日瓦戈医生》，早七年读到索尔仁尼琴的《古拉格群岛》。当俄罗斯作家布宁在 1933 年荣获诺贝尔奖时，在颁奖仪式上为他升起的是瑞典国旗；而当勃罗茨基于 1988 年获诺贝尔奖时，无论在苏联或中国，都很少有人知道此公为何许人，有何作品。我们过去读到的那部不完整的文学史究竟欠缺什么？

第一，俄罗斯文学史从 19 世纪 90 年代至 20 世纪 20 年代初出现了一条断裂带。当然，文学进程本身并没有停顿，而是后人把许多线索掐断了。苏联学者在 20 世纪 60 年代以前和中国学者在 80 年代中期以前写的文学史把 19 世纪俄罗斯文学和十月革命后的苏联文学通过以高尔基为代表的无产阶级作家的创作单渠道连接，把批判现实主义与社会主义现实主义作为文学史正统直接联系起来，而把两个世纪之交近 30 年间其他多姿多彩的文学现象或作为模糊的背景，或作为异端，扔进垃圾堆。于是，我们看到一部勉强粘接的文学史，裂缝的痕迹十分刺目。实际上，19 世纪末及以后相继出现的象征派、阿克梅派和未来派等现代主义流派打破了 19 世纪以批判现实主义为主潮的一统格局，文学领域呈现多维发展的趋势,涌现出如勃柳索夫、勃洛克、巴尔蒙特、别雷、阿赫玛托娃、曼德尔施塔姆、马雅可夫斯基、帕斯捷尔纳克等一群才华横溢、卓有成就的诗人、作家。20世纪初,在俄罗斯交叉爆发的三次革命和两次战争以及这些重大事件所引发的社会情绪,不仅反映在现实主义流派的创作中,也反映在现代主义诸流派的创作中,而这后一方面,特别是1905年革命与象征派的关系,在以往的文学史创作中没有受到重视和公正的评价,倒是高尔基对文学界于1905年革命失败后出现的颓废情绪作出了正确的批判,遗憾的是这又被后人夸大为对这一时期非现实主义流派文学的总评价,而将这些流派全盘否定。

在俄罗斯现代主义文学中,象征派出世最早,存在时间最长,在当时的影响至少不亚于现实主义。俄国象征派对诗歌艺术的创新作过可贵的探索,他们中有些人倾向于纯美学追求,有些人倾向于哲学—宗教追求。我们对他们具体的美学主张和创作实践只有很一般的了解。象征主义与现实主义同时活跃在文坛上,既相互对立,又相互影响。有的现实主义作家运用象征派惯用的手法写小说,如安德烈耶夫;有的象征派诗人在作品中一方面对生活作现实主义描绘,另一方面又赋予现实以神秘的永恒的朦胧的象征性质,如别雷的小说《彼得堡》。象征派诗人索洛古勃的小说《卑鄙的魔鬼》也兼有现实主义和象征主义两种特色,俄罗斯古典文学权威李哈乔夫院士称它为揭露知识分子市侩习气的经典作品,以小说主人公姓氏命名的专有名词"培列多诺夫习气"曾被列宁在《俄国学生的民族成分》一文中采用过。过去只讲不同文学思潮流派的对立和斗争,强调现实主义对其他流派的"胜利",而不讲它们之间的互相影响,更避讳现实主义作家取他人之长补己之不足。象征派在苏维埃时代遭贬,《彼得堡》和《卑鄙的魔鬼》均在获得盛誉后不久被打入冷宫。

20世纪初的大作家大都身兼批评家,象征派诗人尤其如此,如勃柳索夫、梅烈什科夫斯基、维亚切斯拉夫·伊凡诺夫、别雷、谢·索洛维约夫等;许多哲学家同时又是文学批评家,如符·索洛维约夫、别尔加耶夫、弗洛连斯基、罗卓诺夫、沃伦斯基、洛斯基等。他们除了对当代文学发表自己的艺术见解外,还就俄罗斯古典作家,特别是果戈理、陀思妥耶夫斯基、托尔斯泰的创作发表过大量专著和论文。这一切,过去都被作为唯心主义和宗教神秘主义的糟粕而一笔抹煞。长期以来，有关俄罗斯古典作家的评论，我们了解得并不全面。读者只要对照一下20世纪50年代中期和80年代中期两部论陀思妥耶夫斯基的批评文集的作者名单，就可以相信上说非虚。

象征派本身的美学观过去也被贬得很低，而象征主义的审美主张在西方文学理论发展史上是一大转折，对20世纪西方现代派种种批评理论产生过巨大影响，对象征主义美学不加分析地一概贬抑使俄国文学批评史少了一个重要环节。

不同门类的艺术相互影响也是这一时期的重要特色，但一直未受到重视和深入研究。绘画中的印象主义对现实主义大师契诃夫的影响是一个突出的例子。有意思的是，托尔斯泰看出了这一点。他说："契诃夫有他独创的形式，犹如印象派一样，乍看上去，他仿佛是用信手拈来的杂七杂八的颜料随意涂抹，仿佛在这些笔触之间毫无半点关系；但离远了一看，却不禁让你拍案叫绝，在我眼前的是一幅无法形容的、光彩夺目的图画。"〔1〕第二位运用印象主义的技法写小说的是鲍·扎伊采夫（1881—1972）。关于这位用俄语和其他语言写作并出版和发表了约70本书以及数以百计的短篇小说、随笔和评论的多产作家，苏联人只读到他的几部作品，在中国大概只有少数几位专家知道。

在以往唯一受到肯定的现实主义流派的作家中，柯罗连科在艺术成就上可与契诃夫媲美，社会威望极高，高尔基曾赞美他具有一位作家最理想的形象；但是，由于他公开批评过红军某些过火的行为而被认为晚节不良，对他的评论总带有几分保留。堪称20世纪世界一流作家的布宁和稍逊于他的库普林也因为十月革命后流亡国外而在文学史上长期处于暧昧的地位。以上粗粗几笔，大约可以点出19世纪末20世纪初俄罗斯文学中从创作实践到批评和理论被忽视被贬低以致被埋没的大致情况。

第二，20世纪初的文学派生出直到今天还存在的俄侨文学。俄罗斯文学的这一面，对于苏联读者和我们都很陌生，这里有十分复杂的历史原

〔1〕 转引自达尼洛夫《俄国戏剧史概要》（俄文版），苏联国家文学出版社1948年版，第467页。

因。20世纪初活跃在文坛上的许多作家，由于政治和意识形态上的分歧，不接受或敌视十月革命，于1917年至1923年期间成批地逃亡国外，落脚点主要是巴黎和柏林，还有哈尔滨和上海。苏维埃政府还于1922年以“赈灾委员会”策划反革命事件为由，集体遣送包括莫斯科大学校长和科学院院长在内大约160名知识界名流出境，其中也有不少作家。1923年以后，作家零星出走的现象还时有发生。俄侨作家人数众多，作品数量很大。据一位美国学者统计，从1918至1968年，这类作家共出版了1080部中长篇小说、1000本以上诗集。老一代俄侨作家中，最著名的有布宁、库普林、扎伊采夫、巴尔蒙特、梅烈什科夫斯基、吉皮乌丝、维亚切斯拉夫·伊凡诺夫、霍达谢维奇、阿达莫维奇、谢维利亚宁、安德烈耶夫、玛·茨维塔耶娃、希梅廖夫、列米佐夫、阿·托尔斯泰、纳博科夫-西林等，其中只有少数人不久后即回国。俄侨文学自20世纪60年代初开始“回归”俄罗斯，但“回归”的过程缓慢而艰难。俄侨文学的全貌至今模糊不清，原因之一是集中收藏俄侨文学作品和报刊的屠格涅夫图书馆在巴黎沦陷于德国法西斯魔掌时被抢掠一空，至今不知这批资料散失何处。

第三，自20世纪50年代中期起，苏联一批持不同政见的作家在西方发表作品，也有人出国不返或被政府剥夺国籍赶出国界，形成新一代侨民作家群，代表人物有索尔仁尼琴、西尼亚夫斯基、阿克肖诺夫、马克西莫夫、涅克拉索夫、沃依诺维奇、勃罗斯基等。他们的作品过去被禁止进入苏联，根本谈不上写进文学史的问题，现在这些人在陆续返回俄罗斯。中国学术界近年来注意并介绍过他们的动态，但很不全面，更说不上研究。俄罗斯作家中获诺贝尔奖的共有五位，三位在国外（布宁、索尔仁尼琴、勃罗斯基），两位在国内，但帕斯捷尔纳克当时（1958年）被迫声明拒绝领奖，只有肖洛霍夫平安无事。

第四，至于七十四年的苏联文学，也有许多我们至今不明或刚刚了解部分真相的隐情，如在肃反扩大化中无辜被捕甚至被处决的数以百计的作家，其中不乏像巴别尔那样的优秀者。由于苏联社会长期以来政治生活不正常，一大批名作家受到粗暴打击和压制，他们的作品也曾被埋没几十年之久，直到50年代末才开始陆续恢复名誉，这个过程一直持续到现在，如阿赫玛托娃、左琴科、扎米亚金、普拉东诺夫、布尔加科夫、帕斯捷尔纳克、格罗斯曼等。还有过去未被重视而今发现其作品具有高度艺术价值的作家，如叶·施瓦尔茨。关于他，中国读者几乎一无所知。

最后，即使是我们过去比较熟悉的那部分苏联文学史也需要重新考察和研究，因为其中有不少评价偏颇、名实不副的东西。

我在这里提供了20世纪被湮没的部分俄罗斯文学史的历史线索。其实，还有许多情况，我们至今不甚了了。当然，这里涉及的大量问题是十分复杂和敏感的。如何认识俄苏文学史，我认为有几点必须明确：

第一，关于俄侨文学的"回归"。俄侨文学的产生毕竟是半个多世纪以前的事了，苏联社会在七十多年中经历了难以想象的变化，老一代俄侨文学也在变，总趋势是政治色彩逐渐淡化，怀念故土的情绪日益强烈。反映这类情绪的作品是可以接受的，布宁的名作《阿尔谢尼耶夫的一生》就是一个典型的例子。当然，也不能不看到俄侨文学与十月革命这场震撼世界的暴风雨密切相关，我们应该坚持马克思主义的历史唯物主义，认真地加以鉴别。

第二，有人问，在20世纪俄罗斯文学中，哪一个部分是主流？我认为，回答这个问题为时尚早。本文所提到的种种现象都是我们不了解其底细的。既然情况不明，又怎么能贸然断定主流所在呢？我以为，构成20世纪俄罗斯文学主流的，不是某个时期的文学，也不是苏联国内或国外的俄语文学，而是在世界文学的背景上经得起时间考验的真正优秀的俄罗斯作家和作品；而要确定是哪些作家和作品，还需做全面的考察和深入研究。

第三，当我们现在谈论被湮没而如今又正在被发掘出来的半部俄罗斯文学史时，我们不禁注意到，俄罗斯学术界有一种把七十四年苏联文学一笔勾销、统统埋葬的倾向。这种极端偏激的观点和情绪也是我们所不能同意的。

（原载《文艺报》，1993年）

20 世纪俄罗斯文学研究中的几个问题

近年来出版和发表的有关20世纪俄罗斯文学的论著，加强了这门学科研究领域的薄弱环节，特别是为高校外国文学教学提供了新的参考材料，贡献很大。我作为高校教师，对这些论著的作者所付出的辛勤劳动深怀敬意。

这些论著表明大多数作者的研究观念发生了重大变化，也敢于说出中国研究者自己的话，这是非常可贵的。但是，我在教学中参考和使用这些论著时，在与学生交流中，也发现了不少问题，现在提出来和大家一起探讨。

一、俄罗斯文学强大的现实主义传统为何在 19 世纪末 20 世纪初发生重大的转折

对以高尔基为代表的新型现实主义的出现及其与传统的关系比较容易解释。但是，为什么会出现象征主义及随后的阿克梅主义和未来主义？它们和传统是完全对立的吗？为什么在音乐和绘画领域也同时出现现代主义流派？如在音乐领域，在格林卡和强力集团之后出现了格拉祖诺夫（1865—1936）、拉赫玛尼诺夫（1873—1943），特别是斯克里亚宾（1872—1915）、斯特拉文斯基（1882—1971）及年轻的普拉科菲耶夫（1881—1953）；再如，绘画领域中出现了贝奴阿（1870—1960）、弗鲁贝尔（1856—1910）、康定斯基（1866—1944）、马列维奇（1870—1935）及年轻的未来派画家群。整个艺术文化领域同时发生如此重大的变化，确实是令人瞩目的。发生这些变化的原因是什么？目前读到的一些论著都未能作出令人信服的深刻的解释。要回答这些问题，必须研究两个世纪之交社会审美

心理和审美理想的变化，并且由此追溯在新的历史条件下社会思维走向的变化，道德、哲学、宗教以及社会风习和人们感受方式的变化。为此，就需要研究集中表达这些变化的哲学著作和文艺批评论著，包括早期马克思主义者的文论和现代派文论，尤其是象征派文论。虽然象征派内部主张不一，但他们的文论自成系统，理论性强，富有哲学色彩。象征派的艺术观实际上超出了文学的范围而形成独特的世界观。难怪 1922 年流亡国外后定居美国的哲学家洛斯基(1870—1965)在 1951 年出版的《俄国哲学史》中单辟一章，专门阐述象征派诗人别雷、维亚切斯拉夫·伊凡诺夫、明斯基、梅烈什科夫斯基和罗卓诺夫的哲学观点，符·索洛维约夫更是独占一章。如果要求更高一点，还要多少研究一点西方哲学在俄国的代表人物，如新康德主义者拉普欣，直觉主义者洛斯基、洛谢夫，非理性主义者舍斯托夫、别尔加耶夫和弗洛连斯基等人的著作。不钻研当时的哲学论著和文论就难以解释新思潮新流派出现的原因，甚至难以具体解释新流派作家的作品。这些要求，说起来容易，做起来难。从目前国内的论著来看，资料不足是明显的弱点，不少说法是根据第二、第三手材料转述的，难免有误；对作家作品的分析也很难深入。占有资料不足是一个大问题。莫斯科大学教授库列肖夫在 1991 年出版的《俄罗斯文学批评史》中对他自己在 1983 年出版的《俄罗斯文学批评史》作了大幅度修改，修改的重点就在对世纪之交现代主义文论的论述上。他在书中感叹有些资料刚刚解禁，大部分资料绝版或在国外，一时找不到。我们现在的资料情况当然还及不上库列肖夫 1991 年在俄罗斯国内的状态。客观的困难说明对我国学者不能苛求，但问题还是要提出来以求得今后努力解决。库列肖夫承认，以前对象征主义等流派的文艺观点全部否定是有失偏颇的，其文论中至少有点滴真理。

在研究世纪之交俄罗斯文学审美理想发生变化的问题时，我以为梅烈什科夫斯基的著名演讲《论俄国当代文学衰落的原因及其新流派》(1982)是首先应该重视的。梅烈什科夫斯基关于象征主义的一些看法与其他象征主义者的不尽相同，但他却第一个对俄国文学审美理想的变化作出了独到的解释。他的观点具有两个时代之间过渡的性质。这篇文章共分 6 个部分：1. 俄罗斯诗歌与俄罗斯文学；2. 读者情绪，语言破坏，小报刊，稿酬制度，出版商，编辑；3. 当代俄国批评家；4. 屠格涅夫、冈察洛夫、陀思妥耶夫斯基和托尔斯泰作品中新理想主义诸要素；5. 对人民的爱：柯尔卓夫、涅克拉索夫、格列勃·乌斯宾斯基、米哈依洛夫斯基、柯罗连科；6. 当代作家。袁可嘉先生主编的《现代主义文学研究》中收录的就是第4部分中的片断，其中关于新艺术三要素的一句话常常被引用："神秘的内容、象征和艺术感受力的扩大，这就是新艺术的三要素。"有些论者认为这些就是象征主义文学独具的特点，也是它与以往文学区别开来的标志，并且以这一点来断定象征主义是对19世纪文学传统的反拨和彻底背离。这样说并不完全错，但有些片面，只说了象征主义与文学传统对立的一面，却没有说继承的一面。作这样片面的论断是因为没有研究全文，至少是不了解第四部分的全文。梅烈什科夫斯基在这一段之后，紧接着说："俄罗斯作家中伟大的星座——屠格涅夫、冈察洛夫、陀思妥耶夫斯基和托尔斯泰以无比的力量和完整性体现了理想诗歌的这三个基点。"他说俄罗斯批评界把屠格涅夫当政论家看待，说他的小说先表现了30年代的人，以后是40年代的人，再后是70年代的虚无主义者等。有人说屠格涅夫通过巴扎洛夫的形象侮辱了青年一代，有人说不是。这些攻击和辩解现在看来都很可笑。梅烈什科夫斯基认为屠格涅夫写这些时髦题材的小说时是个"赶时髦的作家"，其实他的价值在于那些写永恒主题的作品，最有价值的是他的散文诗，这里面包含了他对生、死、爱等永恒主题的哲理性思考。梅烈什科夫斯基认为屠格涅夫笔下的女性形象只是理想和美的象征，生活中没有这种女性。他特别推崇屠格涅夫在《猎人笔记》等作品中对大自然的描写，这种描写充满印象主义色彩。他称屠格涅夫为伟大的印象主义者，再加上他那无与伦比的语言，扩大了俄罗斯人对美的感受能力。

梅烈什科夫斯基认为冈察洛夫的每一部作品都是由形象组成的艺术体系，充满象征意义，作家通过形象对生活作哲学概括。

陀思妥耶夫斯基和托尔斯泰的作品充满自由的宗教精神和神秘内容。俄罗斯作家从来都是从西欧吸取营养的，而陀思妥耶夫斯基和托尔斯泰第一次给予西欧作家以巨大影响，这个影响就是神秘主义。

梅烈什科夫斯基概括说，新一代作家要向屠格涅夫学习印象主义和对美的感受能力，向冈察洛夫学习象征主义，向陀思妥耶夫斯基和托尔斯泰学习神秘主义。

梅烈什科夫斯基抛弃了这些作家身上他认为是“粗鄙的现实主义”的东西，挖掘出三个要素，要求新一代作家拿来作为创造新艺术的三块基石。

梅烈什科夫斯基以对前辈作家的新认识来说明他的新的审美理想的形成。这篇文章表明，对象征主义与文学传统的关系不能作简单化的理解。难怪有人说，象征派算不得现代派，真正的现代派是未来主义。

二、关于“白银时代”的提法

在20世纪俄罗斯文学研究的论著中，“白银时代”这一提法的使用极不统一。我建议在编写文学史时慎用这个提法，在为文学史分期时不使用这个提法。理由如下：

1. “白银时代”的年代下限不一致（上限一般定为19世纪90年代），有人把下限定在20世纪30年代，有人定在20年代，有人定在1917年，有人定在1913年，乔治·尼瓦等四人主编的《俄罗斯文学史 20世纪——白银世纪》一书就把1913年定为白银时代终结的年份。

2. 关于“白银时代”所涵盖的领域，说法不一致。较早提出“白银时代”这一术语的是别尔加耶夫。他在《自我认识》一书中认为俄罗斯文化复兴发生在诗歌和哲学领域。乔治·尼瓦等主编的文学史的内容涉及文学的所有领域以及戏剧、音乐和绘画。Т. И. 巴拉金娜所著的《俄罗斯文化史》则认为“白银时代”涵盖包括自然科学和教育在内的全部文化领域。我国研究者中有人认为这一提法仅指诗歌和哲学领域，有人认为指的是整个文学领域，只有个别人提到音乐和绘画领域。

3. 使用“白银时代”这一提法的人大概都认定19世纪的俄罗斯文化是“黄金时代”。但是，至今没有看到哪一部文学史把19世纪标明为“黄金时代”。如果没有“黄金时代”，何来“白银时代”？过去没有人提过19世纪是“黄金时代”，现在是否要补这样一个提法呢？

其实，俄罗斯文化史上有过一个“黄金世纪”，这是指12世纪至13世纪30年代，即蒙古人入侵罗斯前的一个历史时期。那时基辅罗斯分裂成许多独立的小公国，如弗拉基米尔—苏兹达里公国（Владимир-Суздальское княжество）、诺甫哥罗德共和国（Новгородскаяреспублика）等。随着基辅罗斯政治中心的削弱和瓦解，文化一统的现象也减弱了，这表现在拜占庭文化的影响逐渐弱化后，罗斯各诸侯国的民族色彩和地方色彩在文化各领域逐渐显露出来。《伊戈尔王子远征记》和圣像画及富有民族特色的教堂建筑艺术是这一时期艺术文化的典型代表。蒙古人的入侵打断了这一时期文化的发展。以上材料是根据1994年出版的巴拉金娜的《俄罗斯文化史》概括的。

既然已经有了一个“黄金时代”，还能再把19世纪定为“黄金时代”吗？

4. 文学史的分期还是以年代划分好，又明确，又简单方便。为一个时期冠名，其他时期都得有名称，名称所表示的意思和用词的组合又必须统一，“黄金”、“白银”之后标什么好，汪介之的《现代俄罗斯文学史纲》在“白银”之后标出一个“变革时代”，下面还有，很难命名，又很容易引起争论。如果意见分歧很大，就不好写进教材。莫斯科大学1995年编的《20世纪俄罗斯文学教学大纲》把整个20世纪文学分为“19世纪末至20世纪20年代”、“30年代至50年代”、“60年代至90年代”三段，在第一阶段中带了一句“白银时代”的作家流亡国外。李辉凡、张捷在《20世纪俄罗斯文学史》中说：“有人把这一阶段称为白银时代。”这样交待一句是可取的。

5. 最初提出“白银时代”的人从一开始就怀有偏见，他们根本就没把以高尔基为代表的新型作家群放在眼里，“白银时代”文学仅指象征派和其他现代主义流派。

苏联解体前后，重提“白银时代”的研究者们怀有另一种偏见，那就是贬低苏联文学，认为“白银时代”文学是20世纪俄罗斯文学中最好的阶段。这个观点当然是不能同意的。所以，我认为“白银时代”的提法应该慎用。在这个问题上，我完全同意李辉凡和张捷在他们那本书的“绪论”中关于“白银时代”的看法。

三、20 世纪俄罗斯文学中哪部分是主流

我认为，不宜提社会主义文学为主流，也不宜提所谓的“白银时代”文学和“侨民文学”为主流。在这个问题上，我与李辉凡、张捷有些不同的看法。他们在合著的《20 世纪俄罗斯文学史 · 结束语》中明确说社会主义文学是主流，全书的构架和作家所占的不同篇幅都体现了这种意图。毫无疑问，在苏联存在的七十四年中，社会主义文学独占主流地位，其他文学无地位可言；而在苏联解体之后，在大家都接受 20 世纪俄罗斯文学是一个整体概念之后，就必须对所有文学现象作通盘考虑了。我不知道“社会主义文学”是单指“社会主义现实主义文学”，还是包括“批判主义”、“传统主义”在内的全部苏联境内的文学。如果是后者，那么把索尔仁尼琴的作品也算作社会主义文学，就明显不合适了；如果是前者，那么把别洛夫、拉斯普金以及早期的左琴科、普拉东诺夫排除在社会主义文学之外，也是不合适的。

20 世纪俄罗斯文学主流应该由经得起时间考验的、具有世界级艺术家水平的作家组成，文学史著作当然还得分时期、阶段和思潮、流派来写，但突出某些作家，使他们成为文学史中的亮点，应该是可以做到的。要使世界上的读者感到俄罗斯文学中这些作家是最优秀的，是他们代表 20 世纪俄罗斯文学的精华。要挑选这些作家，的确是件难事。有一些作家还达不到比较高的思想境界，只不过看风头特别准，像西蒙诺夫，他曾 6 次获斯大林奖金，1952 年发表《战友》，斯大林死后，他立即大幅度删改。肖洛霍夫嘲笑他的话是众所周知的：他自以为写得很多，浑身披挂荣誉，可是回头一看，什么也没有，是光着屁股的皇上。他的三部曲《生者与死者》中每一部写斯大林的口气都不同，都是紧跟苏共二十大、二十二大和以后的形势，唯独没有他自己一贯坚持的立场。张捷同志也详细说到了这一点，但还是给他专节的地位，超过布宁、阿赫玛托娃、帕斯捷尔纳克，更不用说普里希文。柯切托夫的地位也十分显著。我认为，他的反潮流在主要方向上是反对批判斯大林后苏联的改革潮流，这种反潮流精神要是拿到今天的中国来，读者会怎么看？我国“文化大革命”期间批苏修文学的高潮中唯一肯定的当代苏联作家就是柯切托夫，今天他仍然要在文

学史上占据显要位置,这实在是说不过去的。至于像勃洛克、阿赫玛托娃这些诗人的作品,由于语言的隔阂,我们的领会和鉴赏程度怎么也不及俄罗斯人,所以不妨多考虑俄罗斯国内的评价。阿赫玛托娃尽管受到极不公正的对待,历尽坎坷,普通读者仍然喜爱她、尊敬她,许多作家诗人也十分尊敬她。当了作协总书记的法捷耶夫登门拜访,表示十分喜爱她的诗歌,还亲自举荐阿赫玛托娃为斯大林奖金候选人。难道我们在文学史上不该多给她一些篇幅吗?

总之,20 世纪俄罗斯文学的主流是否应该由高尔基、布宁、阿赫玛托娃、肖洛霍夫等享有世界性声誉的作家来体现,这一点请写文学史的作者们多加考虑。

四、我们正面临俄罗斯文学的新的普及任务

这听起来有点奇怪。其实,我国 50 岁以下的人已没有多少人读过俄罗斯作家的作品,尤其是 20 世纪 60 年代以后的作品,他们只是从电影电视上才知道《这里的黎明静悄悄……》《岸》《日瓦戈医生》《红莓》等作品,而影片《日瓦戈医生》还是由美国人拍的。至于俄罗斯文学工作者视为热点的“白银时代”作品,在广大读者中根本没有引起多少反响。

在苏州大学文学院办的教育研究生班里,45 位中学校长、教导主任和高中语文教师中只有 5 位知道有《俄罗斯文艺》这本杂志,但从未读过其中的作品和文章。这是文化发达的苏州地区的情况。

俄罗斯文学工作者要充分重视这个新情况。俄罗斯文学工作者面临多译介俄罗斯优秀作家作品(包括古典和现代)的任务,多介绍俄罗斯辉煌的艺术文化的任务。我们向读者推荐哪些作家和作品,这是值得好好思考的。

(原载《回眸与前瞻》,外语教学与研究出版社,2001 年)

重评柯罗连科
在俄罗斯文学史上的地位

——读柯罗连科致卢那察尔斯基的六封信

苏联时期出版的俄罗斯文学史著作和苏联解体后编写的20世纪俄罗斯文学史著作都或多或少地冷落了一位杰出的作家——符·加·柯罗连科，前者是因为柯罗连科对十月革命持批评态度并在报刊上公开表露自己的观点，后者可能是把他完全看做属于19世纪老一辈的作家而忽视了他在20世纪初俄罗斯文坛上的地位和作用。十月革命后，苏联没有出版过柯罗连科的全集，文集中也不收他从1917年后所写的全部特写和政论作品。

柯罗连科生于1853年，卒于1921年。第一篇作品（短篇小说《探索者的生活插曲》）发表于1879年，成名作《奇女子》问世于1880年，创作生涯历经四十二年，前二十一年在19世纪末，后二十一年在20世纪初。这是一位以极大的热情积极介入生活的作家，23岁在农林学院求学时就因投身学生运动而被沙皇政府逮捕、监禁。自此，牢狱和流放生活伴随他七年之久，最远的流放地是西伯利亚雅库茨克州一个极偏僻的农村。流放生活使他有机会深入认识俄国农村和农民并由此看出他所信仰的民粹主义的致命弱点。柯罗连科根据他的丰富的阅历写出了长、中、短篇小说和散文《我的同时代人的故事》《盲音乐家》《马卡尔的梦》《库页岛上的人》《阿特·特凡》《林啸》《嬉闹的河》《哑口无言》《瞬间》《火光》等传世名作。4卷本长篇小说《我的同时代人的故事》塑造了民主主义革命知识分子的群像，在认识价值上可与赫尔岑刻画贵族革命知识分子的《往事与随想》媲美，而在艺术性上又高于后者。

柯罗连科的700多篇特写和政论是他的创作的重要部分。这些作品充分反映了这位正气凛然的作家干预社会重大事件的勇敢作为。1890年秋，柯罗连科在《俄罗斯思想》上发表一组《巴甫洛沃特写》，如实反映著名的手工业村落巴甫洛沃居民的贫困生活，深刻揭露大商人垄断收购产品、残酷剥削手工业工人的卑劣行径。接着，《伏尔加通报》连续刊载了柯罗连科在总标题《黑钱》下写的8篇报道，暴露了诺夫哥罗德贵族银行行长把地方自治机构赈灾款和居民存款挪作私人不正当用途的黑幕。1891年，俄国发生席卷20个省的大范围饥荒，柯罗连科亲赴最严重的灾区参加救济活动，并在《俄罗斯新闻》上发表了共计12篇的系列报道《饥饿的年代》，引起了广泛的反响。1893年，柯罗连科与安年斯基合作报道了在伏尔加流域蔓延的可怕的霍乱病。1894—1895年，柯罗连科亲自调查取证，为7名被诬告杀人祭祀的乌德穆尔族农民辩护，迫使法庭撤销原判，保护了整整一个弱小的少数民族的生存权。这就是当时震动舆论界的"穆尔坦案"，引起社会关注此案的就是柯罗连科的相关报道、特写和评论。1899年，柯罗连科与托尔斯泰、契诃夫同时被选为科学院荣誉院士(托尔斯泰拒绝接受)。1902年，高尔基得到柯罗连科的提名当选为荣誉院士，但在沙皇尼古拉二世的干预下被取消院士资格。柯罗连科声明放弃自己的院士称号以示抗议。在柯罗连科的影响下，一个月后，契诃夫也发表了同样的声明。1903年，在小城杜博萨雷发现一男孩被杀，谣传犹太人要用基督徒的血做逾越节用的无酵饼。谣言引发了严重的反犹暴行。柯罗连科赴现场采访，发表了长篇特写《第13号住宅》，强烈谴责反犹主义。10年之后，即1913年，柯罗连科又一次为被诬告杀害基督徒男孩以祭神的犹太人辩护并发表长篇报道，迫使法庭宣告当事人别依里斯无罪。若要估量柯罗连科与反犹主义作斗争的意义，只需想想左拉为犹太军官德雷福斯辩护而博得的世界名声就够了。顺便说一句，1898年在俄国第一个也是唯一的一个报道"德雷福斯案件"并号召声援左拉的人也正是柯罗连科。

1905年革命爆发，柯罗连科以深切同情的口吻写了《1月9日在彼得堡》一文，并出面要求当局释放高尔基。1910年，柯罗连科发表长篇政论《习以为常的现象》，大声疾呼反对沙皇政府滥施死刑。托尔斯泰写信给柯罗连科说，他一边听人诵读这篇文章一边号啕大哭起来。

以上仅是柯罗连科的政论、特写创作活动以及在其中反映出来的作者社会活动中比较突出的一些例子。由于柯罗连科在文学上的卓越成就和巨大的社会影响,他在当时被公认为与托尔斯泰、契诃夫并列的俄国文坛三位巨匠之一。我们所特别珍视的俄罗斯文学的优秀传统,如高度的社会责任感、人道主义精神、忠于生活的现实主义、追求完美的艺术形式等,都充分体现在柯罗连科的创作中。这是一位人品与作品完美统一的作家,他在那个残酷的年代展露出一颗热烈的仁爱之心,奔走呼号,伸张正义,捍卫受凌辱受迫害的弱者的尊严和利益。在托尔斯泰逝世之后,他被称为俄国社会的良心,也就是说,人们把对托尔斯泰的崇高赞誉同样冠于柯罗连科的姓名上。在俄罗斯文学中,像柯罗连科那样集文学成就与高尚品德于一身并受到同时代人如此景仰的作家并不多见。高尔基说:"对我来说,他过去是现在仍然是我所遇到的几百人当中最完美的一个人。对我来说,他是俄国作家的理想的形象。像他这样的人,在长时间内是不会有的。"〔1〕如果想要了解柯罗连科在当时的声望有多高,不妨读读罗曼·罗兰的一则回忆:二月革命后,卢那察尔斯基在与罗曼·罗兰的一次交谈中说,如果在俄国要选总统,他就推举柯罗连科为候选人。〔2〕

这样一位卓越的作家,为何在苏联受到学术界的低调对待呢?原因就在于他在十月革命后公开发表文章(如1917年12月发表在《俄罗斯新闻》上的《胜利者的庆祝会》等),直率地批评暴力革命、无产阶级专政以及肃反人员在内战中滥用权力的不法行为。集中反映他的观点的是他给卢那察尔斯基的六封信。1920年,教育人民委员卢那察尔斯基来波尔塔瓦,几次拜会柯罗连科,两人交谈恳切,当时约定,柯罗连科以私人信件方式系统陈述他对时局的看法,卢那察尔斯基则应转呈这些信件给俄共中央,由中央决定是否公开发表,如见诸报刊,卢那察尔斯基也以书信形式公开答复。柯罗连科于1920年6—9月共发出六封信,但由于战争年代邮递失误,卢那察尔斯基只收到第一、二、四封。卢曾请求补寄,但未获答

〔1〕 高尔基《文学书简》,下卷,曹葆华、渠建明译,人民文学出版社1965年版,第58页。

〔2〕 参阅苏联科学院俄罗斯文学研究所编4卷本《俄罗斯文学史》,第4卷,列宁格勒:科学出版社1983年版,第176页。

复。柯罗连科于1921年年底逝世,巴黎"大家族"出版社于1922年以单行本形式完整地发表了这六封信。卢那察尔斯基无疑读到了这本小册子,他于1923年为《符拉基米尔·加拉克季昂诺维奇·柯罗连科》一文所补写的注解中详谈了这些信的来龙去脉。苏联读者则于1988年方才在《新世界》第10期和新版的《柯罗连科生平和创作年表》中看到这些信件。

卢那察尔斯基对柯罗连科的评价为苏联学术界定了基调,他既保护了柯罗连科免遭查禁和抨击之灾,又给他戴定了不懂革命的小资产阶级人道主义幻想家的帽子。他的观点集中表述在《符拉基米尔·加拉克季昂诺维奇·柯罗连科》和《符·加·柯罗连科(总评)》两篇文章中。前一篇肯定多于批评,卢那察尔斯基以他特有的敏锐、细腻的艺术感受力和生花的文笔对柯罗连科作了很高的评价;后一篇则加重了批判的口气。

卢那察尔斯基赞美柯罗连科在为人和创作中所显示的高贵品质:"在沙皇制度下的黑暗时期,柯罗连科的意义当然是难以估量的。他确实是这个阴暗帝国最光明磊落的人物之一,不仅对真正的知识界,而且对一般居民,对农村中稍有觉悟的一部分人甚至对无产阶级都有过难以估量的重大社会意义和道德意义,因为他坚决抗议官府一切最卑鄙的迫害……

"……如果说柯罗连科的政论活动、他直接以公民身份发表的言论在当时有过巨大教育意义的话,那么,他的小说也在更大的程度上具有同样的意义。

"谁都知道,以内容而论,他的全部中短篇小说经常写一个基本主题:对人的爱,对人的恻隐心,对那些作践人的势力的愤恨,总之,他的小说用另一种笔法表达了美好的人道主义思想。"[1]卢那察尔斯基说,柯罗连科热情开朗,在沙皇俄国的地狱里保持着对美、自由和幸福的追求以及内心的和谐。他十分重视作品的结构和语言,他的文体富于音乐性,如水晶般奇妙,堪与屠格涅夫媲美。

但是,卢那察尔斯基强调说:"在接受我们从柯罗连科那里发现的一

[1] 卢那察尔斯基《论文学》,蒋路译,人民文学出版社1978年版,第221－230、234、222页。

切美的时候,我们应该有极大的保留和强烈的批判精神。"[1]他认为,崇尚自由主义和人道主义的柯罗连科在政治上思想上道德上以至法律观念和美学观念上完全不接受十月革命。柯罗连科承认共产主义革命不是罪恶,共产党为人民造福,但走的道路不对,使用的手段与目的不相称。他在国内战争期间,既反对白军乱杀人,也反对红军的过激行为。他反对一切暴力、流血和无法制现象,反对死刑,反对一切残忍和粗野的行为。正因为如此,他"居然可以几乎像他对待沙皇政府似的,对无产阶级政府采取激烈反对的立场"[2]。卢那察尔斯基认为,在革命时期,柯罗连科的温情主义和人道主义是天真幼稚的,并且可能变成敌人的工具,对革命是有害的。柯罗连科不接受革命,革命也不接受柯罗连科。

卢那察尔斯基下此结论的主要根据就是柯罗连科的六封信。这六封信极具历史价值。读过这些信件,笔者心中油然生出对柯罗连科的敬佩之情。在当时的俄罗斯作家中,敢于如此大胆、直率、激烈地批评十月革命和布尔什维克的,大概只有柯罗连科和高尔基了;能够把对一般现象的批评提高到理论高度的,大概也只有柯罗连科了。这些信件在思想上与高尔基的《不合时宜的思想》有许多相通之处,而在具体内容上更具直感性,因为柯罗连科正生活在红白双方几进几出的波尔塔瓦,信中所说的一切都是他亲眼目睹的事实。从信中可以看出,柯罗连科不仅是一位有恻隐之心的善良的人道主义者,而且是一位熟悉俄国革命历程、熟悉民粹主义和马克思主义,对俄国革命有深刻见解的作家。

本文不拟讨论十月革命总路线的是非得失这个极为复杂的问题,这里只想指出,柯罗连科对俄国资本主义的历史作用的看法是很有分量的,这个问题是当时布尔什维克与孟什维克,布尔什维克与西欧各共产党、工人党争论的焦点。读者不妨翻阅普列汉诺夫在1917年前后写的文章(如《谈谈列宁的提纲以及为什么有时候梦话值得注意》)以及列宁关于英、法、德工人代表团访俄后对十月革命的评价的答辩文章(参阅《列宁全

---

〔1〕 卢那察尔斯基《论文学》,蒋路译,人民文学出版社1978年版,第221－230、234、222页。

〔2〕 同上。

集》,第31卷,人民出版社1963版),就可看出柯罗连科是站在怎样的思想高度来谈论这些问题的。

柯罗连科对红军的军纪问题,对肃反委员会的反法制行为,对余粮征集制,对布尔什维克处理城乡关系和农民问题不当的批评是十分尖锐的。国内战争时期这些做法的隐患在斯大林执政时代充分暴露了出来。

总之,对具体问题的看法可以讨论,柯罗连科的出发点却是应该肯定的。他为国为民为革命前途的忧虑溢于言表,充分显示了一位杰出作家的伟大人格。在这方面,19世纪末20世纪初的俄国作家中,有谁能跟他相比呢?

我们希望作家具有怎样的形象呢?柯罗连科就是至今值得学习的典范。毫无疑问,他在俄罗斯文学史上应该得到更高的评价。

附:柯罗连科致卢那察尔斯基的六封信

柯罗连科的六封信原文约3万字。这里以译述方式尽可能详细地转达这些信件的内容,供学术界研究评判。为行文方便,保留写信人的第一人称口吻。

第一封信　1920年6月19日

我根据与您的约定,以写信方式表达我对当前迫切问题的看法。我先从您来访期间发生的一起事件谈起。当时,占领波尔塔瓦的红军以粮食投机罪逮捕了磨坊主阿罗诺夫、米尔金等人。我递交了两份有力的旁证材料,证明他们无罪;省执委会根据法律顾问的判断,也建议契卡(即肃反委员会——译述者注)释放他们或将案件移交革命法庭。但是,阿罗诺夫等人还是未经审判而以行政方式被枪决了。我在沙皇政权下曾多次发表文章反对死刑,甚至从军事法庭上救过被判死刑的人。至于不经审判而用行政方式处决人,则在沙皇时代也是极为罕见的。唯一的例子是残暴的华沙省长斯卡隆将军未经审判枪毙了两个青年,这事甚至在军法审判人员中间引起了愤怒,斯卡隆差点被送上法庭。沙皇时代也不允许把侦讯权和审判权合而为一,布尔什维克从事侦讯的契卡的作为是文明国家史上唯一的例外。全乌克兰契卡的显要人士之一曾对我说,这样做是为了人民的利益。我认为,并非任何手段都真正是为了人民的利益。无疑,那种已成为制度并已持续一年多的以行政方式决定枪决的做法就不符合人民的利益。有一个已被契卡决定要枪毙的人经法庭宣判无罪,全体旁听者为之鼓掌,连哨兵也放下枪来鼓掌。

邓尼金来后,从大坑里挖出16个被契卡枪决的人的正在腐烂的尸体,当众展示,印象极为恐怖。然而他们也不经审判随便枪杀人。我问他们,假如被他们枪杀的人的尸体从坑里挖出来,是不是模样会比契卡枪杀的人的尸体好看些。是的,双方的暴行已经达到极点。将来,历史学家必将在20世纪(而非18世纪)第一俄罗斯共和国的历史中特别注意记录契卡"行政行为"的这一页。

用不着说什么革命有自己的法则。当然,在19世纪就有以鲜血染红街道的革命群众热情的爆发,但是,那是自发的而非有组织的狂怒情绪的迸发。

您,阿纳托里·华西里耶维奇,在本地群众大会的演说中不是去号召人们保持清醒、公正,对人的生命要慎之又慎,而好像是号召拥护这种"行政方式枪决"。想到这一点,我觉得很痛苦。我们在交谈时都认为,走向社会主义的运动应该依靠人的本性的最好的方面,在面对面的斗争中要勇敢,即使对待敌人也要表现出人性。让暴行和非正义的行为完全留给过去而不要让它们潜入未来吧。

第二封信　1920年7月11日

我这第二封信仍然从具体事例谈起。

1893年,我在芝加哥参加世界博览会。博览会的筹备和举办吸引了大批工人来到芝加哥。博览会闭幕后,这些工人顷刻之间失去了工作,于是风潮骤起。有一次,在艺术宫旁边的大广场上举行失业工人大会。据警察事先统计,人数超过20万。广场上推出许多安在两个大轮子上的讲台,各党各派各占一台,对如何解决工人的生计问题,各说各的。听众也随意,听了这边听那边,听到了各党各派的看法。大会的目的不是取得一致的意见,而是让每个人得到各方面的信息，借以考虑自己的出路。

我结织了一位从小迁来美国的俄裔工人，他在芝加哥社会主义政党中发挥着重要作用。我问他是否希望全体工人都把生活出路寄托在社会主义者身上。他说根本不这样想。他说，无论是社会主义者还是工人群众都没有作好这样的准备，他作为马克思主义者，认为资本主义还没有做完自己的事。恩格斯不久前曾在这儿说："你们的资本主义正在出色地发挥着自己的作用。所有这些大厦都将出色地为未来的社会服务，但是资本主义的作用还远远没有完成。"

社会主义变革要靠政治、经济、道德、教育等一切方面的条件的成熟，即主客观条件的成熟。我认为这是马克思主义哲学的基础。这就是为什么恩格斯在上世纪末说，甚至连美国都没有成熟到足以发生社会主义变革。有人说，主客观条件都不具备的匈牙利却宣布过成立苏维埃共和国，主客观条件都好的英国、法国、美国都与社会主义无缘，德国的社会主义组织最发达，但社会主义发展缓慢，而落后的俄国在二月革命前甚至完全没有合法的社会主义组织，却打起了社会主义革命的大旗。因此，有人说，主客观条件越差的国家，越是有可能爆发社会主义革命。我认为，这种观点叫什么都可以，唯独不能称作马克思主义。

现在，持以上观点的人又可以举出新的例证。英国工人代表团的来访以列宁给他们的一封信结束，信中充满冷淡和失望的语气；但是，苏维埃共和国得到了东方的热烈欢迎。然而，应该深入想想，英国工人社会主义者的冷漠的态度和狂热的东方的欢迎意味着什么。亚洲所给予反响的正是它在我们这儿感到亲切的亚洲式的东西。

第三封信　1920 年 8 月 4 日

在这封信与上一封信间隔的日子里，又发生了几十起不经审判就枪决人的事件，我为之说情的申述总是为时过晚或毫无用处。我曾经给省委执委会主席波拉伊科同志写过信，他答复说，已经将案件移交哈尔科夫处理。我再次写信告诉他，在收到他的复信前夕，9 个人已被枪决，其中有一名 17 岁的姑娘和另两名少年。契卡正在"审判"密尔格拉得市的另一些市民，可能又会发生未经审判就枪决的事情。我把这些市民称为“未经审判者”，是因为在任何一个国家里侦讯机构是不能同时拥有判决权的，更不用说判处死刑的权力。在任何一个地方，侦讯行为都应受到有辩护一方参加的检验，即使在沙皇时代也是如此。

我在信中说，为了避免又误了时机，我预先提出抗议。只要我的微弱的声音还有一丝力气，我直到最后一口呼吸都不会停止对不经审判就执行枪决以及杀害儿童的行为表示抗议。

同一天，我又给波拉伊科补了一封信。我告诉他刚刚得到的消息：密尔格拉得去年暴动被镇压后，枪毙了 14 人，布尔什维克随即在大街贴出布告，宣布大赦其余参与者。可是，现在省契卡又开始审讯那些相信了苏维埃政府的承诺的人。密尔格拉得居民都知道这件事，波尔塔瓦契卡的主要成员之一里特温同志也非常清楚这件事。

难道在这种情况下还要实施惩处吗？这对苏维埃政权来说是真正的耻辱。

现在，就在我写这封信的这几行字的时候，有一个名叫皮萨尔卡的姑娘来找我，由于我的说情，她被释放了，刚从哈尔科夫来。我为她和她的家庭感到由衷的喜悦。但是，我无法为我们的祖国感到高兴，因为在这里竟然想枪毙一个未成年的姑娘，她已经从被捕者中拉出来，和她一起拉出来的人都被处决了。

我讲这些具体事件是为了提供一个背景，在这个背景上，我和您继续讨论带普遍性的问题。

历史命运的进程在俄罗斯开了个几乎是神奇的和十分恶毒的玩笑。在亿万俄罗斯人的脑袋里，就这么两三年间，某一颗逻辑螺丝突然被扭了过来，我们的人民从对专制制度的崇拜，从对政治的完全冷漠，一下子转向……共产主义，或者说，至少是转向共产党政府。

道德一如既往，生活方式也照旧不变，教育水平在战争期间也不可能大幅度提高，然而结论却截然相反。我们从贵族专政转向布尔什维克党宣布建立的“无产阶级专政”，于是人民走向你们并且说：“请安排我们的生活吧。”人们相信你们能做到这一点，你们也没有拒绝。你们觉得这很容易，你们直接在政变之后开始社会主义革命。

你们熟悉的英国历史学家卡莱尔说,政府往往由于撒谎而垮台。我知道,现在诸如真实或谎言、真理或非真理等范畴是完全不管用了,它们似乎是一些“抽象的议论”。影响历史进程的只是“利己主义的把戏”。卡莱尔深信,真理或谎言的问题最终反映在这种“利己主义把戏”的现实结果上。我认为他说得对。贵族专政就建立在弥天大谎上。为什么俄罗斯在农奴制改革后越来越穷,饥荒不断?贵族专政回答说是由于农民懒惰和酗酒。我和我的朋友在饥荒年代在各种场合与这种谬论作斗争。我们当然有酗酒现象,但这是部分真实,农民作为一个阶级的本质不在于酗酒而在于劳动。不过这种劳动的报偿微乎其微而且没有改善状况的希望。沙皇制度近几十年来的全部政策就建立在上述谎言上。社会上受过教育的阶层试图与这种谎言作斗争,甚至贵族中的优秀分子也参加到这种“反对派”中来。但是,人民群众只相信沙皇并帮助沙皇压制任何要求自由的运动。专制制度的谎言的最后表现就是那部愚不可及的“君主专制宪法”,即幻想用欺骗手法在宪法的形式中保留专制主义实质。专制制度就这样垮台了。

现在我提出了一个问题:你们的制度中一切都是真理吗?在你们现在已经灌输给人民的东西中有没有这类谎言的痕迹呢?我深信,这样的谎言是有的,而且以奇怪的方式带有同样广泛的“阶级”性质。你们向处于激奋状态的人民灌输说,资产者仅仅是一个寄生虫、掠夺者、靠吃利息生活的人的阶级,除此之外,什么也不是。这是真理吗?你们能够坦然地说出这一点吗?特别是你们——马克思主义者能够这样说吗?您当然清楚地记得不久前你们马克思主义者曾与民粹派展开过激烈的论战,你们论证说,俄罗斯必须经过“资本主义阶段”,这是大有好处的。当时,你们说的这个大有好处的阶段指的是什么呢?难道只是资产者的不劳而获和靠剪息票生活吗?

显然,你们指的是另一些方面。当时,在你们看来,资产阶级好也罢坏也罢,是组织生产的阶级。你们认为,不管资产阶级有多少缺点,它的这个组织生产的作用对诸如罗马尼亚、匈牙利和俄罗斯等工业落后的国家是大有好处的。

为什么现在“资产者”这个巨大而复杂的整体概念在你们手中变成了一个简单化的说法：除了剪息票之外什么也不做的寄生虫和掠夺者？你们出于策略上的考虑而牺牲了讲出真理的义务。煽动人民对资本主义的仇恨，唆使人民群众去反对俄国资本主义，在策略上对你们是有利的。你们把局部真理冒充为全部真理。你们开导人民群众说，俄国资本主义创造的一切是掠夺来的果实，因此是应该被剥夺的。说到这一点，我指的不仅是指资本主义建造的工厂、工场、机器和铁路等这些物质财富，而且也指那些新的操作方法和熟练的技巧以及新的社会结构，当你们马克思主义者在论证“资本主义阶段”的好处的时候，你们指的正是这种新的社会结构。在你们的“剥夺剥夺者”的口号的煽动下，农村中掀起的抢劫浪潮涌向城市，由资本主义制度建立的生产机构很快就崩溃了。你们把加予资本主义制度的任何破坏行为都看做是自己的胜利，却忘记了社会主义革命的真正胜利不在于破坏资本主义的生产机构，而在于掌握它们并使它们在新的原则上运作。

第四封信　1920 年 8 月 19 日

这封信讨论一些带普遍性的问题。我从英国代表团的印象说起。我们这里一份半官方报纸登载或转载了一篇题名为《我们的悲哀》的文章，附在列宁致英国工人的信的后面。文章直截了当地说，俄国共产党人在为俄国首先革命成功而自豪的同时，感到“孤独的悲哀”。文章作者认为，列宁的信对前来俄国的英国代表中的大多数人能否成为这个史无前例的时代的工人群众的领袖表示疑惑。这些英国工联主义者实际上什么也没有学到，可是不幸的是，他们仍然代表着人数众多的英国工人群众。

其他苏维埃报纸也喋喋不休地说，老牌德国社会主义的领袖们，如考茨基，是卑鄙的妥协派，甚至于已经向资产阶级投降。

不管怎么说，事实总归是事实：欧洲无产阶级没有跟你们走，他们中大多数人的心情就像我在第二封信中提到的那个美国社会主义者的心情，即认为资本主义在欧洲还没有完成自己的使命，它所做的事情对于未来是有益的。在从现在到这个未来的过渡中，并不是所有一切都应该破坏和毁灭。对于他们来说，诸如思想、集会、言论和出版的自由并不是简单的“资产阶级的偏见”，而是未来的必备的武器，是人类在漫长而卓有成效的斗争与进步中获得的特殊的自卫手段。只有你们，从来没有充分理解并学会和人民在一起利用这些自由，却宣布它们是会妨碍正义事业的“资产阶级偏见”。你们真是大错特错了。

罗马尼亚有一个大贵族自愿辟出一大块地，供一个瑞士无政府主义者做实验，这位无政府主义者用这块地建立了一座公园，但没过几天，公园里的树木花草和设施被糟蹋得不成样子，无政府主义者气愤地对贵族说，我无法在你们的国家生活。一个国家的老百姓连在公共场所该有什么样的举止都不知道，那离我们主张的无政府主义实在太远了。

缺乏在资本主义社会培养的习惯并不意味着已经准备好可以进入社会主义了。无政府主义否定私有财产，这与偷盗抢劫是两码事。首先要像“资本主义阶段”教导的那样养成对别人的私有财产的诚实态度，然后才谈得上不是以个人方式而是全民全社会否定私有财产。

我爱我们的人民，但并非盲目地把他们当做可以进行任何实验的群体那样去爱，而是爱他们实际的样子。但是，我得承认，比如说，美国的总体道德水平比我们高得多。例如，在一般情况下，一个美国少女可以安全地在全国旅行。在我们这里行吗？按天性来说，我国人民不比世界上任何一个优秀民族差，但在道德文化和教育方面实在太落后了，他们缺乏那份即使在无人知晓的情况下也决不做某些事的自尊心。

我们还需经历漫长和严峻的考验。在瑞士的许多城市，现在已经能做到路不拾遗。我女儿女婿去年在法国图卢兹工人区住了一年，晚上从来不关大门。我在一个乌克兰村子里向农民说起这一点时，他们大为惊讶。一个农民忧郁地对我说，在他们这里，特别是现在，要是儿子把别人的东西拿回家，当妈的还会称赞说，拿回家总比从家里往外拿好。

从你们宣传共产主义开始，这种现象愈演愈烈了。再举一个例，事情虽小却意味深长。“资产阶级”政府在波尔塔瓦当政时，为了弥补粮食短缺，鼓励居民在房前屋后以及市内所有可利用的空地上种土豆、萝卜和别的蔬菜。几年来这种做法已经成了传统。今年土豆长得特别好，但是在成熟之前都挖起来了，否则晚上就会被盗掘。谁偷挖土豆，这并不重要，问题在于一些人付出了劳动，而另一些人不劳而获。三分之一的收成糟蹋了，因为不成熟的土豆容易烂。有一天早晨我看到一群妇女在菜地边哭，因为她们辛苦种下的菜都在晚上给拔掉或踩烂了，菜还没长大，还得等两个月。这种自发现象，你们用枪毙的办法是对付不了的。这里需要另外的办法。不管怎么说，离共产主义还远着呢。

我们这里一切照旧，晚上枪声不绝于耳。如果枪声在西南方，那就是暴动者干的；如果在墓地东南方，那就是枪毙人。双方在比赛谁更残忍。

第五封信　未署日期

不得不仔细想想西欧社会主义领导者和你们俄国共产主义领袖之间的明显的意见分歧了。你们的垄断性出版物在解释这种意见分歧时说，西欧社会主义领袖们已经向资产阶级投降了。但是，请原谅，这种说法和当时遣责你们被德国收买一样卑鄙。没有必要为了解释这种分歧去寻找庸俗的原因。这种分歧根子很深，源出于精神状态的巨大差异。欧洲社会主义领袖们几十年来领导本国无产阶级的合法群众斗争，早已深入人心，建立了广泛而严密的组织，取得了合法的承认。你们从来没有身处这种状态，你们只从事秘密活动，而且更多的是领导那些企图渗入工人群众的秘密活动，这就造成了完全另外一种精神状态和心理状态。

欧洲社会主义领袖们在做出某个决定并向自己的追随者建议采纳时，习惯于衡量这一步的所有方面。例如，在宣布罢工的时候，领导人要仔细考虑的不仅是罢工的宣传鼓动作用，还有罢工对于工人群众本身的全面后果，包括企业的现状。群众能承受住罢工吗？资方能否在生产不受破坏的情况下让步？生产破坏必将反过来影响工人群众。总之,他们不仅对斗争本身负责,而且也对他们建议采取的措施将如何影响工人的利益负责。他们习惯于感觉到劳资双方之间相互依存的关系。

你们从来也没有身处这种状态,因为在专制制度的毫无理性的压迫下,你们从来没有合法地公开露面。你们自己也不得不为了争取在全欧洲已经得到承认的群众的权利而亲身冒险,蹲监狱,而牢狱、流放和苦役之灾在你们自己及工人群众的眼中顶替了所有其他的责任。如果你们某个计划中的错误导致工人及其家庭不得不挨饿和忍受极端的贫困,那么你们也承受了另一种形式的一份痛苦。

这就是为什么你们总习惯于采取极端手段,不留后路,要求一蹴而就的原因。你们没有培养出辨别斗争本身的各种复杂的可能性的能力。你们片面地认为资本只是残忍的猛兽,不会全面地想想它在组织生产中的作用。现在你们彻底打倒砸烂了资本主义,同时也破坏了生产。你们为战胜邓尼金、高尔察克、尤登尼奇和波兰人而高兴,却没有发现在更广阔更重要的战线上遭受了完全的失败。在这条战线上,自然界的敌对力量正从所有方面向人发起进攻。经济被破坏,饥荒又接踵而至,比1891—1892年那次饥荒的范围更大更严重,从首都开始扩展到全俄国。你们破坏了城乡之间的有机联系,即交换的自然联系,现在不得不代之以"强制性充公",派讨伐队实行征收。农民买一枚针要付200多卢布,而粮食的价格却被你们定死,农民明显吃亏。每一个种田人只看到他生产的东西被别人拿走,而报酬明显地与劳动不等值,于是得出自己的结论:把粮食藏到地窖里。你们则踏遍俄罗斯和乌克兰农村,寻找并征收粮食,无情地烧毁整座整座村庄,为自己的粮食政策所取得的成绩而感到兴奋。俄罗斯各地的饥民盲目地涌进乌克兰,景象骇人。现在冬天来临,真是饥寒交迫。

工人群众开始感觉到你们的主要错误,孟什维主义在群众中迅速扩展,孟什维主义也是社会主义,但不是极端主义型的,它不赞成立即发动彻底的社会主义变革,像摧毁敌人堡垒那样摧毁资本主义。它认为资本主义制度的某些成就是全民的财富。你们同工人中的这种孟什维主义情绪作斗争,但你们没有出版自由,也没有表决的自由。没有出版自由,你们变成瞎子和聋子。你们在报上欢庆共产主义在乌克兰农村的胜利,然而农村沸腾着憎恨和愤怒,肃反人员已经在考虑枪毙农村造反者。工人中稍有不同于你们政策的独立思想,你们就采取包括逮捕在内的各种措施。这就是所谓的"无产阶级专政"。我们在波尔塔瓦看到的也是这样,孟什维克统统被捕,流放格鲁吉亚,反对派人士蹲监狱,这就是"共产主义的胜利"。

这是胜利吗?执政的共产党在农村的情况很糟,从农村不时运出来被打死或遍体鳞伤的共产党员和政委,你们说这是富农所为,于是烧毁整座整座村庄,富农贫农一起烧死。城市靠武力支撑,否则你们的当权地位很快就会变更。你们最亲近的同盟者——社会主义者孟什维克在蹲监狱,其中不少人在与沙皇制度的斗争中证明了自己对工人阶级的忠诚,而现在由于观点不同而被捕入狱。契卡人员想枪毙他们,这是完全可能发生的,不过这样就显出你们的契卡人员与沙皇宪兵的不同,沙皇宪兵无权枪毙人,而契卡人员可以特别轻松自由地枪毙人。

第六封信　1920 年 9 月 22 日

你们与西欧社会主义领袖们的分歧以及你们与自己的工人群众之间开始滋长的分歧在什么地方呢?我在上面已经回答了:在于极端主义。

要求一切都必须马上实现,凡是突然发现任务复杂或不可能完成而止步的人,都被称为不坚定分子、蠢人、社会主义事业的叛徒、妥协者、高尔察克分子、邓尼金分子等。其实,你们自己也不可能立即实现一切。比如说,你们容许货币制度存在,当然,只是"在开初阶段",在"新的交换机构建立起来"之前,比如说在实行社会供应之前。但是这要等很久,于是某个更偏激的极端主义者在历数作为资本主义最大特征之一的货币制度的种种后果之后,会指责你们说,你们放出了这个魔鬼,那就得承受它的后果,接着按逻辑就可以指责你们是高尔察克分子、邓尼金分子、社会主义的叛徒。别说什么这只是暂时的,问题恰恰就在于理想同现实妥协的这种措施,就在于西欧社会主义者和你们都"暂时地"实行了的妥协。你们是按呆板公式来行事的人、极端主义者,而他们在寻找革命的各种可能性。你们也发现原来不可能立即废除货币制度,而他们看到还有许多不可能“立即”办到的事。

逻辑是思维的最强有力的手段之一,但远不是唯一的手段,还有想象力。它能把握具体现象的复杂性。这种品质对于管理一个庞大的国家这样的事业是必须具备的。你们不会清晰地想象现实的复杂性。比如,数学家计算出来,一颗射出的炮弹,以何种速度多少时间可以飞到月球,而物理学家则清晰地想象,至少在目前的技术水平上是不可能的。你们只不过是用数学方法计算、用逻辑方法论证社会主义的人,是按呆板公式思维的人。你们说,要不是全世界资产者挡道,要不是欧洲社会主义的领袖们以及追随他们的大多数工人叛变,你们已经得到一切。

俄国资产阶级无组织,无理智,软弱无力,容易消灭;而西欧资产阶级强得多。欧洲工人也不是盲目之众,决不会一听召唤就采取极端行动,去破坏生产。西欧工人比你们这些共产主义领袖们更具现实意识,所以他们不会成为极端主义者。在谢格留(英国《每日新闻》记者——译述者注)与列宁的通信发表之后,事情已经很清楚:欧洲工人总的说来不支持你们的极端主义,他们在可以妥协的范围内保持中立。

想起俄国的知识阶层,我的心就紧缩起来。把他们的工资与粮食价格比较一下吧,两者的不相称显得既可笑又可悲。尽管如此,他们还生活着。靠什么?靠变卖家中所有剩余之物。形象地说,靠变卖他们过去在资本主义社会里积攒的一切。你们摧毁了资本主义工业生产,而你们的公社是吞噬这个尸体的巨大的寄生虫。很清楚,这样下去是不行了,前所未闻的灾难正在威胁着国家,第一个牺牲者是知识分子,其次是城市工人。生活得最好的是形形色色的抢劫者。我在前面的信中提到过偷盗菜园的事,有时主人截住偷盗者,如果是老百姓,往往面露羞惭拔脚就跑;如果是红军,反倒振振有词:我们怎么啦,等着挨饿吗?于是继续抢劫,从这个菜园挖到邻家的菜园。两星期以前,一个团的红军要从波尔塔瓦开拔到前线去,指挥部就在我家旁边。从早晨开始，门口的街上就有士兵整队，我家院子里几棵核桃树引起了他们的注意，这下可好了，有上树摇的，有在下面用石块砸的，军官也制止不了。我只求他们小心别砸了窗上的玻璃。几棵树上的核桃都砸光了，他们才出发，军官在队列前庄严致词，说红军去建设新生活。

邓尼金的志愿军占领波尔塔瓦时，公开抢劫了三天；红军占领波尔塔瓦时，盗匪销声匿迹。但是，当你们不经审判就枪毙人和强占民宅后，情况就变了。基辅传来消息说，红军出征前服装“靠资产阶级解决”。这是个危险的征兆，你们正在完成邓尼金做开的事情。从基辅来的人说，这次抢劫延续了一星期。

我想简短地结束这封拖得太长的信。你们轻松地开始了一场公式化的试验，内心希望这将成为全世界极端主义革命的信号。你们自己应该看到，你们错了。在外国工人代表团来访之后，在谢格留与列宁的通信发表之后，这种幻想破灭了。欧洲工人不走你们的路。习惯于服从任何一种压迫的俄罗斯没有铸就表达自己真正想法的形式，不得不在完全的孤独中走着这条悲哀的黑暗之路。

走向何方？你们的幻想式的共产主义是什么？众所周知，还在上世纪就有过把共产主义梦想变成实践的尝试。结局如何，你们都清楚。罗伯特·欧文、傅立叶、圣西门和卡贝的追随者在欧美做了一连串的共产主义实验，最后都以失败告终。这些高尚的幻想家最终都意识到，人类必须先脱胎换骨，才能消灭私有制和过渡到公社制生活形式。社会主义者、历史学家列纳尔说，卡贝主张的修道院式的宿舍生活枯燥乏味，令人反感。而你们以军营式的共产主义取代修道院式的宿舍，破坏了私生活的自由和不可侵犯性，强占住宅，瓜分生活必需品，染指个人收藏的画和书……你们什么也没有创造，却破坏了许多许多，换句话说，你们立即实行共产主义，结果却使人们会很长时间甚至对朴素的社会主义失去兴趣，而实行朴素的社会主义是当代最迫切的任务。

社会公正是非常重要的事情。你们也正确地指出，没有社会公正就没有自由。但是，假如没有自由，也达不到社会公正。不管你们如何要人相信资产阶级自由只不过是控制工人的一种欺骗，在这一点上你们怎么也说服不了欧洲工人。你们是第一个试验用压制自由的方法去实行社会主义。

结果如何？我不想做预言家，但我的心为面临灾难的预感而紧缩。俄罗斯就像一个由于长期的热病、饥饿和贫困而逐渐衰弱的巨人。

出路何在？

你们将在内战战线上获胜，也将打败协约国干涉者，但你们没有察觉内部的疾患。你们可以看出，我既不期待协约国的干涉，也不期待邓尼金的胜利。俄国沉思地站在过去的乌托邦和未来的乌托邦之间，正在选择该奔向哪一种乌托邦。我在与记者谈话中曾希望你们，早产的共产主义领袖们，放弃试验并且自我控制正常的反应，抑制不正常的狂暴的不理智的反应。当然，为了承认自己所犯的大错误，需要非凡的诚实和良知，压下自尊心，转上另一条路——你们称之为妥协的路。

我意识到这样设想是太天真了，但我是乐观主义者和艺术家，我认为这是一条能使俄国摆脱现状的唯一可行的道路。

（原载《俄罗斯文艺》，2002 年）

法捷耶夫:真相与谎言

法捷耶夫曾经是苏联的著名作家,在文学史上占有重要的地位。他的两部代表作品《毁灭》和《青年近卫军》都曾被选编入学校教科书。但是,近四十年来,法捷耶夫声誉日下。苏联解体后,俄罗斯高校的教学大纲已把法捷耶夫放在极不显眼的位置,有些文学史著作则几乎把他除名了。极力贬低法捷耶夫的人,主要不是批评他的文学创作,而是攻击他的社会活动,即法捷耶夫在担任苏联作家协会领导人时的作为。

法捷耶夫自 1934 年起就进入作协领导层,在高尔基去世后成为作协主要领导成员之一,1946 年至 1954 年任作协总书记兼作协主席,1954 年第二次全苏作家代表大会前,由于给苏共中央的一封信而被解除第一把手的职务(这封信的内容,下文介绍),1954 年担任有名无实的作协书记处书记,直至 1956 年 7 月,即苏共二十大后自杀为止。

在法捷耶夫主持苏联作协工作的将近二十年间,发生了以 1937—1938 年为高潮的大镇压大清洗,数以千计的作家被逮捕、流放、劳改甚至处死,这二十年也是苏联文学发生质变的时期,无产阶级革命文学堕落为粉饰生活和宣扬个人迷信的工具;这二十年中,许多著名作家和诗人,如普拉东诺夫、布尔加科夫、帕斯捷尔纳克、阿赫玛托娃、左琴科等受到的不公正待遇日甚一日。这一切与苏联当时的社会大环境有关,当然也与主持作协工作的法捷耶夫有关。但是,法捷耶夫在哪些事情上有责任,责任有多大,在哪些事情上没有责任,在哪些事情上他根本负不了责任,这些都是应该实事求是地加以分清的。法捷耶夫在 1954 年第二次作家代表大会上就受到指责,在 1956 年苏共二十大上更受到肖洛霍夫等人的激烈攻击。二十大揭发斯大林独断专行、严重违反社会主义法制的问题后,有流言说,逮捕作家的命令都经过作协,由法捷耶夫签名;甚至有流言说,有些作家是因法捷耶夫直接告密而遭迫害的。这些指责是致命的,它们可以毁掉法捷耶夫的人格,从而轻而易举地把他从文学史上除名。法捷耶夫生前没有、也不能为自己辩白。这团疑云一直悬浮在他的名字之上。

俄罗斯《共青团真理报》副主编、老资格的新闻工作者伊凡·茹科夫经过长期的调查,翻阅了克格勃有关被捕作家的档案,写成了《命运之手,肖洛霍夫与法捷耶夫:真相与谎言》一书,其中证明,在被捕作家的所有文件上没有法捷耶夫的签名,在档案中也没有发现由法捷耶夫署名的任何检举材料。相反,在档案中却发现了由于法捷耶夫的努力而得到平反、释放,或由于法捷耶夫的及时干预而免遭迫害的作家的材料。下面略举几位有代表性的作家的姓名:尼古拉·扎鲍洛茨基、安塔尔、吉达什、尤里、盖尔曼、列昂尼德·索洛维约夫、奥丽迦·别尔戈丽茨、叶甫盖尼·塔拉塔图、维拉·凯特琳斯卡娅、伊凡·马卡里耶夫、约汉纳·塞姆彼尔、穆赫塔尔·阿乌埃佐夫等。其中,哈萨克作家阿乌埃佐夫的事件最具戏剧性。他那部描写哈萨克伟大诗人、启蒙学者阿拜·库南巴耶夫的著名史诗性小说《阿拜的道路》在阿拉木图被诋毁成"有敌对情绪的作品",阿乌埃佐夫处境危险。法捷耶夫在斯大林奖金委员会例会上得知这个消息后,立即提议把阿乌埃佐夫列入斯大林奖金一等奖获奖者候选人名单。几天后名单得到斯大林的批准,阿乌埃佐夫因此得救。

法捷耶夫还冒着风险,帮助一批作家在处境极其艰难的情况下活下来,他们是:安娜·阿赫玛托娃、米哈依尔·左琴科、弗谢沃洛德·伊凡诺夫、西蒙·契科瓦尼、伊拉克里·阿拜希泽、马克西姆·雷里斯基、弗拉基米尔·索斯尤拉、米尔扎·伊勃拉吉莫夫和几百名其他知名度较小的作家。

伊凡·茹科夫提供的这份材料是极为重要的,它洗刷掉了加在法捷耶夫身上的莫须有的罪名,证明法捷耶夫人格的清白。这样一来,想用"告密者"或"镇压者"的大帽子轻易抹煞法捷耶夫的意图是不可能实现了。

法捷耶夫与20世纪50年代中期以前的苏联文学进程有密切的关系,在评判他的言行时必须采取严肃的实事求是的辩证的态度。他在忠实执行苏共中央文艺政策时毫无疑问犯了这样那样的错误,但是,事情还有另外一面。下面介绍法捷耶夫与长期被批判的阿赫玛托娃、布尔加科夫、帕斯捷尔纳克和普拉东诺夫的关系。按照常理想象，法捷耶夫与这些作家应该是水火不相容的，其实，情况要复杂得多。

阿赫玛托娃在十月革命后一直处于被批判的地位，但是奇怪的是，法捷耶夫十分欣赏她的诗歌并且很尊敬她。1940 年 8 月，法捷耶夫第一次以作协领导人的身份会见阿赫玛托娃，态度友好热情。他仔细倾听阿赫玛托娃的请求，办了他职权范围内能办的一切。使阿赫玛托娃感到震惊的是，法捷耶夫竟然和帕斯捷尔纳克联名举荐她为斯大林奖金候选人。事后证明，这次举荐是好心办了坏事。举荐引起了苏共中央的警觉，阿赫玛托娃的诗选《六诗集选萃》恰好在这时出版，苏共中央对此作出了激烈的反应，中央书记处下令追查责任，苏联作家出版社社长、作家出版社列宁格勒分部主任以及苏共中央报刊保密和检查总局政治编辑由于“玩忽职守”，出版了“思想上有害的”、“具有宗教神秘色彩的”阿赫玛托娃诗集而受到严厉批评和处分。处理意见以中央文件形式下达，中央书记处书记日丹诺夫、马林科夫都署了名，另一书记安德烈耶夫还在文件上加了一句：“没收阿赫玛托娃的诗集。”正当党中央机关逐级传达书记处的指示时，出版社已经把印好的诗集装上火车送往各地。莫斯科和列宁格勒的书店前排起了长队，诗集被抢购一空。苏共中央收集反映给中央的一份报告指出，阿·托尔斯泰向群众大力推荐阿赫玛托娃的诗集，还在斯大林奖金委员会文学组会议上建议正式提名阿赫玛托娃为奖金候选人。报告还特别提到：“出席会议的有法捷耶夫同志。”

1946 年，苏共中央发布《关于〈星〉和〈列宁格勒〉两杂志的决议》，点名批判阿赫玛托娃和左琴科，两人处境险恶，生活困难。法捷耶夫一方面写文章表态，拥护党中央决议，另一方面对两人表现出最大程度的人性关怀和正派作风，多次给文学基金会写信，要求给予他们物质上的帮助。

法捷耶夫于 1953 年帮助阿赫玛托娃在苏联作家出版社出版新作，这在当时是需要极大勇气的。1956 年 2 月，已经被撤职并且生病住院的法捷耶夫在接到阿赫玛托娃的求援信后，立即写信给总检察长，为阿赫玛托娃的儿子古米廖夫的平反出了大力。古米廖夫本人什么问题也没有，只因父亲于 1919 年被镇压，母亲受中央点名批判而被株连，曾三次入狱。

阿赫玛托娃在信中说:“我感觉到,七年来,我仿佛站在敞开的坟墓边,我那还有一口气的儿子在墓中抽搐。”阿赫玛托娃认定法捷耶夫是个正派人,是她唯一能向之伸手求援的人。法捷耶夫在生前所读的最后几本书中,有一本就是阿赫玛托娃当时送给他的译作《朝鲜古典诗歌选》。法捷耶夫曾写信向她表示感谢。

法捷耶夫与布尔加科夫的关系又如何呢?熟悉苏联文学的人都知道,布尔加科夫由于剧本《图尔宾一家的命运》上演后受到斯大林的指责而终身受压。《图尔宾一家的命运》受批判是1926年的事情,当时法捷耶夫还未登上领导岗位。1940年6月,《图尔宾一家的命运》在列宁格勒上演,法捷耶夫有机会第一次看了这出戏。他看后盛赞剧本,说布尔加科夫拥有非凡的才能。他立即去拜访布尔加科夫,当时布尔加科夫已身患重病,不久于人世了。布尔加科夫的才智和人格给法捷耶夫留下了深刻印象。法捷耶夫赞赏布尔加科夫的剧本《逃亡》,在读完长篇小说《大师与玛格丽特》的手稿后,当面对布尔加科夫说,这是一部天才的杰作,对出版社不敢印行这部作品表示遗憾。布尔加科夫生性高傲,不愿见作协领导人,费定在拜访一次后就被告知以后不必再来。但法捷耶夫的诚挚、正派赢得了布尔加科夫的信任,他在临死前把身后出版作品的事委托给法捷耶夫。法捷耶夫组织了一个布尔加科夫文学遗产委员会,亲自挂帅,负责布尔加科夫作品的编辑出版工作。此事阻力很大,但法捷耶夫仍然编好了布尔加科夫的剧本集。可惜战争爆发,出版工作被无限期推延了。

帕斯捷尔纳克也是一位长期受压的诗人。在他不能发表作品的困难年月,法捷耶夫帮助出版他翻译的莎士比亚剧作,帕斯捷尔纳克写信表示万分感激。这两个政治观点相距甚远但艺术观点很接近的人,曾多次推心置腹地交谈。帕斯捷尔纳克对法捷耶夫的人品绝对信任,在他面前无话不说。

法捷耶夫与普拉东诺夫的关系很能说明法捷耶夫的矛盾。普拉东诺夫是一位以反乌托邦为特色的讽刺作家。他的讽刺小说《爱怀疑的马卡尔》发表在1929年《红色处女地》杂志上(该杂志是20世纪20年代最有名望最优秀的期刊,法捷耶夫是杂志主持人之一)。在这之前,无论哪家杂志都不敢刊登这篇小说。小说发表后立即受到批判,苏共中央给这篇小说定性为“宣扬无政府主义”。法捷耶夫不得不在杂志下一期上发表批判文章。后来，在他去世前不久，在编辑自己的论文集《三十年间》时，法捷耶夫痛心地作了自我批评。

1931年，《红色处女地》第三期又发表了普拉东诺夫的讽刺小说《有好处》。这篇作品是针对1929年农业集体化运动的，讽刺了想一步跨进共产主义的乌托邦。小说以不敬的语调提到了斯大林的《胜利冲昏头脑》一文，又借贫农乌波耶夫之口请求列宁在身后留下一个和他一样的人。当时是1931年，斯大林已执政七年，乌波耶夫的这个请求当然是公然否定斯大林。这篇小说的责任编辑是法捷耶夫，他又是杂志主编。他把小说放在该期第一篇，以示重要。小说发表后，引起轩然大波。苏共中央认为法捷耶夫“迷失方向，思想上丧失警惕”，犯了严重的政治错误，责令检查。法捷耶夫再次被迫写批判文章，说这篇小说不是“贫农编年史”（小说的副标题），而是“富农编年史”。杂志另一位编辑列昂诺夫被迫表示同意法捷耶夫的意见。法捷耶夫公开认错，痛责自己鼠目寸光，但是他内心里赞赏普拉东诺夫的胆识和才华。后来，他又在《红色处女地》上发表了普拉东诺夫的短篇小说《第三个儿子》，这篇小说曾得到美国名作家海明威的高度评价。

在普拉东诺夫处处遭人白眼的窘境中，法捷耶夫为他在莫斯科特维尔大街搞到一套住宅，这在30年代简直是奇迹，因为普拉东诺夫既没有莫斯科户口，也没有固定职业。二次大战时，普拉东诺夫任《红星报》记者。法捷耶夫一直把他的战争题材特写和短篇小说置于战争年代优秀作品之列。

1954年，法捷耶夫被撤掉作协主席和总书记的职务，直接原因是他给苏尔科夫的一封信。他本来是要给苏共中央写这封信的，但是考虑到以给作协另一主要负责人苏尔科夫写私人信件的方式，通过苏尔科夫把自己对苏联文学的看法转达给党中央委员会，这样做比较委婉些。这封信的主要内容有三点：

1. 过去十几年，苏联文学中充斥平庸的粗制滥造的作品，艺术水平低下，获斯大林奖金的作品大多够不上获奖的条件。

2. 中央对过去十几年苏联文学的总评价是错误的，根本没有什么苏联文学的繁荣。

3. 造成这种状况的原因是优秀的作家(全国大概有十几个)大都担负着沉重的行政工作,他们没有时间和精力进行创作。如列宁格勒作协书记柯切托夫(当时年龄不算大),刚刚写出《茹尔宾一家》等优秀作品,立即被套上繁杂的行政工作重轭。他已身患肺病,眼看不久于人世。必须尽快解放这些人。

信的附言示意苏尔科夫可以把这封信转呈党中央。苏尔科夫也不敢把这封信藏起来,立即亲自打印一份,呈给中央。

这封信最关键的一点是对30年代下半期至50年代初的苏联文学的总评价,这是与苏共中央一贯的调子截然相反的。当时谁也不敢这样提。法捷耶夫也只是在斯大林去世后才敢这样说,他希望在略为宽松一些的政治气氛中让中央头脑清醒一些。他对造成现状的原因也是认识得很肤浅的,也许当时也只能达到这样的水平。可是这一封信使以赫鲁晓夫为首的苏共中央非常恼怒,法捷耶夫立即被解除作协总书记和主席的职务。作协工作改由苏尔科夫主持。

我们现在对苏联文学这一阶段的看法和法捷耶夫是一样的,只是法捷耶夫以他的地位和身份说出这样的话,更有说服力。

1956年,在苏共二十大召开前,赫鲁晓夫准备与作家会见,请法捷耶夫在会见时发言,法捷耶夫谢绝了。赫鲁晓夫希望他重返作协领导岗位,他也谢绝了。

苏共二十大召开时,他是代表,但因病住院。赫鲁晓夫的秘密报告使他十分震惊。他一生的理想破灭,他所绝对信任和尊敬的斯大林的形象在他眼前发黑,破碎了。他本人在二十大上遭到肖洛霍夫等人的激烈攻击,有关他的流言蜚语随之四处传播。二十大后两个月,法捷耶夫开枪自杀。他的绝命书被克格勃封存三十四年之久,直到1990年9月20日才由《公开性周报》发表。我国《苏联文学》1991年第二期译载。这封绝命书对于我国俄苏文学工作者来说已不是什么新闻。我们注意到这份绝命书的观点和语气都是十分尖锐的:

1. 苏联文学是"被自信而又无知的"苏共领导扼杀了。

2. 大批优秀的文学人才被迫害致死。

3. 作协工作是庸碌的官僚主义事务。法捷耶夫痛悔自己的一生浪费在这些事务之中。

4. 法捷耶夫对苏共现领导完全失去信心，认为他们在文化修养上比斯大林还不如。

在对法捷耶夫的一生作总评价时，这封绝命书是不能忘记的。在重新评价苏联文学时，这份绝命书也是值得再三阅读的。

向法捷耶夫遗体告别仪式在工会圆柱大厅举行。按照传统，以赫鲁晓夫为首的政治局成员和书记处成员最后守灵。守灵后，赫鲁晓夫一行退入大厅旁边的休息室，老作家李别进斯基泪流满面，对赫鲁晓夫说："尼基塔·谢尔盖耶维奇，太可怕了！多么大的损失！萨沙出了这样的事，向自己开枪……"〔1〕赫鲁晓夫立即打断他，用刺耳的声音说：

"他向党开枪，而不是自己。"

周围的人心头一沉。

（原载《译林》，1998 年）

〔1〕 萨沙是法捷耶夫的名字亚历山大的昵称。

叶·施瓦尔茨和《蛇妖》

20世纪50年代的中国电影观众大都看过苏联影片《堂·吉诃德》，但是几乎没有人留意把塞万提斯的这部名著搬上银幕的改编者的姓名——叶甫盖尼·里沃维奇·施瓦尔茨。这个姓名不见于迄今为止在我国出版的苏联文学史、《苏联文学词典》和《中国大百科全书》(外国文学卷)，对于我国读者来说是陌生的。笔者于1992年在俄罗斯访学期间，注意到莫斯科大学语文系目前使用的文学史教学大纲把施瓦尔茨定为从1917年至今20位优秀作家之一，辟出专章详加论述。笔者也注意到莫斯科和圣彼得堡各剧院不断上演施瓦尔茨的剧本，演得最多的是《蛇妖》。[1] 现在在圣彼得堡有一个"施瓦尔茨文学遗产委员会"，负责整理、出版施瓦尔茨的剧作并处理演出事务。施瓦尔茨的女儿在给笔者的信中热切希望她父亲的作品早日与中国读者见面。

施瓦尔茨(1896—1958)出身于医生家庭，1914—1916年在莫斯科大学法律系学习。他从小迷恋剧院，赋有即兴表演的才能。国内战争期间，他在顿河罗斯托夫城的一个小剧团里当演员，并于1921年随剧团移居彼得堡。小剧团在当时的艰苦条件下无法生存，不久即自行解散。施瓦尔茨从此结束了舞台生涯，但与戏剧结下的缘份却决定了他一生的道路。1923年，施瓦尔茨开始在报刊上发表诗歌、小品文、随笔，但真正开始文学生涯是在国家出版社儿童文学部，他参与了少儿读物《刺猬》和《黄雀》的撰稿和编辑工作，并于1924年推出第一部作品集《一把古老的三弦琴的故事》，以一位生气勃勃的儿童文学作家的面貌出现在当时五光十色的列宁格勒作家群中。施瓦尔茨仿佛生来拥有从事儿童文学创作的禀赋和

[1] 《蛇妖》译文见本书"下篇"。

性格特点，他的作家朋友们在回忆录《我们熟悉施瓦尔茨》中说，凡是和他接触过的人没有不喜欢他的，他像儿童般纯真、坦率、活泼好动，爱开玩笑，爱说笑话，善于随口编故事，想象力极其丰富。他私生活中的轶事令人想起民间故事中的骑士。据名作家楚柯夫斯基回忆，当年施瓦尔茨苦苦追求女演员加雅奈，有一次两人在顿河边散步，施瓦尔茨再次表白自己的爱情并发誓实现加雅奈的任何愿望，只要她说出来。加雅奈脱口而出："那就跳到顿河里去。"话音未落，施瓦尔茨已经跨过岸上的护栏，连帽子都未摘，扑通一声跃入顿河。加雅奈知道施瓦尔茨不会游泳，急得大喊救命，行人纷纷下水，把小伙子抢救上岸。破涕为笑的加雅奈抱住湿淋淋的施瓦尔茨，连连说："嫁给你，嫁给你。"

施瓦尔茨善于细腻地揣摩儿童的心理，生动地感受童年的诗意，并把这一切极其优美地表现出来。他的全部儿童文学作品都反映了这些特点，如中篇小说《舒拉和玛露霞历险记》(1937)、《别人家的女孩》(1937)、《一年级女生》(1948，曾改编为电影)、儿童剧《安德乌打字机》(1929)、《宝藏》(1933)和他专为著名的莫斯科木偶剧院创作的儿童剧《失去了的时间》(1940)、《一个勇敢的士兵的故事》(1946)、《一百个朋友》(1948)等。施瓦尔茨的儿童文学作品往往透露出一丝幽默，这种幽默是对儿童在认识世界过程中的幼稚和性格成长中的弱点所发出的善意的极其小心和轻微的嘲讽，绝对不伤害儿童的自尊而又能诱导儿童踏上精神发展的新台阶。儿童文学作家切忌在小读者面前假装成一个儿童，不能把自己降低到儿童的认识水平。他既要适应儿童现时的心理，又必须满足儿童向往做"大人"的自然愿望。一句话，儿童文学的审美理想应该高于小读者的水平，而审美形式又必须符合小读者的趣味。这是世界上所有成功的儿童文学作家的经验。别林斯基说过，一部成功的儿童文学作品应该同时是儿童和成人都喜欢的作品。施瓦尔茨的作品正属此列。

当然，把施瓦尔茨称为儿童文学作家是不完全合适的，他的最有代表性的作品恰恰是为"成人"创作的；但是，除了少数例外，他的"成人剧"又都采用"童话剧"的体裁，借用民间故事和世界著名童话作家安徒生(丹麦)、佩罗(法国)的作品的情节为题材，赋予严肃的主题和充满童趣的形式，如《光身子的皇帝》(1934)、《小红帽》(1937)、《白雪皇后》(1938)、《影子》(1940)、《蛇妖》(1944)、《灰姑娘》(1946)、《两棵枫树》和《平凡的奇迹》(1954)等，施瓦尔茨的这些作品既在“成人”剧院演出，又在儿童剧院演出。他所创造的艺术世界既启发成年观众的思考，又引起少儿观众的兴趣，这种难得的效果说明施瓦尔茨的作品具有独特的魅力。苏联文学百科全书并不简单地称施瓦尔茨为儿童文学作家，而称之为“讲童话的剧作家”或“童话剧作家”，这是很有道理的。但是，童话这件五彩缤纷的外衣使评论界目迷，不辨深浅，长期以来低估了施瓦尔茨的创作的意义，这也许是这位剧作家在文学史上默默无闻的原因之一。只有当《蛇妖》于1944年在莫斯科彩排过程中便遭到《文学与艺术》报的猛烈抨击时，人们才开始回味这些童话剧的深刻和蕴藉。施瓦尔茨于1958年辞世。从60年代开始，他的创作的现实意义和艺术价值越来越受到观众和评论界的重视，从而逐步确立了他在20世纪俄罗斯文学中应有的地位。

施瓦尔茨的童话剧大致可分为两类：第一类表现童话的传统主题——真善美对假恶丑的胜利、光明对黑暗的胜利、人类的爱心的力量和爱情创造的奇迹等等，这一类剧作以《白雪皇后》《灰姑娘》《平凡的奇迹》为代表。第二类富有哲理或隐含政治讽刺，以《光身子的皇帝》《影子》《蛇妖》为代表。这一组童话剧写于30年代中期至40年代中期，在当时有明显的反希特勒法西斯主义的色彩，但今天的读者发现这些剧作所包含的深意远远超出了特定时代的局限。

施瓦尔茨在剧本《影子》前引了安徒生在自传《我一生的真实经历》中的一段话作为题词：“别人的题材仿佛变成我的血肉，我对别人的题材进行再创造，只有这样做之后，我才把作品拿出去发表。”作家利用民间传说的情节作为自己的题材，这在世界文学史上是屡见不鲜的，最典型的例子是歌德的《浮士德》。童话作家更是如此，安徒生、佩罗、格林、王尔德都这样做过。成功的关键是“再创造”，即赋予新意，进行独特的艺术处理。当然，要在这些名家用过的题材上再创新意，实在是很困难的，可是，施瓦尔茨做到了，《白雪皇后》便是第一个成功的例子。

《白雪皇后》采用安徒生同名童话的情节为题材，两部作品都表现儿童纯真的爱心对邪恶的胜利；安徒生的童话更带童话味，施瓦尔茨的童话更带生活味，两者都富有浓郁的诗意。施瓦尔茨在“再创造”的过程中把“性格”引进童话，这是他的独到之处。两部作品的主人公都是一对异性姐弟，姐姐叫格尔达，弟弟叫加伊。在安徒生的童话中，加伊被魔鬼的镜子碎片迷了心窍，变成一个坏孩子，不由自主地跟白雪皇后飞到遥远的冰雪王国，白雪皇后的吻使他的心变成了冰块。冬天过去了，加伊还不回来，格尔达深信他已经死了；但是春天的阳光不相信加伊死了，燕子也不相信，于是格尔达穿上一双红鞋出发去找加伊。又小又弱的格尔达得到红玫瑰、乌鸦、王子和公主、强盗女孩、梅花鹿和芬兰女人、拉普兰女人的帮助，到达冰雪王国，以热泪融化了加伊冰冷的心，消解了魔鬼的镜子碎片，加伊又恢复为一个正常的可爱的男孩。

安徒生以魔鬼的镜子为情节的契机，而施瓦尔茨则以红玫瑰作为情节的契机。红玫瑰在安徒生的童话中只起了一点小作用：告诉格尔达，埋在地下的死人中没有加伊。而在施瓦尔茨的剧本中，严冬中盛开的红玫瑰是格尔达、加伊和老祖母细心培植的奇迹。专做冰块生意的富商求购不得，怀恨在心，挑拨白雪皇后前来报复。白雪皇后不能容忍红玫瑰向她的威力挑战，摧残了红玫瑰，掳走了加伊，并以自己的吻使加伊的心变得又冷又硬。格尔达决心找回加伊，独自出发寻觅通向冰雪王国的道路。可恶的商人设置了重重障碍，企图暗害格尔达。格尔达以自己的纯真、善良和爱争取到乌鸦夫妇、王子和公主、强盗女孩和梅花鹿的帮助，历尽艰辛，抵达白雪皇后的宫殿，以自己的热泪融化了加伊冰冻的心。当他们回到老祖母身边的时候，那丛红玫瑰又重新开放了。施瓦尔茨所描写的全部情景都用来突出格尔达的坚定的意志和那颗充满爱的心，她所得到的帮助都是她努力的结果，她配得上所有这些神奇力量的帮助。善与恶两种力量的斗争体现在格尔达与富商、白雪皇后的性格冲突中。如果说安徒生写了一篇情节童话，那么施瓦尔茨则创作了一出性格童话剧。但是，施瓦尔茨的再创造得益于安徒生的启发。安徒生在作品中借芬兰女人之口说道：“她（指格尔达）的力量就在她心里。”可以说，施瓦尔茨的成功就在于尽力发挥了这句话所包含的深意。红玫瑰作为美的象征，在恶的淫威下枯萎，在善的氛围中盛开，赋予整部童话剧以芬芳的诗意。1944 年，英国曼彻斯特儿童剧院举行揭幕典礼时，施瓦尔茨的《白雪皇后》获得首场演出的荣誉。

1934年,施瓦尔茨创作了童话剧《光身子的皇帝》,这部剧作把安徒生的《牧猪人》《豌豆上的公主》《皇帝的新装》三篇童话融为一体,改造了其中的一些细节和人物,赋予一般道德观念以具体的内容,使全剧既保持了原来的深刻的哲理,又获得了鲜明的时代色彩。

安徒生童话中的牧猪人本来是一个王子,他把玫瑰和夜莺作为求婚礼物送给邻国的公主,却遭到公主的拒绝。王子假扮成牧猪人,做了一个精制的玩具,赢得了吻公主一百次的权利。王子露出真面目,教训公主不懂真正的美,为了得到玩具竟愿意与牧猪人接吻。《豌豆上的公主》和《皇帝的新装》的情节是尽人皆知的,不必赘述。在施瓦尔茨的童话剧中,一位美丽的公主爱上了真正的纯朴的牧猪人亨利,但迫于父命要嫁给邻近一个强大的王国的国王,否则她父王的王国将有被吞灭的危险。亨利和他的朋友织匠赫里斯蒂安假装成裁缝,巧妙地获得皇帝的信任,为皇帝赶制结婚礼服。正像安徒生的童话所描写的那样,"不称职的人和愚蠢的人"都看不见这件美丽的礼服,派去监督的部长和皇帝本人都怕被别人说他们"不称职和愚蠢",于是都交口称赞礼服的花纹和色彩。在隆重的婚礼上,一个孩子发现穿着"新婚礼服"的皇帝实际上光着身子,他的惊叫声引起一片混乱,亨利趁乱救出了公主。安徒生的情节几乎未动,但人物都经过再塑造,尤其是皇帝,他的骄横、狂傲、残暴、虚荣和神经质,活画出1934年独揽总理和总统大权,在德国施行法西斯恐怖统治的希特勒的丑恶形象。当亨利和赫里斯蒂安吹嘘他们曾为土耳其、苏丹和印度莫卧儿大帝缝制礼服并得到赏赐时,皇帝以鄙夷的口吻说,土耳其人和印度人算什么,他的王国才是世界上最优秀的种族。当皇帝要教授考证他即将迎娶的公主的家族谱系时,教授从亚当讲起,皇帝大吃一惊:

皇帝　太可怕了!公主是犹太女人?

教授　瞧您说的,陛下!

皇帝　亚当不是犹太人吗?

教授　这是一个有争议的问题,陛下。我有材料证明,亚当是卡拉伊姆人。

皇帝　就算是吧!对于我来说,最重要的是公主的血统必须纯正……
这些极富幽默感的细节非常自然地出现在皇帝的性格刻画中，毫不含糊地道出了作品的潜台词。安徒生笔下的皇帝在听到群众窃窃私语时，心中发虚，但装得若无其事，在游行队伍前继续走下去。而施瓦尔茨塑造的皇帝听到群众的喊声时恼羞成怒："闭嘴！我是有意这样做的……我命令：今后所有人举行婚礼时必须光着身子！"这最后一笔完成了30年代一个法西斯暴君的画像。

《光身子的皇帝》被称为施瓦尔茨反法西斯戏剧三部曲的第一部，第二部是创作于1940年的《影子》。当施瓦尔茨写作《光身子的皇帝》时，世界上善良的人们还以为希特勒法西斯主义的疯狂肆虐很快就会被曾经产生过歌德和贝多芬的德国人民的理智所克服，没想到法西斯主义的歇斯底里煽动竟激发了德意志民族沙文主义和军国主义的恶性膨胀，一个民族的意识和心理从历史上积累下来的最坏的方面——统治欲、掠夺欲和奴役欲，物化为可怕的毁灭性的力量，既给其他民族带来深重的灾难，也给德意志民族本身带来难以吞咽的苦果。施瓦尔茨是法西斯主义发生和蔓延过程中的目击者，他深入思考这个过程的成因并以一出童话剧来表达他思考的结果。《影子》取材于安徒生的同名童话，毫无疑问，安徒生这篇著名的哲理童话给施瓦尔茨以极大的启发。一位学者发现对面楼房的阳台上出现一位神秘的美丽公主，于是命令自己的影子去窥探秘密，结果，获得自由行动的权利和无孔不入的能力的影子得到了想要的一切，物化为一个实体，它只缺一样东西——自身的影子，于是反过来强迫学者做它的影子。最后，当它和公主结婚时，生怕它原来的主人暴露它的底细而杀害了学者。人的欲望异化为一种危害人自身的异己力量，这在生活中常有反映而人往往不能自觉。当安徒生以童话形式点出这个道理时，读懂这篇童话的施瓦尔茨真是感到心惊。他借用这个带点怪诞意味的题材，增添了许多带有时代色彩而又和童话体裁完全和谐的细节和人物，把个人欲望异化的主题扩大为对民族命运和历史过程的思考。安徒生的童话以悲剧结束，而施瓦尔茨笔下的学者在危急时刻忽然想起，他既然能命令影子离开自己，为什么不能命令影子恢复原状？于是他喊道："影子，显原形，回来。"影子萎靡地瘫倒在地上，回到学者的脚下。这里明显地表现出施瓦尔茨对人的理智的信念和历史乐观主义精神。

在考察了《光身子的皇帝》和《影子》之后，我们就比较容易理解三部曲的最后一部《蛇妖》的意义了。《蛇妖》创作于1943—1944年。施瓦尔茨在围城列宁格勒度过了卫国战争的艰苦年代，他当然切身感受到法西斯侵略战争带来的灾难。但是，他作为奋起反抗的民族的一员，深深地体会到最大的不幸莫过于身处法西斯专制统治的直接奴役下而不敢反抗的麻木心态。蛇妖以残暴手段统治某城达四百年之久，在打败最初几名反抗者之后再未遇到挑战者。人们对“蛇老爷”的淫威已经“习惯”，每年心甘情愿地献上一名全城最美丽的姑娘，连牺牲者本人也认为这早成“定规”。人们还歌颂蛇老爷做的好事，最能思考的人得出的一条教训是：“摆脱其他蛇妖的唯一办法就是拥有自己的蛇妖。”当游侠兰采洛特为了挽救当做贡品的艾丽扎姑娘而向蛇妖提出挑战时，全城德高望重的人都来劝阻，连艾丽扎本人和她父亲最初也不赞成兰采洛特的义举。兰采洛特不由得感叹说，当人们砍树的时候，连树木都要呻吟，而人却甘受奴役，连哼都不哼一声。全城绝大多数居民生怕兰采洛特的挑战激怒蛇妖而受到牵累，因此对兰采洛特抱敌视的态度。奴才的怯懦有时会变成嗜血的残暴。兰采洛特说他三次所受的致命伤都是被他自作主张救出来的人加于他的。当他战胜蛇妖而自己也伤重至奄奄一息时，猫立即设法将他转移进山，怕的就是居民恩将仇报。全剧情节在蛇妖死后并未结束，居民向攫夺胜利果实的市长父子表示臣服，伤愈归来的兰采洛特在处置市长父子后说，最重要而又最难办的是在每一个人身上杀死蛇妖。所以，这部剧作所表现的冲突，主要不在兰采洛特与蛇妖之间，而在兰采洛特不畏强暴的反抗精神与城市居民的奴性心态之间。这部童话剧的情节是夸张和怪诞的，但一切又充满现实生活的气息，沙尔列曼父女精神状态的变化过程和城市居民的心理演变过程表现得层次分明，合情合理；蛇妖的形象是典型的法西斯党魁的再现，它并非貌似强大而是实实在在威猛无比，但面对赤手空拳的兰采洛特仍然觉得心虚，想在决斗前假他人之手暗算对方，这种写法给人以十足的真实感。市长和亨利是全剧塑造得最成功的形象，亨利两次出让自己的未婚妻，其品质用卑鄙二字已不足以概括。市长和亨利作为法西斯统治机制的中介，集奴役与被奴役的心理于一身，奴性在他们身上发展到“完美”的地步，他们在统治与被统治之间应付裕如，一旦时机成熟，他们摇身一变，面目狰狞，比原来的主子还可怕。他们父子之间互相戒备，你奸我诈，勾心斗角。密告与反密告、收买与反收买的斗争，是全剧最精彩的篇章之一，一切都在真真假假、虚虚实实之间进行。当蛇妖被砍下的脑袋哀求他们给一滴水润润嘴的时候，他们转身而去，连蛇妖都后悔没有培植一个忠诚的奴才。其实，凡奴才决不会是忠诚的。

《蛇妖》是20世纪俄罗斯文学中最优秀的讽刺剧之一，也是施瓦尔茨的创作技巧登峰造极之作。童话剧的全部优势被这位剧作家充分调动起来，所有假定性的手段都服务于对现实本质和人物性格本质的揭示，一切都发生在虚有的童话世界，一切又都反映着实在的现实生活。其实，写得成功的童话比现实还真实。

《光身子的皇帝》、《影子》和《蛇妖》产生于反法西斯斗争的年代，它们反映出具体的时代色彩，又包孕着深刻的哲理。当前两部剧作在60年代再次搬上舞台、《蛇妖》于1962年首次公演时，观众终于领悟到它们的意义和价值。近三十年来，施瓦尔茨的剧作在俄罗斯国内外常演不衰。今天，他的代表作《蛇妖》终于和中国读者见面了。

（原载《苏联文学联刊》，1993年）

20世纪外国文学史教学中的苏联文学

苏联文学已经成为历史。这个事实使我们与苏联文学拉开了距离，赋予我们以新的视角和考察的相对自由。在我国，广大读者，尤其是老年、中年读者，对苏联文学一向怀有深厚的感情，苏联文学在我国高校的课堂上也长期占有一席特殊的地位。同时，苏联文学又是一个十分敏感的问题，即使到了今天，在反思作为历史现象的苏联文学时，也仍然需要预先作如下说明：评价苏联文学既无法与政治切断联系，又不能与政治混为一谈。苏联文学是完全受苏维埃时代政治制约的文学，离开政治就无法评价苏联文学；但是，不能说对苏联文学作批判性反思就是否定社会主义文学，就是否定社会主义。评价苏联历史不是文学教学工作者的任务，但我们不得不注意到，社会主义制度在它诞生的故乡突然瓦解，这个可悲的事实证明，社会主义在苏联经历了逐渐退化变质的过程，或者说，变成了苏联式的社会主义，而这种社会主义最终失去苏联人民的拥护。这是一个沉痛的历史教训。既然苏联社会并不是一个如马克思恩格斯所憧憬的美好的社会主义社会，那么，与社会生活，特别是与政治紧密相连的苏联文学，作为一个整体，也就不是完全意义上的社会主义文学。只有说清这一点，才能使我们保持比较客观的立场、冷静的态度和清醒的头脑，才能使我们在讨论这个十分敏感的问题时少一点思想顾虑。

一

我国学术界和高校教材习惯于把苏联文学称为社会主义文学、无产阶级革命文学和社会主义现实主义文学，其实这些说法都过于笼统，它们抹煞了苏联文学作为一个历史过程在其发展各阶段中的差异，也抹煞了在整个过程中各种文学现象的明显区别。

苏联文学是一个历史过程。它经历了三个阶段，发生了三次重大变化。第一阶段是十月革命至30年代初。真正反映出无产阶级革命文学本质的正是这“红色十年”中诞生的优秀作品，如富尔曼诺夫的《恰巴耶夫》(1923)、绥拉菲莫维奇的《铁流》(1924)、法捷耶夫的《毁灭》(1927)、奥斯特洛夫斯基的《钢铁是怎样炼成的》(1931)等。这些作品把人类历史上一次伟大的壮举，即劳动者为自身的解放而英勇斗争的情景，实实在在地、多姿多彩地描绘出来了。主人公为共产主义的崇高理想而无私献身，信念与心灵融为一体，赋予形象以耀目的光彩。特别是保尔·柯察金，这个形象是共产主义信仰和无产阶级革命的活的化身，他就是信仰，他就是革命。作品是作者的诚实、热烈的自白，描写自我就是描写革命，毋需别人从一旁塑造形象，宣传革命，歌颂革命。这是世界文学中前所未有的新发现、新创造。当无产阶级革命体现在保尔、莱奋生、恰巴耶夫、克雷奇科夫和郭如鄂的形象上时，这场革命的确是纯洁的、壮丽的、可歌可泣的，苏联文学也因此而获得崭新的品格和世界意义。

当我在莫斯科新圣母公墓亲眼看到富尔曼诺夫的墓碑时，那仅仅刻着“布尔什维克、作家、战士”三个词的朴素铭文给予我极其深刻的启示。这种三位一体的和谐结合是无产阶级革命文学的人格象征。与富尔曼诺夫墓碑并列着的是绥拉菲莫维奇和奥斯特洛夫斯基的墓碑。如此安排正好契合他们在文学史上的位置。

马雅可夫斯基是革命的鼓动者、歌颂者，没有一个诗人能像他那样把革命时代的激情和节奏表达得如此撼人心魄。他在诗歌形式上的革新取得了世所公认的成就，内容和形式在他的作品中达到完美的结合。马雅可夫斯基的艺术才华是灿烂的，他对革命的感情也是真挚的，但带有几分狂热，达不到奥斯特洛夫斯基式的精神境界。他是那个疾风暴雨时代的产物，与时代紧紧联系在一起。只要十月革命在历史上受到应有的评价，马雅可夫斯基就不会失去他在文学史上的地位。

阿·托尔斯泰最初反对苏维埃政权，逃亡国外，经过观望、犹豫、动摇，最后理智地分析主观境遇和客观形势，权衡利弊，怀着重重疑虑回归俄罗斯。他从国内战争中苏维埃政权获胜的事实回过头去重新认识革命并将个人对时代的全部体验生动地反映在长篇史诗《苦难的历程》中。这是一名来自敌对阵营的知识分子对革命的认同甚至赞颂，无产阶级文学理所当然地把它列为自己的重大成果。阿·托尔斯泰作为统战象征受到政府的优待，而在文学界则被视做"同路人"受到排挤。但是，这位聪明的作家善于适应环境，充分利用自己的特殊地位站稳了脚跟；他在叙事作品中表现出的杰出才能则给他赢得了广泛声誉，使他跻身于世界大作家之列。

苏联文学在第一阶段经历了各种思潮流派的纷争和对立，其中缠夹着复杂的宗派纠葛，许多现象已成历史陈迹。经过时间的筛选，以上述几位作家、诗人为典型代表的潮流无疑地可以作为新型的无产阶级革命文学而在世界文学中占据一席特殊的地位。

30年代中期至50年代中期是苏联文学史上最不正常的阶段。苏联的社会主义自1929年那场极"左"冒进的农业集体化运动以来已蒙上空想的色彩和不人道的阴影。由苏共第十七次党代表大会和基洛夫被暗杀引发的1937—1938年的大镇压使人对斯大林式的社会主义望而生畏。这场镇压实际上从20年代末就开始了，1937年达到高潮，卫国战争时期也未完全停止，一直延续到斯大林去世。党内的无情斗争祸及广大干部甚至无辜百姓。以这种手段建设的社会究竟有多少社会主义的味道呢？在严重违反社会主义民主和法制的政治气氛和社会环境中生活的作家有多少心灵的自由呢？而缺少了这一点，文学创作的自由又岂非一句空话？无产阶级革命的激情让位于对领袖的个人迷信，谎言代替了理想和信念，无冲突论掩盖了重重矛盾以致残酷斗争，粉饰生活的作品严密地封住了现实中的阴暗面。

这一阶段并非绝对没有优秀作品，但是作家的顾虑在创作中留下了明显的烙印。举例来说，阿·托尔斯泰的《苦难的历程》第一部《两姐妹》完成于1921年，第二部《一九一八年》完成于1927年，而第三部《阴暗的早晨》完成于1941年。第二部与第三部之间正是那个20年代末和整个30年代。阿·托尔斯泰于1935年补写了一部《粮食》，作为第二部到第三部的过渡，毫不掩饰地借保卫察里津之役歌颂斯大林，预先防备有人可能会对《苦难的历程》提出指责：写国内战争而不颂扬斯大林的功绩。

我们注意到,高尔基在十月革命后没有写过一部反映苏联社会生活的长篇小说,而在1936年去世之前一直在写的总结性长篇小说《克里姆·萨姆金的一生》,在苏联始终只得到空泛的赞誉。

卫国战争是一个特殊的阶段,文学的主旋律是爱国主义,那些歌颂普通军民浴血奋战为国捐躯的作品仍不失其历史意义,如以《俄罗斯性格》《日日夜夜》为代表的小说,以《等着我吧》为代表的抒情诗,以《华西里·焦尔金》为代表的长诗等。但是,战争文学一旦与个人迷信沾边,作品立即就发出谄媚的调子,如《攻克柏林》《白桦》等。对卫国战争的全部真实和历史教训的思考,在战争时期是不可能也来不及反映在当时的文学中的,这个任务是由50年代末以后的文学担当起来的。

战后到50年代初,苏联文学界处于苏共关于文艺问题的四个决议的震慑之下,寒潮经久不退,文艺界冰冻三尺,这种状态是决非社会主义文学所应该呈现于世界读者之前的,具体情况已是众所周知,不必赘述。

从30年代到50年代,从主要方面看,苏联文学从革命文学质变为个人迷信的工具和粉饰太平的庸俗文学。这样评价似乎很难令人接受,但我们只要回忆一下法捷耶夫怎样怀着痛苦的心情遵照斯大林的命令修改《青年近卫军》,回忆一下法捷耶夫自杀时留下的遗书,就不得不接受这个可悲的结论。法捷耶夫于1936年高尔基去世后接任苏联作家协会的领导职务,直到1956年5月14日自杀。他在遗书中写道:“我看不到继续活下去的可能,因为我为之献出自己生命的艺术被自以为是不学无术的党的领导所扼杀……优秀的文学骨干——连沙皇的暴吏们做梦都梦不到这批人——已经由于掌权者的罪恶纵容,从肉体上被消灭或者死去了。”〔1〕“我将满怀喜悦地弃绝人寰,因为如此我就可以摆脱这充满谎言、流言蜚语和恶毒攻击的污浊生活。”〔2〕

只有从这二十年苏联文学的演变中,我们才能全面评价1934年苏联第一次作家代表大会和社会主义现实主义创作方法的得失。第一次作家代表大会结束了文学界十余年的宗派斗争,成立作家协会,意在团结所有

〔1〕 俄罗斯《文学报》,1993年第21期。

〔2〕 同上。

可以团结的作家，为作家创作提供有利的条件，这是好的一面。但是，在1934年以后的二十年中，作协由文学创作机构逐渐变成粗暴干涉作家创作、决定作家生死的行政机构，甚至在大镇压中扮演了不光彩的角色，这也是抹煞不了的事实。法捷耶夫把作协的工作说成是“平庸无谓、没完没了的官僚事务”[1]，这位才华横溢、对革命极端忠诚的作家最后在万分痛苦和追悔的心情中自杀，这场悲剧可以说明苏联作协的性质和历史作用。1934年，在作协章程总纲中写下的社会主义现实主义定义，体现了社会主义文学寻求自身规律的努力，就这一点来说，无可非议。社会主义现实主义是自高尔基以来无产阶级革命文学运动实践的理论总结，是20世纪俄罗斯文学众多思潮中的一种；但是，当它被以国家行政手段提高到凡作家必须遵奉的至尊地位时，它就丧失了作为文学创作方法自身的意义。社会主义文学为自己规定一种创作方法的做法本身就是对自身的束缚，就是对艺术创作根本规律的破坏。社会主义现实主义的定义一改再改，最后改成“开放体系”，改成在思想上主张社会主义，在创作方法上提倡现实主义，其实已经是自己否定自己了。文艺创作必须容许艺术家对现实的艺术把握的独特性和多样性，这个简单的道理难道还需一而再、再而三地解释吗？

50年代中期至80年代末是苏联文学的第三阶段。在这近四十年里，苏联社会生活的各方面充满改革与反改革的激烈斗争。改革派从批判斯大林的错误开始，希望社会主义制度通过自我更新实现自我完善，但他们没有成功。文学从1954年爱伦堡的《解冻》开始，对十月革命以后的苏联社会和文学自身的历程作了深刻的反思和严厉的批判。肖洛霍夫写了《新垦地》第二部。那明明是对第一部的否定，也就是对集体农庄运动的否定。所谓“农村散文”领域中的大部分作品都反映苏联农村的贫穷、落后和苏共农业政策的失败，可以说是对前一阶段所有粉饰集体农庄的作品的否定。西蒙诺夫的《生者与死者》追究斯大林对卫国战争初期严重失利应负的历史责任，这是对《日日夜夜》中壮烈牺牲的普通战士必须作出的坦率的交待。格罗斯曼的《生存与命运》是对借卫国战争宣传个

---

〔1〕 俄罗斯《文学报》，1993年第21期。

人迷信的严厉批判和否定。特瓦尔多夫斯基的《焦尔金游地府》写出了战士华西里·焦尔金对他所保卫的社会制度的极度失望。鲍·瓦西里耶夫从《这里的黎明静悄悄……》《未列入名册》追溯到《以后发生了战争》,反映了战前社会生活的极度反常在一批中学生的心灵上留下的阴影,而这些从课堂直接走向战场的青年仍然为国献出了自己的青春和生命。以写战壕真实著称的邦达列夫在《选择》中所塑造的主人公伊利亚因父亲在1937年被镇压而怀着深深的自卑感,这种精神创伤使他在战场上作出了错误的选择。邦达列夫说自己根本没有谴责伊利亚,那么该谴责的是谁呢?雷巴科夫的《阿尔巴特街的儿女们》和《1935年及以后的年代》以文献般的精确性揭示斯大林实行大清洗的历史背景。以索尔仁尼琴的《伊凡·杰尼索维奇的一天》为代表的集中营文学是对冤假错案制造者的控诉。以特里丰诺夫的《滨河街公寓》为代表的所谓"莫斯科小说"是对苏联社会人际关系市侩化的揭露。杜金采夫的《不是单靠面包》掀开了科技界的黑幕,揭露学阀与政府官僚狼狈为奸,以革命名义迫害正直学者和小人物的丑行。艾特玛托夫以山区牧民和其他普通劳动者的纯朴道德与当代社会的道德现状作尖锐的对比,以远古传说和神话中保留的传统美德作为道德理想。《永别了,古利萨雷!》以深沉悲愤的笔调写一位普通的吉尔吉斯共产党员塔纳巴伊的一生。塔纳巴伊为革命无私地献出了一切,一辈子像马一样任人驱使,最后像马一样任人宰割。区委领导争权夺利,塔纳巴伊成了蒙在鼓里的牺牲品。我们记得高尔基在《母亲》中以巴威尔的形象发挥了工人阶级从自在的阶级成长为自为的阶级的重大主题,而艾特玛托夫写出了工人阶级政党一旦蜕变为官僚统治,就竭力使自觉的共产党员变为毫无独立意识,甚至丧失人格尊严的盲目工具。艾特玛托夫所开掘的主题是极为深刻和尖锐的。苏联解体、苏共被叶利钦宣布为非法组织时,数以百万计的苏共党员对如此重大的,关系国家、民族、党和个人命运的事变,表现出迷惘、困惑、无可奈何、束手无策乃至漠然的态度,实在令全世界震惊。苏共党员这种异常的反应证明艾特玛托夫的忧虑是有先见之明的。以创作道德心理小说著称的田德里亚科夫在中篇小说《六十枝蜡烛》中一一考察过去习惯的思维方式并加以否定。例如,对历史人物的评价,过去从来都是肯定历史人物的贡献而对其达到目的的手段和个人品格不加追究。小说涉及对伊凡雷帝的评价。一位中学女生怎么也想不通，如此残暴的伊凡雷帝怎么值得肯定。伊凡雷帝宴请大臣，而在宴会桌子上方吊着赴宴者的妻子的尸体。这个场面立即令人想起斯大林当着莫洛托夫的面宣布逮捕并流放莫洛托夫的妻子那个令人心悸的戏剧性事件。伊凡雷帝由于统一了俄罗斯而被肯定，手段的残暴不影响他的历史地位。而那位女学生说，这种话她再也不要听了，在这样毫无人性的人的统治下，人民不会有好日子过。对伊凡雷帝的否定当然表现了对历史人物评价的习惯思维方式的否定。

例子太多，举不胜举。不管50年代中期以后的文学多么严厉地批判了过去，甚至否定了斯大林式的社会主义，但是从大方向来看，这是一种使社会主义制度像社会主义制度、使社会主义文学像社会主义文学的努力。苏联文学在这一阶段显示出相当的活力，形式丰富多彩，优秀作品也很多。

总之，苏联文学是一个历史过程，它的第一阶段带有革命理想、英雄主义和浪漫主义的色彩；第二阶段的文学已基本上失去社会主义的革命性质；第三阶段以批判性的反思为特色，但正如赫尔岑所说："充分地理解过去——我们可以弄清楚现状；深刻认识过去的意义——我们可以揭示未来的意义；向后看——就是向前进。"[1]

二

目前通用的苏联文学教材把各种不同的文学现象统一在社会主义文学、无产阶级文学或社会主义现实主义文学的名义下，把创作倾向和个性极不相同的作家的优秀成果统统说成是社会主义现实主义的胜利，这其实是不符合文学的实际情况的。这里不说20年代各种文学思潮，也不说50年代中期以后的文学和60年代以后的持不同政见的作家，我先举肖洛霍夫为例，肖洛霍夫一向被称为苏联文学的经典作家，《静静的顿河》被认为是社会主义现实主义的典范性作品。自从《静静的顿河》第三部得到斯大林的准许出版后，肖洛霍夫在苏联文学界的地位已万无一失。

---

〔1〕 转引自麦德维杰夫《让历史来审判》卷首题词，人民出版社1983年版。

尽管《静静的顿河》的思想倾向始终存疑，批评家们却绞尽脑汁为之辩护，肯定这部作品反映了苏维埃政权在顿河地区通过艰苦的斗争逐步确立的历程，描绘了顿河哥萨克在革命和内战中的新生、他们的生活和精神世界的巨大变化，反映了个人在重大的历史关头如不和人民群众站在一起就必定落到悲剧性的下场，如主人公格里哥利·麦列霍夫。但是，这部作品给读者的直感是哥萨克不欢迎革命，他们是被迫接受苏维埃政权的，格里哥利对红白双方同样厌恶，但陷进事件的漩涡而无法脱身，作者对格里哥利深表同情。从主人公的遭遇和作者的情感倾向，可以看出肖洛霍夫想表达的本意：人无法掌握自己的命运，人是巨大的历史冲突的牺牲品。1956年，肖洛霍夫在短篇小说《人的命运》中用作品的一句话说出了他的隐秘的想法，他把索柯洛夫和万尼亚称为被无情的战争风暴抛撒的两颗砂子。人不过是砂子，为巨大的历史事件的风暴所裹挟，身不由己。小说标题译为《人的命运》是确切的，能够表达作品的哲理内涵，也点明了肖洛霍夫的人生观。

瑞典文学院常任秘书安德斯·奥斯特林在诺贝尔文学奖颁奖词中说："苏联的批评家们长时期来都带着忧虑的心情看待它（指《静静的顿河》——引者注）。鉴于政治上的原因，他们很难全部接受肖洛霍夫十分自然地处理的主题——哥萨克反叛新的中央集权；而且也很难接受肖洛霍夫对于那些具有大胆独立精神的、反对强迫屈从的哥萨克的刻意解释和辩护。"[1]这些话相当客观和中肯。

《静静的顿河》是一部现实主义的艺术杰作，但它没有歌颂革命，也没有歌颂苏维埃政权，与社会主义现实主义的要求相去甚远。

再说阿赫玛托娃，日丹诺夫以下流的语言骂她为尼姑和荡妇，这是完全错误的，但为阿赫玛托娃恢复名誉后把她纳入社会主义文学的领域也是可笑的。阿赫玛托娃继承了俄罗斯抒情诗的优秀传统，绝妙地表达了女性丰富细腻的感情世界，语言和技巧都是一流的；但她的诗神与社会主义无缘甚至是敌对的。玛丽娜·茨维塔耶娃也一样。

再说普里希文，他根本不接受革命，不接受苏维埃政权，但他躲进了

〔1〕《诺贝尔文学奖颁奖演说集》，百花洲文艺出版社1991年版，第497页。

大自然,描写林中水滴和松鼠、刺猬。很少有人能像他那样细致地观察和优美地描绘俄罗斯大自然的魅力。有人说,大自然救了普里希文。普里希文与社会主义现实主义是根本不沾边的。

再说布尔加科夫,这位一生坎坷的天才作家在《大师与玛格丽特》中说出了郁结在心中的话:对于任何一个政权来说,思想犯比刑事杀人犯危险得多。小说借用《圣经》中本丢·彼拉多处死耶稣的故事道出了这个主题。本丢·彼拉多以征求民意的方式宣布处死耶稣,然后在金盆中洗手,表示洗刷掉自己的干系。杀了人还洗手以示清白,作品的含意一清二楚。布尔加科夫是从《图尔宾一家的命运》走向《大师与玛格丽特》的,他对这个政权完全绝望。为布尔加科夫恢复名誉后把他归到社会主义文学名下也是大有问题的。

长期被禁的普拉东诺夫、扎米亚金和皮利尼亚克倒是完全可以列入社会主义文学的范围,不过他们的反乌托邦小说和其他作品是苏维埃时代的批判现实主义作品,贴不上社会主义现实主义的标签。左琴科也是这样。他的作品讽刺苏维埃官僚和市侩意识,但绝对不是反对革命,左琴科在1930年就受到高尔基的赞扬,高尔基说:"他的幽默作品……的独特风格和社会教育价值都是无须争议的。"[1]左琴科在1939年还获得苏联红旗勋章,而到1946年却被日丹诺夫骂为"文学渣滓和无赖"了。左琴科受迫害是苏共文艺政策极"左"化和苏联文学在40年代变质的证明,然而左琴科实实在在是社会主义文学中的讽刺流派。

例子太多,举不胜举。总之,苏维埃时代的俄罗斯文学和苏联各民族的文学包含各种各样的文学现象,就思想倾向来说,很难概括为社会主义文学或无产阶级文学;就创作方法而言,更难统一在社会主义现实主义的范围内。我们只能承认这些文学现象的客观存在,实事求是地分析它们的思想倾向和艺术特色,并在20世纪世界文学的水平上判断其价值。

三

苏联文学是20世纪俄罗斯文学的重要组成部分,但不能像过去那样

〔1〕《文学遗产》第70卷,苏联科学出版社1963年版,第163页。

以独尊的地位取代全部20世纪俄罗斯文学，这一点已逐渐在学术界取得共识。在高校外国文学史教学中，苏联文学应该纳入20世纪俄罗斯文学史的整体中来讲授。20世纪俄罗斯文学包括19世纪90年代至十月革命的俄罗斯文学、十月革命后的苏联文学（包括用俄语写作的非俄罗斯作家的作品）、苏联国界以外的俄语文学（或称侨民文学）。关于20世纪初的俄罗斯文学和侨民文学，争议颇多，但决不能像从前那样随便贬低和抹煞[1]，这一点正在得到越来越多的研究者的认同。既然把20世纪俄罗斯文学作为一个整体来看待，就不必争论其中哪部分为主流的问题。据上文的分析，苏联文学本身就不是一个单一的思潮，不能以统一的面貌构成主流。给中国学生讲授20世纪俄罗斯文学，要拿出我们自己的眼光来。笔者认为有两个方面必须兼顾：一是20世纪世界文学的大背景；二是我国的国情和民族接受心理。经过严格筛选的真正优秀的作家作品，就构成20世纪俄罗斯文学的主流，如布宁、勃洛克、高尔基、马雅可夫斯基、奥斯特洛夫斯基、阿赫玛托娃、阿·托尔斯泰、普里希文、帕斯捷尔纳克、布尔加科夫、肖洛霍夫、艾特玛托夫等。

20世纪尚未过去，苏联解体至今也不过两年多，我们面临的完全是新的情势和新的课题，时间还将揭示许多鲜为人知的事实，一切有待于仔细研究。我们的态度是实事求是，而不是固执成见；我们遵奉的是马克思主义的历史主义，而不是虚无主义。以上几点看法很不成熟，供从事外国文学教学和研究的同志讨论。

（原载《苏州大学学报》，1993年）

---

〔1〕 参阅拙文《湮没在历史风尘中的半部俄苏文学史》，《文艺报》1993年7月24日。

艾特玛托夫小说中的虚与实

钦吉斯·艾特玛托夫是当前在苏联国内外拥有最广泛读者群的著名作家之一。这位吉尔吉斯中年作家的作品为数不多,但自1963年以来已四次荣获包括列宁奖金在内的国家级文艺奖。他的绝大部分作品反映地处中亚偏僻一角的一个发展中少数民族的生活,却引起了世界范围内广大读者的巨大兴趣和共鸣。他不仅以吉尔吉斯生活的浓郁的异域情调悦人眼目,而且以当今世界普遍关注的道德问题发人深思。在他的作品中,对生活的生动描绘与对人生哲理的深入探讨极其自然地结合在一起,使读者赞叹之余不由自主地陷入长久的沉思。艾特玛托夫的小说构思别致,寓意深远,格调新颖,文笔优美;读他的作品,如沐春风,如饮清泉,是真正的艺术美的享受。

道德探索是当代苏联文学的重要倾向,艺术形象所体现的哲理深度成为评价作品的重要标准。艾特玛托夫善于从吉尔吉斯劳动人民的生活实践出发提出问题,又用吉尔吉斯民族对世界的独特认识和感受来回答这些问题,这就是他的创作最引人注目的特点。他的作品的鲜明的民族特色也首先是由这一点决定的。文学作品的民族特色不仅仅是对该民族生活外貌和习俗的描绘,而首先是指是否反映了该民族对世界(自然界和人类社会)的独特的认识和感受。有人把不同的民族比做人身上不同的感官,把不同民族对世界的不同认识和感受比做人的五官对外界不同的感觉。正因为人有五官,世界对于人才是有色彩的,有音响的,有形状的,有冷热的,有甜酸苦辣和香臭之分的;正因为人类有各种民族对世界的不同的认识和感受,人类的文化才显得如此丰富多彩,绚丽多姿。艾特玛托夫通过自己的创作把吉尔吉斯族对生活的独特的理解与感受传递给读者,大大丰富了我们对世界的观感。

艾特玛托夫出身于吉尔吉斯一位老共产党员的家庭，他的父亲在1937年肃反运动扩大化中无辜遭镇压，从此这个不幸的家庭被人冷落一边，孤儿寡妇受尽屈辱和歧视，无奈迁回山区老家。朴实厚道的父老乡亲伸出热情的手接纳了他们，尽可能帮他们安家活命，这种暖人心房的同情和关怀使落难者终身不忘。艾特玛托夫从自己的切身感受中，深深体会到吉尔吉斯劳动人民的处世哲学包含着人类的传统美德，因此他力图从这些纯朴的劳动者的道德观去看待生活中发生的一切。

艾特玛托夫作品的主人公和题材是吉尔吉斯的普通劳动者和他们平凡的生活。他表现普通人对幸福和爱情的追求，个人对待生活应有的态度，在生活的严峻考验面前应做的抉择，个人对社会的责任和社会对个人的责任，人类的现在与过去和未来的关系。他站在当代生活的高度，把吉尔吉斯民族远古的历史和当代生活，把幻想和现实奇妙地结合起来，通过对劳动者的生活和精神世界的描写，表现真善美与假恶丑的斗争，表现苏联当代社会中的道德冲突，表达作家的道德理想。他的作品饱含生活哲理而又没有抽象说教的痕迹，一切都在生动感人的艺术形象和场面中自然而然地流露出来。

在艾特玛托夫的作品中，道德主题的开掘和哲理性渗透的程度是随着他在艺术上的不断探索而逐渐深化的。他那在1962年以《群山和草原的故事》为总标题发表的第一部中篇小说集，是以现实主义的传统手法写成的，而从1963年发表的《母亲——大地》开始，为了完美地表达自己的意图，他在作品中引进了“虚”的成分，小说的艺术结构中同时出现了虚和实两种因素。这里所说的“实”，是指作品所反映的现实生活和现实生活中的形象；所谓“虚”，不是虚构的意思，虚构是一般艺术创作的共同规律。这里所说的“虚”是与“实”相对的概念，即指作品中的非现实的形象。例如，现实生活中不存在的象征性形象，在现实生活中已经消失而在人物想象中复活的形象，幻想中的形象，民间传说和远古神话中的非现实的形象，等等。在《母亲——大地》以后的作品（如《和儿子会面》《我是托克托松的儿子》《永别了，古利萨雷！》《白轮船》《一日长于百年》）中，“虚”的成分所占的比重和所起的作用越来越大，“虚”的成分进入情节，成为作品内在结构的重要组成部分，甚至发展成为统领全局和体现主题的决定性因素。引进“虚”的成分，虚实并存，虚实交织，进而极大地加强“虚”的成分的作用，这种别具一格的手法使艾特玛托夫的创作呈现出独特的面貌和鲜明的个性。

为了在对照比较中更清楚地说明这种手法的特点，我们不妨先看看《群山和草原的故事》中作品的写法。《查密莉雅》(1958 年)是艾特玛托夫的成名作。这篇小说描写一位吉尔吉斯青年妇女大胆追求爱情和幸福的故事。女主人公查密莉雅离开了她不爱的丈夫，和一个一无所有的残废军人结合，双双远走他乡。查密莉雅并未遭到丈夫的压迫和公婆的虐待；相反，夫家家道殷实，公婆慈爱。故事发生在卫国战争期间，作者只用一个细节强调查密莉雅在感情上的苦闷和人格意识上的屈辱。丈夫萨特克每次从前线来信，总是向族里的长辈和家里人依次问好，“只是在最末尾，像仓促想起似的，才附笔写道：‘并向余妻查密莉雅致意’”[1]。每次，查密莉雅把三角形的信封拿到手里，神情是多么激动。她默读着，贪婪地、急不可待地用眼睛扫过字里行间。但是，越接近信尾，她的肩膀垂得越低，脸上的热情渐渐地熄灭了。她紧皱起她那倔强的眉头，不等读完最末几行，便把信还给婆婆，神情是那么冷谈，像是交还借用的一件东西。

在苏维埃时代的吉尔吉斯，封建宗法意识仍然十分浓厚，男人认为专门写信给妻子是不体面的，因为妻子不过是丈夫和家庭的附属品，男人从不在感情上把妇女置于平等地位。妇女的价值不过在于传宗接代，在妇女的意识中，只有丈夫、公婆和孩子而没有自己。然而，时代毕竟在前进，吉尔吉斯妇女的独立人格意识开始觉醒，查密莉雅的形象强调妇女意识到“自我”的存在，妇女作为具有独立人格的人，拥有对生活的一切权利。查密莉雅离开丈夫的行为具有破除吉尔吉斯封建习俗和旧道德观念的现实意义。这一点无疑是小说思想内容的一个方面。有些评论者指出了这一点并且就到此为止了；然而，笔者认为，查密莉雅的叛逆行为本身并不是作品的重心，她与封建习俗的冲突并不构成为作品的主要部分。何以见得？从作品的情节看，这种冲突主要表现在查密莉雅自己内心的矛盾斗争中，冲突的另一方并没有具体的物质体现。作品中有哪一个人物出

[1] 引文据《艾特玛托夫小说集》(上、下)，外国文学出版社 1980—1981 年版。

面阻挠查密莉雅与丹尼亚尔的恋爱和结合呢？没有！只有在他们出走后才有人指责和议论，而这种指责并未变成有效的行动，所以小说着笔的重点显然不在这里。小说的真正的重心是对查密莉雅和丹尼亚尔的爱情的描写。艾特玛托夫以一位大艺术家的力量和激情，用充满诗意的笔调歌颂了这种纯洁的、高尚的感情，歌颂了这种爱情的美，把读者带到很高很美的境界。查密莉雅和丹尼亚尔的爱情不仅冲破了封建意识的束缚，而且超脱了一般的世俗观念。查密莉雅的夫家是全村日子过得最好的家庭，而她却跟一个只有一身破旧军服的残废军人走了，这对一般吉尔吉斯妇女来说简直是不可思议的。在艾特玛托夫的笔下，男女主人公的感情得到了诗意的升华，然而它又不是朦胧飘渺的，它体现在战士和劳动者丹尼亚尔身上，体现在美丽、洒脱、热情奔放和具有独立人格意识的查密莉雅身上。这种爱情体现在两个普通劳动者的身上，是男女主人公心灵美的升华。丹尼亚尔是个孤儿，从小在外流浪，村里人都不大记得他了。卫国战争中，他上了前线，左腿受伤后复员回乡，依然是孤身一人。他和查密莉雅偶然被一起派出去送公粮，查密莉雅在劳动中了解了丹尼亚尔的为人、他的男子汉的自尊和性格的刚毅。他们每天早出晚归。当月亮升起的时候，大车在草原上缓缓行进，在那迷人的八月之夜，吉尔吉斯的年轻人是不会沉默的，他们用歌声表达自己的感情。艾特玛托夫用丹尼亚尔奇妙的歌声和他的歌在查密莉雅心中引起的激动来表现他们相互的爱慕和心灵的感应。丹尼亚尔的歌倾吐出他对大地的爱，对生活的爱，对劳动的爱，只有真正热爱大地、生活和劳动的人才能唱出这样的歌，丹尼亚尔把他的歌献给查密莉雅，查密莉雅在他的歌声中理解了他的心、他的精神世界的丰富。丹尼亚尔在物质上一无所有，当他获得查密莉雅的爱情后，他就成为世界上最富有的人了。而查密莉雅在丹尼亚尔的爱情中获得女性人格的再评价，她由男子的附属物上升为体现美好生活的光彩照人的形象。小说对爱情的歌颂实际上是对女性的尊严和价值的肯定，同时也是对封建宗法意识的深刻批判和否定。

这篇小说的最重要的最富于诗意的篇幅就是献给男女主人公的爱情的，这也是作品最感人最成功的地方。难怪法国大作家路易·阿拉贡赞叹说："《查密莉雅》是描写爱情的空前杰作。"

《查密莉雅》是一首描写爱情的优美的诗，艾特玛托夫通过两个现实的形象（当然是作品所反映的现实生活的形象）表达了他对爱情的理解和理想。

《群山和草原的故事》中还有三篇作品：《第一位老师》（1962 年）、《我的包着红头巾的小白杨》（1961 年）和《骆驼眼》（1962 年）。这三篇作品也都写得很出色，在表现方法上都采用现实主义小说的传统手法。艾特玛托夫师承俄罗斯古典文学的现实主义传统，即通过现实的形象表达自己的道德理想或道德谴责，正如屠格涅夫通过少女形象来表达自己对美好事物的希望和理想，托尔斯泰通过彼尔、列文、安娜、聂赫留道夫的形象来表达自己的道德探索一样。

然而，这位勇于攀登艺术高峰的作家，在继承传统的基础上努力开辟自己的路。我们在《群山和草原的故事》之后的《母亲——大地》中开始发现他的作品中出现了一种新的东西，即上文提出的“虚”的成分——象征性形象。《母亲——大地》礼赞了吉尔吉斯劳动妇女在卫国战争期间表现出来的伟大的道德力量，塑造了一位吉尔吉斯母亲的崇高形象。托尔戈娜伊的丈夫和大儿子在战争初期保卫莫斯科的战斗中牺牲了，接着她又献出了两个儿子，他们都没有活着从前线回来。托尔戈娜伊强忍着丧夫失子的悲痛，担负起生产队长的重任。战后，与她相依为命的儿媳阿莉曼也死了，留下一个她与陌生人生的孩子，托尔戈娜伊又把这个孩子抚养成人。当她第一次给在联合收割机上当助手的孙子送饭时，孙子掰开面包请奶奶先吃。托尔戈娜伊祝福这新麦烤制的面包，咬下一块，闻到一股熟悉的拖拉机手手上的气味。当年，她的大儿子卡塞姆第一次驾驶联合收割机的时候，也是这样请母亲先吃新麦面包，面包上同样有一股拖拉机手手上的气味。“不错，一点不错，跟从前那个气味一模一样！托尔戈娜伊噙着眼泪咽下面包，想道：‘粮食是永恒的，你听见没有，我的儿子卡塞姆！生命也是永恒的，劳动也是永恒的！’”

人民战胜了战争，生命战胜了死亡，生命是永恒的，人民是永恒的，养育人民并使生命得以延续的是伟大的母亲。艾特玛托夫为了把他在托尔戈娜伊的形象中寄托的全部思想表达出来，在作品中塑造了养育人类的“大地”的形象。小说就从托尔戈娜伊同“大地”对话开始，在对话中回忆她的一生、她的丈夫和儿子在战争中的遭遇。“大地”是她的初恋的见证、和平生活的幸福的见证，也是她的痛苦的见证。“大地”像是托尔戈娜伊的亲姐妹，安慰她，给她活下去和抚育新生命的力量。她们的幸福和痛苦是共同的。从根本上说来，一位吉尔吉斯普通母亲的贡献和养育人类的大地母亲的贡献是一样的。“大地”的形象所具有的象征意义，使托尔戈娜伊的形象升华了，发出诗意的崇高的光辉。

“大地”的拟人化形象是非现实的，“虚”有的，它具有象征意义，并不是作品中必不可少的组成部分，但是有了它，作品的主题表现得更鲜明了。这是艾特玛托夫第一次在作品中引进“虚”的成分。

在短篇小说《和儿子会面》(1969 年)中，一个非现实的形象成为推动主人公行动的力量。乔尔东老头做了仔细的准备动身到儿子工作的地方去看儿子，而实际上儿子早在二十年前的卫国战争中牺牲了。乔尔东老头当然知道儿子已不在人世，当年儿子上前线时，他曾亲自到车站去送行；儿子阵亡时，他也及时接到了通知。可是，他苦苦思念儿子，他不相信儿子已不在人间，炽烈的思念像一团火在父亲的胸中燃烧。于是，在乔尔东的脑子里，儿子以一种非人的意志所能遏制的形式复活了，不同的年代交错在一起，愿望变成事实，幻想以现实的形式出现。乔尔东想象着，他如何找到儿子教书的地方，儿子如何兴高采烈地迎接他，他怎样告诉儿子，在接到他牺牲的消息后，他母亲怎样由于悲痛而一病不起，终于撒手离开人间。对儿子的强烈思念甚至使乔尔东在遇到邻村一位去探望儿子的老汉时，自己脱口而出，说他也有个儿子在外教书，他过几天就要去看儿子。等人家走远了，他又清醒过来，为自己说了谎而感到害臊，想追上去说明真相，可是又不愿从自己口中说出儿子已经死了这样的话。是的，他不愿意说儿子已经死了，甚至不相信儿子已经死了，他自言自语地说：“不，我有儿子，有，他还活着。”随后，他突然用嘶哑的声音痛苦地喊道：“我有儿子，有的，我也是去找儿子的，我一定能见到他，一定能见到他！”在如此强烈的思念的推动下，乔尔东果然动身去找儿子了。

一个非现实的形象——死去的儿子——成为作品的中心人物，这并不是一般的通过回忆塑造形象的手法。这个非现实的形象、这个“虚”的因素以虚虚实实的形式交错出现在主人公的脑海中，主宰主人公的思想活动，促使主人公行动。艾特玛托夫以这种别开生面的写法把烈士永远活在亲人和人民心中的思想和父母的亲子之情表现得淋漓尽致。

1969年，艾特玛托夫发表了中篇小说《永别了，古利萨雷！》，这篇作品在他的创作中占有重要的地位。

在荒凉的山路上，停下了一辆破旧的四轮大车，驾车的是一位老人，拉车的是一匹老马。老人精疲力竭，老马气息奄奄。老人叫塔纳巴伊，老马叫古利萨雷。塔纳巴伊因被开除党籍，在城里儿子家被儿媳妇奚落了一番，一气之下连夜起程回家。半路上，古利萨雷使尽了最后一点力气，倒下了。塔纳巴伊坐在老伙伴身旁，想起儿媳妇的话，回忆起自己的一生和古利萨雷的一生。小说的情节就这样展开，人的悲剧和马的悲剧、过去和现在、历史和现实，紧紧地交织在一起，通过一个普通的共产党员的一生，从60年代中期的时代高度，对历史作深刻的反省。

十月革命后，塔纳巴伊从一个小羊倌翻身做了生活的主人，他入团入党，把革命当做自己最贴心的事。他经历了革命、战争和建设中的全部重大事件，随着新生的吉尔吉斯一起成长，和自己的民族一起走过了艰难曲折的道路。他尝过建设新生活的欢乐，也盲目服从和执行过错误路线，犯过极"左"的幼稚病，在清除富农运动中把亲哥哥错划成富农扫地出门，在农业生产瞎指挥成风的年代里，受人怂恿加上盲目冲动，接受不可能完成的高指标。他凭着共产党员对革命的赤胆忠心，承担别人望而却步的苦差使，从前线回来后当铁匠，放马，放羊，在山沟沟里折腾得浑身破烂，发疯似地干活，最后由于农庄管理混乱，羊羔大批死亡，被别有用心的区监察委员指责为"人民的敌人"，塔纳巴伊压不住心头怒火，操起草叉要揍这个阴毒的官僚。为此，他付出了沉重的代价。区党委主要成员本来就想借牧业生产的失误互整对方，塔纳巴伊成为两股势力较量的牺牲品。他被开除出党。他的好友、农庄党支部书记乔罗违心地举手同意，会后又痛苦到心脏病发作致死。塔纳巴伊被迫交出党证后，对自己失去了信心，尽量躲着人，一言不发。临了，他没有想到，竟遭到儿媳妇的奚落。

这就是吉尔吉斯一个普通共产党员的一生，他的一生受到十月革命后苏联社会历史进程的直接影响。艾特玛托夫在这部小说中把个人的命运与国家、民族和党的命运联系起来，尖锐地提出个人与社会的关系问题，把道德问题提到一个新的高度来认识。他说，塔纳巴伊的悲剧在于，

"作为历史进程的创造者之一,他的一举一动都是自觉地遵照良心职责的驱使的,但这一举一动却痛苦地影响着他的命运。"[1]对塔纳巴伊的个人行为的评价,只有联系党的历史才能作出,否则就是不公正的。然而,这篇作品的重心不在于对塔纳巴伊的个人行为和品质的评价,它提出的问题要尖锐得多。塔纳巴伊对社会贡献出了自己的全部力量,可是他的结局怎么样呢?个人在社会面前承担了全部应尽的责任,那么社会对个人的命运应该承担什么责任呢?能否这样提出问题呢?艾特玛托夫认为是可以的,因为一个共产党员的命运不是他个人所能改变和决定的,他的命运只能随着党的命运的改变而改变。这篇作品写于 1966 年,而作品中主人公的个人历史追溯到 1924 年。很明显,艾特玛托夫通过塔纳巴伊的遭遇,揭示了过去某些错误政策对吉尔吉斯民族的灾难性的影响。

然而,问题并不到此为止。艾特玛托夫更深入地发掘问题的实质,他认为塔纳巴伊的悲剧在于社会没有正确解决一个普通的共产党员、一名普通劳动者的价值问题。他通过独特的象征手法来表达自己的意图,这就是作品所塑造的与塔纳巴伊并列的他的爱马古利萨雷的形象。古利萨雷是匹矫健的千里马,它和塔纳巴伊一样有过自己的黄金时代,和塔纳巴伊一起分享过光荣。它在赛马中荣获冠军,在叼羊比赛中夺魁,它成了集体农庄的骄傲。可是不久,厄运跟着来了。每届农庄主席都指名要古利萨雷当坐骑,不肯驯服的古利萨雷遭到野蛮的对待。艾特玛托夫通过古利萨雷刻画了历届主席不同的性格,而他们的共同点是都想制服古利萨雷,让它听任摆布。他们只知道使用它,骑着它出风头,却不知道爱护它。当古利萨雷体力开始衰退的时候,它就失宠了,被派去干拉车之类的粗活了。当农庄决定给腿脚不便的牧羊老汉塔纳巴伊派一匹坐骑时,塔纳巴伊伤心地看到,给他的竟是又老又弱的古利萨雷。塔纳巴伊和古利萨雷的形象是交织在一起写的,他们的生活道路是平行的,他们的命运是相似的。所有读过这部作品的读者都会感觉到古利萨雷像塔纳巴伊,马的命运衬托着塔纳巴伊的命运。总之,马像人,脾气、性格、遭遇都一样。那么,这又说明什么呢?在这个"相似"之中又包含着什么意思呢?干吗非

---

[1] 苏联《知识》杂志,1973 年第 11 期。

要写这匹马呢？去掉马的形象行不行？我以为，艾特玛托夫写古利萨雷是含有深意的。他想说，人和马的遭遇如此相像，实在是个悲剧。塔纳巴伊的悲剧的实质就在于他如此像古利萨雷。古利萨雷的形象不能去掉，作为塔纳巴伊的象征，古利萨雷的形象告诫人们说：不要把塔纳巴伊降低为古利萨雷！不要把人降低为马。人不是马！一个劳动者、一个共产党员对社会应尽自己的义务和责任；另一面，社会要珍视他作为一个人的价值，他的生命和劳动的价值，他的奋斗的价值，要使他的一生成为有意义的一生，使他的奋斗得到应有的结果和评价。艾特玛托夫的这个意思是向苏联的党和社会表达出来的。何以见得？请看，作品的结尾，新任区党委书记，即当年唯一举手反对开除塔纳巴伊党籍的前共青团区委书记克利姆彼可夫亲自来请塔纳巴伊回到党内来。

艾特玛托夫认为，生活起了变化，生活正在回答他在作品中提出的问题。我们姑且不论这个结尾是否符合生活实际，我们只想说，这个结尾证明我们对作品的真正的含义的理解是有根据的。

古利萨雷死了，塔纳巴伊向老伙伴告别：永别了，古利萨雷！这也是塔纳巴伊在向过去的遭遇告别，向他那像马一样的生活告别。

古利萨雷是一个实在的形象，可是这个形象的价值不在于它本身，而在于它的象征性。艾特玛托夫借助于这种象征性，深刻地揭示作品蕴含的深意。所以，古利萨雷不是一般意义上的现实的情节因素，而是揭示主题的一种手法，艾特玛托夫是从“虚”的，即象征的意义上描写古利萨雷的。我认为，这是艾特玛托夫运用虚实结合的手法的表现形式之一。

在中篇小说《白轮船》(1970 年)中，艾特玛托夫把远古的民间传说与当代生活、一个孩子的幻想与现实巧妙地糅合在一起，把虚实并用的手法发挥到完美的地步，虚的成分变为现实因素进入情节，孩子对现实极度失望而投身于虚的幻想世界。虚的成分体现真善美，实的成分体现假恶丑。艾特玛托夫以虚实交错对照的手法批判生活中的丑恶现象。

小说的主人公是一个男孩，他生活在伊塞克湖畔的大森林里。父母生下他后就离异了，他只从外公莫蒙那里知道，母亲已经另嫁，父亲在伊塞克湖上的一艘白轮船上当水手。莫蒙带外孙寄住在女婿阿洛斯古尔家里，阿洛斯古尔是护林所巡察员，监守自盗，是当地的土霸王。他因为妻子不育而常常借酒毒打妻子，并且动不动迁怒于丈人，粗暴地侮辱莫蒙。为了躲避姨母家里的吵架斗殴，男孩常常独自跑到山顶上，用外公送给他的望远镜观看每天在伊塞克湖上准时出现的白轮船，他幻想自己变成一条鱼，游向白轮船，说一声："你好，白轮船，我来了。"

莫蒙心地善良，热爱森林，热爱大自然，他认为人是自然的一部分，特别是吉尔吉斯人是长角鹿母的后代，更与大自然血肉相连。他把世代相传的关于长角鹿母的故事讲给外孙听：吉尔吉斯的祖先曾遭到外族的偷袭，长角鹿母救走了最后一对幼男幼女，用自己的奶汁哺育他们长大成人，使吉尔吉斯族得以重新繁衍兴旺。这个传说给男孩很深的印象，他多么希望鹿母再度出现，鹿角上挂一个有铃铛的摇篮，送给姨母，让姨母生一个孩子，不再受姨父的毒打。有一天，阿洛斯古尔和莫蒙在山上砍伐树木，无意中发现雌雄一对的鹿和一只小鹿，母鹿浑身雪白，和传说中的长角鹿母一模一样。莫蒙又高兴又感动，孩子也看见了，他真以为鹿母给姨母送摇篮来了。可是，悲剧发生了。阿洛斯古尔为了招待客人，强迫莫蒙开枪打死鹿母，大摆鹿肉宴。莫蒙痛苦得以狂饮麻醉自己，男孩看到被砍下的鹿母的头，又得知鹿母是外公枪杀的，失望、愤怒和悲哀使他对生活的全部希望都幻灭了。他独自溜出家门，跳进河里，他要变成一条鱼，离开这个地方，游向伊塞克湖，去寻找白轮船。

作品以恶势力的胜利结束，可是孩子以离开这个世界对恶作了最强烈的抗议。艾特玛托夫以善恶对立的手法谴责生活中的恶势力。莫蒙老人是恶的牺牲品，体现善的是长角鹿母，它与阿洛斯古尔相对立。虚的成分以实的形象出现，成为矛盾冲突的一方。艾特玛托夫把这篇作品称为"仿童话"，这种形式使他有可能充分发挥虚的成分的作用。他创造了虚与实两个世界，男孩始终往返于这两个世界之间，最后投身于虚的幻想世界，用现实的死亡表达对恶的抗议，以对幻想世界的向往表达他对善的追求。然而，幻想毕竟是幻想，而现实是冷酷无情的，所以，《白轮船》实际上是以童话形式表现生活真实，是对现实的揭露和鞭挞。

艾特玛托夫的第一部长篇小说《一日长于百年》(后易名为《风雪小站》)发表于 1980 年。这部小说思想复杂，形式新颖，虚的成分所起的作用远超过以往所有的作品。艾特玛托夫写现实，写幻想，写地球，写宇宙，写当前，写过去，写未来，把人类的道德问题置于宇宙和历史，即空间和时间的坐标上来考察。在这部小说中，虚的成分，即一个古老的传说，成为统领全局的总纲，成为作者借以阐发道德理想的依据，成为连结两条主要情节线索的交接点。

故事发生在萨雷-奥捷卡大草原上一个小小的冷僻的铁路会让站。小说的第一条情节线索是铁路工人叶吉盖为他的挚友卡赞加普送葬。卡赞加普在这个荒凉寂寞的会让站诚实地辛勤地劳动了四十四年，他在极其艰苦的条件下忠于职守，还以深厚的同情心帮助过生活无着落的人在这个小站安家立业。叶吉盖决定隆重地埋葬他，按死者的遗愿把他葬在草原上一块神圣的老墓地阿纳贝特。小说以深沉的笔调细致地描写了叶吉盖对死者的感情，他按吉尔吉斯古老传统以朴素而庄严的方式悼念死者，他认为一个人的生和死是头等重要的事情，要严肃隆重地对待，因为他是一个人，尽管是一个普通的人。完成死者的遗愿是活着的人的义务，现在他正率领一小队人护送朋友的遗体到阿纳贝特墓地去。卡赞加普要求长眠在这个受人敬仰的墓地，他是当之无愧的。

阿纳贝特墓地的意思是“母亲安息之所”。相传，在古代，蒙古的柔然人侵占了萨雷-奥捷卡，他们对待俘虏极为残忍，用一种叫“戴希利”的酷刑使俘虏丧失记忆力，把他变成一个不记得父母和出生的部落、不记得自己的名字和童年、不记得过去一切而只知道盲目服从主人的痴奴，这种痴奴叫曼库特。有一位母亲冒险找到了被俘受刑已变成曼库特的儿子，在他耳边一再叫道：“我是你的母亲，你的父亲是杜年拜，你是我们的儿子。”母亲说了许多伤心话，竭力唤醒他的记忆，可是儿子不但不认她，反而听从主人的命令一箭射死了自己的母亲。当母亲倒下时，她的白头巾从头上滑落下来，变成一只高声鸣叫的白鸟。白鸟呼喊着：“想一想，你是谁家的子弟？你叫什么名字？你的父亲叫杜年拜！杜年拜！杜年拜！”[1]埋葬这位母亲的墓地就是阿纳贝特，这座神圣的墓地以母亲的名义告诫人们不要忘记先辈，不要忘记过去，不要把人变成曼库特。

把卡赞加普的遗体运往阿纳贝特的过程贯串全书，联系着这根情节

〔1〕 引文据张会森、宗玉才、王育伦译《一日长于百年》，新华出版社1982年版。

主干上的其他情节分支。

作品的另一条情节线索是科学幻想情节。苏美两国以开发宇宙为目的,根据绝对对等的原则在航空母舰"公约号"上遥控"均等号"航天站。宇航员突然失踪,经寻查发现他们留给地球居民的信,原来他们被名为"林海"星上的天外人乘光速飞行器接走,他们看到林海星世界拥有高度的物质文明和精神文明,道德水准比地球高得多。林海星人和睦相处,从不知压迫、掠夺、战争为何物,林海星人表示愿意与地球接触。苏美两国政府经研究后决定向全世界封锁这一消息,并改变航天站轨道,断绝这两位宇航员的归路。做出这个决定的主要原因是怕林海星人的全新的道德观念引起人类现存意识的大爆炸,人类自古已然的传统观念可能受到挑战和冲击,甚至在新的文明和道德观念面前全面崩溃。苏美双方还同时执行"环"计划,发射导弹群,在地球上空组成保护环,防止林海星人擅自进入地球。

苏方的宇宙发射场就在萨雷-奥捷卡草原。叶吉盖领头的送葬队伍快到阿纳贝特墓地时意外地发现道路被铁丝网拦断了。阿纳贝特墓地被圈在发射场中,任何人不得入内。叶吉盖只得把卡赞加普葬在一个山岗上。他准备求见发射场领导,说明阿纳贝特墓地的神圣,不能平毁。正在这时,天崩地裂一声巨响,执行"环"计划的火箭一枚接一枚射入天空,人和动物都吓得逃命,在火光中,叶吉盖忽然看见一只白鸟在翻飞,一边高叫:"你是谁家的子弟,你叫什么名字?你的父亲是杜年拜!杜年拜!杜年拜!"

现实的情节和科学幻想的情节在阿纳贝特墓地交叉了。铁丝网截断了通向墓地的道路,杜年拜鸟在提醒人们不要忘记祖先。

通向林海星的路是通向未来的路,通向阿纳贝特墓地的路是通向过去的路。割断历史,抛弃传统,人类在道德上就处于极为脆弱的地位,因而就惧怕未来,惧怕象征人类未来的林海星人的高级文明。艾特玛托夫从宇宙的规模和人类的过去、现在和未来的角度尖锐地提出道德问题,并给予回答:忘记过去就不敢面向未来,人不能抛弃神圣的传统,不能忘掉历史,不能变成曼库特。母亲墓的悲剧留下的遗训沉痛地告诫人们,不要使人丧失历史记忆,不要把人变成非人,变成曼库特。

艾特玛托夫说,幻想的事物是隐喻生活,它使我们从一个新的意料不到的角度来看生活。他之所以在作品中引进科幻情节,就是想从宇宙的

“高度”俯瞰大地。[1] 人类世界发生的许多事情都与林海星人的道德相对立:小说人物之一阿布塔利普由于在南斯拉夫游击队打过仗而受到当局的怀疑,几度遭难而最终被迫害致死;卡赞加普因父亲被错划为富农而被迫远走他乡,流落到萨雷-奥捷卡草原,卡赞加普的儿子萨比让特辜负了父亲的培育,变成一个庸碌的市侩,他甚至不尊重父亲的遗愿,胡说什么人死了埋在哪儿都可以,何必一定要葬到阿纳贝特。叶吉盖骂他是个活着的曼库特。萨比让特在丧宴上还乱吹将来科学可以用仪器操纵人的意识,叫你干啥就干啥,就是说把人变成曼库特。导弹发射场平毁母亲墓的行为当然也在作者谴责之列,决定这样做的人大概也是活着的曼库特。

小说的中心形象是叶吉盖,作品所涉及的事件和人物的命运,都是通过他的观察和他的回忆中意识的流动来描写的。他是战士,在卫国战争中受过伤;他是劳动者,和卡赞加普一起艰苦工作,保证了铁路畅通。更重要的是,他尊重传统,尊重本民族历史上的神圣事物,并且把本民族的传统美德落实在自己处世为人的态度上。正像卡赞加普帮助他在会让站安身一样,他也对无辜受难的阿布塔利普一家表现了最大的同情和关怀。为阿布塔利普鸣冤、申诉平反的是他,照顾孤儿寡妇的是他,坚持要把卡赞加普的遗体送到阿纳贝特墓地的是他,要求火箭发射场保留母亲墓的也是他。在当代,人类记忆的长链已伸向宇宙,而使这根长链不致断裂的,正是像叶吉盖这样维护传统的人。艾特玛托夫称他为大地支撑者。[2] 小说中有十一处重复同一段题词:“在这个地方,列车不断地从东向西和从西向东地行驶……在这个地方,任何距离都以铁路为基准来计算,就像计算经度以格林威治子午线为起点一样……”这段题词的含意是:像叶吉盖这样的劳动者处于世界秩序的中心,他们保证了生活的正常进程,正如会让站保证了铁路正常运行一样。

《一日长于百年》的总枢纽是关于阿纳贝特墓地的传说,这个传说包含了人民的痛苦的历史经验,它以深刻的哲理总括小说的主题,表达了作者对于人类在面对未来时道德上缺乏准备的忧虑;这个传说又是两条情

〔1〕 见苏联《文学问题》杂志,1980 年第 12 期。

〔2〕 同上。

节线索的汇合点,所以它无论在小说的内容或形式上都处于结构的中心,发挥了虚的成分的最大作用。这部作品对于说明艾特玛托夫运用虚实结合的艺术手法是十分典型的。艾特玛托夫小说中虚的成分扩大了实的成分的概括力,加深了作品的哲理深度,赋予了作品以鲜明的民族特色和浪漫情调,也使他的作品获得了独创的面貌。

艾特玛托夫在《一日长于百年》的《前言》中说:“正如我在以前的作品中所做的那样,这一次我在更大的程度上把传奇、神话、民间传说作为前辈留给我们当遗产的经验来依靠。同时我第一次在自己的写作实践中采用幻想情节。凡此种种都不是目的本身,而只是一种思维方法,一种认识和解释现实事物的方式。”这段自白为本文的立论提供了可靠的根据。

(原载《当代苏联文学》,1985 年)

人对人是……狼？

——关于《断头台》的断想

对于本文标题所提的问题，《断头台》的作者艾特玛托夫的答复是肯定的。《断头台》对人的世界和动物世界的全部描写，赤裸裸地揭露人性恶：人对人是狼，人对狼也是狼，人比狼更像狼。

《断头台》一开始就描写莫云库梅荒原上血腥的大围猎。莫云库梅所属州领导完不成肉类生产计划，于是把荒原上的高鼻羚羊拿来顶替，动用直升机和越野汽车，雇用一批无业游民，无情地追杀羚羊。母狼阿克巴拉和公狼塔什柴纳尔以及它们的三只小狼崽无意中落入围猎圈内，夹在羚羊群中拼命逃生。母狼在恐怖中几乎丧失了听觉，它“看到被赶得发狂的羚羊在无声地奔跑，中弹后无声地倒下，刹那间浑身鲜血淋淋……在这如同世界末日来临的沉寂中，母狼阿克巴拉看到了一张人脸，那么近，那么可怕，又那么清楚，以致母狼大吃一惊，险些落到车轮底下”。[1] 艾特玛托夫在与苏联《文学报》记者谈到这一段描写时说：“野兽看清了野兽。”[2]《断头台》的主人公阿夫季在遭到贩毒团伙毒打奄奄待毙时，没有向人呼救，而是向曾经饶他活命的阿克巴拉求援：“救救我，母狼。”而被人追逐得无处安身的阿克巴拉在最后一窝狼崽被人掏走后，向月亮中的狼神比尤丽哭诉，恳求比尤丽把它带到没有人的月亮上去。艾特玛托夫赋予狼以人性，而揭发人身上比狼还凶残的兽性。在《断头台》中，狼与人的对比贯串全书，人性化的狼是兽性化的人的对映点。然而，艾特玛托

[1] 艾特玛托夫《断头台》，冯加译，外国文学出版社 1987 年版，第 34 页。以下凡属作品引文均据此译本，不另注。

[2] 苏联《文学报》，1986 年 8 月 13 日。

夫创作《断头台》的意图并不局限于暴露人性恶，他在《白轮船》和《一日长于百年》中已经倾吐过自己的忧虑，如今他想为这个人性堕落到极点的世界寻求出路。他的探索途径、结论和采用的艺术手段在读者和批评界引起激烈的争论，苏联《文学报》和《文学问题》编辑部曾专门组织讨论，并发表批评家们在会上的长篇发言。争论的焦点是：《断头台》塑造了一个基督徒，把他作为中心人物并利用圣经故事来总领全书的主题，这是不是宣扬宗教，是不是新的造神论，是否违背苏联文学的无神论传统，是否能完满地表现作者的意图？《断头台》的结构是否过于松散，三个部分能否构成和谐的艺术整体？这场争论所涉及的问题对于理解和评价《断头台》的思想和艺术价值以及认识80年代苏联文学的走向具有深远意义。

一

关于《断头台》的写作动因，艾特玛托夫有一段自述。有一次，他到一个僻远的草原小车站去接客，偶然在民警分局看到铁笼里关着几个小伙子，他们是因为偷运大麻毒品在货车上被抓获的。他又从《文学报》上读到两个吸毒青年的母亲的充满悲哀的来信。这两件事使艾特玛托夫十分激动：为什么在苏联会有这种道德败坏的现象存在？为什么有些青年染上了这种毛病？是什么样的社会因素、家庭因素和个人因素把年轻人推到这条有害的道路上去的？艾特玛托夫说："我考虑一定得写，即使以政论的形式写。是的，他们触犯了法律，受到了惩罚，但是必须帮助他们，我们有责任这么做，必须医治他们的病，寻找治愈他们的方法。"[1]吸毒等于自杀，贩毒无异于杀人。苏联新闻媒介过去从来不公开报道这类标志社会道德极端堕落的阴暗面。艾特玛托夫把贩毒团伙活动作为中心情节来描写，并谴责苏联宣传部门对社会重症讳疾忌医。单单这一点就使《断头台》获得轰动效应，苏联评论界有人说艾特玛托夫做了理应由报刊做的事。事实上还不止如此，艾特玛托夫还做了一般新闻报道做不到的事，他从现实生活中提出问题，然后把问题归结到、提高到个人道德、社会道德以至全球道德的范畴来思考。他本来准备写一部大部头综合性长篇

〔1〕 苏联《文学报》，1986年8月13日。

小说，题名为《循环轮回》，《断头台》其实是这个庞大构思的一部分。除了贩毒问题外，《断头台》还反映苏联社会基层体制僵化和官僚主义问题、生态问题、世界性的核崇拜和核威胁问题。艾特玛托夫认为这些问题是当今人类和苏联社会的痛点。小说共分三卷，第二卷是全书的中心，第一卷莫云库梅围猎情节实际上是第二卷情节发展中的一段，第三卷写牧人鲍斯顿的悲剧。第三卷似乎是完全独立的，只有一对狼与前面两卷发生联系，而主要人物阿夫季已经死了，所以有人说"小说三卷彼此用一对狼的命运相联系"。[1] 其实，细读全书，可以发现，联系《断头台》三卷的不是一对狼的命运，而是主人公阿夫季所体现的呼唤人性、拯救人类的思想。

阿夫季是神学院的学生，他公然背叛基督教的传统观念而被革出教门。阿夫季认为基督教流传到今天已经陈旧到不可救药的地步，它早就不能适应对世界的新的认识，现在已经到了重新考虑上帝的观念的时候了，应该允许人的精神在认识上帝这一自身存在的最高本质方面享有充分的自由。阿夫季最有挑战性的思想是：在我们的意识之外没有上帝。这就无异于抹煞上帝高于一切的客观存在，动摇了全部基督教规的基础。阿夫季说，他研究了基督教的历史，同时观察了现实生活，形成一个思想：他要寻找一个新的、具有现代形式的上帝，上帝应该在每个人的心中，人类摆脱危险处境的唯一出路，只能是通过人本身的觉醒。所以，阿夫季所说的上帝其实就是人性，只有每个人心中有自己的上帝，社会的弊端才能根除，人类才能得救。但是，历史上的耶稣曾经为了教义走上断头台，承受钉上十字架的痛苦，这个蒙难者的形象因此而具有强大的影响力、吸引力和亲切感；而阿夫季设想的当代上帝只是思辨的结果、抽象的典范，若要使这个当代上帝为人类所接受，就必须有一个敢于为自己的信仰走上断头台的新的中心人物。在艾特玛托夫笔下，阿夫季就是这个当代上帝，小说详细描写了他走上"断头台"的历程。他被神学院开除后，在共青团州报社工作，编辑部要他去一趟中亚，调查一种特殊品种的野生大麻是通过哪些途径和方式渗进苏联欧洲地区的青年中间的。他设法混入贩毒团

---

〔1〕 参阅加切夫在苏联《文学报》举行的讨论会上的发言，《文学报》1986 年 10 月 15 日。

伙,被编入一个三人小组。阿夫季亲历了在莫云库梅荒原采集野生大麻的全过程,也曾找机会试图劝说他的两个同伴,让他们知道他是来拯救他们的,要他们向上帝、向人们忏悔。但是,他的这些努力完全是徒劳的,16岁的列昂卡在回答"要上帝,还是要钱"的问题时,毫不迟疑地选择后者。阿夫季决定找贩毒团伙的头头直接谈谈,他在全体贩毒者拦截货车之前见到了头头格里申,更确切地说,是早已生了疑心的格里申找到了他。阿夫季不顾危险,直言相劝:"要知道,你,格里申,还有那些受你支配的人,现在出于私欲,从这片草原上带走的不仅是大麻,你们还给别人带去不幸和痛苦,你们用刹那间的迷醉,把人拉进你们一伙——绝望和堕落的一伙……忏悔吧,你们就在这里,在这草原上,在明朗的天空下忏悔吧,保证以后永远不干这种事,永远不牟取非法的暴利,永远不再作恶,你们寻找心灵的宁静吧,并且永远跟那位用理智把我们联在一起的上帝同在……那样的话,你们重又获得了真正的本质。"格里申对阿夫季这番话冷嘲热讽,他说你在思想上同上帝交谈,他却能从后门通向上帝,这世界什么都能出卖,什么都能买来,包括上帝。他把麻醉品卖给人们,人们能在瞬间的幻觉中接近上帝,即他们向往的一切;而创世纪以来,对人的一切许诺却从来没有兑现过。最后,格里申约定让阿夫季自己去问问团伙全体人员,究竟要谁的上帝。在贩毒团伙偷搭的货车厢里,阿夫季当着大家的面把他采集的大麻全部抖落到车窗外,并且要求大家照他的样子做,"让我们一道忏悔,上帝会爱护我们,宽恕我们的!"结果,气疯的大麻贩子把阿夫季毒打一顿后扔出了飞驰的列车。

幸免一死的阿夫季应恋人英加之约再次来到中亚,在等待英加归来的空闲日子里,他为了挣钱度日,偶然加入了去莫云库梅荒原围猎羚羊的小组。对羚羊的大规模残酷屠杀给了他极其恐怖的印象,他要求小组成员立即停止杀戮,要这些野性发作的人向上帝忏悔,祈求主宽恕他们这些人对生机勃勃的大自然造成的灾难。他想让那些到这里来发横财的人去寻求上帝,结果被这些杀羊杀得眼睛发红的人打得奄奄一息,手脚绑成十字形吊死在一棵老盐木上。

阿夫季就这样在人们的恶毒嘲笑和虐杀狂发作中走上了自己的十字架,他的悲剧是当年耶稣的悲剧的重现。他们为人们舍身殉难,却不被人们理解和接受。阿夫季是艾特玛托夫所创造的"当代上帝"的艺术形象，作家要让阿夫季像耶稣蒙难一样，以自己付出的代价引起读者心灵的震动。然而，问题并未到此为止，若要进一步理解这个形象的实质，还必须分析作为小说思想—艺术结构中心一环的圣经故事。

二

在《断头台》中，耶稣和本丢·彼拉多的故事插在阿夫季被贩毒团伙扔出车厢昏死过去之后，作者的叙述与阿夫季昏迷意识中的历史和现实有机地交织在一起。这个故事是经过艾特玛托夫改造的，其中没有耶稣蒙难的细节，重点是耶稣在临刑前与罗马皇帝派驻犹太的总督本丢·彼拉多的对话，全部对话的精义包含在耶稣最后回答本丢·彼拉多关于基督复活回到人间主持末日审判的问题。耶稣说，再次降临人世不是在上十字架三天之后，而是要无限期等下去。他说，造物主赋予人们以理性：

人存在的意义，在于使自己的精神得到自我完善——人世间没有比这更高的目的。这就是理性生活的魅力——天天顺着没有尽头的阶梯，攀登精神完美的光辉顶峰。因此需要多久才能等到你并不相信的那一天，长官，这将取决于人们自己……神意不在于有朝一日，如同晴天霹雳一样，人子复活之后从天而降，主持对万民的审判，而是一切相反，虽说目的始终是一个。不是我复活了，来了，而是你们，也就是信奉基督、信奉崇高教规的人们，是你们朝我走来，今后世世代代的人永远朝我走来。这就是我的再次降临人世。换句话说，我在人间通过自己的受难回归到自己，在人间我又回归到人们。这就是我要说的。我将是你们的未来，在时间上可以在今后千万年内长存，这是神意，以便通过这种方式使人升华到他的使命——向善向美的使命的神座。这就是我布道的义，这就是真理……让这条道路从这劫运难逃的一天，从上帝之子受难之时开始吧，让今后世世代代的人永远忏悔吧，让他们一想起我为了救赎人们的罪孽，为了启示并唤起他们心中的神意所付出的代价，再一次引起心灵的震动吧。为此我才降临人世，给人们树立不可磨灭的典范，为了让人们永远寄希望于我的名，通过受难，通过每天同自身邪念的斗争，通过对恶习暴力、嗜血的否定来到我身边。

笔者之所以大段摘引耶稣的回答,是因为这些话完全是艾特玛托夫的意思,在《圣经》的有关章节(《圣经·新约·马太福音》第27章)中是根本没有的。这个故事中的耶稣完全现代化了,他不是传统观念中的上帝,而是"当代上帝",是阿夫季的(或者说是艾特玛托夫的)思想的体现。阿夫季领悟到基督教义的隐秘的宗旨是仁爱的思想,是人道主义思想,即人,作为富于理智的生灵,通向自我的道路,通向不断完善自身精神的道路。这是一条艰难的道路,正如耶稣所说:"真正的历史,人性发扬光大的历史,在人间尚未开始。"因此,《圣经》故事中的耶稣即阿夫季,阿夫季形象的实质是呼吁发扬人性,是人道主义。作家本人明确地说,他同意批评家阿达莫维奇的说法:"今天除了人道主义别无他途。"[1]耶稣的这番话也解释了书名《断头台》的含义,正如艾特玛托夫本人加以发挥的那样:"人在自己的生命历程中不管怎样总是处在断头台面前……走向断头台……就是在人生道路上经受十字架的痛苦。"[2]《断头台》不是用艾特玛托夫所习惯采用的民间传说、神话,而是用《圣经》故事总括主题,这种写法引起部分读者、评论家和学者的困惑和责难。哲学家克雷威烈夫指责艾特玛托夫赶时髦,"向上帝卖弄风情"。[3]曾为苏联百科全书撰写《耶稣·基督》条目的阿韦林采夫认为艾特玛托夫过分自由地解释《圣经》,在细节描写上离《圣经》甚远,耶稣说话有报纸评论的调子。[4] 评论家科日诺夫说:"《断头台》是一部关于社会邪恶的长篇小说,怎样同这样的邪恶作斗争,只是用个人的自我牺牲和道德行为吗?而那些对抗科奇科尔巴耶夫和坎达洛夫的社会力量何在呢?不能不使人形成一种印象,所指出的同非正义行为作斗争的途径不是在社会冲突方面,而是在号召'信教'。"[5]乌尔诺夫写道,阿夫季在与报纸编辑争论时说:"'麻醉剂狂,这是一场社会灾难'。说得很勇敢,但是他想向人们推荐的难道不也是一种

〔1〕 苏联《文学报》,1986年8月13日。

〔2〕 同上。

〔3〕 苏联《共青团真理报》,1986年7月30日。

〔4〕 参阅苏联《文学报》,1986年10月15日。

〔5〕 同上。

麻醉剂狂吗?”[1]也有许多读者和评论家为艾特玛托夫辩护。评论家姆克尔昌在致艾特玛托夫的公开信中写道:“《断头台》中的基督教是关于被人们钉死在十字架上的有仁爱之心的人的一种隐喻。”[2]他在公开信中的观点得到艾特玛托夫的全面肯定。不过,我们还是来看看作家本人的辩解吧。他说:“基督教产生了一个非常强有力的人物耶稣基督……耶稣基督使我有理由去向当代人叙述某种隐秘的东西,因此我,一个无神论者在自己的创作道路上与耶稣相遇。这就是我选择主人公的原因,也说明阿夫季·卡利斯特拉托夫为什么就是这样的。”“我试图通过宗教完成一条通向人的道路,不是通向上帝,而是通向人!对我来说,小说的所有线索自然产生一条主线,那就是阿夫季和他的探索。”[3]艾特玛托夫并不否认造神论,他要使发扬人性作为宗教来传播。

艺术家有利用甚至改造民间传说、神话和宗教故事的自由,这在世界文学史上不是新鲜事。《断头台》中的耶稣已经世俗化了,这个形象是为寻求当今世界的出路服务的。苏联批评界不少人都指出了这一点。不过,60 年代中期刚刚开禁的布尔加科夫的名作《大师和玛格丽特》也是利用耶稣和本丢·彼拉多的故事来阐发主题的,给读者的印象还很新鲜,艾特玛托夫再用这个故事,似有模仿和重复之嫌。但细读《大师和玛格丽特》,可以看出,布尔加科夫所要发挥的是耶稣在临刑前向本丢·彼拉多道出的一条真理:怯懦是人类最可怕的缺陷。本丢·彼拉多完全明白耶稣无罪,但是他害怕耶稣的影响。在逾越节可以从两名死犯中选择释放一个时,他违背原来想释放耶稣的意图,竟然同意释放真正的杀人犯巴拉巴。他为了推卸处死耶稣的责任,三次问大祭司,地方当局全公会要求释放谁。在宣布处决耶稣时,他在民众面前洗了手。《大师和玛格丽特》写于 1929—1940 年间,对于苏联社会和布尔加科夫本人来说,那是严酷的年代,有不少既杀了无辜者又想推卸责任的人,装模作样地在人民面前“洗手”。布尔加科夫利用《圣经》故事表明,对于一个政权来说,思想上

---

[1] 苏联《文学问题》,1987 年第 3 期,第 27、73 页。

[2] 同上。

[3] 苏联《文学报》,1986 年 8 月 13 日。

的反对派比刑事杀人犯危险得多。圣经故事所包含的深意,以“不是他,是巴拉巴”这个警句传诸后世,发人深省。本丢·彼拉多甚至命令秘密卫队长保护出卖耶稣的犹大,这些细节的含义不言自明。布尔加科夫也改造了《圣经》故事,他有自己要回答的问题。如果说《断头台》与《大师和玛格丽特》有什么共同点的话,那也许是艾特玛托夫在作品中写下的一段话:“这个缺乏经验的年轻人(指阿夫季——引者)当时没有想到,如果人间存在着一种规律,那就是世界首先要惩罚自己那些有着最纯洁的思想和心灵的觉醒的儿子。”

三

在阿夫季打入贩毒团伙即将离开莫斯科的时候,小说描写了他在普希金博物馆聆听一场古代保加利亚教堂音乐会,紧接着又叙述了艾特玛托夫虚构的一个格鲁吉亚故事《六人与第七人》。在阿夫季死后,小说第三卷描写了牧人鲍斯顿的遭遇。这些情节对于理解艾特玛托夫的复杂的意图和阿夫季形象所包含的哲理深度是至关重要的。保加利亚合唱队所唱的中世纪教堂赞美诗充满崇高的激情和感召力,阿夫季从中领悟到赞美诗的要旨是唤起人心中的人性。这点启示使阿夫季心中一亮,他顿时理解了他读过的一篇格鲁吉亚小说《六人与第七人》的内蕴。国内战争时期,肃反人员桑德罗打进了土匪古拉姆的队伍。根据他的情报,剿匪部队几乎全歼了古拉姆匪帮,逃得性命的只有古拉姆等六人和负有彻底消灭他们的使命的桑德罗。他们逃到与土耳其和伊朗接壤的边界,准备第二天各奔东西。他们燃起篝火,在分别前尽情饮酒唱歌。古拉姆说“让我们喝干最后一杯酒,最后一次唱唱家乡的歌”。家乡的歌把他们融为一体,桑德罗也如醉似痴地唱着,但他没有忘记自己的使命。当他们唱最后一支歌的时候,桑德罗开枪击毙了全部六个人,然后自杀。桑德罗的道德标准是分裂的,即个人和社会的道德标准不一致。古拉姆这帮残忍的土匪理应受到惩罚,但在他们告别故土告别朋友、流露出正常人性的时候,桑德罗杀死了他们,他忍受不了自己的行为,在消灭他们之后,他发现也消灭了作为人的自我。

怀着从教堂赞美诗和桑德罗的故事中领悟到的思想感情,阿夫季踏上了去中亚的火车，他和桑德罗一样打入了“敌人”的队伍，但是他不用桑德罗的办法去惩罚他们，而是竭力去唤醒他们的人性，呼吁他们忏悔，拯救自我，结果被绑上了十字架。

小说第三卷的主要人物鲍斯顿是艾特玛托夫作品的传统主人公——塔纳巴伊和叶吉盖型的普通劳动者，体现了阿夫季希望在人身上唤起的完美的人性。鲍斯顿是个诚实能干、善良正派的牧羊人，有名的先进生产者。可是他提出的把牧场分到小组、承包畜牧指标的合理化建议却被党支部书记科奇科尔巴耶夫指责为破坏社会主义。一直忌妒鲍斯顿的二流子巴扎尔拜借一桩意外事故诬陷鲍斯顿看中助手埃尔纳扎尔的妻子，蓄意害死了埃尔纳扎尔。巴扎尔拜在山中偶然探到一个狼窝，在没有打死大狼的情况下，掏走了四个狼崽。母狼阿克巴拉和公狼塔什柴纳尔跟踪紧追，吓得半死的巴扎尔拜拼命跑到鲍斯顿的宿营地求援。从此鲍斯顿家不得安宁，一对狼夜夜在近处凄厉地嗥叫，寻找狼崽，并且开始毫无顾忌地袭击人和羊群。鲍斯顿要巴扎尔拜放还狼崽，却被巴扎尔拜恶毒地嘲笑一通。最后，母狼伺机叼走了鲍斯顿的小儿子。阿克巴拉并无报复之意，母性的本能驱使它把小男孩当做狼崽带走。惊恐万分的鲍斯顿在绝望中开枪射击，结果把母狼和儿子一起打死了。鲍斯顿欲哭无泪，策马直奔巴扎尔拜的宿营地，抵住巴扎尔拜的身子连发两枪，然后自首去了。

鲍斯顿的生活就是阿夫季所梦想的人生价值和完美人性的体现，他应该有幸福的命运，但他的结局比阿夫季更惨——亲手打死了自己的儿子。鲍斯顿这个名字的意思是灰皮袄，他像母狼阿克巴拉一样受恶人的迫害。巴扎尔拜没有任何道德感，他和科奇科尔巴耶夫结成同盟，一起对付无辜的鲍斯顿。他们堕落到这种地步，艾特玛托夫写他们就像写狼一样，而写狼则像写被恶人追逐的人一样。在现实生活中，善恶界线泯灭，恶战胜善。鲍斯顿无法唤醒巴扎尔拜的人性，阿夫季的理想在现实中破灭。

《断头台》中三个人物——阿夫季、桑德罗和鲍斯顿的命运都是悲剧性的。三个故事仿佛是同一主题的变奏。从《白轮船》开始，艾特玛托夫的小说的悲剧气氛一部比一部浓重，恶总是占上风。艾特玛托夫和陀思妥耶夫斯基有一个共同点:他们都看到人性中隐藏着恶的根源。在昏迷中神游耶路撒冷的阿夫季比现实中的阿夫季清醒,他洞察人性恶,他劝耶稣停步:"救世主,你停一下,要知道尽管你为了人们走上十字架,舍身殉难,可是这些人日后会嘲笑你。"艾特玛托夫借耶稣之口说,世界不毁于自然灾难,而将毁于人们间的相互仇恨。折磨这位作家良知的是一个哈姆莱特式的问题:"生存还是毁灭?"这个问题不是针对个人,而是针对全人类。《断头台》中的忧患意识是显而易见的。艾特玛托夫呼唤善良的人性,呼唤人道主义,同时又写出当代人道主义意识的危机,这种意识无力与现实世界中的恶作斗争。人对人是狼!这就是《断头台》的矛盾,也是艾特玛托夫的困惑。

(原载《苏联文学》,1989 年)

战争文学领域的开拓型作家

——略论尤里·邦达列夫的创作

尤里·邦达列夫始终记得名作家巴乌斯托夫斯基的谆谆教导:文学创作最重要的就是说心里话。邦达列夫最想说的心里话就是对牺牲在他身旁的同龄战友的怀念。他说他的生命是成千上万名阵亡将士用鲜血换来的,他在战后度过的每一天都是他们馈赠的最珍贵最美好的礼品。多少战友安息在斯大林格勒郊外,安息在库尔斯克和柏林城下,他无法使马革裹尸的战友起死回生,但也许能让他们的形象永垂不朽。他就怀着这种深沉的思念和神圣的义务感开始写战争小说。他从基层军官最熟悉的战壕生活写起,创作了《营请求火力支援》(1957 年)和《最后的炮轰》(1959 年)。这两部作品成为当代苏联文学中"战壕真实"派的代表作。邦达列夫又从艺术实践中总结得失,力图克服"战壕真实"的局限性,把"司令部真实"和"战壕真实"融合在一个作品中,在宏观和微观的结合上透视和反映战争,写出了全景式小说《热的雪》(1969 年)。邦达列夫从战后三十年的历史距离回顾过去,把战争与和平两个时代联系起来,深刻地表现战争对世界、各民族和个人命运的深远的悲剧性的影响,创作出了富有哲理意味的长篇小说《岸》(1975 年)和《选择》(1980 年)。当《选择》荣获 1983 年国家文艺奖金的时候,评论界把它同艾特玛托夫的《一日长于百年》和格拉宁的《一幅画》一起称为苏联 80 年代文学的定向性作品。

贯串邦达列夫全部战争题材作品的是一个哲学和美学命题——人与战争。在当代苏联文学中首先开掘这个命题的是肖洛霍夫的《一个人的遭遇》。邦达列夫对这个命题作出了独特的解释,围绕这个命题探索了战争文学的真实性、人道主义、人性美丑的冲突和人生关键时刻的道德选择等问题。邦达列夫善于利用战争题材优势,让人在死亡面前亮相,自己塑造自己的形象。他的成名作《营请求火力支援》和《最后的炮轰》就是写濒于毁灭边缘的连队指战员。连队的战士对于邦达列夫来说是多么熟悉啊！他说:他们"……是我在战争中遇见过的人。我们曾一起行进在斯大林格勒原野、乌克兰和波兰的大路上,一起肩扛手推,把大炮从秋天的泥泞中拖出来,一起射击,一起瞄准,我们曾睡在一起,像战士们常说的那样,同吃一锅散发着焦味和德国梯恩梯炸药味的西红柿汤,在坦克冲锋的前进路上,我们曾共同分享过最后一撮烟叶"。[1] 但是,只是当邦达列夫力图使他们在书页上复活的时候,力图探究他们在坦克压顶的瞬间的心理活动的时候,他才真正发现了这些同龄战友的本质所在,真正理解到不写战壕真实就谈不上战争文学的真实。司令部眼观全局,战士注视的是眼前的阵地或将要攻取的具体目标;司令部部署整个战役,预期即将到来的胜利,而战士面临的是枪林弹雨中的拼搏,他们按指挥行动,或者生还,或者牺牲。有些命令,执行的结果是必定牺牲,但又非执行不可。基层指挥员在发命令时的内心矛盾,战士在接受和执行命令时的复杂心理反映……凡此种种,不在战壕里当过普通一兵的人很难体会,不描写这些不足以表现战争的全貌。《营请求火力支援》和《最后的炮轰》充满连队战壕生活的细节,尤其是《最后的炮轰》具体而细微地描写了诺维科夫炮兵连从进入阵地直到连长阵亡的三天战斗过程,成功地传达出了坦克和大炮"白刃相接"的激烈紧张的气氛,双方在瞄准镜里互相捕捉对方,"是他在瞄准我,还是我在瞄准他",生或死就在早一秒或晚一秒开炮之间决定。邦达列夫就在这种白热化的气氛中写英雄和懦夫,写人的急剧微妙的心理变化,完成对每一个战士的性格的刻画。邦达列夫说,他最注重的是在作品中写战士们怎样每日每时克服自身的弱点。任何人在战争中都体验过包括自卫和死亡的威胁在内的正常感情。在死亡的危急关头,人们的想象力变得非常活跃鲜明,在瞬息万变的想象中,一个人能死去数次。有人在这种时刻战胜恐惧感,成为真正的人,成为英雄,有人则相反。[2]《最后的炮轰》中处理得最好的就是排长奥夫契尼科夫和战士戈尔巴切

---

〔1〕《致我的读者》,见《苏联当代作家谈创作》,北京师范大学出版社1984年版,第21页。
〔2〕参阅《苏联当代作家谈创作》,第24页。

夫在关键时刻的不同表现。奥夫契尼科夫在遭到冲过防线的德军坦克直接射击的情况下丢下伤员和大炮,逃跑到连长所在的阵地;而战士戈尔巴切夫跟着排长跑到半路突然折回去了。奥夫契尼科夫对连长的申斥正要辩解,忽然看见自己的阵地上炮火一闪——

中尉可怕地抽搐着的脸上立即充满了土灰色。"戈尔巴——切夫?!"奥夫契尼科夫好不容易挤出一句话。"他返回炮位了?"

他用古怪的眼神看了看诺维科夫,突然像彻底明白了一切似的,猛力一冲,敏捷地、像匹马似地跨过胸墙,用巨大的、超人力的步子沿着斜坡往大炮的方向飞奔而去。

军人的责任感刹那间泯灭,又刹那间复萌;军人的价值观刹那间丧失,又刹那间复得。奥夫契尼科夫意识到这一点是在他返回炮位途中受伤被俘之后,他为重新获得苏维埃战士的价值付出了惨痛的代价。邦达列夫说,一个人距离做出英勇的举动有时只差一步,也许他一生都在为迈出这最后一步做准备,但也可能基于多种原因,他惊慌失措,丧失了坚强的意志。描写自觉地迈出这决定性步伐的一瞬间,从黑暗到光明、从否定到肯定的最后一个动作,这就是艺术的一个重要的任务,也就是对人类心灵的自我矛盾进行分析的实质所在。[1] 邦达列夫在奥夫契尼科夫的形象上就力图完成这个任务。

邦达列夫在长篇小说《热的雪》中扩大了表现的领域,越出"一寸土",以宏大的气魄描写斯大林格勒西南草原一场惊心动魄的大战斗,笔触同时伸向苏军最高统帅部、集团军司令部和连、排战壕。但是,这部作品并不是司令部真实和战壕真实的机械相加,而是在统一的美学追求下的有机融合。1942 年冬,苏军最高统帅部派出以别宋诺夫为司令的集团军星夜兼程赶往斯大林格勒城郊,堵截德军曼施坦因的四百辆坦克,以粉碎希特勒欲解救被围在斯大林格勒的保罗斯集团军三十万人的企图。这一仗是斯大林格勒战役的关键,战士们听到背后斯大林格勒的炮声,就明白了是怎么一回事。小说以别宋诺夫集团军强行军开篇,交叉描写了集团军司令部和一个炮兵连的活动。作品的成功之处首先在于读者不仅从

---

〔1〕 参阅《苏联当代作家谈创作》,第 25 页。

司令部的部署上，而且从炮兵连每个战士的阵地和感觉上，一清二楚地明白了这个集团军所担负的任务的重要和艰巨。作品不仅成功地写出了一种共同的责任感和决死的气氛，把司令部和战壕联系在一起，而且深入刻画了司令部和连、排的一系列人物，写出各种人物在战争中显示的精神品质和感情活动。对司令部的描写，突出了集团军政委维斯宁和反谍处处长欧辛的冲突，而冲突的焦点是对集团军司令别宋诺夫的态度。别宋诺夫是军事学院的中将教官，在莫斯科保卫战中表现了出色的指挥才能，在被斯大林召见时又精辟地分析了斯大林格勒的形势并提出了对策，斯大林很欣赏并委以重任，把关键一仗交给了他。别宋诺夫性格孤僻、严厉，但富有谋略，指挥果断。司令部的人不敢和他亲近，但都相信他的指挥才能。别宋诺夫内心只有一个牵挂：他的儿子在前线失踪。他相信儿子不会当俘虏，但反谍处处长欧辛却掌握德军撒下的一张传单，上有别宋诺夫将军的儿子在德军医院养伤的照片。政委维斯宁坚决不同意把此事告诉别宋诺夫，以免使他感觉到自己可能不被信任而影响指挥决心。可是反谍处处长另有任务。苏军统帅部因高级将领符拉索夫被俘投敌一事的教训，命令各司令部反谍处以保护首长为名，保证不让高级指挥员在战斗失利时落入敌人之手。别宋诺夫身负重任而又处于这种“保护”之下。欧辛甚至不让别宋诺夫留在炮兵团的前沿指挥部，而要他躺在安全的集团军司令部，遭到别宋诺夫和政委维斯宁的坚决拒绝。从统帅部到集团军司令部这种微妙而复杂的关系被邦达列夫很真实地描写出来。主要指挥员被暗中掣肘，仗怎么打得好！要不是别宋诺夫在维斯宁支持下坐镇前沿阵地，看准时机调预备队伍反击，这一仗很可能就打输了。对高级将领的不信任感是1937年肃反扩大化的余波，苏联战争小说对此多有谴责，读者通过欧辛的形象一定会联想到西蒙诺夫的《生者与死者》中的李沃夫和斯塔德纽克的《战争》中的麦赫利斯。作家们通过这些形象共同提出战争中的政治道德问题，这个问题的尖锐性是稍微了解一些苏联历史的读者都能感觉到的。

《热的雪》中最好的篇章还是对连队战壕生活的描写和战争中人的本质的揭示。邦达列夫把一场空前规模的大战斗集中到极有限的时间内来描写，一天一夜的战斗前、战斗中和战斗后的战壕生活写得十分详尽生动。强行军后连续作战的疲劳,零下三十度透骨透心的严寒,临战前的紧张,战斗中的激情,坦克压顶的惨状,被炮声震聋后的茫然,战士被迫执行错误命令的复杂心情,目睹战友作无谓牺牲的悲愤……一句话,残酷的战斗实景和战斗者的实感,一切历历在目,扣人心弦。渗透于这一切之中的是两种军人道德的冲突。连长德罗兹多夫斯基外表干练,声色俱厉,实际上既缺乏实战指挥能力,又刚愎自用,不珍惜战士的生命,强迫命令战士去执行不可能完成的任务,作毫无意义的牺牲。这个浸透虚荣感的灵魂被暴露得十分彻底,受到作者和读者的严厉的道德审判。排长库兹涅佐夫单纯善良,勇敢顽强,在战斗中以身作则,团结全排坚守阵地,是小说中最有光彩的英雄形象。他从自己热爱生活珍惜生命的感情出发,来看待每个战士的命运。他不顾一切抵制连长的错误命令,尽量减少无谓的牺牲。战士们甘愿同他共生死,连胆小的老兵戚比索夫都在他的精神感召下奋勇杀敌。邦达列夫在回答读者关于《热的雪》的问题时说:"只有道德观念才能使人最终成为一个人","一个或一连串尽到职责和良心的完美的行动表现了人生。"[1]库兹涅佐夫是邦达列夫关于军人道德的理想的体现,在他同德罗兹多夫斯基的矛盾中反映了人性美丑的冲突。卫生员卓娅在战斗中对库兹涅佐夫产生了爱情,可是在战斗临近结束时不幸牺牲。库兹涅佐夫哀悼自己的幸福瞬间消逝,他的热泪融化了战壕里的白雪。毫无疑问,邦达列夫通过女主人公的爱情选择表达了自己的道德理想。邦达列夫战争小说的爱情都以悲剧告终,这些青年军人生未尽兴,爱未尽情。《最后的炮轰》和《热的雪》这两部作品的篇名都透露出青年男女主人公命运的归宿,他们理应得到人生的幸福,却过早离开了人间,令读者扼腕叹息。邦达列夫说:

> 有人说,我最近创作的一部描写战争的作品,即长篇小说《热的雪》,是一部乐观主义的悲剧。也许是这样。在这部作品中我想强调,我的主人公在斗争和相爱,在相爱和献身。他们没有爱够,没有活够,有许多东西还不知道,但是他们知道最重要的东西,在战火的洗礼中他们经受了人性的考验。

[1] 《甜蜜的苦役》,见《苏联当代作家谈创作》,第46页。

……也许，在小说《热的雪》中，我过多地描绘了浴血奋战的斯大林格勒战场上的隆冬的严寒，也许，完全没有清新、温暖的四月天的气息。但是我希望：明媚的阳光，清新的空气和生机盎然的一派春色都保留在我的年轻和年长的人物心中。我和他们痛苦地永别了。我总希望回到他们身边，使他们回到现实生活中来。他们正是为了这种生活而牺牲在斯大林格勒的城郊，牺牲在冰封的原野上的。"[1]

就这样，邦达列夫把青年军人悲剧命运的抒情变奏融进了反法西斯战争的主旋律，把"人与战争"的命题放到一个崇高的境界来认识和表现。

第二次世界大战后，世界政治并没有给人们以和平生活的宁静和幸福，有人仍在咀嚼战争留下的苦果。邦达列夫从战争本身写到战争对整整一代人的命运的影响，在长篇小说《岸》中通过一双敌对国青年情侣的凄惋动人的故事，从人性的要求，呼吁国际缓和。苏军中尉尼基金由于保护了德国少女爱玛而得到了她的爱，他们享受了偶然的短暂的幸福。战后爱玛抱着重逢的幻想痴情地等待过尼基金，但是冷战在东西方之间设置了重重障碍，爱玛的幻想破灭，她只是在二十六年后才抱着试试看的心情，以文学俱乐部的名义邀请苏联名作家、前苏军中尉尼基金来西德访问。昔日的情侣重逢，也只能在回忆中重温往事，爱玛虽然寡居，尼基金却不可能留在她身边，重逢只不过徒增思念的痛苦。全书充满当代政治意识，一再呼吁东西方对话，但又处处让人感到在西德评论家提出的"全世界知识分子联合起来"的空话后面，意识形态分歧严重存在。小说中最打动人的仍然是爱玛那悲切的绝望的呼唤："瓦吉姆！瓦吉——吉——姆！"

邦达列夫说："岸是对幸福、对自我认识的寻求，是在自身上寻求彼岸。"[2]照笔者的理解，这个"自我认识"和"自身"是指整个人类。人类只有认识到幸福在自身的和谐之中，才能在自身到达彼岸。

把"人与战争"的命题由战时联系到战后来探讨的还有长篇小说《选择》。《选择》不像一般现实主义小说那样在典型环境中塑造典型性格，

[1] 《致我的读者》，见《苏联当代作家谈创作》，北京师大出版社 1984 年版，第 32 页。

[2] 《甜蜜的苦役》，见《苏联当代作家谈创作》，第 51 页。

而是在典型环境中提出典型问题:什么是人生道路的正确选择。小说情节的时间跨度是三十年,两头详中间略,主要人物在今天的命运由三十年前生死关头所作的选择决定了。

著名画家瓦西里耶夫在出访威尼斯时意外地遇到中学时代的知心朋友、三十年前在战场失踪的同连战友伊利亚·拉姆津。1943 年夏,他们连在乌克兰前线一个小车站遭到德国人的夜袭,大部分战士阵亡,三门炮被击毁两门,拉炮的马也被打死,德国人一步步逼近,身为代理连长的伊利亚眼看无挽救希望,带领瓦西里耶夫和其余六名战士撤退。他们刚刚突围出来,伊利亚就意识到自己犯了不可饶恕的错误:炮兵丢掉大炮,这是极其可耻的行为。团长沃罗丘克根本不听伊利亚汇报,也不考虑团部未派步兵掩护炮兵,自有失责之处,只是劈头盖脸一顿怒斥,并且当着他们的面在电话中向师长谎报炮兵连已全部牺牲,为自己丢掉车站开脱责任。沃罗丘克命令伊利亚重入包围圈夺回大炮,否则以军法严惩。“看看是谁家的子弹甜,是德国人的还是俄罗斯人的?”受尽侮辱的伊利亚脸色煞白、冷漠、可怕,他强压住怒火,咬咬牙带领战士去执行这个不可能完成的任务。他和瓦西里耶夫都清楚,团长已经把他们埋葬了。在潜入包围圈之前,伊利亚把瓦西里耶夫和另一名战士留下担任掩护,命令其余战士跟着他。不久,车站附近传来敌人的喊声和枪声,战斗只进行了短促的几分钟。当枪声停息的时候,瓦西里耶夫明白,伊利亚他们完了。可是伊利亚并没有完,现在正在威尼斯一家旅馆的餐厅里坐在瓦西里耶夫的对面。他是“竭尽全力”才活下来的。他在一个德国小城的俘虏营中,被当地的一个驼背德国女人看中,把他要出来帮她做工,以后又嫁给了他。伊利亚获得自由后,在欧洲经商,成了富翁。他生活优裕,但心如死灰,三十年来,心头压着沉重的负担。他意识到自己欠了两笔债;他背叛了祖国,遗弃了母亲。他精神上无比空虚和孤独,活着不过是行尸走肉。祖国不会宽恕他,这笔债他永远也还不清。他最后的一线希望是母亲会原谅他。他从瓦西里耶夫那里得知母亲仍然健在,就以意大利旅游者的身份来到莫斯科。母亲在三十年前就在心里把儿子埋葬了。伊利亚的突然归来并没有使她高兴,她只觉得悲哀和委屈,因为儿子三十年来竟然不给她一点音讯,她不能原谅儿子。在这个世界上,伊利亚没有得到任何人的谅解和宽恕,他觉得已经完全没有必要再活下去了,在离开莫斯科前夕,他自杀了。伊利亚自杀时的心情异常凄凉,他在留给瓦西里耶夫的信中说,这是他不必选择的选择。三十年前,伊利亚选择了可耻的生;三十年后,他选择了无可奈何的凄凉的死。三十年前的选择决定了三十年后的选择。伊利亚在三十年前的选择无疑是错误的,我们自然可以从他的命运中吸取某种教训,即人在生活的紧要关头要作正确的选择;但是,我们想说,邦达列夫没有把这种道德教训简单化,是和非在这里呈现出某种复杂性。我们说伊利亚的第一次选择是错误的,但也总感到惋惜、遗憾和疑惑。是什么逼得伊利亚去作这种选择的呢?伊利亚三十年来就解不开这个疙瘩。他认为真正的选择是自我决定,而他面临的是不能选择的选择:“或者拉出大炮,或者受军法处置。”前者是不可能办到的,后者是无法逃避的。伊利亚说,“或者这样,或者那样”,是谁定下这个“或者”的?为什么他必须面临这种选择?他认为这是命运的作弄,他无法解开“选择”这个谜,最后走向悲观的宿命论:人人都要死,这是不必选择的选择。

伊利亚没有后悔,没有自我谴责,但是三十年的孤独生活对他说来已是很严厉的自我惩罚了。邦达列夫通过伊利亚离开莫斯科前与几位送行者的一席话,写出了这个人物的自我认识。那么,作者的态度又是怎样的呢?他写出了伊利亚成长的具体环境,写出了是什么促使伊利亚在人生的关键时刻作出了错误的选择。伊利亚的父亲在1937年肃反扩大化中被镇压,伊利亚从小就处于一种戒备的心理状态中,他习惯于这样的想法,即这个世界是不信任他的。家庭的遭遇使他养成了孤僻、多疑、好强、冷漠、既自卑又高傲的性格。当他丢了炮回来,团长说当初任命他为代理连长是瞎了眼时,他立刻意识到,无论他今后怎样,他再也不会得到别人的信任了。如果他没有心理上的这块伤疤、这种自卑感,他会把生的希望押在夺回大炮的行动上,怀着希望去拼命。团长沃罗丘克粗暴骄横,把车站失守的责任全部推卸在伊利亚身上,命令犯了错误的部下毫无意义地去送死。的确,在战争中无温情可言,伊利亚丢掉大炮是不可饶恕的错误。“用血去赎罪”——这说起来很动听,但是最好让赎罪的血不要白流。邦达列夫为什么要这么写?为什么要写出使伊利亚作出错误选择的各种客观因素?作家显然不愿对伊利亚作简单的道德批判,也没有让书中任何一个人物做伊利亚的对立面和裁判者。瓦西里耶夫完全明白，在那次生死考验中，伊利亚有意留给他一条生路，他是幸存者，他是幸运儿，他在战后成为艺术家，选择了诚实劳动的道路，但他觉得自己已无权裁判伊利亚，因为他也无法回答什么是正确的选择这个问题。在作品中，选择的问题还涉及其他人物，如瓦西里耶夫的女儿的生活道路和一些艺术界知识分子的追求。伊利亚的自杀使他们震惊，引起他们对自身面临的各种选择作严肃的深沉的思考。邦达列夫说："不管人们对选择作何解释，选择——这永远是一个难题，因为人们的本质不是单一的。"[1]

把战争作为提出人生哲理问题的典型环境来表现，是邦达列夫的又一开拓性贡献。这位作家迄今为止的全部创作给我们的启示是：战争小说只有对战争这个社会现象作历史思考、道德思考和哲理思考，才能在高境界和深层次中认识和表现战争与人的关系以及战争对人和人类命运的深远影响。

附记：

本文撰写于邦达列夫的新作《戏》（或译《人生舞台》）全文译介给我国读者之前。《戏》表现了当年参战一代对战后生活的幻想的破灭，在思想内容上与《岸》和《选择》相沟通。就题材而言，《戏》当然不能称为战争文学作品，但主要人物克雷莫夫和莫洛奇科夫在战争时期的关系和冲突以及各自显示的性格特点直接预示了他们在战后生活中的表现。关于《戏》，笔者将另外撰文论述。

（原载《求是学刊》，1988 年）

[1] 《对莫斯科小剧院演员的讲话》，转引自《选择》中译本《译本序》。

救救人的灵魂的呼吁

——评三部苏联小说

苏联当代著名作家拉斯普京、阿斯塔菲耶夫和艾特玛托夫在近年发表的《失火记》(1985)、《悲哀的侦探》(1986)和《断头台》(1986)[1]不约而同地反映了三位作家对苏联社会道德水准急剧下降的深切忧虑,发出了拯救人的灵魂的呼吁。

我们记得,在整整一个世纪之前,托尔斯泰和陀思妥耶夫斯基曾经发出过拯救俄国人灵魂的呼吁。这两位伟大的俄罗斯作家目睹资本主义关系侵入俄国社会生活的所有角落,资产阶级的道德观、价值观渗入人们的意识,既感到愤懑不安,又无可奈何,最后求助于道德宗教,寄希望于人在精神上的自我完善。陀思妥耶夫斯基甚至吁求人忍受一切苦难,在痛苦中净化灵魂,让上帝在人的灵魂中战胜魔鬼。历史已经证明他们解决社会弊病的主张是天真的、软弱的、毫无成效的。另一位伟大的俄罗斯作家契诃夫在当时就说,他们的功绩在于提出问题,而不是解决问题。

我们也记得,在十月革命中诞生的苏联文学曾经塑造出世界文学中从未有过的新人形象,他们从血与火的漩涡中涌现,由于受到共产主义崇高信念的鼓舞而充满献身的英雄主义激情,精神奋发地向理想的新世界阔步前进。这些形象和它们的塑造者心灵相通,其中最突出最典型的就是保尔·柯察金。法国大作家罗曼·罗兰在读完《钢铁是怎样炼成的》之后写信给奥斯特洛夫斯基说:"你的名字对我来说是最罕见的、最纯洁的英雄精神的同义词。"

长时期以来,苏联普通劳动者用朴素而又充满自豪感的语言向世界

〔1〕《悲哀的侦探》又译《忧郁的侦探》;《断头台》又译《死刑台》。

宣称:“我们是苏维埃人!”但是,在十月革命胜利七十多年后,我们竟然听到当代最杰出的苏联作家又像他们的伟大前辈一样痛心疾首地发出呼吁:救救人的灵魂!

存在决定意识。历史沿着“之”字形的道路曲折前进。生活是复杂的,人在变,而且变得那么快。拉斯普京在《失火记》中回顾苏维埃人精神发展的轨迹时,几乎是茫然地说:“如果在善与恶之间能够划一条界线的话,那么结果将是有一部分人越过这条界线,而有一部分人还没有,但是所有的人都朝着——善的方向。随着一代代人的更迭,越过界线的就会不断增加。”“后来发生的事是无法理解的。是谁又把这些已经越过了界线,懂得了为善的人都吓退了,他们为什么又朝回路上跑? ……人们经过好多世纪才得以摆脱的东西,现在又向它回归。不是徒步往回走,而是乘上汽车疾驰而回。”[1]

《失火记》、《悲哀的侦探》和《断头台》有一个共同的特点:鲜明的政论性。作者似乎觉得通过艺术形象不足以痛快淋漓地倾吐他们的忧虑,于是就直接站出来说话。《失火记》几乎是隔章就插进作者的议论或借主人公叶高洛夫的思考发议论。这部小说描写西伯利亚某伐木区居民点松木镇百货商店仓库里发生的一场火灾和事故现场各种人物的道德表现。救火的情景全部通过叶高洛夫的视野展开。他首先惊讶地发现,平常柜台上从来见不到的紧俏商品,特别是优质食品,在仓库中应有尽有,原来这个库中之库是为林业局的领导准备的。他又看到,从仓库里抢救出来的各种货物,经一双双手往外传递,等传到队伍后面,东西已不翼而飞。人们趁火打劫,见啥拿啥,特别是一帮强横的外地临时工,专抢酒和进口日本服装,把酒瓶像手榴弹一样往仓库外扔,有的还一边抢一边喝,醉倒在救火现场。真正出力救火的人少得可怜,忠于职守的哑巴看门人拼命阻止那些外地临时工抢东西,结果在混乱中被打死。

主人公叶高洛夫是个开载重汽车的老司机,上了年纪,自感精力不济,腿脚不灵,心绞痛也发作过几次,用他自己的话说是“油干灯草尽”了;但是,他是救火现场干得最猛的一个,只不过在这种紧要关头见到的

---

〔1〕《外国文艺》,1987年第4期,第66页。

情景使他心头发凉。许多人的灵魂褶皱中最肮脏的东西都在火光中暴露出来,叶高洛夫也仿佛在火光中把这些年来周围发生的事情看得更清楚了。

这位老司机是土生土长的西伯利亚人,他的老家叶高洛夫卡村已在拦河筑坝建水电站时被水淹没,如今他落脚在松木镇。这个人的形象使我们想起拉斯普京的名作《告别马焦拉》中无限眷恋乡土的村民,他热爱这块土地上的一草一木,对滥伐森林、只伐不植的现象忧心忡忡。人们砍完一片森林就换个地方,身后留下一片荒芜,人们的乡土观念越来越淡薄,而叶高洛夫觉得,一个没有乡土观念的人不可能懂得应该珍惜什么。人们连伐树都不好好伐,砍下的树随地乱扔,整料和碎料混在一起,树梢和原木同样拿来烧火。人们明里暗里偷盗国家财物,对妨碍他们的人下毒手暗算。过去把本乡本土的人团结起来共渡难关的道德力量已荡然无存,不光是外来人对本地发生的一切毫不关心,所有的人在内心里实际上也都变成了"外来人"。叶高洛夫很难理解眼前发生的一切:"世界不是一下子翻转过来的,冰冻三尺非一日之寒,而我们这里正是这样:本来是不允许的,通不过的事情,变成可以允许,行得通了,原本不可以做的——变成可以做了,原来为人所不齿,视为造孽作恶的行为现在被看作是灵巧活络,有魄力,有胆量了。这历来是主心骨的东西我们要放弃到哪一天为止呢?哪里是后备军,哪里有接班的人,哪里是久盼的助力和补充?"[1]《失火记》中的这场大火升华为一种象征——人心失火。拉斯普京并非偶然地塑造了看门人哈姆卜大叔的形象,这个憨厚的哑巴弄不清世界上千千万万条规矩,但他懂得一条:勿贪他人之物。他把所有的恶行归结为一个原因:贪欲。他的责任就是与人们的贪欲作斗争,不惜牺牲性命牢牢看守着托付给他的集体财产。作品给人的道德启示是:贪欲将烧毁整个世界,快点扑灭人们心中的贪欲之火吧!

阿斯塔菲耶夫的《悲哀的侦探》写的是一个小城市里日常生活中发生的形形色色的犯罪现象。主人公索什宁是因伤残而提前退休的警官、刑事侦察员,他在任职期间的业余时间里根据自己亲眼目睹并与之作斗

〔1〕《外国文艺》,1987年第4期,第34页。

争的犯罪现象创作了一系列短篇小说，准备结集出版。稿件在出版社一搁五年，现在总算被列入年度出版计划。责任编辑把他叫去，在谈话中说他的作品很有现实意义，是“警察题材”，索什宁立即纠正她，说是“人的题材”。的确，索什宁的小说（我们不妨把《悲哀的侦探》从第2章起用倒叙和插叙手法所写的一切看做是索什宁那部手稿的全部内容）除了描写这位刑事侦探所遇到和处理的酗酒、斗殴、强奸、抢劫、盗窃、杀人等等犯罪行为外，更多的是探讨犯罪行为的社会原因、个人动机和当代部分青年人的变态心理，特别是思考对待犯罪行为的群众心态和这种心态中反映出来的俄罗斯民族性格中残存的一些不可理喻的丑陋的东西。索什宁几次碰到流氓在大街上侮辱妇女而路人视若无睹。把索什宁抚养大的格拉尼娅大婶上了年纪，头发都白了，有一天竟然被四个醉酒的流氓轮奸，狂怒的索什宁差点把他们统统枪毙在现场，地方法院量罪判他们每人八年徒刑。事后，格拉尼娅大婶却可怜起这些流氓来，说，她年纪大了，遇到这种事当然难为情，但也算不得什么，只是四个年轻的生命白白毁掉了，这样长的刑期他们熬不过。她甚至为此不能原谅索什宁。一个22岁的小青年在咖啡馆里喝了些烈酒，浑身燥热，便到街上溜达，顺手捅死了三个人。事后，悠然自得地在电影院前面吃冰淇淋。索什宁赶到，以迅猛的动作把凶手撞昏在墙上，后援的警察正要把凶手带走，周围的群众却可怜起凶手来，说这个鬈头发的小青年长得可爱，骂索什宁是“野兽”，“把孩子的头往墙上撞”。有人问这个小青年干嘛要杀人，他若无其事地一笑回答说：“因为对那些家伙的嘴脸看不顺眼。”一个刚从技校毕业的小伙子在斗殴中被人打了一顿，为了出气，发誓要杀死第一个遇见的人，结果砸死了一个孕妇。一个两次蹲过监狱的流氓在村里为非作歹，索什宁接到受威胁的妇女的控告信，便去村里查看，不料被流氓用草叉刺成重伤。流氓因袭击执行公务的民警，被判十年徒刑。村里的妇女却生了怜悯心，给他换好干净衣服，让他吃饱喝足，还往他衣袋里塞香烟和糖果，送他踏上服刑的路。这个流氓得意洋洋地用西蒙诺夫的著名诗句向全村妇女告别：

“等着我吧，我要回来的！”〔1〕

警官索什宁在以这些真人真事为题材创作小说时，怎么也解释不了这些无缘无故杀人的青年罪犯的变态心理，解释不了当代苏联人对罪犯的莫名其妙的怜悯心：“他明白，在种种难以理解的事物和现象中他所面临的是要去理解一种很少有人能懂的、谁都没有彻底理解、谁都没有解释清楚的东西，即所谓的俄罗斯性格，用接近文学语言的高雅的说法，就是俄罗斯灵魂。……为什么俄罗斯人自古以来就怜悯囚犯，却常常冷漠地对待自己，对待邻居，哪怕他们是战争和劳动中的残废者？俄罗斯人愿意把最后一片面包送给犯人，送给打折别人骨头、使别人流血的人，不惜从民警手里抢走那些被反绑着双手的、刚刚行过凶的凶恶的流氓，可是却会为了同一居室里的邻居忘记了关厕所里的灯而憎恨人家。”〔2〕

我们记得，俄罗斯古典文学和艺术作品中曾经描绘过人们对犯人的怜悯心和慷慨施舍的情景。当时的犯人大多是在沙皇专制制度和农奴制度下走投无路、铤而走险的被压迫者，或者是自觉起来反抗专制暴政的政治犯。托尔斯泰在《复活》中就曾怀着极大的同情心描写过和玛丝洛娃一起赴西伯利亚服苦役的犯人群像；画家列维坦的名画《弗拉基米尔卡大道》描绘从莫斯科城郊逶迤东去的押送犯人往西伯利亚方向的这条必经之路，含蓄而又充分地表达了对犯人的人道主义感情。可是这份感情怎么能倾注在现在这些真正十恶不赦的罪犯身上呢？索什宁在日常生活中还看到一些令他心惊发颤的现象。父母把孩子视为累赘，把婴儿“存”在车站行李处，一走了事。有人发现邻居夫妻吵架，各奔东西，把3岁的孩子丢在家里，小孩饿得挖地板缝里的泥土和蟑螂吃。还有一对知识分子夫妇把婴儿锁在家中，待邻居发现时，孩子的身体已被蛆虫吃空，而这对夫妇却躲在市里以陀思妥耶夫斯基的名字命名的图书馆里看书。阿斯塔菲耶夫写到这里感叹道：“正是这位最伟大的人道主义者曾经向全世界宣

〔1〕 苏联著名诗人、作家康·西蒙诺夫在卫国战争中发表过一首脍炙人口的抒情诗《等着我吧》，以前线战士的口吻向后方的妻子吐露心曲，诗中十次重复“等着我吧，我会回来的”和“你要等待”，感情热烈真切，十分动人。这首诗在当时引起巨大的反响，许多战士把它抄在家信中寄往后方。

〔2〕《忧郁的侦探》，第297－298页。

布，更确切地说，是大声疾呼，他不接受任何革命，如果在这场革命中哪怕有一个孩子受害的话。”[1]现在竟然有孩子受到这种遭遇，这能叫索什宁想得通吗？这位刑事侦探为什么悲哀？因为他无法解释为什么这些丑恶的现象越来越多，为什么当代的刑事犯罪率达到了革命后历史上的最高水平，为什么犯罪的大多数是青年人，为什么俄罗斯人的性格中还有那么多莫名其妙的丑陋的东西。

顺便说一下，陀思妥耶夫斯基的那句话，我最近在三个地方看到：《悲哀的侦探》引用了；苏联作家维亚切斯拉夫·康德拉季耶夫在答1988年11月号《文学问题》杂志的问题“当今什么事最使您不安”时，也引用了。他认为在生活和政治中都要绝对遵循道德原则，更多地凭良知办事，常常想想陀思妥耶夫斯基的这句话。[2] 名作家邦达列夫在小说《戏》（又译《人生舞台》）中借导演克雷莫夫之口也引用了。[3] 《戏》中青年女演员伊琳娜为流言蜚语所中伤，产生了厌世情绪，退出了生活舞台。克雷莫夫一直赞叹这位芭蕾舞演员像婴儿般稚嫩、纯洁，为自己未能保护好她而自责，在与好友促膝谈心时引用了陀思妥耶夫斯基的这句话。

阿斯塔菲耶夫在《悲哀的侦探》中一反他一贯的舒缓的叙述风格，紧凑地讲着那一起起触目惊心的案件。这部作品和《失火记》一样，都无意于塑造典型人物，对索什宁和叶高洛夫都没有完整的性格刻画，但是借助于他们的观察和思考十分尖锐地提出了道德问题。艾特玛托夫的《断头台》则更深入一步，它不仅提出问题，而且试图解决问题。这部作品要复杂得多，从内容到形式都引起激烈的争议。[4] 《断头台》共分三卷，第一卷写中亚地区某州领导为凑足上缴肉类指标，在莫云库梅草原上对珍贵动物高鼻羚羊展开残忍的大围猎；第二卷描写往返于中亚草原和莫斯科之间的贩毒团伙的活动内幕；第三卷写牧人鲍斯顿的悲剧。第二卷是全书的中心，第一卷实际上是第二卷情节发展中的一段。艾特玛托夫在作

[1] 《忧郁的侦探》，第367页。

[2] 苏联《文学问题》，1989年第11期，第13页。

[3] 邦达列夫《戏》，中国文联出版公司1986年版，第270页。

[4] 参阅苏联《文学报》（1986年8月13日、15日）、《文学问题》（1987年第3期），或参阅拙文《人对人是……狼？》（《苏联文学》，1989年第3期）。

品中毫不掩饰地揭露了苏联社会里的贩毒和吸毒现象;作家还对破坏自然环境和生态平衡的愚昧行为、社会体制的僵化和官僚主义等现象提出了严厉的指责。艾特玛托夫在描写这一切的时候,赤裸裸地暴露人的精神堕落、被贪欲所污染的人性的丑恶。作品出色地描写了在羚羊被围猎时同时遭殃的一个狼家庭,狼家庭的遭遇贯串整部小说,作家处处以人性化的狼与兽性化的人作对比,衬托出人的凶残。一向以哲理性见长的艾特玛托夫当然不会停留在对现象的描绘上,他和托尔斯泰一样,从现实生活中提出具体的社会问题,然后把一切问题归结并提高到个人道德、社会道德以至全球道德的范畴来思考并探索解决这些问题的途径。这位吉尔吉斯作家过去一直以普通劳动者为主人公,以神话、民间传说、寓言来总领作品的全局,点明主题,深化作品的哲理内涵,这一次却塑造了一个被开除的神学院学生阿夫季为主人公,改造了一个《圣经》故事来表达自己的意图。阿夫季因向基督教的传统观念公然提出挑战而被革出教门。他否定上帝的最高存在,宣称在我们的意识之外没有上帝,上帝应该在每个人的心中,人类摆脱道德困境和解决一切社会问题的唯一出路,只能是通过人本身的觉醒。阿夫季的这个思想是借用《圣经·新约·马太福音》第27章关于耶稣和本丢·彼拉多的著名故事表达出来的。罗马皇帝派驻犹太的总督本丢·彼拉多在处死耶稣前问道,人们传说你死后三日将复活,回到人间,是否真是如此。耶稣答道,不是他回到人间,而是信奉他的教义的人,通过受难,通过每天同自身邪念的斗争,通过对恶习、暴力、嗜血的否定来到他身边。阿夫季认为,这是基督教义的真谛,即人不断完善自身精神,向真善美的神座升华。据艾特玛托夫本人的解释,这是最高意义上的人道主义。历史上的耶稣为了教义走上断头台,承受钉上十字架的痛苦,他希望人们想起他为了救赎世人的罪孽,为了启示并唤起世人心中的神意所付出的代价,而引起心灵的震动。这个十字架上的蒙难者的形象具有强大的影响、吸引力和亲切感。艾特玛托夫认为若要使人道主义深入当代人的灵魂,必须有一个敢于为自己的信仰走上断头台的"当代基督",于是他塑造了阿夫季这个形象。阿夫季被神学院开除后录用在共青团州报工作,编辑部要他去一趟中亚,调查一种特殊品种的野生大麻是通过哪些途径和方式渗进苏联、欧洲地区的。阿夫季设法混入贩毒团伙,亲历了在莫云库梅草原采集野生大麻的全过程。他试图劝说毒贩子放弃这种害人的勾当,向上帝忏悔,救赎自己的灵魂,结果在返回莫斯科的途中,被大麻贩子毒打一顿后扔出了飞驰的列车。幸免一死的阿夫季又偶然落入围猎羚羊的小组,对羚羊的大规模残酷屠杀给了他极其恐怖的印象,他要求这批由无业游民和劳改释放犯组成的小组成员立即停止杀戮,要求这些野性发作的人向上帝忏悔,祈求主宽恕他们这些人对生机勃勃的大自然造成的灾难。他想让这些到这里来发横财的人去寻求上帝,结果被这些杀羊杀得眼睛发红的人打得奄奄一息,手脚绑成十字形吊死在一棵老盐木上。阿夫季就这样在人们的恶毒嘲笑和虐杀狂发作中走上了自己的十字架。他对那些精神堕落的人善言相劝,要他们救救自己的灵魂,却不被人们理解和接受。艾特玛托夫要让阿夫季像耶稣蒙难一样,以牺牲自己年轻的生命为代价,引起读者心灵的震动。

小说第三卷与前两卷在情节的联系上是很松散的,贯串前后的只有一对狼的行踪;但是在艺术思想结构上,第三卷却是不可或缺的一部分。如果说前两卷中的阿夫季是艾特玛托夫希望出现的传播人道主义新福音的"当代基督",那么牧人鲍斯顿则是现实生活中具有完美人性的典型。这是个善良、朴实、勤劳的普通劳动者,令人想起《永别了,古利萨雷!》中的塔纳巴伊和《一日长于百年》中的叶吉盖。艾特玛托夫总是把人类最好的品质赋予这些普通劳动者。鲍斯顿正直地做人,诚实地劳动,他理应得到幸福,但是他在牧业生产上一点小小的改革建议被指责为"挖社会主义墙脚";他又因一个二流子的忌恨而遭到一场意料不到的横祸,落到比阿夫季更惨的境地——开枪误杀亲生儿子,家破人亡。现实生活中善恶界限混淆,好人受害,坏人得势。艾特玛托夫从来不掩饰他所生活的苏联社会中恶势力的嚣张与恶对善的胜利。

阿夫季和鲍斯顿的悲剧说明当代人道主义意识的危机,这种意识无力与现实世界中的恶作斗争。这个客观的结论并不说明艾特玛托夫的矛盾,因为两位主人公的结局本来就是由作家本人构思并写定的。作品中甚至还安排了阿夫季受重伤后在昏迷中神游耶路撒冷的插曲,阿夫季对耶稣说:"救世主,你停一下,要知道尽管你为了人们走上十字架,舍身殉难，可是这些人日后会嘲笑你。”[1]尽管如此，阿夫季仍然循着耶稣走过的路走下去。艾特玛托夫就是通过这些悲剧执着地呼唤善良的人性，呼唤人道主义，因为他认为今天除了人道主义别无他途。我们有一些新的材料可以证明这一点：艾特玛托夫在苏联《真理报》(1988 年 12 月 12 日)上发表了新作《雪地圣母》片段，主人公安东·索科洛戈尔斯基是一位画家，他亲历了第二次世界大战而心有所悟，想画一幅身披军大衣怀抱婴儿的雪地圣母像，表达人道主义思想的不朽和永恒。安东在欧洲战场上见过无数座被毁的哥特式教堂，“这些神的殿堂是世界性灾难的特殊篇章——遭蹂躏，受贬损，被遗弃，它们体现着基督教的伟大悲剧，它一度通过先哲被钉上十字架的苦难向全世界宣告了普天下最高的道德准则——以忏悔、对近邻的爱和怜悯作为末日审判前拯救灵魂的唯一途径。这些神的殿堂在历史上遭到了无数次的洗劫，也无数次地暴露了它们在无情的现实面前完全无能为力，从好心弘扬博爱精神却遭到一系列可怕后果这一可悲的经验中又能得出什么样的结论?”安东的结论是：刚刚结束的这场历史上空前残酷的战争从反面向我们证明：残酷不能藉残酷来根除。只有人道主义才能救人类，才是一切艺术的主导思想。也许，这就是艾特玛托夫对于批评界围绕《断头台》的争论所作的回答。艾特玛托夫不认为人道主义是疗治社会疾病的速效神药，但确信这是治本之方。他借助宗教故事的目的不是通向神，而是通向人，他不否认造神论，他要把人道主义作为宗教来传播。对于艾特玛托夫的主张，我们或许有不同的看法，但我们在读《断头台》的时候，真切地感觉到作者的心在隐隐作痛，他的全部感情是和自己的人民交融在一起的。

《失火记》、《悲哀的侦探》和《断头台》通过暴露苏维埃人的道德危机集中反映了苏联社会长期积累起来的严重问题。生活呼唤改革，怀有高度社会责任感的作家及时反映了现实的紧迫要求。尖锐地提出拯救苏维埃人的灵魂的问题。这些作品代表当代苏联文学的主流，证明苏联文学继续保持着关心国家和人民的命运、积极干预生活进程的优良传统。有些同志认为，从 19 世纪以来，俄苏文学一直背负着沉重的十字架，文学挑

〔1〕 艾特玛托夫《断头台》，外国文学出版社 1987 年版，220 页。

起了它承受不了的重担，不自量力地试图在改造社会中扮演主角；作家怀有过分强烈的救世主意识，他们始终怀有神圣忧思，成了忘不了自己是救世使命的布道者。这些同志并无贬低俄苏文学的意思，但是认为俄苏文学在做着超出文学能力的事情。我不同意这种看法。19世纪俄罗斯文学所肩负的使命是时代赋予的，在当时的历史条件下，文学承担起意识形态其他领域所无法承担的任务，成为表达人民的愤慨和抗议的唯一讲坛，成为俄国人民解放运动的舆论先导。俄国文学由于积极介入、干预甚至推动历史的进程，也由于它在艺术探索上所达到的巨大成就而成为19世纪世界文学的高峰；俄国作家也由于他们所表现出的崇高的公民感和在艺术上的突出贡献而博得世界读者的尊敬和赞誉。俄国作家的确是背负着沉重的十字架，他们的悲剧命运在世界文学史上是罕见的，但是正因为如此，他们成为后世所有为人生的艺术家的楷模。他们所提出的改造社会的主张未必能解决问题，但是他们执着的追求和探索不正反映了他们对民族命运的深切忧虑，不正是他们创作的激情所在吗？十月革命后苏联文学的杰出代表继承了俄国文学的优秀传统，50年代中期苏联社会进入历史新时期后，包括艾特玛托夫、拉斯普京和阿斯塔菲耶夫在内的苏联当代优秀作家仍然继续发扬着这个光荣传统。也许，他们也像他们的伟大先辈一样，正确地提出了问题而未必能正确地解决问题，但是问题提得及时、尖锐、正中要害：信仰、道德、精神文明。本文涉及的三部作品的全部激情也正在这里。

这三部作品共有的政论性在《断头台》中发展为长篇道德说教，笔者认为这是走向极端，是明显的缺点。艾特玛托夫的作品一向以蕴含哲理为特点，在《断头台》之前的作品中，丰富的哲理内涵总是深藏在优美的形象中，不露痕迹而又能引发读者的思索。读艾特玛托夫的作品是一种巨大的美的享受，掩卷之后又总陷入沉思。在这方面，当代苏联作家中几乎无人能与他相比。但是，《断头台》中有些篇幅几乎是赤裸裸的说教，哲理性地外化为哲学讲义，艺术感染力减弱，效果适得其反。从他的新作《雪地圣母》片段来看，这种倾向还在扩大。在拉斯普京的作品中，作家也往往过多地把自己的思考塞给人物。除了这两位作家外，我们还看到著名作家邦达列夫在《选择》中让他的知识分子主人公发表过分冗长的议论;在《戏》中,主人公克雷莫夫的抽象思考也实在令读者厌倦了。这些现象说明,道德说教正在发展成一种带有普遍性的倾向,这是令人担忧的。要知道,即使是托尔斯泰的不朽名作,那些道德说教的篇幅也常常使读者皱眉,读者有时会怀着抱歉的心情把那几页以至几十页跳过去。作为一名中国读者,我尤其希望艾特玛托夫回到原来的风格上来。我们期待苏联文学推出更多的优秀作品。

(原载《苏州大学学报》,1991 年)

尼古拉耶娃和《征途中的战斗》

加琳娜·叶甫根尼耶芙娜·尼古拉耶娃(1911—1963,原姓沃良斯卡娅)以《收获》、《拖拉机站站长和总农艺师》和《征途中的战斗》三部力作,在苏联文学史上占据一席重要的地位。这位女作家以大胆干预生活、勇于揭露矛盾著称,这三部作品都曾在苏联读者中引起强烈的反响。《拖拉机站站长和总农艺师》所掀起的冲击波甚至撼动了一群思想单纯、对冷漠的官僚作风不满的中国青年的心,他们的文学典型人物——王蒙的短篇小说《组织部来了个年轻人》中的主人公林震——可说是锋芒毕露的女农艺师娜斯嘉的异国兄弟。林震怀里揣着《拖拉机站站长和总农艺师》来区委组织部报到,书的扉页上写道:"按娜斯嘉的方式生活!"今天已届中年的中国知识分子对这些记忆犹新,尼古拉耶娃的名字对这一代中国读者来说是十分熟悉、十分亲切的。

尼古拉耶娃出身于新西伯利亚一个教师家庭,1935 年毕业于高尔基城一所医学院的医疗专业。遗憾的是,从青年时代起就缠住她的心脏病使她无法从事医疗实践工作,她继续就读于药理学教研室研究生班,后以助教身份工作到 1939 年。在 1937 年那场扩大化的肃反运动中,尼古拉耶娃的父亲和丈夫先后无辜被捕,以后虽然得到平反,但这一场天降横祸仍在尼古拉耶娃的心灵上留下了深深的创伤。日后她在《征途中的战斗》的女主人公季娜的遭遇和感受中,倾注了自己当时的切身体验。1942 年 7 月,在卫国战争中,尼古拉耶娃以编外住院医师的身份参加伤员运输船"音乐家鲍罗廷"号的工作,往来于斯大林格勒和高尔基城之间。运输船后遭炮火袭击沉没,尼古拉耶娃幸免于难,不久转到其他医疗单位工作,直到战争结束。尼古拉耶娃于 1945 年在大型文学杂志《旗》2 月号和 4 月号连续发表了她在战争年代写下的部分抒情诗(全部诗作于 1946 年以《火的洗礼》为总标题结集出版)；紧接着在10月号上发表了短篇小说《“司令员”之死》。小说以“音乐家鲍罗廷”号的遭遇为素材。一个从小就以出色的组织才能被同伴戏称为“司令员”的坦克兵安东，在作战中脊椎受重伤，下肢不能动弹，当他所乘坐的伤员运输船遭到岸上炮火轰击即将沉没时，他把自己的救生圈给了坚守岗位直到最后一刻的女医生卡杰琳娜。男女主人公在生死关头表现出来的战斗情谊和高尚情操十分令人感动，小说作者在她的处女作中显示的圆熟技巧也使杂志编辑感到惊讶。尼古拉耶娃出手不凡，一开始就在诗歌和小说两个领域展露出同样出色的才能。

战后，尼古拉耶娃从农村特写入手，迈入中、长篇小说领域。促使她注目农村题材的直接原因是战后农村的萧条和恢复农业的艰难，以及由此引起的种种矛盾。尼古拉耶娃于1948年在《旗》3月号上发表农村特写《“拖拉机”集体农庄》，《真理报》旋即转载；次年，《真理报》又刊载了她的特写《未来的特征》。在创作农村特写的经验和积累的材料的基础上，尼古拉耶娃于1950年发表了长篇小说《收获》，这部作品荣获1951年度斯大林文学奖金一等奖。《收获》通过乌仑县最落后的“五一”集体农庄转变为先进农庄的故事，反映了苏联人民战后恢复农业经济的努力和成绩。反法西斯战争中的胜利者返回家乡时，面对的是一片废墟，他们怀着战胜者的自尊与和平缔造者的责任感，以超人的毅力，率领群众重建家园。这是尼古拉耶娃这部作品的激情所在，这种激情反映了那个特定的历史阶段苏联社会的生活真实和心理真实。当时，恢复经济的热情掩盖了其他矛盾，所以，我们在作品中看到的冲突主要集中在主人公瓦西里·鲍尔特尼科夫自身的性格中，他果断自信到刚愎自用的程度，在决定任何一件事时从不想到要问问别人的意见，他怀着复兴国家的紧迫感，“强迫”、“驱赶”群众去干活，严重挫伤了群众的积极性和主动性。当他在党组织的帮助下克服了这些弱点后，群众就跟着他前进了。《收获》给读者留下深刻印象的是主人公的家庭纠葛。鲍尔特尼科夫在战争中头部受重伤，当他在战争结束一年后伤愈回家时，发现妻子阿芙多季娅已和同村的斯捷潘共同生活。鲍尔特尼科夫在狂怒中举起拳头，但是他突然发现“斯捷潘的太阳穴上横划着一道锯齿形的伤疤，深深地嵌在骨头里。那块骨头碎裂了，因此看起来脆弱而且纤细。瓦西里的拳头在半空里僵住了。他不能打那块骨头，他不能碰德国枪弹所留下的那些伤疤”。这个场面是真正激动人心的，读者的感情天平简直不知该往哪边倾斜。阿芙多季娅也是无罪的，她是在接到丈夫阵亡通知书后又经过长期的犹豫才和善良并体贴她的斯捷潘结合的。现在怎么办？鲍尔特尼科夫以自己的方式解决这个矛盾。他把家里的财产一分为二，然后以不容商量的口吻对斯捷潘说："我留下，你离开。"在这整个过程中，他根本不问一声阿芙多季娅愿意跟谁一起生活。这就是鲍尔特尼科夫！他作主，他一个人决定一切，不问别人的意愿。小说开篇的这个场面一下揭示了鲍尔特尼科夫的性格的主要特点。阿芙多季娅不能忍受这种屈辱，带着孩子出外独立生活。后来，只是在鲍尔特科夫学会尊重她的人格尊严和意愿时，她才回到他的身边。《收获》于 1953 年改编为电影被搬上银幕，改名为《瓦西里·鲍尔特尼科夫的归来》。

1953 年，尼古拉耶娃受托写一篇特写，反映莫斯科郊区一座集体农庄的先进经验和农庄主席、社会主义劳动英雄普赞契科夫的事迹。这位女作家不但写了农庄的成就，也写了农庄的不足；不但写了农庄主席的事迹，也写了她的忧虑。这篇题名为《集体农庄主席》的特写还未来得及在《旗》上正式刊出，尼古拉耶娃已被指责为夸大集体农庄的阴暗面。于是，这位女作家明白了，问题的实质不在于农业本身的落后，而在于人的意识的僵化，管理农业的层层领导的官僚主义、瞎指挥、好大喜功、弄虚作假。不久，她写了中篇小说《拖拉机站站长和总农艺师》，塑造了一个敢说真话、敢于斗争的青年女农艺师娜斯嘉的形象。刚从大学毕业的娜斯嘉，由于对拖拉机站和集体农庄管理工作中的落后状态直言不讳而与站长、党支部书记、总工程师等发生了激烈的冲突。她还当面指责来视察工作的省委书记只会用空话欺骗群众而不给贫穷的农庄以实际的帮助。她抵制上面的瞎指挥，根据当地的气候、土质选种，并坚持要用先进方法播种。拖拉机站的几个领导对这个小姑娘又恨又怕，但是，当娜斯嘉带领群众在干旱的年份夺得小麦丰收时，他们却窃取了她的功劳，厚着脸皮去出席克里姆林宫的劳模大会。小说的主要篇幅是站长的自述。年轻的站长恰里科夫在克里姆林宫的讲台上用成串的数字大谈拖拉机站的成绩，当主席团要求他具体谈谈取得成绩的主要原因时,他慌张失措,讷讷难以出口。会后,他和党支部书记作了深刻的反省。在归途中,在火车车厢里,面对作家尼古拉耶娃,他用自我批判的口吻畅叙了他对娜斯嘉的性格的认识过程,最后,他自己概括说:

> 也许,这就是我在书本里读到过,听人家讲起过的典型的俄罗斯女人,典型的俄罗斯性格吧?那种在感情上忠心耿耿,在工作中奋不顾身,外表素朴文静,内心勇敢高尚,对自己要求严格的大公无私、一无畏惧的性格吧?这种俄罗斯性格,凡是沉重的,都能负担;凡是困难的,都能克服;凡是崇高的,都能达到!也许,这就是我们娜斯嘉的性格。[1]

尼古拉耶娃在这部小说中,力图表现的不是农业经济中的表面现象,而是隐蔽在这些现象后面的东西:人的性格、感情和遭遇以及人与人之间的关系。所以,她在和自己的交谈者商量后,选定了《拖拉机站站长和总农艺师》这个书名。这部作品切中时弊,发表后立即被改编成电影。那正是斯大林逝世不久的日子,苏联社会的政治气候开始发生变化,揭露生活中的阴暗面成为当时苏联文学的重要内容。尼古拉耶娃和奥维奇金、田德里亚科夫等作家在这方面表现得最为敏感、最有魄力,成就也很突出。1957年,尼古拉耶娃发表了长篇小说《征途中的战斗》,通过某拖拉机厂总工程师巴希列夫与厂长瓦利甘的矛盾冲突,表现了改革意识的胜利和具有高度事业心和责任感的新型知识分子的追求精神。这部作品是苏联社会意识发生剧变时代的艺术反映,在苏联文学发展历程中起过开拓作用。尼古拉耶娃在去世前几年曾有意再写一部反映苏联科学家生活的作品,她在苏联著名的科学城杜布诺体验生活,与核物理学家们交朋友,收集材料。遗憾的是,她只来得及写出第一篇的初稿《我爱中微子》。

1963年10月18日,尼古拉耶娃因心脏病不幸早逝。她的其他作品还有以民间口头创作为基础的系列短篇小说集《老大娘瓦西丽莎讲的神奇故事》(1962)和去世后发表的哲理性抒情日记《我们的花园》。

《征途中的战斗》是一部以工业改革为题材的长篇小说,情节的主要

[1] 《拖拉机站站长和总农艺师》,草婴译,花城出版社1983年版,第257页。

线索在某大型拖拉机制造厂展开，同时旁涉农村。围绕厂长瓦利甘和总工程师巴希列夫的冲突，描写了各类人物的群像：党组书记丘巴索夫、市委书记德隆诺夫、州委书记勃里金、拖拉机厂所属部门领导成员，以至党中央主管部门的领导人；区委书记库尔加诺夫以及区委管辖的集体农庄干部、群众、女庄员安娜和她的女儿达莎；拖拉机厂总工艺师乌汉诺夫、总设计师沙特罗夫；装配车间主任罗斯拉夫列夫和他的父亲、铸造车间工长瓦西里·苏戈罗宾和他的孙子技术革新能手谢尔盖·苏戈罗宾；最后，还有与巴希列夫的生活和事业密切相关的冶金室女工艺师季娜·卡拉梅什。作家对所有这些人物的生活遭遇和活动都分头作了详细的交待，同时又把他们收拢在矛盾的中心，在瓦利甘和巴希列夫的冲突中一一展示他们的性格，从而充分揭示了处于新旧交替时期的苏联社会各种人物的思想动态和心理状态。

巴希列夫是瓦利甘亲自在部里挑中的总工程师。在瓦利甘手下曾经工作过十位总工程师，巴希列夫是第十一任。瓦利甘喜欢独自驾驭一切，他不需要有主见的人，而只要执行者，就是那种一旦把缰绳套在他身上便只知向前拉车的人，这样的人决不会捅娄子。自以为很有眼力的瓦利甘没想到巴希列夫根本不是他所想象的那种容易驾驭的“西伯利亚辕马”，总工程师没有顺着缰绳的指挥埋头“拉车”。巴希列夫到任第一个月便一头扎下去调查研究，彻底摸清了工厂的底细。这个赫赫有名的全国第一流拖拉机厂实际上技术落后，生产秩序混乱。作为全厂基础的铸造车间生产的零件大多不合规格，从总装配线下来的拖拉机都带着隐患。巴希列夫上任不久就在厂门口见到集体农庄送来的一台拖拉机，机身被炸开一个窟窿，原来是用以固定曲轴的平衡锤断裂，飞起来砸坏了拖拉机。新总工程师紧迫地提出了改造工厂的两个方案：最低方案——整顿、改建铸造车间和发动机车间；最高方案——调整全部生产，搞自动化、金属铸型和精密铸件。把次要零件统统交给专业工厂去生产，把腾出来的人力物力全部投放在基本部件的生产上。瓦利甘拒绝接受这些方案，因为任何调整和改革都可能影响产量，完不成“五一”节献礼项目，这是州委和部里绝不允许的。另外，斯大林奖金委员会已经预先做出了嘉奖工厂攻下新型号拖拉机的决定，瓦利甘当然很清楚，这对他意味着什么。在这节骨眼上，他怎能允许即使是局部地调整生产环节呢？他正在准备申报评奖材料，要求巴希列夫签字，但巴希列夫认为所谓“新型号”拖拉机根本没有重大创新，只是将国内外拖拉机的组成方案作了一些改进，各项数据与国际先进农业机器相比还是落后的，而且这种拖拉机还未经过实地检验，因此他拒绝签字。厂长和总工程师之间矛盾激化。瓦利甘不顾巴希列夫的反对意见，到莫斯科去争取斯大林奖金了，巴希列夫则利用厂长外出的机会下令改建铸造车间。当时正值春耕，市郊集体农庄接连发生拖拉机事故，区委书记库尔加诺夫亲眼看到一辆拖拉机被断裂后飞起的平衡锤砸穿油箱，爆炸起火，还路遇一名拖拉机手被平衡锤砸成重伤。结果事情弄成这样：新拖拉机源源不断地制造出来，集体农庄则把出事的拖拉机成批地送回工厂。巴希列夫焦虑万分，亲自下乡调查，在区委书记库尔加诺夫的协助下，弄清楚了事故往往发生在土质坚硬的地段上，他断定平衡锤结构有问题，不能适应高强度作业，化验结果也证明他的推测是正确的。巴希列夫决心加快局部工艺环节的改造。可是，从莫斯科回来的瓦利甘借口拖拉机事故大多发生在厂长外出期间，是总工程师擅自打乱生产秩序严重失职的结果，下令撤去巴希列夫的总工程师职务。瓦利甘以为巴希列夫必定愤然而去，不料巴希列夫宁愿受降职处分，以车间值班工程师的身份坚持留在厂内，利用业务时间，设计代替平衡锤的新构件，加班加点进行金属疲劳试验，以取得可靠的数据。在这过程中，巴希列夫曾投诉于市委，建议对拖拉机生产实行彻底的技术革新，但市委书记德隆诺夫在讨论巴希列夫问题的全厂党员积极分子大会上不谈实质问题，却谴责巴希列夫动机不纯，有严重的个人主义。他历数巴希列夫的报告中有 28 个“我”字，“我建议”、“我的观点是”、“我认为”……州委书记因拖拉机厂的产量直接与全州的工业产值有关而偏袒瓦利甘。巴希列夫投诉到拖拉机厂所属中央部一级领导，主管人员竟借口新构件试验次数不足而否定巴希列夫的全部方案。巴希列夫预言来年春耕季节全州使用同类拖拉机的地方都可能发生平衡锤事故，各级官僚对这个警告冷冷地置之不理。厂党组书记丘巴索夫在这几种力量冲突的漩涡中再三分析巴希列夫言行的实质，了解各层干部和工人群众对巴希列夫的反映，最后在巴希列夫受辱后仍坚持留厂的行动中认清了一个全心为国家利益着想的共产党员的本质，下决心支持他，直接向党中央委员会反映情况。当第二年春耕时节各地频频发生拖拉机报废和平衡锤伤人事故时，党中央主管部门召开会议追查事故真相及处理过程，全面肯定巴希列夫提出的改革设想，改组州委、市委，开除瓦利甘出党并撤销其职务，由巴希列夫接任厂长。

尼古拉耶娃力图通过两个主人公的矛盾所体现的改革与反改革的斗争，回答50年代中期苏联社会生活提出的迫切问题。小说的开篇明确交待了时代背景：瓦利甘和他的新任总工程师巴希列夫在莫斯科工会大厦向斯大林的遗体告别。走出吊唁大厅，巴希列夫想："……变革的前夜。什么样的变革呢？随着他的死亡而消逝的将是什么呢？而永不磨灭的又将是什么呢？"这个问题确定了全书的主旨。在斯大林遗体面前，两个主人公各有各的感受和想法，瓦利甘说：

> 一个人的死犹如一面凸透镜，透过焦点集中地反映出他毕生的经历。一个凡夫俗子，死了也是凡夫俗子，毫无影响！天才人物死去时，人们可以感觉到世界因此所受到的震动！……今天我几乎感到有些羡慕了。羡慕什么呢？……说来令人奇怪！羡慕死！可这是怎样一种死呢！多么庄严伟大、震撼人心啊！

而巴希列夫的感受却完全不一样：

> 灵柩内躺着一个普普通通的人，过去曾被异乎寻常地凌驾于众人之上，现在，他的遗容给人的印象已经不同于往日了——宏伟的纪念碑、庄严的画像和雄壮的赞歌。死亡仿佛从他身上脱下了蔚为壮观的大理石外套和白晰滋润、永葆青春的皮肤的光泽。昔日从无数肖像、塑像上看惯了的东西，已经被他的死一扫而光。现在他的遗体被安放在这里，一双大手分放在两边，暗褐色的颧骨稍显突出，额头略微有些倾斜。通常死亡总是给人以庄严的印象，即使是对于生前面部特征极为普通、毫无特征的人来说也是如此。但是现在这里发生的事恰恰相反。人们从死者生前充满庄严、伟大的画像上所熟悉的面容，现在却惊人地显露出一个普通人的本质。巴希列夫面前躺着的这个人，跟所有的人一样，头发会变白，人会苍老，会衰弱，也会

犯错误。[1]

据苏联文学评论家 A · 马卡洛夫回忆,1955 年 3 月,尼古拉耶娃邀请文学杂志《旗》的编辑和几位朋友到她家听她朗读《征途中的战斗》的头几章,上引关于斯大林遗体的描写使听者大为震惊。当时苏共二十大尚未召开,对斯大林独断专行和个人崇拜的错误尚未揭露,尼古拉耶娃倘若不是第一个,也是最先公开反对神化斯大林,最先公开说出斯大林也会犯错误、有些东西必将随着他的死亡而消逝的作家之一。[2] 在尼古拉耶娃的艺术描绘中,瓦利甘以及州委书记勃里金、市委书记德隆诺夫就是必将被变革的时代淘汰的人物,他们是个人崇拜时代孳生出来的冷酷的官僚,用堂皇的革命外表掩盖起来的疯狂追逐权力和名利的野心家。瓦利甘崇拜权力,在高层权力神秘的威力面前心迷目眩。他精明强干,在战争年代乌拉尔后方工业基地显露过相当不错的组织才能,曾获得勋章、奖金和社会主义劳动英雄称号,他领导的拖拉机厂连续三年夺得部里的流动红旗。他的目标是以拖拉机厂为阶梯攀登"部里的交椅",获得在全国工业领域发号施令的权力。为此,他必须不惜一切力量完成部里下达的指标,还不顾生产能力,接受计划外的定额,以博取上级的好感。他注意搞好上层关系,寻求中央的保护伞;与厂所在地的党政领导互相利用,互相庇护,共享权益;对下属则要求绝对服从,容不得半点异议。生活中也自有他所需要的那类人,如总工艺师乌汉诺夫,这个人开会时总坐在离瓦利甘最近的地方,整个身子向着地,脸上堆着笑,笑的时候也和瓦利甘一样,把头向后仰着。瓦利甘以强有力的手腕控制一切,全厂处处都能感觉到厂长的意志。他向上级汇报情况时善于显示工厂的成绩,而极其巧妙地回避废品率和材料浪费等问题。他支持发明能手、青年铣工谢尔盖 · 苏戈罗宾,让他到处作报告、表演,借此树立工厂的先进形象,掩盖拖拉机厂生产技术整体落后的状态。谢尔盖成为瓦利甘手中的一张王牌、一个工具而不自知,还对瓦利甘感恩戴德。当谢尔盖发明出金属铸件的模型,把生产率一下提

---

〔1〕 尼古拉耶娃《征途中的战斗》,莫斯科:苏联作家出版社 1959 年版,第 10、11、15 页。

〔2〕 参阅 A · 马卡洛夫《心,没有停止跳动》,见《回忆加 · 尼古拉耶娃》,苏联作家出版社 1984 年版,第 15 页。

高百分之一千五百，从而证明巴希列夫的改革方案是正确的时候，瓦利甘立即把谢尔盖调离原车间，委以难于完成的新任务，使谢尔盖苦恼不堪。瓦利甘善于随机应变，左右别人的情绪，在工作中遇到持不同意见的强硬对手时，能够立即改变态度，软化对方，以达到自己的目的。瓦利甘仪表堂堂，常常手摸下巴，一副踌躇满志的神态。他的眼珠是黄色的，像山猫眼，看上去凶狠而机敏。他也像山猫一样，贪婪地攫取一切。他在春耕时分去莫斯科，把拖拉机事故全部推到巴希列夫身上；他回厂时春耕大忙已过，拖拉机事故骤减，他把这归功于自己整顿生产秩序的结果。他把巴希列夫改造局部工艺环节促使产量增加的成绩全部算在自己账上，心安理得地领取高额奖金。瓦利甘自以为玩弄权术可以掩盖一切，他借平衡锤事故在厂内一脚踢掉了巴希列夫，而在厂外则暗中与拖拉机站做交易：由拖拉机站出面承认平衡锤断裂是责任事故，系驾驶员操作不当所致，瓦利甘则答应由厂方负担拖拉机的全部修理费用，并允诺供应拖拉机站急需的紧俏物资。一场严重的质量事故就这样悄悄了结，州委书记勃里金对此一目了然，心照不宣，在公共场合还以州里另一家工厂生产的同类拖拉机未发生事故来证明平衡锤事故纯属偶然，帮瓦利甘摆脱困境。当事情终于发展到中央直接开会严厉查究真相时，瓦利甘眼看不妙，当即站出来承担责任，同时揭发勃里金如何教他瞒天过海，使他误入歧途。勃里金则把瓦利甘所用的手段抖出，痛斥瓦利甘先欺骗州委，继而欺骗中央。两人互相揭丑，都想牺牲对方保全自己，结果同归于尽。这最后一幕写得很精彩，瓦利甘在会场上神经高度紧张，察颜观色，瞅准时机发言，开始时字斟句酌，猛击勃里金的致命弱点；当他自以为会场气氛对他有利时，便忘乎所以，失去自控，破口谩骂，凶相毕露。结果，他谴责勃里金的每一句话都变成赤裸裸的自我揭露。尼古拉耶娃本人说，她“几乎是按陀思妥耶夫斯基的方式”描写瓦利甘的“卡拉玛左夫式自我揭露的这一幕”。[1]

总工程师巴希列夫是一位具有强烈的改革意识、高度的事业心和责任感的知识分子。他在战争年代曾参与坦克的设计、制造工作。每当战场上发现德军使用新型坦克，苏联工程师们就废寝忘食地设计出能制服

〔1〕《回忆加·尼古拉耶娃》，莫斯科：作家出版社 1984 年版，第 80 页。

它们的更强大的坦克。设计桌上的竞赛决定战场上较量的结果。一切都与战士的生死、战役的胜败、国家的存亡息息相关,这里容不得一丝一毫的怠惰、疏漏、墨守成规的作风和患得患失的个人打算。巴希列夫在战时就曾被提名为斯大林奖金候选人,但他自动放弃了,他说没有最后战胜法西斯,就不能证明他设计的坦克优越,一切还有待战争结果来检验。战争年代的经历在这位工程师身上培养出一种科技竞争的紧迫感、大视野、高境界的改革意识和奋发向上的精神,这一切使这个形象洋溢着时代气息,充满开拓的活力。巴希列夫与瓦利甘之争根本不是由谁承担拖拉机质量事故责任的问题,而是敢不敢抛开一切个人得失,正视、承认和改变拖拉机生产技术整体落后的状态。巴希列夫说,美国的拖拉机后面挂的是机械自动操作,而苏联拖拉机后面还得坐一个挂车员,全苏联数以百万计的挂车员队伍是科技界、工业界的耻辱。长期以来,人们以社会主义制度的优越性来掩盖或回避工农业生产的落后,这种陈腐的观念必须扫除。为了突出改革的紧迫感,作家把笔触从拖拉机事故延伸出来,写了农业的落后和农村的贫困。区委书记库尔加诺夫在巡视集体农庄时邂逅三十多年前农业集体化时代的积极分子安娜,安娜仍然住在那座"松树下的小屋"里,而且正屋还出租给了拖拉机手,自己和孩子住在厨房里。安娜老了,衣衫褴褛,她说,青年人都离开农村出外谋生,剩下一些老弱妇孺,三个生产队长只有两颗牙齿,三年来没给劳动日付一个戈比的报酬。严峻的现实使库尔加诺夫像巴希列夫一样产生了迫切改革的愿望。尼古拉耶娃把工厂与农村结合起来描写,扩大了艺术反映的生活面,拓宽并加深了主题的现实意义。平衡锤事件不过是导火线,引爆出改革与反改革两种意识的斗争,而在这场斗争的后面,作家着力刻画了巴希列夫和瓦利甘两种截然不同的性格。尼古拉耶娃说,平衡锤实际上已经具有象征意义,它的摆动的惯性使它飞起伤人,设计师们当初没有估计到这种惯性,以致酿成事故;意识的"惯性"则可能使人永远循着老路走下去,伤及事业,伤及国家。工程师们和领导者首先应该克服自身的"惯性"。巴希列夫自觉地意识到了这一点并尽力与这种"惯性"作斗争。[1] 他所提的方案和在中

〔1〕 参阅《征途中的战斗》,莫斯科:苏联作家出版社 1959 年版,第 505 页。

央会议上的发言已越出平衡锤和拖拉机生产的小题目，完全从宏观上发挥他对工业生产总体改革的观点，思想的开放和活跃使这个形象的内涵显得十分丰满。

巴希列夫在同瓦利甘、勃里金等官僚保守势力的冲突中，一步步改善他与工厂集体的关系，一步步改变孤军奋战的做法，最终以他的诚恳、坦率、不计个人荣辱的献身精神赢得干部和工人群众的理解和支持，取得了斗争的胜利。

尼古拉耶娃还从巴希列夫个人生活的一面揭示他的性格，用了大量篇幅描写巴希列夫与女工艺师季娜·卡拉梅什的爱情。季娜出身于红军指挥员家庭，母亲在国内战争中牺牲，父亲受重伤后被游击队救活，参加敌后斗争，曾立功受奖，战后返回故乡任市委领导干部，在 1937 年肃反运动中以莫须有的罪名无辜被捕处决。当初，季娜在接到父母双双阵亡的通知书时，虽极度悲伤，但为父母感到骄傲，对生活没有失去信心。如今，她是“人民的敌人”的女儿，到处遭人冷落，本人险些被开除出共青团，生活骤然间变得阴暗冰冷。她绝望、孤独，把一切深埋在心底，仅仅凭着对父亲的信念和生的本能顽强地活下去。在学院放假期间，她无家可归，同班女友把她安置在男同学沃洛佳·布格洛夫家中，布格洛夫的老母亲对这个孤女关怀备至，布格洛夫开朗、善良和憨厚的性格使她逐渐解除与人和世界之间的隔阂。布格洛夫是个运动健将，但学习很糟，季娜帮他补习功课。调皮的布格洛夫在季娜面前服服帖帖，认真读书，成绩直线上升。布格洛夫母子使季娜心中的冰块逐渐消融，从自我封闭的天地中回到生活中来，她出于感激的心情满足了老人临终前的唯一遗愿：做了布格洛夫的妻子。季娜聪明美丽，只是生活的摧残使她的眼睛时时闪出冷峻的光。她在才能和处世方面都比布格洛夫高出许多，她几乎是携着布格洛夫的手引领他生活，这是一对既合乎情理又不相称的夫妻。季娜在拖拉机厂以出色的才能和认真的工作态度备受尊重，“贝利亚事件”被揭露后，她父亲的冤案也得到昭雪，但生活已教会她对人对事保持冷静的头脑，她对瓦利甘和乌汉诺夫之流的面目认识得非常清楚。她在瓦利甘和巴希列夫的冲突中立即看出了事情的本质，因而特别看重巴希列夫的纯正无私的品格、宽大的胸怀、在事业上执着的追求和不屈不挠的斗争精神。他们由于工作关系而有机会交流想法,巴希列夫在艰难的处境中第一次遇到知音,也第一次发现在复杂的技术问题上具有如此高水平分析能力的工艺师竟是一位美貌的年轻妇女。这位女工艺师的冰冷的目光中时时流露出的丝丝柔情,不禁使他怦然心动。他们由理解而接近,进而相爱,巴希列夫原本出身于贫困之家,父母因酗酒过度而早亡。小伙子寄寓在一个只有父女俩的工人家里。女儿卡佳是商店会计,平时细心照料巴希列夫的生活,赢得青年人的好感,终于结为夫妇,生了三个儿女。如今,总工程师太太卡佳是一个温和懒散的家庭妇女,巴希列夫早已习惯了这种生活气氛,只是觉得他向卡佳无法倾吐工作中的积郁和精神苦恼。当他与季娜接近之后回头一看,才突然发现他的家庭生活是如此平庸,但这是无法改变的现状,道德感不允许他抛弃家庭。季娜完全理解这一点,她也不忍心离开如此依恋她的沃洛佳。男女主人公的爱情境界大大高出于各自的家庭生活,而两人又都不能割断家庭的牵挂。尼古拉耶娃对巴希列夫和季娜的感情发展过程和内心矛盾描写得异常细致动人,她以充满诗意的笔调赞美他们的感情,而对他们的苦恼也感到束手无策。当卡佳终于发现丈夫有外遇而闹出一场风波时,季娜悄悄离开沃洛佳,远走他乡。作家以凄凉的语调叙述这一对情人的别离,惋惜之情跃然纸上。巴希列夫的婚外恋在读者中引起激烈的争论,苏联科学院经济研究所在座谈这部作品时,竟不顾作家本人的再三引导,把瓦利甘与巴希列夫的冲突撇在一边,而热烈讨论巴希列夫和季娜的关系,发言者褒贬不一,相持不下。尼古拉耶娃本人对有些读者谴责巴希列夫不道德感到困惑不解。她说,这是一种崇高优美的感情,但是它注定得不到美满幸福的结局。巴希列夫基于对家庭和孩子的责任感而作了自我牺牲,他不应该再受到谴责。[1]

尼古拉耶娃在创作《征途中的战斗》之前,曾用两个半月的时间在斯大林格勒(现名伏尔加格勒)拖拉机厂和哈尔科夫拖拉机厂体验生活,她以素有的耐心细致和寻根究底的精神摸清了拖拉机厂生产的全部工艺流程,但她的注意力和兴趣主要集中在设计桌前、车床旁、翻砂坑里和装配线两侧的人的性格和心理上。平衡锤事故是当时确实发生过的影响很大

〔1〕 参阅《回忆加·尼古拉耶娃》,莫斯科:苏联作家出版社 1984 年版,第 129-131 页。

的事件，尼古拉耶娃很高兴找到这样一个十分典型的细节，以此为引子，展开了新旧观念的冲突和人与人之间的冲突，刻画了不同人物的性格。

尼古拉耶娃在作品的最后写道："征途中的战斗还没有结束。"[1]是的，我们看到，这位敏感的女作家对变革的时代曾经寄予多么殷切的希望。由于历史的局限，她只能描写工业生产改革及其引起的斗争，而不可能形成全局的、体制性改革的意识；她也不可能预测50年代中期直至今天苏联社会的变革走过多少迂回曲折的道路，现实生活中的巴希列夫不知遭受了多少挫折和磨难。但是，读完全书，我们深深感到，构成《征途中的战斗》的全部激情的那种对改革的热切期望，使这部作品至今仍保持着旺盛的生命力。

（原载《当代苏联文学》，1989年）

[1]《征途中的战斗》，莫斯科：苏联作家出版社1959年版，第715页。

阿尔布佐夫和《阿尔巴特旧区的传奇》

阿历克赛·尼古拉耶维奇·阿尔布佐夫(1908—1986)可以称得上是苏联戏剧的同龄人,他从14岁(1922年)当跑龙套演员开始,一生与戏剧结下了不解之缘。1923年,阿尔布佐夫从杰布罗夫剧院附属戏剧学校毕业后,先当演员,五年后任列宁格勒综合剧院和中央戏剧学院附属剧院的导演,七年后独立创作,推出处女作《阶级》。自此,在半个世纪的生涯中,他写出了《路漫漫》(1935)、《六个恋人》(1935)、《塔尼娅》(1938)、《朝霞中的城市》(1940)、《城郊小屋》(1943)、《漂泊的岁月》(1954)、《伊尔库茨克的故事》(1959)、《我可怜的马拉特》(1965)、《夜间的忏悔》(1966)、《不幸的幸福日子》(1967)、《我所欣赏的》(1969)、《阿尔巴特旧区的传奇》(1970)、《选择》(1971)、《余辉》(1973)、《老式喜剧》(1975)、《期待》(1976)、《残酷的游戏》(1978)、《回忆》(1980)、《女强人》和《有罪的人》(1984)等40多部剧本,在苏联戏剧史上占有一席重要的位置,在欧美观众中也享有很高的声誉。《我可怜的马拉特》曾入选英国1976年度戏剧节的主要剧目,《伊尔库茨克的故事》和《老式喜剧》曾在英美多家剧院上演,英国名演员佩姬·埃希克罗芙特在从艺50周年的纪念演出中,亲自演出了表现老年人爱情的《老式喜剧》。阿尔布佐夫由于对戏剧艺术的卓越贡献,于1980年荣获苏联国家奖金。

贯串阿尔布佐夫全部创作的是一个古老和永恒的主题——爱情。从他的有代表性的作品来看,剧作家从青年人的爱情(成名作《塔尼娅》)一直写到孤身老人迟暮的爱情(《老式喜剧》),最后在《残酷的游戏》中以一位饱经生活沧桑的长者的口吻,严厉谴责当代苏联人把爱情、婚姻、家庭视同儿戏的不道德行为。青年阿尔布佐夫写青年,老年阿尔布佐夫写老人,剧作家和自己的主人公一起成长,他的道德观逐渐深化、成熟,艺术技巧也日臻完善。

把爱情和生活意义结合起来探讨爱情的真谛,是优秀的俄罗斯文学的宝贵的传统。列夫·托尔斯泰痛感安娜追求真正的爱情、幸福而不得,是因为贵族和资产阶级的生活方式极度空虚。人只为爱情而活,爱情异化成苦闷和烦恼。列文虽然终于和吉蒂结合,营造了一个温暖的小家庭,却由于悟不出生活的意义而感到幸福并不完美,甚至苦恼得想自杀。《安娜·卡列尼娜》中唯有描写青年农民伊凡·帕尔米诺夫夫妇运干草的场面洋溢着欢乐和幸福的气氛,列文在他们的笑声中"听出了"真正的爱情。在托尔斯泰笔下,爱情和劳动结合起来了,这无疑是俄罗斯文学在道德问题探索上的飞跃。然而,我们从这一场面中得到的审美享受是短暂的,因为我们马上就会想到刚刚摆脱农奴地位的帕尔米诺夫仍然受雇于列文,他的劳动依旧是强制性的,他的生活仍然是灰暗的。车尔尼雪夫斯基在《怎么办?》中以薇拉的形象深刻地表现妇女唯有获得独立的社会地位才能享受到真正的爱情和幸福,这位革命民主主义作家把爱情问题与妇女解放、自由劳动和社会革命结合起来,达到了更高的境界。

阿尔布佐夫从他的前辈抵达的终点起步,在新的社会条件下表现车尔尼雪夫斯基的梦想的实现。《塔尼娅》中的女主人公最初把爱情理解为忘我,为了丈夫而放弃学习,从医学院退学。丈夫格尔曼是位很有才能的矿业专家,他不赞成妻子的做法:"你总不能一辈子以我为生呀。"但是,塔尼娅心甘情愿作自我牺牲,直到她发现丈夫爱上了在事业和志趣上与他完全一致的女工程师沙曼诺娃时,才猛然醒悟。她离家出走,恢复学业,数年后成为活跃在西伯利亚金矿区的医生,在环境恶劣的原始森林中辛苦奔波,忘我地为矿工服务,还在一个偶然的机会冒着暴风雪出诊,救活了格尔曼和沙曼诺娃的儿子。黄金工业区经理伊格纳托夫十分倾慕这位女医生,真正的幸福在等待塔尼娅。

阿尔布佐夫继承契诃夫的抒情心理剧的传统,在他的作品中,戏剧冲突主要不是表现在外在事件中,而是在人物的心理矛盾中。但是,阿尔布佐夫并不是一下子就掌握这种艺术的。《塔尼娅》中男女主人公爱情观的冲突在心理上的反映刻画得不够细致,格尔曼的性格显得生硬冷漠,对如此挚爱他的妻子的出走丝毫不感到内疚，观众看不到他在婚外恋中有什么内心矛盾；塔尼娅的生活道路发生两次剧变，精神世界经历了一次升华，但这些都用换幕的办法作粗线条过渡，而未详细描画心理变化的轨迹。

《我可怜的马拉特》以一种新型的价值观处理一个自古已有的三角恋爱故事。卫国战争期间，三个青年人在被困的列宁格勒的一座危楼里共历患难，两个男青年先后上了前线，战后又聚首在那间值得纪念的斗室里。三个人各有美好的憧憬：获得苏联英雄称号的马拉特要去学桥梁工程，梦想建筑世界上最好的桥梁；在战争中失去一只手臂的列昂尼吉克继续写诗，幻想成为真正的大诗人；丽卡在医学院学习，决心继承母亲的遗愿，做一名在医学科学领域有所突破的学者。马拉特和列昂尼吉克都眷恋着丽卡，丽卡在两难之间，无法抉择。马拉特为了成全朋友，为了伤残的列昂尼吉克有人照顾，主动离去。十三年后，三人再次相聚。马拉特已经建了六座大桥，正在一步步实现自己的宏大志向。他发现他的朋友们过得并不幸福，丽卡像保姆一样伺候丈夫，自己也仅仅满足于当一个普通的门诊部主任；列昂尼吉克出版了三本诗集，但读者不欢迎，书积压在书店里。列昂尼吉克作为一个诗人，不敢直抒自己的感受，发表的诗都是“该怎么写就怎么写”的平庸之作，而把内心的激情隐藏起来，或者写出来只给自己看。十三年前，他坚持自己穿衣脱衣，现在一进门就让丽卡帮他脱衣解鞋。这个细节极其微妙地暗示出主人公精神状态的退化。

人不应该满足于一般的生活目标，原地踏步，而应该不断追求，向更高的目标奋进。马拉特说：“甚至在临死前一天重新开始生活也不晚。”列昂尼吉克终于意识到他不应该继续享受丽卡的照顾，他只有单独生活才能振作起来。他离开了，临走时三人碰杯：“不庸庸碌碌……永远不。”

阿尔布佐夫给这个剧本规定的体裁是“三幕对话”。全剧时间跨度为十七年，而空间始终是一间斗室，全部情节靠三人对话交待，对话充满潜台词，显示出剧作家在心理刻画上长足的进步。三个劫后余生的朋友战后重逢本应是件高兴的事，但舞台上却充满隐隐的悲哀，因为总有一人要离开，而女主人公又谁都舍不得。三人的感情冲突使他们在对爱情意义的认识上步步深化。列昂尼吉克最终退出，但不是作为失败者，而是踏上了新的起点。三角恋爱的老模式得到了新的处理，爱情与崇高的生活目标的追求结合得和谐自然。

《伊尔库茨克的故事》是阿尔布佐夫的剧作中久演不衰的作品，它把男女主人公的三角爱情故事放到一个劳动集体中去处理，使爱情净化人的精神世界的主题获得新的含义。故事发生在离伊尔库茨克不远的安加拉河上一座巨型水电站工地上，三位主人公在这里相遇了。百货商店售货员瓦丽娅年轻漂亮，但作风有点轻佻，常被人在背后议论。建设工地号召工人选择一位英雄人物做自己的榜样，瓦丽娅选中歌剧《卡门》中的卡门。阿尔布佐夫只用这一个细节就点明了瓦丽娅的性格。巨步式挖土机司机长谢尔盖和副司机长维克多同时爱上了瓦丽娅，不过，维克多没有太认真看待他和瓦丽娅的感情，一则顾虑瓦丽娅的名声，二则怕家庭变成包袱，所以从未考虑过要与瓦丽娅结婚。谢尔盖则不同，他看出这个泼辣的姑娘本质上是好的，他在维克多公开表示不娶瓦丽娅后，真诚地向瓦丽娅表白了自己的感情。谢尔盖不仅以自己的爱使瓦丽娅成为娴静的贤妻良母，而且努力说服瓦丽娅参加建设水电站的劳动大军，期望她在轰轰烈烈的社会主义建设事业中实现自己的人生价值。谢尔盖深知瓦丽娅爱贪小便宜的毛病，一再说："你要明白，如果一个人干着真正的工作，需要的工作，他本人也会因为干这项工作而变得比原先好一些"；"一个人为了得到幸福，需要什么呢？需要让他的工作比他本人略好一些。"这两段台词点出了剧本的主题内涵，凝聚着剧作家对人生道路的思考。

可惜的是，谢尔盖为抢救落水儿童献身，他的愿望未能在生前实现。挖土机作业班为了照顾瓦丽娅和一对孪生孩子，决定集体分担谢尔盖的一份工作，而把谢尔盖的工资按月送给瓦丽娅。

半年多以后，当作业班再次聚集在谢尔盖家中庆贺双胞胎诞生周岁时，维克多坦率地说出了自己的想法：不应该继续给瓦丽娅送工资，而应让瓦丽娅到作业班来工作，以自己的劳动养活自己。他说，谢尔盖一直希望瓦丽娅成为一个真正的人，她不应该享受恩赐的钱。维克多痛悔过去对瓦丽娅的轻率态度，错过了获得幸福的机会。他在瓦丽娅结婚后感到无法弥补的孤独空虚，这才意识到自己内心眷恋着瓦丽娅。谢尔盖改变了瓦丽娅，也改变了维克多，维克多希望以自己的爱使瓦丽娅的精神境界再次升华。全剧以瓦丽娅给维克多看她领得的作业班第一笔工资结尾，再现了启幕时的场面。

阿尔布佐夫在《伊尔库茨克的故事》中安排了歌队，歌队交待情节，介绍人物，调度时空，揭示人物内心活动，插话，发议论，唱颂歌，加强抒情气氛，等等。歌队的形式古已有之，阿尔布佐夫借这种手段使舞台演出活跃生动，也给观众以新鲜感，这样做未尝不可。但是仔细推敲全剧，歌队所起的作用，大部分可以由对话和人物相互关系来承担。高明的台词蕴涵丰富，几句话就可使观众明白一切。果戈理在《钦差大臣》中以市长的第一段台词就交待了故事的前因并立即展开冲突，手法之简练是世所公认的。果戈理和契诃夫都不借助外加手段来推动剧情，阿尔布佐夫显然是了解这些的，所以，尽管评论界对歌队大加称赞，阿尔布佐夫在以后的创作中却不再使用类似的手法，而在对话技巧上精益求精。《老式喜剧》就是明证。

《老式喜剧》的主人公是他和她，他是疗养院的总医师，她是疗养院的休养者。她还不满 60 岁，而他已经 65 岁。这个剧本就写他和她两个独身老人的迟暮的爱情，两人由相识到相爱，共 33 天。老年人的恋爱比青年人多一点曲折，因为他们各有一段长长的生活经历。他们相互试探，一点一点泄露自己的感情。全剧由两人在八个不同的时间和地点的对话构成，对话轻松幽默，自然风趣，一语双关，话中有话，话外有音，虚虚实实，闪闪烁烁，一切难言之隐尽在那欲语又止的断断续续的语气中流露。看这个戏时，观众会沉浸在男女主人公微妙的感情交流中，男性观众在“他”说话之后会不由自主地观察“她”的反应，女性观众则在“她”回答之后急不可耐地看“他”如何应付。剧本的舞台效果证明，剧作家在对话技巧上达到了极高的水平。

阿尔布佐夫在 1970 年发表的《阿尔巴特旧区的传奇》是他全部创作中的珍品。剧本抒写的是一个富有诗意的主题：对青春美的崇拜激发了老年一代的创作活力。年届 62 岁的阿尔布佐夫在写这一剧本时无疑贯注了自己的感受，他要从逝去的年华中追回自己的青春，并且实实在在地以自己的创作硕果证明：不断追求的艺术家永远不会衰老。

剧本主人公巴里亚斯尼科夫是位富有才华的木偶制作师，但是已临花甲之年,剧团把他看做快退休的人,不再考虑请他制作新剧目《美丽的海伦》中的木偶了。巴里亚斯尼科夫心地善良,性格开朗,富于浪漫激情,热爱木偶艺术,把自己的全部感情倾注于自己的作品,他制作的木偶个个栩栩如生,几乎带着活物的嘘息。剧情始终在同一个地点——巴里亚斯尼科夫的房间展开,房间里摆满形形色色的木偶,全体木偶和主人公一起快乐,一起悲伤。剧本第10部第一场的舞台说明这样写道:巴里亚斯尼科夫"哼起了歌曲。搁板上许多坐着的和站着的木偶以及玩具动物都满怀快乐的心情激动地倾听着他的演唱"。读者看到这项演出要求一定会感到惊讶,难以想象但又确信导演一定会设计出这个舞台效果。读者也仿佛立即就看到了生活在木偶世界中的巴里亚斯尼科夫的生动形象。

这位木偶艺术家不服老,不愿退休,"歌德说过,人到老年要比年轻的时候做更多的事"。但是,他的确无事可干了,剧团给他三星期休假,往后大概也就这样"休"下去了。剧团没有同他签订制作新剧目中木偶的合同,他想自己设计制作帕里斯、墨涅拉俄斯、阿迦门农……特别是美丽的海伦,"我要把一切最迷人、最神奇的东西……女性的全部美、女性的美德……都体现在这个木偶身上"。但是,他没有创作灵感,因为他已届暮年,他想象不出"世界上最美的女人"海伦应该是什么样子。

在第一场上场的另一个主要人物是巴里亚斯尼科夫的儿子库兹玛。库兹玛由于父母离异而与父亲不和,在母亲去世后拒绝与父亲同住。这个富于独立意识的学艺术的大学生不接受父亲的任何赠与,认为父亲对他的任何照顾都是一种侮辱。他之所以也从事木偶制作专业,是为了有朝一日超过父亲。他认为父辈的时代已经结束,现在该是他大显身手的时候了。剧团聘请他制造《美丽的海伦》中的木偶,他怕伤害父亲的自尊心,向父亲隐瞒实情,随口说是剧团与某个列皮奥什金签了合同。巴里亚斯尼科夫内心深爱儿子并暗中给他以种种帮助,剧团请库兹玛制作木偶一事其实就是经他推荐促成的。不过,他信了儿子的话,以为剧团换了主意。他希望儿子搬来与他同住,但儿子每次来访都以吵架收场。儿子说父亲是孤芳自赏,父亲说儿子是"病入膏肓的一代"。巴里亚斯尼科夫无可奈何地感叹道:"看来父与子的问题正是在于不承认它的存在。"

剧本第一场以明快的手法展开冲突,提出问题,第二、三场引出了一个关键人物——维克多莎。维克多莎是一个活泼美丽、“令人赞叹的”姑娘，她从列宁格勒来，访友未遇，偶然踏入巴里亚斯尼科夫家问讯，承主人热情招待，暂时住了下来。这位20岁的姑娘是在结婚前夕“逃”出来的，因为她发现未婚夫的性格令人感到压抑。维克多莎自小父母双亡，靠缝纫养活了自己和妹妹，成人后立志要做一个出色的服装设计师，“把全体苏联妇女打扮得漂漂亮亮”。她在莫斯科一住两个星期，大部分时间由巴里亚斯尼科夫陪同去参观博物馆、展览会，如饥似渴地汲取首都的文化精华。巴里亚斯尼科夫还领她去逛莫斯科的大街小巷，把自己年轻时谈恋爱的地方一一指给她看，老艺人的乐天、幽默、爽朗的性格、对生活的热爱、对青年时代的怀恋，深深激动着维克多莎；而姑娘的青春活力、蓬勃朝气、对未来的憧憬、对事业的追求、对成功的信心和期望，强烈地感染着巴里亚斯尼科夫，激起他热切的创作欲望，他开始制作《美丽的海伦》中的木偶。

在第四场中，库兹玛在父亲家中偶遇维克多莎，一见钟情。从此，每当维克多莎外出，他就尾随。维克多莎以她女性的敏感，把一切看在眼里，在第五场中当面揭穿，库兹玛很不自在地承认自己已经爱她爱得发狂。库兹玛已设计好《美丽的海伦》的草图，认为再不能向父亲隐瞒，否则木偶制出后将使父亲处境难堪。出乎他意料的是，维克多莎告诉他，剧团同他签约实际上是他父亲推荐的结果。更使他感到意外的是，正在这时巴里亚斯尼科夫兴高采烈地捧着两只大盒子进来，从盒子里取出一个木偶给他：“这是海伦！”从盒子取出另一个木偶给维克多莎：“这是帕里斯！”

维克多莎：（低声地）不同寻常……（转身向巴里亚斯尼科夫，悄悄说道）不同寻常……（审视木偶）等等……不过，这是库兹玛呀！

巴里亚斯尼科夫：（轻轻地微微一笑）哪里……是我在做的过程中想起了自己的青春。

库兹玛：（一直盯着木偶海伦，走近巴里亚斯尼科夫，惊奇地端详他，耸耸肩，莫名其妙地说）你看是吧。（转身向木偶海伦，又看看维克多莎）您真美呀！（温柔地吻她）……

巴里亚斯尼科夫：慢着！（望着木偶海伦，然后向维克多莎）真奇怪。（诚恳地）我现在才明白了。（沉默片刻）感谢您。

维克多莎:谢什么呀?

巴里亚斯尼科夫:(轻声说)大概,没有您在,我是什么都搞不出来……您给我带来幸福。

第六场是全剧的结尾,这一场以一个抒情场面开始,库兹玛和维克多莎如醉如痴地接吻,前言不搭后语地说一些不连贯的话,库兹玛答应结婚后同父亲住在一起。库兹玛暗中建议父亲的助手和挚友赫里斯托福尔把海伦和帕里斯送给剧团领导("大师")鉴定,同时主动撤回自己的设计草图。"大师"打电话给巴里亚斯尼科夫,热烈祝贺他在艺术上的新成就并把库兹玛撤销合同的事告诉他。巴里亚斯尼科夫既兴奋又懊丧,他的新作证明他仍然富有巨大的创造活力并且战胜了某个未识面的"列皮奥什金",但是他压根儿未料到那个杜撰的列皮奥什金原来就是他儿子。

维克多莎的服装设计图样也获得了成功,她把这个消息告诉巴里亚斯尼科夫并暗示她将与库兹玛结合,不料巴里亚斯尼科夫误以为维克多莎向他表白感情,这个一生自信对女性很有魅力的老艺术家竭力把内心的激动压下去,很艰难地控制住了自己:"我们俩把一切都忘了,好吗?"聪明的维克多莎明白自己的处境,悄然离去,留下一张纸条给库兹玛:"永远不要离开父亲。记住你的诺言。"

赫里斯托福尔告诉巴里亚斯尼科夫,海伦和帕里斯是库兹玛建议送给"大师"去看的。所有误解和迷惑终于消散,巴里亚斯尼科夫小心翼翼地建议库兹玛和他一起制作《美丽的海伦》的木偶,早有此意的库兹玛欣然同意。不过,库兹玛始终不明白维克多莎为什么不辞而别。

巴里亚斯尼科夫:(他的秘密还得留在他心里)而我好像猜到了一点……

赫里斯托福尔:(轻声地)既然你知道,就别作声了。

〔巴里亚斯尼科夫满面笑容,十分幸福〕

全剧就在这种微妙的抒情气氛中结束。

剧本以两代人的合作来解决"父与子"的问题,以老一代的创作成果证明他们的时代并未因老年到来而结束。前一个主题富于现实意义,在60年代的苏联更具针对性。阿尔布佐夫从具体生活中提出问题,而从"永恒"的角度加以探讨。"代沟"的矛盾不应以互相排斥、对立、压制、打击来解决，而应以互补长短、理解、帮助、协作来消除。剧作家选择艺术家作为主人公，从艺术的继承与发展来探讨“父与子”的关系，把生活浓缩到一个最典型的领域来剖析，这样来开掘主题是十分独特和深刻的。后一个主题与前一个密切相关，而在剧本中又表现得更充分、更有诗意和感染力。老艺术家巴里亚斯尼科夫有自己的乐观的人生哲学，他认为乐观主义者就是勇敢地正视现实的人。人总会老，青春不可能永驻。面对过去，人无能为力，而未来是由人决定的。在60岁的年龄还装成年轻人当然很愚蠢，但是向老年屈服则更加愚蠢。他不屈服于老年，但青春毕竟已经消逝；他在艺术上追求完美，“人随着年龄的增长，就会越来越清楚地掌握美的规律”，但是创造力的衰退和无所作为的危险在威胁着他。他需要一种力量来支撑他，激励他。使巴里亚斯尼科夫精神复苏的是维克多莎，这位从列宁格勒“下凡的仙女”是青春美和活力的象征，她触发了巴里亚斯尼科夫的灵感，使他重新焕发出令人艳羡的艺术青春。若要理解巴里亚斯尼科夫对维克多莎的爱恋之情和维克多莎对他意味着什么，不妨回忆普希金的著名抒情诗《致凯恩》。安娜·凯恩是普希金20岁时在彼得堡结识的女友，普希金对她并无通常意义上的恋情，但是与她交往的那几年正是普希金在贵族革命家的影响下思想活跃、创作灵感勃发的时期。所以，当苦闷的普希金在冷僻的放逐地米哈依洛夫斯克庄园重逢凯恩时，对往时的回忆唤醒了他的热情和创作灵感：

如今灵魂已开始觉醒：
这时在我的面前又重新出现了你，
有如昙花一现的幻影，
有如纯洁之美的精灵。

我的心狂喜地跳跃，
为了它，一切又重新苏醒，
有了神性，有了灵感，
有了生命，有了眼泪，也有了爱情。

没有其他语言能比这些诗句更准确更生动地刻画出巴里亚斯尼科夫在遇见维克多莎后的精神状态了。

老艺术家从青年一代身上获得启示,不自觉地以维克多莎和库兹玛为原型制作出美丽的海伦和英俊的帕里斯。这个精彩无比的细节真是神来之笔,其构思之巧妙令读者赞叹,其含义之丰富可以让读者长久地体味。这个细节是阿尔布佐夫全部创作中最成功的艺术创造。

阿尔布佐夫以深厚的功力用喜剧的形式处理严肃的主题,全剧充满意想之外的冲突和情理之中的误会,剧情自始至终在轻松愉快的气氛中展开,人物的喜剧性和情节的喜剧性结合得十分和谐。巴里亚斯尼科夫像艺术家那样浪漫风流,但在花甲之年终于学会了对待生活要像对待艺术一样严肃认真。库兹玛处处强调他的独立精神,这个22岁的儿子说他与父亲互相为敌已经二十一年,但他大口吞香肠的不文雅动作和父亲一模一样。赫里斯托福尔是个绝妙的配角、一个婆婆妈妈的可爱的小老头,所有情节的伏线都从他那儿通过。一个过路的矮胖子为离婚五年的妻子生孩子而激动不已,满城乱跑找好看的玩具,最后在巴里亚斯尼科夫的屋子里选中了被称为无赖的长颈鹿。满屋子的木偶把舞台气氛渲染得温馨亲切,木偶的滑稽表情随时衬托着主人公的心境。木偶在剧本的潜台词中起了很大的作用,新木偶的成功点明了剧本的主题。木偶也被赫里斯托福尔拿来发挥他的人生哲理:木偶是给人玩的,人小时候玩木偶,长大了就玩活人,不过活人是绝对玩不得的,在生活中要解决任何问题都必须先做一个善良的人,而做一个善良的人是意味着要做一个谨慎的人,不能玩活人!阿尔布佐夫的喜剧寓深刻的思想于轻松幽默的形式中,读者和观众在笑声中不知不觉地受到教益。

阿尔布佐夫的剧作没有通常意义的冲突高潮,情节按事件的自然节奏推进,很少大起大落,这大概和剧作家选择的题材有关。阿尔布佐夫不写充满戏剧性事件的重大社会题材,他努力追求的是在日常生活的表现中探索一种崭新的价值观念,给读者和观众以高尚的道德熏陶。

阿尔布佐夫是苏联当代道德心理剧流派的代表人物,他的艺术经验受到苏联国内外许多剧作家的重视,他的创作已成为世界戏剧文化宝库中的珍贵财富。

(原载《二十世纪国外戏剧概观》,1991年)

万比洛夫和《打野鸭》

亚历山大·瓦连金诺维奇·万比洛夫(1937—1972)是苏联戏剧界一颗耀目的彗星,他以灼人的光芒划破长空,刹那间照亮了当代舞台,随即又消逝在黑暗之中。

万比洛夫 1937 年诞生于西伯利亚,1960 年毕业于伊尔库茨克大学语文系,从 1958 年开始发表短篇小说和特写、随笔。他的第一本作品集《巧合》是幽默故事集,出版于 1961 年,署名"萨宁"。万比洛夫在 1962 年尝试创作剧本,《密特朗巴什事件》是他的处女作,但这个独幕剧直到 1971 年才正式完成,与独幕剧《和天使在一起的二十分钟》(1970)合集,以一个总标题《外省轶事》发表,1974 年搬上舞台,当时万比洛夫已不在人世。

万比洛夫的戏剧创作生涯总共持续不到十年时间,共写出《窗子朝着田野的房子》(1964)、《六月的离别》(1966)、《长子》(1968)、《打野鸭》(1970)、《去年夏天在丘里木斯克》(1972)和小品《约会》等八部剧本。1972 年夏,万比洛夫在贝加尔湖游泳,不幸溺水,英年夭折,令人痛惜。

万比洛夫的作品数量不多,却以其独特的风格和不妥协的道德批判精神风靡 70 年代苏联剧坛。影响波及欧美和日本的戏剧界。万比洛夫属于苏联道德心理剧流派,但如果把他和阿尔布佐夫比较一下,就可以看出他们之间的明显区别。阿尔布佐夫不断开掘社会主义道德的新内涵,他的作品大都以道德追求的完满实现为结局,给观众以示范和教益。万比洛夫则不同,他写出了人与人之间和人的灵魂中的道德冲突,对苏联社会中的道德阴暗面持尖锐的批判态度,表现出苏联自 20 世纪 50 年代中叶进入历史新时期后新一代艺术家的新眼光、新追求。

万比洛夫以《密特朗巴什事件》开始自己的戏剧创作,这几乎是一种征兆,预示着道德批判将成为他的剧作的主导倾向。《密特朗巴什事件》的情节有点像果戈理的《钦差大臣》:某城旅馆经理把一位旅客误认为是莫斯科来的大人物,想起自己得罪了他而吓得魂飞魄散,便假装发疯,以免遭到惩罚。这位旅客在住宿登记本职业一栏填的是"密特朗巴什"(拼版工人)。经理不认识这个词,只记得"巴什"是沙皇时代的皇帝侍从官,那么"密特朗巴什"起码是"巴什"的头头了。"密特朗巴什"波塔包夫本人倒不像《钦差大臣》中的赫列斯达柯夫那样将错就错,大吹大擂,他在戏开场时因为半夜在邻室女客人那里看电视足球赛而被经理掐着脖子拖了出去,在戏结束时露了一下面,为自己喜欢的球队踢赢而极度兴奋,完全不知道在他下场上场之间发生的事情。这出戏集中表现经理的奴性心理,而这种奴性心理又是沙俄时代的遗毒和苏维埃制度的官僚化造成的。批判奴性心理是19世纪俄罗斯文学的优秀传统,在这方面作出独特贡献的是契诃夫,我们只要回想一下他的名篇《一个官员之死》(或译《一个小公务员之死》)就足够了。契诃夫笔下的切尔维亚柯夫既可怜又可悲,悲就悲在奴性心理表现上,他打喷嚏不小心把唾沫星子溅到将军的秃脑勺上而恐惧万分,没完没了地道歉。我们看到契诃夫落笔的分寸掌握得非常好,他暴露小人物的奴性心理,但又把批判的矛头指向造成这种奴性心理的沙皇官僚世界,这个世界在切尔维亚柯夫的头脑中深深植入一个观念:大人物是绝对不能冒犯的。这个观念成为一种历史陈垢,积淀在苏维埃时代普通人的心理中。苏联社会沿袭的严格的等级制度没有使这种观念消褪,反而在某种程度上强化了。旅馆经理卡洛申说自己是"小甲虫,屎壳螂,花大姐","世界上我什么都不怕,就是怕长官……我怕长官怕到,当我自己做了长官的时候,我对自己也会害怕起来"。这个怕长官的经理对他认为地位低的人却是拿出另一副腔调,他凭衣着认人,起先估量波塔包夫大不了是个"跟教书匠差不多的人物","灯芯绒外套、破领带——看他的服装就知道他是什么人";只是密特朗巴什这个令人生疑的职业名称把他吓得一身冷汗,逼得他装疯卖傻,出尽洋相。当代人的奴性心理是一个带普遍意义的现象,这个现象反映着人与人之间实际上的不平等和人的价值观念的严重偏失。万比洛夫对这种现象作了淋漓尽致的描绘,说明这位艺术家从一开始就在探测社会问题的深层。这个剧本用果戈理的一句话作为题词:“不管谁怎么说,像这样的事,世上有时候是有的——少,但是有。”这句话比《钦差大臣》的题词(“脸丑莫怪镜子歪”)逊色多了,其实不写上去更好。剧本的另一个不足之处是缺乏契诃夫式的客观冷静。装疯的经理在前言不搭后语的自白中对自己的性格和心理作了过多的剖析,其实不需要如此交待,观众也自会理解。1970 年的演出本大概受 1962 年初稿的框架的影响,反映了初出茅庐的万比洛夫的不成熟。

和《密特朗巴什事件》并列在《外省轶事》这个总标题下的另一个独幕剧是《和天使在一起的二十分钟》。两个出差的人在旅馆里酗酒,花光了身边带的钱,向邻室旅客借钱遭到拒绝,一筹莫展,忽然想出一个无聊的办法:从临街的窗户里大呼大叫,向过路行人借钱。不料真有一个人进来自愿借给他们一百卢布。这两个人不相信天底下竟有如此好人,疑虑顿生,以致把送钱者绑起来逼问动机。邻室的旅客也都不相信,凑进来瞎嚷嚷。最后送钱者神情忧郁地解释,他六年来一次也没来看望母亲,口袋里放着这笔钱也一直没寄给母亲,这次来给母亲下葬,心中愧悔,决定把这笔钱送给第一个需要用钱的人,如此而已。这样一件偶然的小事暴露了剧中所有人物的小人之心。不相信天底下真有好人好事是因为社会上骗子和捞取道德资本的人太多。送钱者也不是天使,但良心未泯,道德感觉醒,比起麻木不仁者来已经算得上是天使了。剧中一个人物自责的话可以看做是点题之言:“这可怕,可怕。我们身上发生了什么?我们变野蛮了,完全变野蛮了……”。

万比洛夫规定《外省轶事》的体裁是“二部悲喜剧”,我们的确真切地听到了一位有社会责任感的苏联艺术家的“含泪的笑”。悲喜剧不仅是万比洛夫好几部剧作的体裁,而且是他全部创作的艺术特色之一,剧作家总是透过笑声作出他的道德谴责。

《六月的离别》是一出写得相当成功的喜剧。剧本取材于当代大学生的日常生活,写了功利压倒爱情而使主人公受到良心责备的故事。即将毕业的大学生柯列索夫答应邀请全城最漂亮的一位姑娘来参加同学布金和玛莎的婚礼,他在公共汽车站上物色对象,巧遇美丽的塔尼娅,但姑娘未接受邀请。柯列索夫恋恋不舍,但为了履行诺言,闯进旅馆冒冒失失去邀请来本地巡回演出的名歌唱家戈洛舒勃娃，遭到拒绝后还动手打了人。警察一直追到学生宿舍，当着校长的面以流氓罪拘捕了他，强迫劳动十五天。校长由于柯列索夫发动过自由听课运动而对他不抱好感，这次决心严肃处理，不料女儿塔尼娅对柯列索夫一见倾心，也明知所谓流氓罪不过是大学生一时胡闹而已。校长为了及时遏制女儿的热情，不顾系主任和学生的请求，下令开除柯列索夫的学籍。塔尼娅一宵未归，翌日跑去找柯列索夫倾吐衷情。校长一筹莫展，亲自找柯列索夫，以撤销开除令和准予毕业并分配好工作为条件，要求柯列索夫停止与塔尼娅往来。柯列索夫虽然内心矛盾，但出于利害考虑，终于表示同意。柯列索夫成绩优良，本应当留下当研究生，但校长从中作梗，硬要把他撵到外地。在毕业晚会上，塔尼娅又主动找柯列索夫，她一往情深，仍幻想不久后与柯列索夫在异地重逢。校长撞见他们在一起，惊恐不已，向柯列索夫提出以留校当研究生为条件，永远断绝与塔尼娅来往。塔尼娅终于明白一切，断然离去。柯列索夫内心痛苦，当校长宣布留他当研究生、同学们纷纷表示祝贺时，当众撕碎毕业文凭。柯列索夫天天到公共汽车站等塔尼娅，姑娘终于来了，但一切已无可挽回，“他们站着，彼此相隔三步之遥”。失之毫厘，差之千里。万比洛夫并非偶然地把三步之隔写成“之遥”。功利占了上风，幸福擦肩而过。

万比洛夫以很高的技巧在有限的场景里写出了柯列索夫的生活环境，借此点明主人公道德感失落的原因。大学生玩世不恭，轻率地对待爱情和婚姻。荷米拉在同学布金和玛莎的婚礼上醉醺醺地宣布，地质系的专业特点是丈夫出差，妻子胡来，并当着新娘的面说所有女人其实都是如此。新郎以戏谑的口吻叹惜从此失去追求女人的自由。新娘气得离席而去，婚礼不欢而散。弗罗洛夫乘人之危，追求玛莎，还把预定给优秀生柯列索夫的工作岗位抢到手。柯列索夫的同学在拿到毕业证书之前不敢出面为他说公道话。校长只会做些琐碎的行政工作，却处处以学者自居，表面上道貌岸然，实质上利用职权为保护私利而随意处置学生，以毕业文凭和研究生资格诱逼柯列索夫就范，他的行为引起妻子和女儿的极度反感。柯列索夫就是在这种环境的影响下，在毕业文凭和塔尼娅之间作出了错误的选择。

剧中有一个插曲式人物——卓洛图耶夫,他因为在公共场所偷拔了一棵兰花而被拘留,与柯列索夫一起劳动十天,后又把开除学籍的柯列索夫雇去看园子。卓洛图耶夫早年是一个肉店售货员,由于蒙骗顾客额外赚钱而被税务人员查获,他两次塞钱以图私了,结果罪上加罪,被判十年徒刑。他心中认定税务人员是嫌钱少才加害于他,发誓出狱后攒够两万元送上门去,不信那个税务员在巨款面前不承认十年前是挟私害人。出乎意外的是,税务员拒不收钱,还把他赶出大门。这个插曲交待得简单明了。卓洛图耶夫的园子还为开除后的柯列索夫提供了活动场所,校长、塔尼娅和其他人物都在这里上过场。柯列索夫移植的阿尔卑斯山牧草成了塔尼娅梦想的未来生活的象征,可惜牧草终于未长成可以让塔尼娅在上面赤脚飞跑的草地。一只喷水壶成了柯洛索夫发泄郁闷的对象,两次被踢飞。一支看园子用的猎枪成为布金和弗罗洛夫决斗用的武器,不珍惜爱情的布金和总在别人的不幸中捞取好处的弗罗洛夫为争夺玛莎决斗,结果以打死一只喜鹊收场。卓洛图耶夫的插曲中没有一点多余的东西,其中最重要的是树立了税务员这个在生活中坚持原则的道德典范,这个不出场的角色为出场的主要人物的行为作了鲜明的反衬。

《六月的离别》是喜剧,但在笑声中透出悲哀,爱情的崇高和纯洁在戏谑声中消失。万比洛夫的喜剧没有廉价的笑料和闹剧式的场面,一切如同生活的实在情况一样,性格和心理冲突在生活表层下面展开,契诃夫的高超技巧在万比洛夫的手中运用得熟练自如。

《去年夏天在丘里木斯克》是万比洛夫的力作。这是一首忧郁的诗,诉说着平凡的生活和平凡人的平凡的命运。这是一出蕴涵深邃的好戏,需要读三遍或看三次才能有所感受。事情发生在一个偏僻的林区小镇的小饭馆里,或者说,什么事情也没有发生,只不过有一个70多岁的守林老头叶列麦耶夫从老林里出来,想申请退休金。他隔夜来到小镇,不想打扰朋友而露宿在饭馆凉台的台阶上。城里的审讯员沙曼诺夫在一桩开车伤人案中依法拘捕了某位大人物的儿子而被撤掉了审讯权,审判延期。沙曼诺夫看破红尘,精神消沉,来镇上住在女友卡士金娜家里,吃吃睡睡,打算在32岁的年纪上就退休。饭馆服务员霍罗希赫的儿子帕士卡从外地回来休假,这个粗鲁的家伙一副流氓腔,成天同义父吵架,吓得母亲心惊肉跳。他死乞白赖地纠缠饭馆的另一个服务员——温和善良的姑娘瓦莲京娜，瓦莲京娜的父亲为了把女儿留在身边要把女儿嫁给自以为有首长风度的会计麦切特金，而瓦莲京娜一心爱着沙曼诺夫，在一个难得的机会向他吐露了衷情，使沙曼诺夫大为感动。沙曼诺夫留纸条约她晚上见面。

所有人物都在小镇饭馆里露面，时间是24小时，从第一天早晨到第二天清晨。守林老头叶列麦耶夫终因拿不出工作证明而得不到退休金，虽然人人都知道他为地质队当过四十年向导。掌权的机关“只认纸，不认人”，老头只好可怜巴巴地回老林去度那孤独无靠的残年。沙曼诺夫的纸条被妒忌的卡士金娜截走，瓦莲京娜以为沙曼诺根本无意于她而伤心，在失望之中随便答应帕士卡去邻村跳舞，半途遭帕士卡凌辱。帕士卡在母亲的谴责和瓦莲京娜憎恨的目光下讪讪离去。卡士金娜向瓦莲京娜再三道歉但终究无法弥补过失，瓦莲京娜答应父亲嫁给俗不可耐的麦切特金。激动的沙曼诺夫下决心振作起来，立即回城在审判庭上发言：“我需要这样做，不仅我一个人需要。”

在舞台上引人注意的是花园的木栅栏。从街上到饭馆去的顾客必须沿木栅栏绕过半个花园，虽说并不费劲，不过十来步路，可是人们不愿多走几步，总是拆掉一两块木板，钻进栅栏，踩倒花草，径直穿过花园去饭馆。瓦莲京娜只要有空，一次又一次去修木栅栏。沙曼诺夫问她是否觉得厌烦，瓦莲京娜回答说她要修到人们学会沿人行道走而不再拆栅栏为止。这道栅栏成了所有出场人物的道德测量标志。除了沙曼诺夫和老头叶列麦耶夫外，人人都穿栏而过，帕士卡是一脚踢掉木板闯进花园来的。在所有人中，只有沙曼诺夫和叶列麦耶夫帮瓦莲京娜修过木栅栏。也正是在修木栅栏的行为中，沙曼诺夫发现了瓦莲京娜的美，内心受到震动和启发：社会道德的栅栏也是要有人坚韧不拔地去修理的。瓦莲京娜修木栅栏是为了保护花园的完整，但她却无力保护好自己，帕士卡像践踏花园一样把她糟蹋了。瓦莲京娜的形象使我们想起契诃夫剧作中“美的毁灭”的主题，这个主题在万比洛夫的剧作中响起了新的变奏。生活并不像颂歌中所唱的那么理想，只要生活仍然是灰色的，人们的精神境界是低下的，美仍然会被践踏。

舞台上几乎没有发生什么事件，林区小镇的生活像平静的河水一样流过，但守林老人和修木栅栏的姑娘的命运多么叫人揪心。“去年夏天”在丘里木斯克是这样，今年夏天怎么样了？明年夏天又将是什么样的呢？

1970 年发表的《打野鸭》是万比洛夫精心构思的名作，其上演的难度令许多导演望而却步，但预期的效果又总是引得导演们跃跃欲试。[1] 剧本塑造了一个当代的“多余人”和“死魂灵”的混合形象，它的道德蕴涵十分耐人寻味。情报研究所工程师齐洛夫隔夜酗酒闹事，早晨刚刚起床就收到一只哀掉死者的大花圈，挽联上写着：“献给工作中鞠躬尽瘁而早逝的永志不忘的齐洛夫·维克多·亚历山大罗维奇。朋友们哀献。”这个令人难堪的玩笑使齐洛夫感到震惊和茫然。舞台暗转，展开齐洛夫的六次回忆。

第一场回忆是一个半月以前齐洛夫在午休时间和朋友们在小饭馆里小聚，朋友们约定到齐洛夫新居作客，祝贺他乔迁之喜。在这场戏中，齐洛夫的朋友们全都亮相了，但重点是介绍薇拉和古沙克。薇拉是售货员，是齐洛夫的老情人，但齐洛夫现在已经腻味她了，不想见她。可是，薇拉在这种场合是不可能不出现的，她其实是在场的所有男人的情妇，她把他们统统叫做“阿里克”，而齐洛夫是“阿里克中的阿里克”。齐洛夫把薇拉介绍给他的上司古沙克，古沙克在机关里是相当严肃的人物，但现在他趁妻子去外地度假的机会允许自己做薇拉的“阿里克”，虽则是扭扭捏捏，好像是禁不住齐洛夫的劝说和薇拉的挑逗。薇拉送给齐洛夫夫妇的礼物是一只丝绒做的大公猫，她给公猫起的名字是“阿里克”。齐洛夫的同事萨亚宾送的礼物是一套打猎用具。齐洛夫这一个半月来一直急不可耐地等待打野鸭季节的到来，他预请朋友们 9 月份来吃野味，不过他妻子加林娜立刻警告大家说，野味将是从商店买来的，“他就是这样。主要是——准备行装和空谈”。朋友们散席离开后，齐洛夫说：“啊！我讨厌他们。”

---

〔1〕 1990 年底，苏联乌克兰人民演员米·列兹尼科维奇教授应邀为中国中央戏剧学院应届毕业班学员排演了《打野鸭》，获得成功。他说苏联不少名导演排演《打野鸭》失败，他在五年前还不敢排这出戏。

第二场回忆在齐洛夫的办公室展开。情报所领导古沙克要齐洛夫和萨亚宾准备一份有关现代化生产中流水作业的资料，齐洛夫懒得去查，把某瓷器厂一位工程师在一年前改革生产流程的方案拿出来应付，他随随便便地推测：方案既已提出一年，理想必定已成现实，这个方案可作为成功的实例交上去。

齐洛夫收到电报：父亲病危。齐洛夫骂父亲是狗崽子，每年装一次病，为的是见见子女。

18 岁的女学生伊林娜把情报所误认为是报纸编辑部，要求登广告寻找失散的男朋友。齐洛夫正感到无聊，缠住姑娘开玩笑。他发现姑娘非常漂亮，又十分幼稚，有意要把她弄到手。

第三场回忆在齐洛夫的家中展开。齐洛夫彻底与伊林娜胡混，凌晨才回到家中，对妻子谎说他临时出差，但加林娜已从邻居那里知道他在城里。加林娜六年来已看透了齐洛夫，萌生了离异之心，齐洛夫用花言巧语企图劝加林娜回心转意。他深知回忆当年的恋情最能打动女性的心，于是假装深情地说起六年前那个 4 月的夜晚……

第四场回忆仍在情报所办公室展开。萨亚宾准备去看足球赛，齐洛夫打电话约伊林娜 6 点钟在"勿忘侬"咖啡馆见面。正在这当口，古沙克怒气冲冲进来，指责他们用未经查实的资料敷衍塞责，欺骗领导，声言要给他们严厉处罚。萨亚宾的妻子瓦莱丽雅赶来解围，对古沙克说，他们根本不在乎什么行政处分，而不让他们去看足球赛才是他们最受不了的惩罚。瓦莱丽雅说足球赛应该让她和古沙克去看，半认真半开玩笑地挽着古沙克走了。

齐洛夫又接到电报：父亲病故。齐洛夫愧悔交加，决定赶 6 点的飞机回家乡为父亲送葬。妻子加林娜想和他一起去，齐洛夫不同意，说自己马上要上飞机，赶她快离开。加林娜回家急取雨衣和皮包来送行，不料发现丈夫和一个年轻姑娘亲热地坐在一起。6 点已过，齐洛夫根本无意赶飞机。

第五场回忆在齐洛夫家展开。加林娜收拾好行装，决心出走，齐洛夫一本正经与妻子吻别，但"坐了两秒钟"就打电话要伊林娜立刻就来，在家中与伊林娜欢聚。

第六场回忆在“勿忘侬”咖啡馆展开。齐洛夫在出发打猎的前一天设宴款待朋友们。服务员季玛是齐洛夫的打猎伙伴，齐洛夫对他说：“我见都不想见他们。”这可把季玛弄糊涂了。齐洛夫说这就是为人之道，他和这些人都是为一个戈比就可把朋友出卖的，他今天请客是为了“精神需要”，因为明天要去打猎。齐洛夫是真心喜欢打猎，他把打猎看做是超脱一切的幸福，是净化精神的机会。他总用诗一般的语言谈论打猎：“你要注意，我们起得很早，要在天亮以前。你将看到，那是什么样的雾啊——我们飘浮着，像在梦中一样，不知道飘向何方。而当太阳升起来的时候呢？啊！那就像在教堂里，甚至比在教堂里更圣洁……”

为了使这种纯洁的精神享受更完满，他要在打猎前夕再看看朋友们的“嘴脸”。季玛觉得这种精神需要实在“古怪”。齐洛夫在朋友们来之前已经一个人喝开了。他也约了伊林娜并向大家介绍自己的“未婚妻”，同时也向伊林娜介绍自己的朋友们，语气带着嘲讽：“（指薇拉）这位……竟然也是个未婚妻。”他提议为打猎干杯，而且只许为打猎干杯。别人未动，他自己先干杯，实际上他已经微醉。朋友们都觉得困惑，不明白今天干嘛请他们来，因为他们并不去打猎，对打猎也不感兴趣。古扎可夫说：“你是怎么，邀请我们来看看你怎么痛饮一番吗？”齐洛夫回答：“不，不是为这个。我请你们来是为了自己看看清醒的人们。”齐洛夫借酒撒疯，嘲笑所有的人。他指着打算结婚的古扎可夫和薇拉说：“你们——是多么美妙的一对……未婚妻！你们别逗乐了。你们问问她，她跟这里的哪个人没有睡过觉？”他对古沙克说：“您干吗来了，您最好坦率地说吧，干吗来呢？……您需要姑娘——这就是您干吗要赏光到这儿来的原因。”他说萨亚宾随时会把妻子瓦莱丽雅让给古沙克，只要古沙克给他分配住宅。他说古沙克想要伊林娜也可以，“十八岁！可爱的姑娘！”他骂伊林娜是“贱货”，季玛是“奴才”。一边骂，一边狂欢，最后像死人一样醉倒在咖啡馆。气坏了的朋友们决心报复：“今天他捉弄我们，明天我们捉弄他。”于是，第二天给齐洛夫送了花圈。

回忆结束后，从茫然中清醒过来的齐洛夫打电话请朋友们来赴葬后宴，而自己匆匆忙忙往猎枪装子弹，打算自杀，让朋友们看到一具真正的死尸，没想到萨亚宾和古扎可夫乘出租汽车来，及时制止了他。季玛也来了:"(仔细看子弹)是霰弹……你的雷管靠不住。"季玛为猎枪重装子弹,交给齐洛夫,还问他要了打猎用的船,惋惜齐洛夫不能一起去打猎。

朋友们走后,齐洛夫脸朝下倒在床上,全身颤抖,观众弄不明白他是哭还是笑。等他站起来,脸上表情平静,我们还是弄不明白他到底是哭了还是笑了。齐洛夫打电话给季玛,通知他马上就出发去打猎。

六场回忆就是六次性格曝光,剧本从齐洛夫对生活、对工作、对妻子、对女性、对父亲、对朋友的态度,从他在各种场合的面目、语调的迅速变化以及这些变化所反映出来的心理活动,多侧面多层次地塑造了这个富于立体感的人物。齐洛夫体格健美,精力充沛,头脑灵活,反应敏捷,他轻而易举地当了工程师,领到了住宅,也轻而易举地征服女性,驾驭朋友。人们可以期待他做点什么像样的事情来,可是他本人丝毫没有这种愿望,他同萨亚宾闲聊时这样说:"我(冷笑一下)其实,我倒还能做点事,不过,我不想。没有愿望。"他不是在生活,而是在混日子;他需要和那批酒肉朋友一起打发时间,而在内心里又鄙视他们。他在朋友们身上似乎看透了人和生活,他唯一期待去做的事——打野鸭——就是为了避开人和生活。他早已对什么都不感兴趣,什么东西也激动不了他。和他共同生活了六年的加林娜对他说:"你对一切,世上的一切,都麻木不仁,你没有灵魂,问题就在这儿。"他对待 18 岁的伊林娜的态度使我们想起莱蒙托夫的《当代英雄》中的彼丘林说过的话:"要知道,拥有青春的、含苞未放的灵魂,实在是一种无限的幸福!它犹如一个小花朵,它的美好的香气散发着去迎接最初的阳光;应当在那瞬间摘下它来,尽情吸取它的香气,过后就把它丢在大路上;也许会有人把它捡起来吧。"齐洛夫的整个形象中就有俄罗斯文学中"多余人"的影子,正如高尔基所说,个人主义发展到极端利己主义就产生"多余人"。用这句话来确定齐洛夫形象的本质也是很恰当的。不过,19 世纪"多余人"的愤世嫉俗包含着否定当时现实的批判因素,20 世纪 60、70 年代的齐洛夫似乎不体现这类积极成分,他活着如同行尸走肉,是一个气血充盈的"死魂灵"。

齐洛夫的朋友们并不是他的对照,而是他在不同光照下的不同侧影,他们每个人身上都有一点齐洛夫气质,他们也是产生齐洛夫的土壤。他们送花圈给齐洛夫只是为了报复他的作弄,没有想到会对齐洛夫产生精神震动。

万比洛夫除了通过齐洛夫对人和事的各种态度来塑造这个形象外，运用得最成功的是齐洛夫的语言。齐洛夫的语言十分精彩，他说假话到了极其自然的程度，连他自己都差不多相信了。假话和偶尔的真话掺在一起，读者和观众分不清哪些是真话，哪些是假话，即使在作者规定的“热烈而真挚”的情景中，我们都不敢相信他说的是真话，因为他说假话也同样是“热烈而真挚”的。他能从交谈者的话语中捕捉到微妙的心理变化并立刻迎合这种变化给予回答，反应之迅速，说话之真诚，实在令人惊讶。说假话已成了齐洛夫的习惯，成了高度熟练的技巧。真真假假，真假难分，这就是万比洛夫在塑造齐洛夫形象时运用的艺术手段。齐洛夫强迫妻子回忆他们热恋时的大段对话和情景是全剧最精彩的场面。齐洛夫为了掩饰自己的不忠，立刻就来触动妻子心灵中最敏感的那根弦：“无论如何，我对你是一如既往，跟六年前一样，像那个晚上那样。但愿你没有忘记它。”接着齐洛夫以极其动听的语言追忆那个4月的夜晚的情景：他拿着花来见加林娜，加林娜坐在窗前，正往窗外看。齐洛夫要求加林娜按当时的情景坐下，加林娜不愿意，齐洛夫使劲按她坐下。他说：

记得吗？你说你想在教堂里跟我结婚……我是怎么回答你来着？（稍停）我看，是我吻你了？……我们就这样来做：你现在就说这个，说教堂，而我就吻你。

加林娜还是不愿意，但齐洛夫有办法：

你看着窗外。往窗外看。当我进去的时候，你回头看……就这样，我进来（表演），你回头看。回头看呀……不行，你必须回头看一下。当你回头看的时候，我们的目光就碰到一起。我也就领会了那晚所发生的一切。而你呢？你也会同样地感觉到……好吧，都按次序来做，别分心。我进来，你回头看。（嚷）我进来！

〔加林娜不情愿地回头〕

哎不，不行，你看我像看个暴徒似的。那眼神原来是温柔的，请你相信……你试试……我进来（表演），进来……（大声）加尔卡！

〔加林娜回头看〕

加林娜终于禁不住回头看了，她虽然还一再抗拒，但还是被齐洛夫“热烈而真挚"的话语所打动，终于沉醉到回忆里去了，不由自主地接着齐洛夫的话茬对答，"用不大响亮的、深沉的嗓音重复着遥远的那些话"。当齐洛夫忘记当时的细节或答话时，她甚至提示他、纠正他。一切都显得那么真诚，连读者都被感动了。但是，当齐洛夫实在答不上关键的细节时，加林娜终于又回到现实中来：

（差不多仇恨地）你都忘了，都忘了！

于是我们也立刻明白过来：那一切全是假的，是齐洛夫装出来的；或者说那一切过去都是真的，而齐洛夫回忆这一切时流露的情感却是假的，是做作的。真戏假做，假戏真做；真话假说，假话真说。真真假假，真假难分，这就是齐洛夫！

万比洛夫的舞台指示十分细致，十分严格。引人注意的是万比洛夫规定全剧所有场景都由一支哀乐伴奏，但不同的变奏一会儿使哀乐显得沉重悲伤，一会儿显得活泼轻盈；一会儿显得低回压抑，一会儿显得生气勃勃，甚至"放肆"。还是那一个旋律，但却是另一种拍子和节奏，渲染着各种不同的情景和人物情绪，效果真是妙不可言。

《打野鸭》非常典型地表现了万比洛夫在道德心理剧中的审美追求和技巧特点，显示了这位早熟的大剧作家的风格特色，它的价值将为越来越多的读者、观众、导演和演员所认识和重视。

天才往往早逝，万比洛夫也未能逃脱这种厄运，虽然纯属偶然。1975年，家乡群众在库杜里克镇，在这颗稍纵即逝的彗星殒落的地方，为这位杰出的戏剧艺术家建造了纪念馆，以供后人永久缅怀。

（原载《二十世纪国外戏剧概观》，1991年）

反对小市民习气是社会主义文学的重要任务

——高尔基文艺思想中一个值得注意的观点

反对小市民习气的问题并不像语言、情节、形象、典型、典型化和创作方法等那样属于文学所固有的特征的范畴，但是在高尔基的文艺思想和创作实践中却占有相当重要的位置。高尔基的一系列有代表性的文学论文，如《谈谈小市民习气》《个人的毁灭》《谈技艺》《青年人的故事》《再论〈十九世纪青年人的故事〉》《论剧本》《谈谈我怎样学习写作》《论文学技巧》等，没有一篇不涉及这个问题。这些文章从文学与革命斗争的关系、文学反映和参预意识形态斗争的角度，强调这个问题的重要性："如果无产者自己都不能摆脱小市民意识形态的腐朽的、然而是粘性的罗网，那么他就不能成为把本阶级从这些罗网中解放出来的坚决彻底的战士。在无产阶级文学领域内工作的人们都应该清楚而深刻地理解这种必要性。"[1]高尔基在第一次全苏作家代表大会上所作的报告《苏联的文学》中，反复阐述这个问题，认为"党对文学的领导，应当是严格地清洗市侩习气的一切影响"[2]。特别有意思的是，高尔基在报告中提出要塑造一个市侩典型，把市侩习气集中体现在一个形象身上，用以教育群众；"必须通过一个人物把它描绘出来，而且要描绘得像浮士德、哈姆雷特等世界典型那样巨大"[3]。题为《论社会主义现实主义》的著名论文，通篇讲的是文学必须与小市民习气作斗争的问题。高尔基警告年轻的苏联作家们说：

〔1〕《论文学技巧》，见高尔基《论文学》，第318页。

〔2〕高尔基《论文学》，第133页。

〔3〕高尔基《论文学》，第132页。

对于他们，“小市民习气是一个很难写的题材，这题材由于能够感染人和使人中毒，因此也是危险的题材”[1]。

高尔基对小市民习气的阶级根源和历史根源的分析，贯串在他对 19 世纪欧洲文学的评论中，成为他的文学史观的一个重要组成部分，其中一些主要论点，对于研究批判现实主义文学，有很大的参考价值。

高尔基在四十多年的文学活动中，注意力从来没有离开过这个问题，这个事实无疑反映了十月革命前后半个世纪左右俄国社会阶级斗争的特点；但是小市民习气并非一个民族一个国家所独有，这是一种蔓延全世界的病毒。高尔基关于同小市民习气作斗争的思想至今仍保持着深刻的现实意义。当我们读到《再论〈十九世纪青年人的故事〉》一文尖锐地指出当时苏联社会出现了父与子的新型矛盾时，高尔基敲响的警钟声仿佛传到了我们的时代。他说：“在这里，无产阶级成了父亲一代，被组织在布尔什维克党里，正在英勇地建立新的社会生活方式；在这里，在他的孩子们中间，可以看到小市民个人主义旧病复发的现象，可以看到重犯小市民的青年所犯过的那些毛病的趋向。”[2]

社会主义文学要把反对小市民习气作为自己的重要任务。现在重温高尔基文艺思想的这个精辟的观点，也许是适得其时。

一

在十月革命前的俄国，小市民是包括城市居民中多种成分（如手工业者、小商小贩、小官吏、小职员、自由职业者等）的一个阶层。追溯历史，从 14 世纪到 17 世纪，当时属于立陶宛和波兰管辖的俄罗斯南方和西方的城市居民，统统称为小市民；从 17 世纪起，斯摩棱斯克各城市的居民也都称为小市民。1775 年地方行政管理改革后，把资本不足五百卢布的莫斯科商人归到小市民阶层。发财致富的小市民转入商人阶层，而破产的商人降为小市民。一部分脱离农奴依附关系的农民也逐渐成为小市民。每个城镇形成特殊的小市民社会，有人负责管理。19 世纪初，俄国有九百

〔1〕 高尔基《论文学》，第 327 页。

〔2〕 高尔基《论文学》（续集），第 379 页。

五十万左右小市民，60 年代农奴制改革后，小生产者的数量急剧增加，到 19 世纪末，小市民达到七千五百万人左右。列宁说："……俄国是资本主义国家中小资产阶级最多、小市民最多的国家。"[1]从历史情况和经济地位看，小市民一般属于城市小资产阶级。在资本主义发展过程中，他们中的一部分上升为资产阶级，一部分"沦"为无产阶级，还有一部分维持着不稳定的小资产阶级地位，夹在资产阶级的铁锤和无产阶级的铁砧中间。

小市民以羡慕和贪婪的目光注视着大资产阶级的财富，又怀着恐惧的心情时时刻刻担心被大资产阶级吞并、挤干，然后像渣滓一样被抛入社会底层。他们又非常害怕阶级斗争的暴风雨侵袭自己的安乐窝，因而对无产阶级的革命斗争采取否定的态度。小市民动摇于无产阶级和资产阶级之间，俄国的国情又决定他们更多地倾向于资产阶级自由派。小市民的阶级地位和他们作为小私有者的劣根性，使他们在政治上表现得软弱、动摇、胆小怕事、逃避斗争，主张调和折衷，委曲求全；在暴力面前怯懦退缩，在强权面前奉迎谄媚，奴颜婢膝。小市民在思想上保守、狭隘、因循守旧、目光短浅，在生活上自私、猥琐、庸俗、势利、伪善、爱慕虚荣、贪得无厌，这一切合在一起，便形成一种腐蚀性很强的小市民习气，或市侩习气。

每当革命遭受挫折，暂时处于低潮，而反动势力甚嚣尘上的时候，市侩习气总是在社会上弥漫，毒化生活气氛，使人们灰心丧气、萎靡不振、颓废堕落，在黑暗力量的重压下苟且偷安。19 世纪 80 年代的俄国就处于这种状态。高尔基在自传三部曲和论文《谈谈我怎样学习写作》中，回顾了这个时代。他对市侩习气有如此深刻的认识，就因为他曾经在以卡希林为代表的阴暗腐败的小市民圈子里长期生活过。他叙述自己怎样渴望吸一口干净的空气，竭力从小市民生活的泥沼中挣扎出来，寻找真理和光明。

在那个时代，小资产阶级知识分子大批向右转，抛弃往日的理想，顺手抓住随便哪种时髦的哲学当做自己的信仰，以惊人的速度分裂为彼此敌对的团体。他们悲观厌世，怀疑生存的意义，从解决社会问题倒退到解决个人问题，从自命为"群氓"的"救世主"堕落为颓废的市侩。

---

[1] 《俄国工人报刊的历史》，见列宁《论文学与艺术》第 1 册，第 191 页。

1905年,俄国第一次资产阶级民主革命失败后,市侩习气又一次大泛滥,并且在政治思想斗争中反映出来。对这次革命的机会主义态度和种种责难,充分说明市侩习气已经渗入到工人阶级的政党——社会民主党的内部。列宁说:“小市民的俄国在1905年革命冲击后的第二天,就明显地表现出并且日益表现出小资产阶级机会主义的幻想,这种机会主义希望妥协而不要斗争,它害怕斗争,一遭到失败就急忙放弃自己过去的东西,就以灰心、沮丧和变节行为来毒化社会气氛。”[1]以普列汉诺夫为代表的孟什维克把群众的革命发动说成是“冒险”,列宁则针锋相对地把他们称作毫无气节的、胆小怕事的、每当事件转向反动时就丧失信心的俄国小市民知识分子。列宁还对斯托雷平高压统治下的小市民的奴才相作了深刻的揭露:“现在,在反革命猖獗的时期,小市民正在怯懦地巴结生活的新统治者,讨好称霸一时的人,摈弃以往的一切,竭力把它忘掉,要自己和别人相信,现在俄国已经不会有人再想照马克思那样进行革命,不会有人再去考虑‘无产阶级专政’等等。”[2]

与列宁的斗争相配合,高尔基在布尔什维克主办的《新生活报》上发表了《谈谈小市民习气》一文。这篇论文的第二章中的一个片断批判托尔斯泰和陀思妥耶夫斯基所鼓吹的忍耐和勿抗恶的说教,高尔基认为这是非常丑恶和可耻的市侩哲学,这种哲学正符合被革命斗争的爆发吓倒了的小市民的需要。“我不知道还有比小市民更为凶恶的生活的敌人。他们想在迫害者和受难者之间进行调解,他们想为自己辩护,证明自己接近迫害者和对人世的苦难无动于衷是正确的。他们教导受难者要忍耐,他们劝受难者勿抵抗暴力……他们大部分直接替暴力服务,小部分间接地致力于宣扬忍耐、和解、宽恕和谅解……”[3]托尔斯泰和陀思妥耶夫斯基就是这“小部分”中的两个。

高尔基料到会有人向他喊道:“怎么?托尔斯泰?陀思妥耶夫斯基?”

---

〔1〕《谈谈对俄国革命的估计》,见《列宁全集》第15卷,第34页。

〔2〕《谈谈对俄国革命的估计》,见《列宁全集》第15卷,第32-33页。

〔3〕高尔基《论文学》(续集),第52-53页。

无独有偶，列宁在批判小市民的某些思想家创造出不用暴力对抗邪恶的理论的时候，也料到会有人大喊大叫："呵，把托尔斯泰叫做小市民!!真是不得了。"[1]

是的，当托尔斯泰和陀思妥耶夫斯基在艺术作品中生动地形象地揭露沙皇俄国的黑暗现实时，他们是伟大的艺术家；而当他们鼓吹忍耐和勿抗恶的说教时，他们就把自己置身于小市民之列。如此尖锐的矛盾就这样统一在这两位作家的世界观和创作中。

在新的历史条件下，高尔基把批判市侩习气与无产阶级革命斗争结合起来，从而把文学反对市侩习气的斗争提高到新的水平。这比起契诃夫式的幽默和讽刺来，无疑是前进了一大步。

高尔基认为，1905 年以后的文学状况和作家的表现，不但和 19 世纪 80 年代有许多相似之处，并且比 80 年代更坏。他在 1909 年发表的论文《个人的毁灭》中，以很大的篇幅激烈批判当时的文学，尖锐地指出，由于市侩习气的污染造成社会道德衰微，作家人格堕落。作家们一反 19 世纪俄国进步文学的爱国主义和民主主义传统，对祖国的命运和社会问题不感兴趣，只有个人存在之谜才能激起他们的创作欲。他们恭顺地屈从于市侩的意见，跟在市侩后面东奔西窜，不断更换着口号和思想，像患伤风时更换手帕一样。19 世纪的文学巨匠托尔斯泰、屠格涅夫、冈察洛夫、甚至列斯科夫等，虽然不赞成革命，却仍然对于革命家的精神品质表示出应有的尊敬和赞扬；而现代的安德烈耶夫、阿志巴绥夫、索洛古勃甚至库普林等，却把污泥抛到革命家脸上，把革命家写成软弱无力、愚蠢、平庸的样子，同时又装出同情的面孔来掩饰他们的诽谤。他们笔下的农民愚昧无知，几乎像野兽一样，纵酒无度，杀人越货；工人的形象还不如农民，更粗野，更鲁莽，同时又高谈社会主义。作家们把小市民对社会主义的看法硬塞进工人的形象，说什么工人盲目宣传社会主义，不知道社会主义对人对己都是有害的。下流的作家热衷于色情描绘，他们用肮脏的字眼污辱俄罗斯妇女，实际上是污辱了自己的母亲、妻子和姐妹。还有一类作家成了社会的小丑、只想逗市侩开心的谑角，他们迎合小市民的低级趣味，千方

〔1〕《立宪民主党人的胜利和工人政党的任务》，见《列宁全集》第 10 卷，第 216 页。

百计博取读者的哄笑。

高尔基在早期作品《鹰之歌》中揭露过的那条蛇的市侩哲学，今天又在那些悲观颓废的作家的口中复活了：

现代文学家讲些什么呢？

他说："生是什么呢？一切，一切不过是死的养料罢了。人啊，你的善行与恶行都将随着你的死而消灭。在死的前面，一切事物、一切人都是同样微不足道的。"

听到这番新鲜的话，市侩点头嘉许道：

"那末，就不值得去创造生活，竭力改革生活也是徒劳的，善与恶是等价的啊。为什么要去探讨生活的意义呢？今朝有酒今朝醉，得快乐时且快乐，那末日子就过得轻松愉快了。"[1]

很明显，宣传这种市侩的人生哲学的文学，归根到底是为了否定改造生活的必要性，从而取消无产阶级的革命斗争。

《个人的毁灭》重点叙述了在资产阶级社会中个人主义者逐渐丧失与社会、与人民的联系的过程，揭示出这个过程如何在欧洲资产阶级文学所塑造的主人公形象的逐渐蜕化中反映出来。高尔基在最后归纳全文的主旨时说，市侩习气是窒息其他植物生命的野草，是无限贪婪的泥沼，是人类强健身体上的一个恶瘤，"由于市侩习气，人们从普罗米修斯沦落为流氓"，而这个堕落的过程最后由俄国作家阿志巴绥夫所塑造的人物沙宁可耻地完成了。

1934 年，高尔基在作家代表大会的报告中回顾 1907—1917 年的文学时，把这一阶段称为俄国文学史上"最卑鄙无耻的十年"。

在这十年的复杂斗争中，高尔基也在不断地清洗自己，消除市侩习气对自己的影响。大家都知道，1905 年革命失败在知识分子中引起的思想混乱甚至也影响过高尔基本人。俄国的马赫主义者在哲学战线上向马克思主义大举进攻，以波格丹诺夫、巴扎罗夫、卢那察尔斯基为首的"造神派"，企图创立一种"社会主义的"新宗教，把宗教和马克思主义"结合"起来。高尔基曾经附和过这种荒唐的论调，在中篇小说《忏悔》中礼赞过造

---

〔1〕 高尔基《论文学》(续集)，第 107 页。

神主义。列宁对高尔基的迷误及时给予了严肃而友爱的批评,引导高尔基回到马克思主义的道路上来。值得注意的是,列宁把批判造神说与批判小市民思想意识结合起来:

造神说难道不是最坏的一种自我侮辱吗?? 一切从事造神的人,甚至只是容许这种做法的人,都是以最坏的方式侮辱自己,他们所从事的不是'实际活动',而恰巧是自我直观,自我欣赏,这种人只'直观''自我'身上种种被造神说所神化了的最肮脏、最愚蠢、最富有奴才气的特点。

不从个人角度而从社会角度来看,一切造神说都正是愚蠢的小市民和脆弱的庸人的心爱的自我直观,是在幻想中"自我侮辱"的、"悲观疲惫的"庸人和小资产者的心爱的自我直观。[1]

高尔基从自己的迷误中,更加体会到市侩习气的可怕的腐蚀力,所以他在十月革命胜利后,仍然警惕地注视着市侩习气在新生活中的表现形式,坚持同它作斗争。

二

十月革命后,小市民作为单独的阶层已不再存在,但是旧时代遗留下来的市侩习气,像没有埋葬掉的死尸,用腐朽的恶臭毒害着周围的一切。高尔基在作家代表大会上说:"我们生活在一个根本摧毁陈旧的风俗习惯的时代,一个激发人的自尊心的时代,一个使人认识自己是真正改变世界的力量的时代。"[2]他自觉地运用列宁关于同旧习惯势力作斗争的思想,提出新型的社会主义文学的基本任务就在于把人从私有制社会产生的恶劣的品质、习惯、传统和偏见中解放出来,培养具有共产主义理想和全面发展的鲜明个性的新人。高尔基一再警告决不可低估市侩习气的影响,阶级和党的樊篱并不能成为隔离市侩习气的不可逾越的屏障。工农群众在不同程度上沾染了小市民的恶习,因为他们几个世纪以来都在小市民生活的气氛中受熏陶。高尔基在编辑《十九世纪青年人的故事》丛书的

---

〔1〕《给阿·马·高尔基》,见《列宁全集》第35卷,第106-107页。
〔2〕高尔基《论文学》,第126页。

时候,就这样阐明丛书的宗旨:

> 至于我们的青年为什么应该了解这种故事,我想用不着多谈了。但是我仍然要讲几句——为什么一定要这样?不用说,小市民阶层的老朽的亚当还活在我们每个人身上,而且每个人都或多或少想依靠别人的力量来建立个人的幸福,这就是说,历代养成的豺狼般的个人主义还没有死亡,——在我们当前这个改造时期的条件下,个人主义还有可能发展,这是应该知道并牢牢记住的。……无产阶级的工人青年应该清楚地懂得,培养新的社会主义个性的必要性和小市民的那种使人变得畸形的禽兽般的个人主义有什么区别。[1]

在创建世界上第一个社会主义国家的艰苦斗争中,有人袖手旁观,游手好闲,或者在一旁指手画脚,唠唠叨叨地发牢骚,不少青年人向往小市民的"幸福"。高尔基尖锐地指出,在现在的条件下不能过安安静静的生活,孤孤单单的一两个人是不会幸福的。欧洲富裕的小市民企图用来压制自己对明天的恐惧的那种绝望的享乐,追求廉价的欢乐的病态的渴望,变态性欲的发展,犯罪与自杀的激增,只说明资本主义世界害了不治之症。高尔基号召社会主义文学要宣传对现实生活采取积极态度,歌颂劳动的光荣和美,激励建设新生活的意志和热情,加深对旧世界的憎恨。他说:"假如我们真的不愿意重新变成小市民,并且通过小市民进而恢复有阶级的国家,恢复寄生者和掠夺者对农民和工人的剥削,那么这种宣传是必不可少的。"[2]"……今天需要战斗的、烈火般的、能烧掉我们心灵里的小市民的腐朽的话语。"[3]可见,在新的历史时期,他进一步把文学反对小市民习气的斗争与防止苏维埃国家倒退变质联系在了一起。

十月革命胜利十五年后,高尔基仍然清醒地看到苏联现实生活的矛盾及其在人的意识中的反映。他在《论社会主义现实主义》一文中说,人们受到历史上的两种力量——小市民阶层的过去和社会主义的未来——的吸引,情感的因素倾向于过去,理智的因素倾向于未来。这种新与旧的

〔1〕《青年人的故事》,见高尔基《论文学》(续集),第365-366页。
〔2〕《谈谈我怎样学习写作》,见高尔基《论文学》,第171页。
〔3〕《论剧本》,见高尔基《论文学》,第72页。

斗争深刻地影响着当时年轻的苏联作家的情感和理智。如果他们能理解这一点，就能加深对现实矛盾的认识。青年作家总以为批判过去是容易的，但是实际上他们还没有足够强大的力量来激发读者对过去的憎恨，相反，有时候还使读者留恋过去。所以，高尔基指出，作家必须使自己站到新生活的高峰、未来的伟大目标的高峰，即把握住生活的革命发展的规律，才能深刻地批判过去。这个观点后来构成了社会主义现实主义创作方法的重要内容。

高尔基在《论文学技巧》一文中，把技巧归结为很好地掌握观察、比较、选择最有代表性的阶级特征，并通过想象使这些特征结合到一个人物身上的手法和本领。他一再忠告作家们“应该学习观察、学习比较、学习在革命的无产者和保守的小市民身上挑选阶级的典型特征；应该学习辨别观念中的旧的毒素和新的蜜糖”[1]。这段话是有所指的。当时的苏联读者常常发现许多名为无产阶级文学作品中的主人公并不像他们所想的那样去做，做的也不是他们所想的事情。就是说，作家们缺乏辨别无产阶级典型特征的能力，他们往往在无产阶级的形象中塞进小市民的观念和行动。“从这里就可以看出对材料的研究不够深刻，分析概念的能力薄弱，以及对那时常吹来小市民‘灵魂’的腐烂的毒风的往昔认识不足。”[2]小市民有哪些特征呢？高尔基在文章中列举了贪婪、自私、放荡、懒惰、诡诈等二十种，还加上“诸如此类”的字样，意即远不止这些。作家应该善于在小市民虚伪的道德外衣下面识破这些特征，把它们同革命的无产者的特征严格区别开来。

三

在苏维埃时代，对于市侩习气侵入文艺领域的种种表现，高尔基也曾多次提出过严肃的批评。例如，他在1932年发表的《再论〈十九世纪青年人的故事〉》一文中，回顾过去十年的文学论争，指出其中除了原则性的斗争外，还可以看到无政府主义和个人主义的表现。有人在个人好恶的

---

〔1〕 高尔基《论文学》，第320页。

〔2〕 高尔基《论文学》，第319页。

基础上，在渺小的、容易动怒得近乎病态的自尊心的基础上制造种种文学小宗派，批评界和创作界门户林立，它们出于种种利害关系而不断挑起无原则纠纷，同时又用堂皇的词句遮掩私人的争吵。“在这些相互关系中，市侩习气起着非常大的作用，表现为嫉妒、贪婪、卑劣的诽谤和相互非难。”[1]当高尔基在作家代表大会上强调文艺界党的领导应当致力于清洗市侩习气的一切影响时，他指的首先就是消除文艺界的宗派斗争。

在对待“初学写作者”的态度上，高尔基既反对贵族老爷式的作风，也反对把青年作家任意“提拔”到大作家的地位。他毫不客气地指出：“‘贵族作风’是一种庸俗习气，并且怀疑这种作风里面，文学良心已被职业的嫉妒心所代替。在这种态度里，可以感觉到谄媚的小市民的明显的自负，也许，还可感觉到他因为自己的地位不稳固而生的恐怖之感……”[2]另一方面，高尔基在《论文学及其他》中批评一名教授无原则吹捧青年作家，这种批评在《致绥拉菲摩维支的一封公开信》中更表现出高尔基作为老一辈无产阶级作家的严肃的责任感。绥拉菲摩维支对青年作家潘菲洛夫作了过高的评价，把《磨刀石农庄》一书的缺点看成优点，他宣布潘菲洛夫是天才，而且一定会永垂不朽。高尔基指出，《磨刀石农庄》美化了农民作为小生产者的本能；潘菲洛夫不加深思地写作，态度轻率；作品语言粗劣。因此，不知分寸地吹捧潘菲洛夫，实际上就是鼓励降低文学质量。高尔基恳切地对自己的同辈老友说，青年人把他们看做文坛的“大祭司”，可是他们自己不应该认为有权随便把青年作家“封为圣者”[3]。

年轻的苏联诗歌所塑造的妇女形象引起了高尔基的严重注意，因为这些形象表明，即使在苏维埃条件下，文学家对妇女的态度实质上往往和欧洲的小市民所抱的态度没有特别明显的区别。文学不注意新一代妇女精神上成长的过程，他们用以往小市民的眼光看妇女，他们的诗歌所吟唱的爱情，仍然只不过是把妇女看做两脚的雌性动物。对妇女的看法，也许是旧习惯势力中最保守最顽固的一部分。高尔基指出，爱情作为诗人的

---

〔1〕《苏联的文学》，见高尔基《论文学》，第132页。

〔2〕《论被捧起来的作家和“初学写作者”》，见高尔基《论文学》（续集），第236页。

〔3〕高尔基《文学书简》下卷，第8页。

主题，显然需要涂上另外的色彩。

最后还必须提到，高尔基在《工人阶级应该培养自己的文化大师》一文中提出，工人阶级除了要重视培养自己的小说家、戏剧家、诗人、杂文作家等以外，还要培养为游艺场写作的讽刺作家和幽默作家，目的是为了“尽快把那些陈旧的、小市民的庸俗的东西从游艺场所扫除出去”[1]。这就提出了在通俗文艺领域中与小市民习气作斗争的问题。通俗文艺往往是小市民低级趣味的栖身之所，而它面向的又是文化水平较低的很大一部分群众；文艺界思想斗争的暴风激浪传到这里已成微波余声。通俗文艺中思想感情不健康的问题常常得不到及时解决。“必须尽快把那些陈旧的、小市民的庸俗东西从游艺场所扫除出去！”——高尔基发出的这个号召应该引起我们的高度重视。

社会主义文学要负起与小市民习气作斗争的任务，同时也要在自己的领域内坚决清除小市民习气的有害的影响。高尔基这个观点之所以引起我们的重视，是因为它启发我们去思考我国文艺现状和现实生活中的一些问题。

十年动乱之后，在一部分人，特别是一部分青年的心目中，共产主义理想的光辉黯淡了，于是，小市民习气在他们身上合乎规律地复苏或滋生、蔓延，他们显露出思想贫血症的症状，虽然从未认真读过一本马列著作，却对马克思主义表示不屑一顾的样子，表现出可笑的自负和可怜的浅薄。他们不关心国家、民族和人民的命运，而只牵挂个人的前途。他们把建设社会主义现代化强国的大目标降低为寻求个人的小市民式的幸福。在他们身上，道德水准下落，精神面貌猥琐，他们受到市侩习气的腐蚀，而同时又在对全社会产生有害的影响。

在这种情况下，应该明确地向当代文学提出反对小市民习气的任务，文学家要自觉地担当起以崇高的理想和优美的情操改造人的心灵的使命。

至于文艺领域本身，毫无疑问，当前现实生活中的全部矛盾都会在它

〔1〕 高尔基《论文学》，第11页。

那里反映出来；高尔基批评过的种种现象，也都能在这里找到类似的表现。文学和文学家本人必须在同小市民习气的斗争中清洗自己，这是伟大的无产阶级文学的奠基人以毕生的实践谆谆告诫我们的，让我们从高尔基的遗产中认真汲取宝贵的经验教训吧。

（原载《江苏师范学报》，1981 年）

西蒙诺夫和《等着我吧》

1941 年 6 月下旬，苏德战争爆发后第六天，26 岁的青年诗人西蒙诺夫应召入伍，奔赴抗击法西斯侵略者的第一线；1942 年 1 月 14 日，《真理报》刊载了他发自前线的抒情诗《等着我吧》，标题下注明这首诗是作者献给他的女友瓦莲京娜·谢罗娃的。全诗以一位前线战士的口吻，叮咛他的妻子耐心地等待他归来，即使在所有的亲友都不再相信他还活在人间，所有的希望似乎都已破灭的时候，仍然要耐心地等待、等待。西蒙诺夫最初是把这首诗交给他所属的第 44 军军部报纸的，可是那位编辑认为此时此刻应该写些表现英雄主义的东西，而不应抒发个人的隐秘的思恋。不过，《真理报》的编辑却不这样看，他们几乎是直觉地领悟到，在这位出生入死的诗人——战士对爱人的热烈呼唤中，凝聚着千百万战士对国对家对生活对亲人的无限热爱和依恋的共同心态。那热切而深情的呼唤"等着我吧"和重复多次的"你要等待"，必将引起读者的强烈共鸣。果然，作品发表之后，立即传遍全国，前线的战士把它抄在信中寄给自己的爱人；后方的妇女也把它录赠给她们在前线的贴心人。苏联著名诗人苏尔科夫回忆说："在战争的头一年，在前线很少有人没有读过登载《等着我吧》的那期《真理报》。"

这首诗的巨大的感染力来自抒情主人公对心爱的人的炽热的爱和强烈的生之愿望，这些感情在一位反侵略的战士身上转化为无穷的勇气和力量：为爱而战斗，为生而战斗，作为胜利者活着回到那个等待着他的人的身旁。"是你以自己的等待，/在枪林弹雨中拯救了我。/只有你我才清楚，/我是怎样活下来的，——/这都是幸亏你啊/比任何人都更耐心地等待。"抒情主人公和他的爱人之间的心灵感应表达得如此真切动人，使这首诗不但给前方的战士，而且也给后方的等待者以同样的精神力量。一位在战争结束后最终没有等到丈夫归来的妇女，仍然写信给西蒙诺夫表示她由衷的谢忱："不知您是否充分了解到，您的诗《等着我吧》对于我们这些卫国战争中的'士兵的妻子'意味着什么。我们不信上帝，不知道祷文，也不会祈祷，可是总想向一个什么人祈求，正在这时登出了您的诗《等着我吧》……它给那些有人在等待他们的人以希望，也给那些等待着的人以希望。我每天不知多少次张望信箱，像祈祷一样喃喃自语：'等着我吧，我要回来的，偏要和所有的死神作对。'我还加上一句：'是的，亲爱的，我等着，我耐心地等着。'"

西蒙诺夫日后主要以战争题材小说闻名于世，但可以毫不夸张地说，从读者反应的广泛性和热烈程度来看，短短一首《等着我吧》可能超过他的长篇巨制《生者与死者》。

等着我吧

——献给 B. C.

西蒙诺夫 著

等着我吧，我要回来的。
但你要耐心地等待：
在那绵绵秋雨
勾起你缕缕愁思的日子，
　　　　　　你要等待；
在那风雪肆虐的日子，
　　　　　　你要等待；
在那烈日炙烤的日子，
　　　　　　你要等待；

当人们已把旧日忘怀，
不再等待别人的时候，
　　　　　　　　你要等待；
当征途遥遥，
不再传来音信的时候，
　　　　　　　　你要等待；
当所有一起等待的人，
都已感到厌倦的时候，
　　　　　　　　你要等待。

等着我吧，我要回来的，
不要向那些已经算准
到了该忘掉的时候的人们，
　　　　　　　　问安祝好。
即使儿子和母亲都可能相信，
我已离开人世；
即使朋友们已疲于继续等待，
大家在炉火旁坐下，
共干一杯苦酒，
追荐我的亡灵……
你可不要急于和他们干杯，
　　　　　　　　你要等待。

等着我吧，我要回来的，
偏要和所有的死神作对。
就让那些不曾等我的人说：
　　　　　　　　这是侥幸。
他们不可能懂得，
是你以自己的等待，
在枪林弹雨中拯救了我。

只有你我才清楚，
我是怎样活下来的，——
这都是幸亏你啊
比任何人都更耐心地等待。

（陆人豪　译）

（原载《中外爱情诗鉴赏辞典》，1989年）

中 篇

论《群魔》

——兼评苏联近年来关于《群魔》的论争

陀思妥耶夫斯基的长篇小说《群魔》发表于1871至1872年，由于它对俄国19世纪40年代以来的俄国革命传统妄加诽谤而立即遭到当时进步舆论的一致谴责。苏联学术界在十月革命之后，特别是在20世纪50年代中期广泛开展对陀思妥耶夫斯基的研究之后，有关《群魔》的评论认为，19世纪70年代俄国民主派批评界对这部作品所表示的愤慨是理所当然的，对它的谴责是公正的，并依据马克思、恩格斯对俄国无政府主义运动的看法，进一步深化了这种批判。

1981年，在陀思妥耶夫斯基诞生一百六十周年和逝世一百周年纪念活动中，出现了一批新的研究成果，其中引人注目的现象是为《群魔》全面翻案。有的论者联系当今世界上左派极端分子和恐怖分子的活动，重新评价《群魔》的反无政府主义倾向，认为传统评论对《群魔》的积极意义和天才的预见性估计不足。有的论者声称要力图从陀思妥耶夫斯基的视角和观点去看世界和评价他的作品，认为陀思妥耶夫斯基从整体上看至今对于我们是一个尚未揭开的谜，《群魔》包含伟大的艺术发现，它的思想内容根本未被正确理解和阐释。这些论者的共同点是彻底否定传统观点。

科学研究自然需要有不断的新的突破，但突破并不一定意味着与传统对立。对《群魔》的传统评论难道真的一无是处了吗？《群魔》究竟是一部什么样的作品呢？

一

《群魔》是一部抨击性讽刺作品，作者本人称它为“警世小说”。小说的素材来源于1869年11月俄国无政府主义阴谋集团在莫斯科策划的一起暗杀事件。主谋涅恰耶夫原系彼得堡大学旁听生，曾于同年初彼得堡学潮平息后流亡日内瓦，当时即因谎称从彼得保罗要塞越狱而引起俄国流亡革命者的怀疑。涅恰耶夫投靠巴枯宁，全盘接受无政府主义的理论和策略，与巴枯宁合编《"人民裁判协会"会刊》，并于同年9月携巴枯宁签署的"世界革命同盟俄国分部"代表委托书潜回俄国，准备开展反政府的破坏活动。这份委托书其实是空头文件，因为所谓"世界革命同盟俄国分部"纯属子虚乌有。涅恰耶夫在莫斯科招摇撞骗，在彼特罗夫农学院的学生中秘密建立了若干个五人小组，并把它们统一在"人民裁判协会"的名义下。为了消除会员的疑虑，涅恰耶夫还导演过假扮的"国外密使"与小组成员会见的滑稽剧。会员伊凡诺夫是农学院最有威望的学生之一，他怀疑巴枯宁的无政府主义观点并拒绝向涅恰耶夫交出他负责保管的大学生互助储金会的一笔款子。涅恰耶夫以伊凡诺夫可能叛变为由，煽动、胁迫几个会员暗杀了伊凡诺夫，把尸体扔进农学院的池塘。事情败露后，八十多名男女青年被捕，涅恰耶夫潜逃国外，不久即被瑞士政府引渡给俄国当局。沙皇政府抓住了这个难得的机会，破天荒第一次在陪审法庭上公开审理这桩政治案件，并在报刊上大量报道，混淆视听，意在使整个俄国革命运动声誉扫地。当时，陀思妥耶夫斯基正旅居德累斯顿，他事前已风闻莫斯科大学生情绪不稳，生怕他的内弟斯尼特金卷入政治风潮，于是通过岳母把斯尼特金邀来德国。说来也巧，斯尼特金正好是彼特罗夫农学院的学生，陀思妥耶夫斯基多次听到他以敬佩的口吻提到伊凡诺夫的名字，所以，当伊凡诺夫被害的消息传到国外时，陀思妥耶夫斯基和斯尼特金一样感到十分震惊。

涅恰耶夫案件不仅受到沙皇政府的追查、审讯，而且也受到民主主义阵营进步人士，如米哈依洛夫斯基、洛巴金、扎苏里奇等人的严厉谴责。俄国真正的革命者和这帮无政府主义冒险分子没有丝毫共同之处。

马克思和恩格斯在拉法格参与下于1873年撰写的长篇报告《社会主义民主同盟和国际工人协会》的第八部分(《同盟在俄国》)，详尽地记叙了涅恰耶夫案件的始末，并深刻地批判了涅恰耶夫所奉行的巴枯宁无政府主义纲领和行为方针。恩格斯在《流亡者文献》一文中把涅恰耶夫案件称作“俄国运动中肮脏的,毫无疑问非常肮脏的一面”,同时又把无政府主义分子的活动与健康的革命运动区分开来:“不过,俄国运动是能够安然地经受起这类揭露的。一个产生了杜勃罗留波夫和车尔尼雪夫斯基这样两个作家、两个社会主义的莱辛的国家,决不会因为一度产生了像巴枯宁这样的骗子和一些好吹牛皮、像癞蛤蟆一样不自量力、到头来总是相互吞食的不成熟的大学生,就会灭亡的。”[1]

但是,陀思妥耶夫斯基不这样想,他把虚无主义和社会主义、无政府主义分子的活动和俄国整个革命运动完全混为一谈,他认为涅恰耶夫案件正好证明他对于俄国知识分子和俄国革命运动的看法是正确的,这个案件为他写作一部艺术作品以表达这些看法提供了极好的素材。他迫不及待地抓住这个素材,甚至连艺术性都不顾了。他在给斯特拉霍夫的信中谈到正在开始写作的《群魔》时说:“我力图表达某种思想,哪怕为此丧失我作品的艺术性也在所不惜,因为我心中积抑的太多了,不吐不快,非发泄一下不可,即使只出小册子也罢。”[2]陀思妥耶夫斯基把这部小说构思成一则圣经寓言的体现。《路加福音》说,有一个人被魔鬼附体,神智昏迷,魔鬼一离身,人就清醒了。陀思妥耶夫斯基认为,俄国现在也是群魔缠身,沉疴不起,魔鬼就是包括涅恰耶夫分子在内的革命者。在小说描写的某省城,以彼得·韦尔霍文斯基为首的五人小组所策划的一系列密谋活动,相当准确地再现了涅恰耶夫集团的行动纲领和策略,杀害沙托夫的过程完全是伊凡诺夫事件的重演。彼得·韦尔霍文斯基在国外加入了革命组织,小说直接点明他与“国际”有联系,代表某个神秘的中央委员会回国建立秘密小组,搞破坏活动。他凭借彼得堡某权贵的介绍信获得省长夫人的信任,在省城有了立足之地和活动的自由。他在秘密小组中宣布的行动纲领是:“通过经常的揭露性宣传,不断削弱地方当局的威信,在乡村里制造混乱,散布愤世嫉俗的情绪和种种丑闻,让人们对任何事情都毫不相信,只顾追求吃喝玩乐,最后,倘有必要,甚至不惜采取民间的主

〔1〕《马克思恩格斯全集》第18卷,第592页。
〔2〕转引自安娜·陀思妥耶夫斯卡娅《回忆陀思妥耶夫斯基》,第82页。

要手段——纵火,在预定的时刻使国家陷入绝境。"[1]这个行动纲领完全体现了巴枯宁在题为《革命原理》的传单中发挥的思想:"除了从事消灭,我们不承认任何其他的活动,但是我们同意这样一种意见,就是这一活动的表现形式应当是极其多种多样的。毒药、刀子、绞索等等,革命把这些一律看做是神圣的手段。"[2]无政府主义者把严肃的阶级斗争混同于盲目冒险的破坏活动,鼓吹"只要目的正确,一切手段都是可以允许的"。而他们的"目的"、他们心目中的理想社会又是什么呢?五人小组成员之一希加廖夫在秘密集会上宣称,柏拉图、卢梭、傅立叶和卡贝都没有解决未来社会制度的问题,而他找到了最终解决方案。他的"世界制度体系"是把人类分为不相等的两部分,十分之一的人享受有个人的自由和无限的权力,他们将采取各种措施,对其余十分之九的人进行改造,使之蜕变为只知服从和劳动的牲畜。这十分之九的人是绝对平等的,因为他们都是奴隶,他们应该互相监视,负有告密的义务。要降低教育、科学和才能的水平,有很高才能的人将被放逐或处死,"西塞罗要被割去舌头,哥白尼要被挖掉眼睛,莎士比亚要被乱石砸死"。教皇高高在上,十分之一的人在他周围,下面则是牲畜般的众生,"国际"和教皇达成协议,一切问题就都解决了。彼得·韦尔霍文斯基称赞希加廖夫是个傅立叶式的天才,比傅立叶更大胆更坚强,希加廖夫学说就是社会主义。不过,彼得·韦尔霍文斯基认为,希加廖夫学说属于未来,目前重要的是立即行动,进行全面的破坏,动摇现存制度的基础,"五月份起事,到圣母节结束"。果然,他们在工厂里、兵营里散发传单,利用省长夫人尤莉娅·米海洛夫娜为救济贫困的家庭女教师而举办的娱乐活动制造混乱,又唆使什皮古林工厂的工人趁乱在居民区纵火。彼得·韦尔霍文斯基还指使逃犯费季卡杀死列比亚德金兄妹,企图借火灾焚尸灭迹。一场骚乱过后,彼得·韦尔霍文斯基召集五人小组紧急集会,声称有人了解底细,要向政府告密,煽动组员谋杀无辜的沙托夫。沙托夫在国外时加入秘密团体,后来由信仰社会主

[1] 陀思妥耶夫斯基《群魔》,人民文学出版社 1983 年版,第 725 页。以下凡出现此类引文,均不另注。

[2] 《马克思恩格斯全集》第 18 卷,第 447 页。

义转而信仰上帝,几次向彼得·韦尔霍文斯基要求退出组织。彼得老早就想除掉他,但把这个预谋一直拖延到这个关键时刻才付诸实现,他企图通过惩治沙托夫使秘密小组成员抱成一团,绝对服从他的意志,不敢对他的权力表示丝毫怀疑和动摇。陀思妥耶夫斯基着力渲染沙托夫事件的反人道性质,彼得明知沙托夫的妻子刚生孩子而不肯改变决定,凶杀过程的残酷甚至使两名成员精神崩溃。彼得·韦尔霍文斯基最毒辣的一手是长期控制着一个能为全部破坏活动和凶杀事件承担责任的替罪羊,那就是工程师基里洛夫。基里洛夫也是在国外参加秘密组织的,他是个出格的无神论者,他要以自杀来证明上帝并不存在。他说:"要是上帝存在,那么一切意志都是他的意志,我也不能违背他的意志。要是他并不存在,那么一切意志都是我的意志,我也必须表达自己的意志。"表达自己意志的最高点就是自杀。别人自杀都是有原因的,基里洛夫要以自觉自愿的、无缘无故的自杀来表达自己的意志:"我即上帝。"彼得·韦尔霍文斯基要求他把自杀留到必要的时候才实行,以自杀为"共同事业",作最后一次贡献。杀害沙托夫后,彼得向基里洛夫口授绝命书,由他包揽了秘密小组的所有罪行,然后让他开枪自杀。陀思妥耶夫斯基用这个细节含沙射影地恶毒讽刺了持有无神论观点的社会主义者。

陀思妥耶夫斯基对无政府主义阴谋集团的具体活动的描写可以说是真实的,但是他的谴责并不以此为限。我们看到,《群魔》在描写五人小组、沙托夫和基里洛夫的活动的背景上,一步步推出一个阴森森的神秘人物——斯塔夫罗金。他是省城首富、贵族夫人瓦尔瓦拉·彼特罗夫娜的独子,从小接受家庭教师斯捷潘·韦尔霍文斯基的欧化教育,从彼得堡高等政法学校毕业后,进入近卫骑兵团服役,曾因决斗杀人被降为士兵,以后又靠他的贵族身份复升为军官。他在上流社会过着放荡不羁的生活,无所顾忌地胡作非为,横行霸道,寻衅闹事,借侮辱别人以取乐,对妇女采取禽兽般的行径。他还嫌这种生活不过瘾,竟然钻到彼得堡的贫民窟里去寻找刺激,过着昏天黑地、纵欲无度的生活。他在国外追求沙托夫的妹妹和另一个贵族姑娘,同时又和沙托夫的妻子姘居。主宰他的行动的是一种病态的歇斯底里。由于想折磨自己,由于渴望良心的谴责,他开玩笑地和一个可怜、愚钝而贫穷的女人列比亚德金娜结婚。向人之常情挑战,这对他来说简直是太诱人了。斯塔夫罗金身材高大，五官清秀，唇红齿白，加上他举止文雅，风度翩翩，是一个颇具魅力的美男子。但是，陀思妥耶夫斯基说他的脸是画出来的假面具，在这副假面具下藏着野兽的嘴脸。斯塔夫罗金说，从审美的观点来看，他不知道一桩禽兽般的淫乱行径，跟任何一件丰功伟绩，甚至是为人类献身的行动，有什么区别。他在这两种截然相反的行为中发现了相同的美，尝到了同样的快感。这是个否定任何生活意义，否定任何道德准则的虚无主义者，对他来说，自己和别人的生命都是可以随便玩弄的。他既没有乡土感情，也没有民族感情，按陀思妥耶夫斯基的说法，是一个失去了根基的人。斯塔夫罗金并不是一个毫无思想的浅薄之徒，但是他永远不会始终如一地信仰一种思想。他庄严地向沙托夫宣讲有神论："一个人若不是东正教徒，他就不可能是俄国人。"他振振有词地向沙托夫论证，每个民族都有自己的上帝，"然而真理只有一个，因此在所有的民族当中只有一个民族可能拥有真正的上帝……唯一'体现了上帝旨意'的民族就是俄罗斯民族"。他还说，社会主义就其本质来说一定是无神论的，因此社会主义是俄国人所不能接受的。沙托夫崇拜他，在他的影响下产生了脱离秘密组织的念头，以致招来杀身之祸。

同一个斯塔夫罗金向基里洛夫灌输无神论思想，在这个怪人的脑子里树立起一种荒谬的信念：上帝是不存在的，所谓上帝就是对死亡的恐惧所产生的疼痛。谁能战胜疼痛和恐惧，他自己就会成为上帝；谁能把生死置之度外，谁就能获得彻底的自由，成为骄傲的新人。基里洛夫随时准备用自觉自愿的自杀去否定上帝，考验自己的信念和意志。结果，这个愚蠢而疯狂的举动被彼得·韦尔霍文斯基利用来掩盖杀人罪行。斯塔夫罗金这种善于蛊惑他人思想的本领使他的形象更显得阴森可怕。

彼得·韦尔霍文斯基特别赏识斯塔夫罗金身上"特殊的犯罪才能"。他认为，这个大胆无耻、神秘莫测、敢于蹂躏一切道德准则的恶魔使人产生畏惧之感；这个"像上帝一样骄傲的美男子"对愚昧的群众必将有不可思议的感召力。无政府主义组织需要这样的领袖，一旦发生大规模暴动，就向群众推出这个偶像。斯塔夫罗金早在国外就和彼得往来，但他对秘密团体始终采取若即若离的态度，也不参与五人小组的密谋活动。彼得一直想把这张王牌控制在手上,他主谋杀死列比亚德金兄妹,企图以此把斯塔夫罗金牢牢拴住;又把斯塔夫罗金垂涎已久的丽莎送到他手上,作为笼络他的手段。

但是,斯塔夫罗金的自我认识和旁人对他的评价是十分矛盾的。陀思妥耶夫斯基让他在自杀前给达莎的信中作了深刻的自我剖析,这恐怕也是作者对这位主人公的盖棺论定。斯塔夫罗金自己承认对生活、对自身抱怀疑一切的虚无主义态度,信仰无定型,生活无目标,愿望太脆弱,感情太渺小。作恶是为了试验自己的力量,“以便了解自己”,但目的何在,连自己都不知道。他貌似强横,否定一切,但内心空虚,精神萎靡,连“否定”二字都没有力量说出。他对俄国毫无牵挂,要到瑞士去隐居,做乌里州的公民,召唤他最心爱的姑娘达莎去当“看护”,因为他预先声明达莎在他身上找不到爱情。他用沙托夫向他说的一句话给自己下判决:“一个同自己乡土失去了联系的人也就失去了自己的神灵,也就是失去了自己的一切目标。”

熟悉俄国文学的读者会感觉到,斯塔夫罗金极像“多余人”的恶性变种,个人主义在他身上发展到畸形变态的程度。陀思妥耶夫斯基把这类人物的产生归咎于西欧派的影响和社会主义思想。在俄国政治思想史上,陀思妥耶夫斯基以反对西欧派和社会主义著称,他自称是“一个拥护秩序、反对欧化的作家”[1]。他认为西欧派无视民族特性,脱离人民,脱离“根基”,“泛欧的科学教育思想像紧箍咒一样套在大家头上……西欧派把欧洲看作医治我国可怕的混乱状态的唯一的灵丹妙药”[2]。西欧派和社会主义产生虚无主义,虚无主义在政治上导致无政府主义;社会主义主张无神论,无神论导致道德堕落。这种观点的具体表述可以在《群魔》第一部第一章沙托夫对斯捷潘·韦尔霍文斯基的反驳中找到。从这种观点看,彼得·韦尔霍文斯基和斯塔夫罗金接近是必然的,彼得是政治上的斯塔夫罗金。陀思妥耶夫斯基有意在斯塔夫罗金的形象中表明,虚无主

---

〔1〕《致康·波别多诺斯采夫》,1879年9月10日。译文见《文艺理论研究》1984年第4期,第123页。

〔2〕同上。

义和社会主义是俄国知识分子身上的一种病,这种病也像魔鬼一样死死缠住了俄国的知识分子。这样,陀思妥耶夫斯基就把《群魔》反无政府主义的主题扩展为对俄国知识分子思想现状的剖析,而在这种剖析中充分表现了他的偏执。

二

在《群魔》创作的最初阶段,陀思妥耶夫斯基把彼得·韦尔霍文斯基作为主要人物来描写,但是他很快就发现,这个"毒蜘蛛兼臭虫"不足以表达他的思想,"我以为,这类卑微的畸形物不值得写入作品。使我自己感到吃惊的是,在我的小说中,这个人物近乎一半是一个丑角式的人物。因而,虽然这一事件在小说中处于重要地位,它不过是另一个登场人物的道具和布景,这个人物才真正称得上是长篇小说的主角"[1]。于是,斯塔夫罗金的形象开始在前景显现。陀思妥耶夫斯基写道:"结果是,小说的主要人物是公爵(指斯塔夫罗金——引者注)。""总之,小说的全部感染力就在于公爵,他是主要人物,其余一切都像万花筒一样围绕他转动。"[2]然而,创作愈深入,陀思妥耶夫斯基愈不满足斯塔夫罗金的形象,他要追究当代虚无主义思潮的渊源,他认为40年代的革命民主派和自由主义西欧派要为包括涅恰耶夫在内的60年代的虚无主义者担当道义责任。于是作品的另一个人物——斯捷潘·韦尔霍文斯基的形象一步步突出起来。陀思妥耶夫斯基说,小说有两个主要人物,"公爵和老师的性格,这是最主要之点"[3]。老师即指斯捷潘·韦尔霍文斯基。当小说完成时,陀思妥耶夫斯基明确认为斯捷潘·韦尔霍文斯基是主要人物,把他和拉斯柯尔尼科夫并列,称他们为"我的两部长篇小说的主人公"[4]。斯捷潘·韦尔霍文斯基是彼得的父亲,斯塔夫罗金的启蒙老师,通过这个形象,陀思妥耶夫斯基企图把40年代的革命民主主义、自由主义同60年代

---

〔1〕《致米·卡特科夫》1870年10月20日,译文见《文艺理论研究》1984年第4期,第119页。

〔2〕《陀思妥耶夫斯基全集》(三十卷集)(俄文版),第11卷,第135-136页。

〔3〕《陀思妥耶夫斯基全集》(三十卷集)(俄文版),第11卷,第64页。

〔4〕参阅陀尼林《陀思妥耶夫斯基的创作活动》(俄文版),第148页。

的虚无主义直接联系起来，以实现他创作《群魔》的真正意图。照他的看法，无政府主义和虚无主义的根子扎在40年代，若要斩草除根，必须摧毁40年代的革命信念和传统。塑造斯捷潘的形象就是为了使40年代的优秀人物声誉扫地。

小说一开头就点明：斯捷潘·韦尔霍文斯基"一度也曾跻身于我们上一代的某些名人雅士之列，有一个时期（不过为时极其短暂），他的大名在当时的许多热心人士的口中几乎与恰达耶夫、别林斯基、格拉诺夫斯基和刚刚开始在国外活动的赫尔岑的名字并列"。他在40年代从国外回来，当过大学讲师。据传说，一份杂志由于登了他的论文而被查禁，他本人曾被当局要求作出某种解释。他在彼得堡活动的时期正是彼得拉舍夫斯基小组被查获的年代。所以，他自认为是"风云变幻的时局"葬送了他的前程。他在首都立足不住，就应早年在柏林结识的贵族夫人瓦尔瓦拉·彼特罗夫娜的邀请到她的庄园当家庭教师，把他的"学问"灌输给瓦尔瓦拉的儿子斯塔夫罗金。斯塔夫罗金长大成人出外后，他就变成瓦尔瓦拉·彼特罗夫娜的高等食客，女主人把这样一位当年的"名流"当做装饰品养在身边，怀着病态的心理像保姆一样看护他。在这位夫人面前，他也表现得像一个宠坏的孩子一样任性。

斯捷潘在省城一直以被放逐者自居，借此赢得具有反政府情绪的青年的敬仰。在他儿子彼得回来之前，五人小组的成员和沙托夫等每星期二在他那里集会，从人类的未来到个人道德问题，无所不谈，俨然是自由思想的中心。有一次，瓦尔瓦拉·彼特罗夫娜的客人带来了农奴制即将废除的消息，他情不自禁地喊了一声"乌拉"，"甚至还做了一个手势来表达自己的喜悦"，可是在废除农奴制法令公布前夕，他害怕出事，曾想溜到国外去。事后，一切平静，他的嘴边重又出现了自命不凡的微笑。不久，距他所在的庄园不远的地方发生了一起骚乱，当局派出了一小队士兵，他非常激动，在俱乐部里叫喊，说是应该派更多的部队。他跑去找省长，向省长保证，他与此事无关，他请求不要按照旧眼光把他牵连到这事里去，并建议立刻把他的申明函告彼得堡的有关人士。

斯捷潘·韦尔霍文斯基的形象整个儿就是被作者用这种辛辣的讽刺笔调塑造的。这个形象的原型主要是历史学家、政治活动家格拉诺夫斯基，小说还把别林斯基的一些观点硬塞进这个形象中，因为作者完全把革命民主主义者别林斯基和西欧派自由主义者格拉诺夫斯基、屠格涅夫看做持同一世界观的人，他在1868年3月1日致迈科夫的信中就称别林斯基为“自由主义者”、“祖国的自觉的敌人”和“顽固落后分子”。[1] 他竭力把这些立场观点不同的历史人物捏在一个形象中，丑化这个形象，然后嘲笑它，以为这样就可以把40年代的前辈统统打倒。然而，他所描写的那些细节，活画出贵族自由主义在农奴制废除时的丑恶表演，恰恰证明当时革命民主主义派对贵族自由主义的批判是十分正确、十分有预见性的。

陀思妥耶夫斯基作为别林斯基的昔日的学生和追随者，不可能不感到自己的打击是无力的，于是撕破脸皮，不顾一切地直接指名攻击。陀思妥耶夫斯基自从苦役营和流放地回来后，对过去信念的态度的逆转是众所周知的，他在《被侮辱与被损害的》问世之后，开始对自己的精神启蒙者、他曾发誓对其信念永矢忠诚的别林斯基采取批判态度，这个批判逐步升级，一直发展到在《群魔》中恶毒谩骂。《群魔》中有关别林斯基的侮辱性言语，在陀思妥耶夫斯基1870年前后致斯特拉霍夫和迈科夫的信中都可以找到，而且是更露骨、更放肆、更无耻。他在致斯特拉霍夫的信中轻蔑地称别林斯基为“臭不可闻的小甲虫”、“由于缺乏才能而软弱无力，因而只会诅咒俄国并蓄意使俄国受到如此多的损害”。[2] 又在另一封信中写道：“我痛骂别林斯基，看起来是针对个人，其实更多地是针对俄国生活中的一种现象，这是俄国生活中最秽臭、最愚钝和最可耻的现象。”[3] 他说别林斯基最能干的一手就是打俄罗斯母亲的耳光，指着基督骂娘，嘴角上冒着唾沫写那些诽谤俄国的令人厌恶的文章。

《群魔》对别林斯基的指名攻击集中在第一部第一章《代序》和第二部第七章《在我们的人那儿》。《代序》在全书结构中是一篇很不成功的开场白，作者把情节展开中无法插进去说的一些话，或者该放在后面说的话，都放在这里了。陀思妥耶夫斯基自己说花了许多时间都未能写好开

---

〔1〕《陀思妥耶夫书信集》(俄文版)，第2卷，第80页。
〔2〕《陀思妥耶夫斯基书信集》(俄文版)，第2卷，第357页。
〔3〕《陀思妥耶夫斯基书信集》(俄文版)，第2卷，第364页。

端，常常停下来，从后面写起。[1] 在《代序》中，斯捷潘和沙托夫有一场辩论，斯捷潘以半讽刺半辩护的口吻谈论别林斯基，他说别林斯基丝毫不理解对上帝的信仰是怎么一回事，“一八四七年，别林斯基在国外给果戈理写了一封著名的信，在信中激烈地责备他信仰‘某个上帝’。说句私房话，我简直不能想象，还有什么比果戈理（当时的果戈理！）阅读这一句话……以及全信的那个时刻更为可笑的了！”这几句话出自一个曾经为这封信而被捕服苦役的人的笔下，真是令人难以想象。不过，斯捷潘还是以青年时代陀思妥耶夫斯基的口吻说：

> 但是，撇开可笑的东西不谈……他们才是人物呢！他们知道应该怎样热爱人民，知道该怎样为他们受苦，该怎样为他们而牺牲一切……
>
> 不料这时沙托夫插话了：“……您的这些人物也从来不曾爱过人民，不曾为他们受苦，也不曾为他们牺牲过任何东西！”
>
> “居然说他们不爱人民！”斯捷潘·特罗菲莫维奇号叫起来，“噢，他们多么热爱俄国啊！”
>
> “既不爱俄国，也不爱人民！”沙托夫也号叫起来，两眼闪闪发光，“你不知道的东西你是爱不起来的，而他们却一点也不了解俄国人民！他们这些人，连您也在内，都是从指缝里去看俄国人民，尤其是别林斯基；就从他给果戈理的这封信就看得出这一点。别林斯基跟克雷洛夫寓言中那个喜欢刨根问底的人一模一样，他看不见珍禽异兽陈列馆中的大象，他的注意力完全集中在那些法国的社会主义小甲虫身上了；他从来也没有超过他们的水平。……谁要是没有人民，他就没有上帝！你们想必知道，凡是不再了解自己的人民并跟他们失去了联系的人，全部立刻在同样的程度上丧失了对他们父辈的信任，不是渐渐变成……卑鄙的无神论者，就是冷漠无情、腐化堕落的败类。”

如此直言不讳，陀思妥耶夫斯基大概是觉得够痛快的了。

---

〔1〕《致米·卡特科夫》1870 年 10 月 20 日。译文见《文艺理论研究》1984 年第 4 期，第 119 页。

第二部第七章的标题是《在我们的人那儿》，这是陀思妥耶夫斯基青年时代的口头语，指包括他自己在内的一群进步青年在别林斯基那里的聚会，现在用来指彼得·韦尔霍文斯基五人小组及他们物色的一批人的一次集会。在这次集会上，陀思妥耶夫斯基借一个中学生和从彼得堡来的女大学生、虚无主义者的争论，指名攻击别林斯基把青年人引入歧途，甚至教他们不必尊敬父母。在希加廖夫宣传了他那荒谬绝伦的社会主义世界体系之后，陀思妥耶夫斯基又把这种“社会主义”强加给别林斯基。一个跛腿教师说：“我确切地知道，别林斯基整晚整晚地跟自己的朋友们在一起进行讨论，甚至对未来的社会制度中最琐碎的，可说是鸡毛蒜皮之类的问题都要预先加以解决。”当然，知道别林斯基整晚整晚地和朋友们一起讨论未来的社会制度的不是那个跛腿教师，而是陀思妥耶夫斯基自己，他就是那些“朋友们”中的一个，不过他在心里也很清楚，当年别林斯基和他一起憧憬的决不是希加廖夫的“社会主义”。陀思妥耶夫斯基的良心是不安宁的，当他在《群魔》中糟蹋别林斯基的声誉和思想时，他的内心是矛盾的分裂的；但是，他现在顾不得这些了。关于陀思妥耶夫斯基污蔑别林斯基和创作《群魔》的真实意图，在他给当时的皇位继承人（未来的亚历山大三世）的信中，说得再清楚不过了。1873 年，皇储对他的老师波别多诺斯采夫说，他希望了解陀思妥耶夫斯基本人关于《群魔》的意图的说明。波别多诺斯采夫把皇储的要求通知了陀思妥耶夫斯基，于是他通过波别多诺斯采夫向皇储赠送了一册《群魔》并呈递了一封信。信中写道：“这可以说是一种历史考察，我希望以此解释在我们这令人纳闷的社会里发生诸如涅恰耶夫案件之类骇人听闻的现象的可能性。我认为这些现象不是偶然的，不是个别的。”陀思妥耶夫斯基接着写道，他认为此类现象产生的主要原因在于“俄国整个受教育的阶层脱离俄国生活的本民族的独特的原则……我国那些打着欧化招牌的最有才能的代表人物坚信，对于我们俄国人来说，幻想什么自己的独特性，那纯粹是犯罪……然而，民族独特性取消论的主要鼓吹者们会第一个惊骇万分地表示与涅恰耶夫案件无关。假如对我们的别林斯基和格拉诺夫斯基说，他们是涅恰耶夫的直系父辈，他们大概不会相信。然而这种从父辈发展到子辈的思想的血缘关系和继承性,正是我在作品中所要表现的”[1]。

三

《群魔》问世之后,立即受到沙皇政权维护者的喝彩。《俄罗斯世界》(1875 年第 273 期)把《群魔》称为“近年来我国文学中最优秀最有才华的现象”。阿甫赛英科在《俄国通报》上写道:“陀思妥耶夫斯基先生在长篇小说《群魔》中扩展了观察的范围,从分析人的病态的天性转而分析病态的社会,把各种病态现象概括为世纪病的表现。”索洛维约夫在《圣彼得堡新闻》上写道,只有在将来才能对《群魔》作出“正确的、不偏不倚的评价”[2]。

然而,民主派的全部出版物和一大部分自由主义报刊都对《群魔》表示强烈的批判和否定,反应最激烈的是特卡乔夫发表于 1873 年《事业》杂志上的文章《病态的一群》,作者谴责陀思妥耶夫斯基背叛了曾为之服刑十年的革命信念,他认为《群魔》中只有一些臆造的假面人、不可理喻的场景和刑事案件,陀思妥耶夫斯基在从分析精神失常的人转向表现当代政治现象时,遭到了彻底的失败。特卡乔夫认为《群魔》是陀思妥耶夫斯基在创作幻想中对涅恰耶夫无政府主义恐怖分子政治案件的歪曲反映。民粹派理论家米哈依洛夫斯基在 1873 年《祖国纪事》杂志连载的系列文章《文学短评和杂志短评》中,对《群魔》作出了全面的分析。他指出《群魔》具有诽谤的性质,陀思妥耶夫斯基令人不能容忍地以涅恰耶夫案件概指整个俄国革命运动。“他抓住涅恰耶夫案件这个可悲的、错误的、犯罪的个别例外,而忽略了革命事业的一般性质,这种一般性质由于自身的深刻的悲剧因素本来值得他大书特书。”[3]米哈依洛夫斯基指责陀思妥耶夫斯基放过了真正的“魔鬼”——吞噬人民的资本主义猛兽。“您逮住的不是那些魔鬼!”

1913 年,莫斯科艺术剧院把《群魔》搬上舞台,当即遭到高尔基的强

[1] 《陀思妥耶夫斯基全集》(三十卷集)(俄文版),第 12 卷,第 176 页。

[2] 转引自《俄国批评家论陀思妥耶夫斯基》(俄文版),第 19、20 页。

[3] 同上。

烈抗议。高尔基在《论"卡拉马佐夫气质"》和《再论"卡拉马佐夫气质"》两篇文章中,把《群魔》称为"含血喷人之作","极有蛊惑力和恶毒的长篇小说","在光辉的俄罗斯文学背景上出现的幸灾乐祸地宣扬人憎恶人的黑暗垃圾",并从社会效果的角度坚决反对在舞台上演出这部作品。高尔基写道:"俄罗斯又重新卷起了乌云,预示风暴和雷雨即将袭来,艰难的日子将再次来临,要求把智慧和意志紧密地结合起来,把我国的一切积极力量极大限度地调动起来……摆在我们面前的,不但是社会政治意义的、并且也是心理意义上的内部改组工作。"[1]在这种时候,在舞台上赤裸裸地展现陀思妥耶夫斯基的作品所描写的畸形丑恶的病态心理和病态现象、残酷的淫虐狂和以痛苦为乐的被淫虐狂、对生活和对人的憎恶,这是绝对不能容忍的。高尔基在《再论"卡拉马佐夫气质"》的最后说:"艺术剧院的上演《群魔》,使反动的报刊心满意足。"为了证明这点,他摘引了署名为"独立人"的一篇文章:

> 这次演出给人的印象之所以特别强烈,是因为长篇小说《群魔》中的全部登场人物,昨天、今天曾在我们面前走过,并且还正在走过,题材也确确实实是从我们当前的生活中汲取的。
>
> 所有的场景都是对于革命活动家们的全面揭露:每一段独白都谈到活动家们所遵奉的那些卑劣的感情,——你们一直分辨不清楚,革命的党的工作在什么地方结束,这些卑鄙事务家们的卑鄙挑拨在什么地方开始。这一切是多么富有现代意义啊!这一切是多么大有教益啊![2]

这一段话从反面显示了《群魔》的客观效果,而这个效果是完全符合陀思妥耶夫斯基的主观意图的。当20世纪80年代的陀思妥耶夫斯基研究者竭力为《群魔》翻案时,不妨重温一下"独立人"先生的这段话。

从《群魔》问世到十月革命之前,对这部作品的截然相反的评论是立场分明、界线分明的。民主派阵营批评界的评论充满了现实感,直接而具体地反映了当时先进人士的感受,是十分宝贵的思想材料,应该受到后代

[1] 高尔基《论文学》(续集),第180-181页。
[2] 高尔基《论文学》(续集),第190-191页。

研究者的高度重视。十月革命后相当长一段时期，苏联学术界在极左思潮的影响下基本否定陀思妥耶夫斯基，《群魔》当然更不在话下。1956年，在纪念世界文化名人的活动的推动下，苏联学术界广泛开展对陀思妥耶夫斯基的全面研究。在有关《群魔》的评论中，值得注意的是研究者十分珍视文学批评遗产中的革命性民主性的精华，把《群魔》放在一定的历史背景上来认识。在半个多世纪之后，脱离了当时政治思想斗争的炽烈气氛，研究者比较冷静地、实事求是地指出《群魔》中值得肯定的地方。里亚波夫在《费·米·陀思妥耶夫斯基》一文中写道："尽管《群魔》的总主题是极其反动的，但小说仍然有一些讽刺性篇章，矛头指向俄国的贵族老爷、体现并捍卫改革后贵族阶级私利的外省官僚。"[1]《群魔》中关于省长冯·列姆布克和省长夫人尤莉娅·米海洛夫娜以及斯克沃列什尼基庄园主人瓦尔瓦拉·彼特罗夫娜的描写，可以证明上述观点是正确的。一写到这类人物和场面，陀思妥耶夫斯基的艺术才能又发挥出令人叹服的力量。

基尔波金的专著《陀思妥耶夫斯基与别林斯基》专辟两章论述《群魔》，前一章披露了陀思妥耶夫斯基创作《群魔》时期的大量信件，内容主要是发信人对斯特拉霍夫和迈科夫倾吐他对别林斯基的积愤，这些信件为理解陀思妥耶夫斯基当时的思想和心理状态提供了极好的旁证；后一章集中揭露和分析《群魔》中所有公开地和隐蔽地攻击别林斯基的对话、场面和细节，同时也深入剖析了陀思妥耶夫斯基在诋毁别林斯基时的矛盾心理及其在作品中的反映。这本专著主题集中，材料丰富，有相当大的参考价值。叶尔米洛夫的专著《陀思妥耶夫斯基论》早已译介到我国来了，遗憾的是，关于《群魔》和《死屋手记》的一章是全书最弱的部分。克尼波维奇在《关于陀思妥耶夫斯基的论争》一文中曾给予如下评价："叶尔米洛夫过于仓促过于一般化地论及天才的《死屋手记》；至于用在《群魔》上的寥寥八页，那么根本说不上是什么研究，只不过是一长串远远不能概括小说主题的巧妙的评语。"[2]陀里宁的专著《陀思妥耶夫斯基的最

[1] 苏联《共青团真理报》，1956年2月9日。
[2] 苏联杂志《旗》，1956年第9期，第185页。

后几部长篇小说》和弗里德连杰尔的《陀思妥耶夫斯基的现实主义》未列专题论述《群魔》。古斯于 1962 年发表的专著《陀思妥耶夫斯基的思想和形象》和格罗斯曼于 1963 年发表的《陀思妥耶夫斯基传》，以及别尔金为 70 年代中期出版的苏联《简明文学百科全书》撰写的有关陀思妥耶夫斯基的辞条，对《群魔》的评论均维持传统观点。

80 年代初，卡里亚金在苏联《文学评论》1981 年第 4 期上发表的文章《〈群魔〉中为什么要设一个叙述者》和谢列兹涅夫的专著《在陀思妥耶夫斯基的世界里》《陀思妥耶夫斯基传》，以突破传统观点的姿态，为《群魔》翻案，引起苏联学术界的注意。著名批评家别亚里克在《文学问题》1983 年第 1 期上发表长篇论文《关于〈群魔〉的论争》，对他们的论点逐条加以批驳，把他们的论著称为近年来陀思妥耶夫斯基研究中混淆不同的世界观界线和阶级观点模糊的典型代表。

《〈群魔〉中为什么要设一个叙述者》不是一般的学术性论文，其中夹杂着许多政论因素。卡里亚金是一位文学评论者和政论作者，他把对《群魔》的分析和当代世界政治事件的分析结合起来，从而发现了陀思妥耶夫斯基的“天才的预见性”。他说：“本世纪最后二十五年来，不仅是陀思妥耶夫斯基的，而且是全世界古典文学中最‘热门’、最切中时弊的作品是《群魔》。《群魔》问世一个世纪以来，影响一年比一年大，在今天尤其如此。”[1]他认为当今世界上极右和极左分子，特别是左派极端分子和恐怖主义分子活动猖獗，劫持飞机，袭击火车，扔炸弹……在联邦德国、日本、意大利……到处都有恐怖活动，突出的例子是绑架和杀害意大利前总理莫罗，而最典型的是柬埔寨波尔波特极左派的所作所为。卡里亚金到过越南占领下的柬埔寨，他的文章的一大部分就用来谴责红色高棉。联系当前世界动态，卡里亚金找到了分析《群魔》的“新”角度，他的论点主要是：第一，《群魔》是一部极其矛盾的作品，有两种相互对立的倾向贯串始终。正面倾向是反无政府主义反虚无主义，这种倾向占了上风，而且越来越显示出它的生命力，因为历史进程证实了许多从前看来仿佛是作家随意虚构和极端夸大的事。至于反面倾向，卡里亚金在这篇文章中避而不

〔1〕 苏联杂志《文学评论》，1981 年，第 4 期，第 72 页。

谈，而在《外国文学》杂志召开的题为“陀思妥耶夫斯基和世界文学”的座谈会上的发言中含糊地有保留地提到，反面倾向是混淆了真假社会主义者，而这种反面倾向被正面倾向所压倒，并且在今天对于读者来说似乎已经不重要了，因为正面倾向的现实意义越来越清楚了。〔1〕 第二，卡里亚金认为19世纪七八十年代民主派批评界对《群魔》的评价缺乏预见性，因而是十分有害的，他举的例子就是米哈依洛夫斯基的那句著名的评语：“您逮住的不是那些魔鬼。”他历数在柬埔寨的见闻，然后激愤地写道，假如米哈依洛夫斯基看到了这些事实，“难道他不会收回自己的这句话吗？……正是逮住了那些魔鬼！逮住了那些已经消灭了千百万人的魔鬼……逮住了马克思、恩格斯、赫尔岑和谢德林逮住的那些魔鬼……”〔2〕

对于上述观点，别亚里克提出了尖锐的批评。别亚里克认为《群魔》的正面倾向，即反无政府主义反虚无主义的倾向是存在的，但陀思妥耶夫斯基对巴枯宁分子和涅恰耶夫分子的批判和马克思恩格斯对他们的批判是完全不同的。马、恩认为无政府主义者不仅无助于真正的革命运动，而且是对革命运动的巨大危险。在西欧，巴枯宁和巴枯宁分子把国际工人协会当做主要打击对象；在俄国，涅恰耶夫利用车尔尼雪夫斯基流放西伯利亚、革命运动缺乏坚强领导的时机，引诱青年走上歧途。马克思恩格斯写道：“他骗上了几个青年人，拉他们从事刑事犯罪，这使警察当局有了口实来完全粉碎这个对于官方俄罗斯来说是如此危险的学生运动。”〔3〕恩格斯在《流亡者文献》中特别把涅恰耶夫分子同俄国真正的革命者区分开来，还指出，在车尔尼雪夫斯基和杜勃洛留波夫这两个社会主义的莱辛之后，俄国革命运动中又涌现出一批新的年轻的领导人：“其实，就是在俄国年轻一代中间，我们知道也有一些在理论和实践上有杰出才能和高度能力的人。”〔4〕在这些新一代青年革命者的领导下，俄国革命运动正在健康地发展。而这一切在《群魔》中是绝对看不到的。不仅看不到，《群魔》

---

〔1〕 苏联杂志《外国文学》，1981年，第1期。

〔2〕 苏联杂志《文学评论》，1981年，第4期，第82－83页。

〔3〕《马克思恩格斯全集》，第18卷，第441页。

〔4〕《马克思恩格斯全集》，第18卷，第582页。

还把彼得·韦尔霍文斯基和希加廖夫之类“魔鬼”的出现归咎于革命运动，把社会主义和无政府主义、虚无主义完全混为一谈，然后加以彻底否定。所以，别里亚克强调指出，卡里亚金含糊其辞的反面倾向，即《群魔》对真假革命的“混淆”也是确确实实存在的，而且在当代也没有失去现实意义，因为，他认为，资本主义世界的捍卫者在今天也有意“混淆”真正的革命者和假革命极端主义分子，以对“国际恐怖主义”发动十字军征讨为名，反对社会主义国家和民族解放运动。别里亚克还指出，美国行政首脑不久前曾说，共产党人不可能不是恐怖主义者，因为他们不相信有冥世存在。别里亚克的观点基本上是正确的，但是他也承认《群魔》有反无政府主义反虚无主义的“正面倾向”，虽则对卡里亚金如此联系实际过分突出《群魔》“正面倾向”的现实意义表示了一定程度的保留。笔者认为：《群魔》中不存在什么“正面倾向”和“反面倾向”，小说只有一个倾向，即彻底否定俄国革命。陀思妥耶夫斯基不论在《群魔》中，还是在当时的书信中都把涅恰耶夫分子无政府主义阴谋活动和俄国革命运动完全看做一回事，作为一个对象来表现。作者有意合二为一的东西，研究者却硬要一分为二来对待，这难道符合作者的主观意图和作品的客观实际吗？陀思妥耶夫斯基是从“右”的一边批判无政府主义的，和马克思主义对无政府主义的批判毫无共同之处，根本不是什么“正面倾向”，所谓“现实意义”也是极其牵强附会的。卡里亚金把学术研究完全服从于一定的政治目的，标新立异地大讲《群魔》的所谓“正面倾向”，这种“联系实际”的做法完全是实用主义的，是不足取的。学术研究中这类失败的教训对于我们已经不是什么新鲜事了。

《群魔》在联系俄国19世纪40年代的革命传统和指名攻击别林斯基时，表现出某种程度的犹豫，这才是陀思妥耶夫斯基的矛盾所在；而当他把60年代的无政府主义活动当做革命运动大张挞伐时，他是毫不犹豫的、无情的。他在创作《群魔》过程中写信给斯特拉霍夫时，责备他对虚无主义者手软：“您太过于、太过于手软了。应该手里捏着皮鞭去写他们……如果您更激烈更粗暴地攻击他们，那就更好了。虚无主义者和西欧派只配彻底鞭打。”[1]难怪与陀思妥耶夫斯基同时代的民主派批评界没有一人在《群魔》中分出“正面倾向”和“反面倾向”，而只把它看做对革命运动的恶毒污蔑而加以严厉谴责。

我们当然反对无政府主义和其他左派极端分子的活动，但是当今世界上任何一种极左思潮和恐怖主义活动都不能成为为《群魔》翻案的根据，反倒证明把恐怖主义和真正的革命运动严格区分开来是十分必要的。

比卡里亚金走得更远的是谢列兹涅夫，他的专著《在陀思妥耶夫斯基的世界里》把研究者本人和陀思妥耶夫斯基完全放在同一个世界观的范畴里，研究者根本不想越出陀思妥耶夫斯基的思想境界，不想从另一种世界观的高度去评价陀思妥耶夫斯基。他在该书序言中写道：“作者试图做到仿佛用陀思妥耶夫斯基本人的眼光来看世界，用他的观念来谈论他，用他的见解来评论他，希望以此表明，即使是‘这样的’陀思妥耶夫斯基客观地也仍然是我们在当代思想斗争中的盟友和战友。”[2]别亚里克评论道：读完全书，他发现《序言》中的“仿佛”二字完全是多余的，谢列兹涅夫无保留地附和陀思妥耶夫斯基的一切观点，因为他在这位作家的世界里找到了对一切问题的答案；照他看，陀思妥耶夫斯基连同他的全部观念、见解和倾向，竟然客观地是我们的盟友和战友。谢列兹涅夫根本不去分析陀思妥耶夫斯基的复杂的矛盾的艺术世界，坚决否认他的作品中有必须批判和谴责的东西。谢列兹涅夫甚至批评卡里亚金“传统地解释”陀思妥耶夫斯基，因为卡里亚金说过，在陀思妥耶夫斯基身上“现实主义艺术家……战胜了宗教说教者”[3]。谢列兹涅夫否认陀思妥耶夫斯基的世界观有任何矛盾，否认他的宗教说教和他的现实主义之间有任何矛盾，他发明了一种说法来自圆其说，他说陀思妥耶夫斯基的现实主义是“说教现实主义”[4]。谢列兹涅夫就用这种观点来评价《群魔》。他首先声明：“我认为，长篇小说《群魔》的艺术价值和思想内容至今未被我们所理解。

---

〔1〕《陀思妥耶夫斯基书信集》(俄文版)，第2卷，第259页。

〔2〕谢列兹涅夫《在陀思妥耶夫斯基的世界里》(俄文版)，第10页。

〔3〕论文集《陀思妥耶夫斯基和他的时代》(俄文版)，第177页。

〔4〕谢列兹涅夫《在陀思妥耶夫斯基的世界里》(俄文版)，第352页。

某些研究者把这部作品主要看作是有倾向性的东西，是针对革命者和革命的'恶毒的抨击性作品'、'拙劣的讽刺性作品'，并从这个前提出发得出相应的结论：这部小说是陀思妥耶夫斯基在艺术上的失败，因为错误的思想永远不会导致伟大的艺术发现。"[1]谢列兹涅夫把这个结论彻底翻了个身，他认为《群魔》包含有伟大的艺术发现，所以其中就不可能有任何错误的思想。《群魔》的伟大的艺术发现是什么呢？谢列兹涅夫写道："《群魔》所抨击的为大众所注意的事件不是实质，而是小说的材料。陀思妥耶夫斯基所写的不是社会的历史的图景，而是像他一贯所作的那样，创作了一部悲剧小说、预言小说、一部独特的'十九世纪的默示录'。"[2]谢列兹涅夫认为陀思妥耶夫斯基称之为"恶魔行径"的现象根本不是指俄国社会发生的具体事件，而是反映在人类活动所有领域中的人类意识中否定性破坏性的因素，陀思妥耶夫斯基从个别现象达到广泛的概括和预见。

别亚里克认为谢列兹涅夫把《群魔》的主题抽象出来并涂上宗教神秘色彩，是极端错误的，陀思妥耶夫斯基本人恰恰十分强调他所抨击的是具体的"恶魔行径"，包括涅恰耶夫在内的俄国革命斗争中的"恶魔行径"，他给皇储的信就是明证。读者可以在这位作家的其他作品中去发现哲理，唯独在这部作品中不可能找到什么哲理。别亚里克指出，谢列兹涅夫在《陀思妥耶夫斯基传》中重复前一本著作的观点，把《群魔》看做世界历史的"默示录"、"人类思想和精神的世界性悲剧"。贯串这部传记的是陀思妥耶夫斯基对基督教社会主义的探索，把基督教和社会主义结合起来。传记作者只引述陀思妥耶夫斯基的观点而不加以评论。另外，别亚里克指出，谢列兹涅夫不是在个别观点上，而是在所有方面支持陀思妥耶夫斯基对革命民主主义者的斗争，这实在令人不胜惊讶。

从以上的综述可以看到，卡里亚金和谢列兹涅夫的共同点是脱离具体的社会、历史背景来评价《群魔》，前者走向实用主义，后者走向宗教意识的抽象，两者都表现出世界观的混乱。别亚里克对他们的批评是有说

---

〔1〕 谢列兹涅夫《在陀思妥耶夫斯基的世界里》(俄文版)，第212页。

〔2〕 谢列兹涅夫《在陀思妥耶夫斯基的世界里》(俄文版)，第216页。

服力的。由此看来,在评价陀思妥耶夫斯基的遗产时,坚持历史唯物主义观点仍然是十分必要的。

（本文部分原载《外国文学研究》,1986年）

托尔斯泰惩罚安娜了吗?

——对一个传统观点的质疑

在研究托尔斯泰的论著中,关于安娜·卡列尼娜的形象,有一种流传已久的看法:托尔斯泰一方面同情安娜对于爱情和幸福的追求,另一方面又因为安娜背弃了神圣的家庭义务而谴责她,最后残酷地惩罚了她。

这里不一一列举五六十年代我国报刊上的有关论文和目前正在使用的各种高校教材,就拿最近一篇研究托尔斯泰的宗教思想的论文来看,上述看法作为一个重要的论点,表达得极其完整、明确:

> 在《安娜·卡列尼娜》中,托尔斯泰则通过安娜的悲剧,无情地撕破了贵族阶级道貌岸然的假面具。但是,对于争取个性自由的安娜,作者又不能原谅她的罪过,因为安娜触犯了他"爱的宗教"。在托尔斯泰看来,对安娜不能宽恕的是她弃家出走,没有尽到做妻子和母亲的神圣责任。"伸冤在我,我必报应。"不过上流社会没有资格向她"报应",只有上帝才能最后裁决。托尔斯泰让可爱的安娜落得悲惨的命运 。而与之相对照,那迷途知返的吉提,终于获得了幸福和爱情。因此,在《安娜·卡列尼娜》中,宗教充当了执法官。[1]

这个观点当然不是我国的研究者所独创。苏联学者布罗茨基主编的《俄国文学史》,早在四五十年代就以教科书的权威,向苏联的中学生灌输这种看法:

> 托尔斯泰谴责安娜,不是由于她以一个坚强耿直的人的勇气,向伪善的上流社会挑战,而是由于她胆敢为了个人的感情去破坏

〔1〕 鲁效阳《试论托尔斯泰的宗教思想》,《上海师范学院学报》,1981 年第 1 期。

家庭[1]。

再往前追溯，十月革命后第一个试图用列宁的观点解释托尔斯泰创作的卢那察尔斯基，也对那扬言“我必报应”的上帝感到愤慨：

> 托尔斯泰用灿烂的色彩，用充满自然力量的、使他成为一位伟大作家的那种色彩描绘了安娜·卡列尼娜，他写出了一个光艳照人的女性。一切有关安娜·卡列尼娜的外貌、有关她那渴求爱情的青春的东西——她对年老的、卑劣的、用难听的鼻音说话的官僚丈夫的厌恶，对幸福、光明和自由的殷切要求，——这一切写得那么出色……
>
> 可是人们忽然发现了什么呢？忽然发现了她是罪犯：她为了获得幸福，不能不对丈夫变心。我们今天的读者会说：她到底有什么过错？她天生来又健康又美丽。她需要爱。但是，她最后却受了惩罚，而且不仅感到内疚，还投到火车下面自杀了。刽子手原来是上帝：“我必报应。”[2]

这个观点曾经受到《托尔斯斯泰评传》的作者贝奇柯夫的怀疑和文学批评家叶尔米洛夫的反驳[3]，但是在我国的评论和教学中却几乎没有受到过触动。[4] 事实上，这样理解托尔斯泰对安娜的态度，既不符合作品的实际和读者的感受，又与作者的创作意图相违背。我们不妨先就这个观点提几个问题。

作者对主人公的态度，可以通过主人公与其他人物的关系表现出来。试问：在安娜生前，谁谴责过她？在她死后，又是谁谴责了她？小说的正面人物中有谁谴责过她？

随便哪位读者都会这样回答：在安娜生前，卡列宁和整个贵族上流社会谴责她，因为她不愿隐瞒自己对于幸福的追求，公然向贵族上流社会虚伪的道德挑战。在安娜死后，谴责她的是渥伦斯奇的母亲，她鄙夷地说：“是的，她落的下场，正是那种女人应有的下场。连她挑的死法都是卑鄙

---

〔1〕 布罗茨基主编《俄国文学史》下卷，第1114页。

〔2〕 卢那察尔斯基《论俄罗斯古典作家》，第306-307页。

〔3〕 参阅叶尔米洛夫著《托尔斯泰的长篇小说〈安娜·卡列尼娜〉》（俄文版），1963年。

〔4〕 只见到夏仲翼同志《漫话〈安娜·卡列尼娜〉》一文（载《书林》1980年第4期）对这个观点提出过异议。

而下贱的。"[1]她认为安娜毁了她儿子的前途，所以骂得这样难听。至于小说的正面人物，如列文、杜丽，倒从来没有谴责过安娜。吉提由于安娜吸引走了渥伦斯奇而怨恨她，可是最后也怜悯她了。不过，读者会说，谴责不一定借人物之口说出来，何况托尔斯泰对安娜的谴责与贵族上流社会的谴责是根本不同的，他是不能原谅安娜为了个人的爱情幸福而破坏了神圣的家庭。他的谴责通过书中人物的对比，如安娜与杜丽、安娜与列文、吉提的对比表现出来。

不错，托尔斯泰的确说过，他在《安娜·卡列尼娜》中热爱有关家庭的主旨；但是，托尔斯泰理想的家庭究竟是个什么样子的呢？难道托尔斯泰谴责安娜背弃她与卡列宁组织的家庭吗？难道杜丽由于维持着被不忠实的丈夫搞得支离破碎的家庭而获得了幸福吗？列文和吉提的家庭是理想的幸福家庭吗？为什么结婚不久的列文忽然又起了自杀的念头呢？在小说中想自杀的共有三人：渥伦斯奇自杀未遂，安娜终于自杀惨死，他们都是不幸的家庭的体现者；列文身为幸福家庭的主人，竟然也想自杀，这究竟是为什么？

有的同志会说，我们不认为是托尔斯泰谴责了安娜，托尔斯泰也不认为自己有权谴责安娜，执行审判权以至惩罚了安娜的是残酷的上帝。"伸冤在我，我必报应。""我"——是上帝。

不错，托尔斯泰早在初期创作中就表白过自己无权谴责人间的不平事。例如，在《琉沁》中，他怒斥那些听完流浪歌手的演唱而一文不给的英国绅士太太们，最后却又嘲笑自己是个"渺小的可怜虫"，妄想干预上帝安排好的这一切。托尔斯泰毕生力图创造一个新宗教，而又相信在他之外有个上帝。那么，我们也真的相信有个超乎一切的上帝吗？《安娜·卡列尼娜》究竟是谁写出来的？是上帝，还是托尔斯泰？

再回到卷首题词上来，姑且承认有个上帝。试问：上帝为谁伸冤？总不至于为卡列宁吧。从作品的内在逻辑来看，应该是为安娜伸冤。那么，报应怎么又落到安娜头上了呢？安娜的自杀就是上帝惩罚的表现吗？谁都说安娜之死主要应归咎于贵族上流社会，那怎么又说成是上帝的惩

[1] 《安娜·卡列尼娜》（下册），周扬、谢素台译，第1116－1117页。

罚呢?

也许,上帝是为神圣的家庭伸冤。那么,报应怎么不落到渥伦斯奇或奥布浪斯基的头上,而偏偏只落到安娜的头上呢?

“惩罚论”很难回答这一连串问题,因为这种观点把安娜的形象仅仅看做是道德教诲观念的产物,而不是现实生活的生动的反映。《安娜·卡列尼娜》经百年之久而不衰的艺术魅力雄辩地证明了这种看法的偏颇,因为图解观念不可能产生血肉丰满、感人至深的艺术形象。

安娜的形象是19世纪六七十年代俄国现实生活所提供的。在小说中,那“一切都翻了一个身,一切都刚刚开始安排”的时代气氛,也是通过安娜的形象及其命运体现出来的。一个高等贵族出身的妇女,违反本阶级传统的生活方式,不顾上流社会的舆论围剿,强烈地要求按照自己的愿望去生活,去爱,这种要求的产生和不顾一切地付诸行动,表明人对于自己和对于他与别人的关系有了新的看法,而这种道德观念的变化,无疑地反映出60年代农奴制改革后俄国社会关系的变动。

安娜的形象体现生活本身的要求。当她第一次在作品中出现的时候,她的笑容和眼神中无法抑制地流露出的那股被压抑的生气,给渥伦斯奇留下了难忘的印象。这个充满生命力的形象,几乎带着活人的嘘息,仿佛随时都可能从书页上走下来。她的精神状态赋予她一种引人注目的独特的表情,暗示她的生活有某种难言之隐。安娜在少女时代,遵照姑母的意志,在毫无爱情可言的情况下,嫁给了比她大20岁的卡列宁,他们维持着一个体面的贵族家庭的形式。卡列宁是一个只和公文打交道的官僚,他本人就像公文一样索然无味。他对家庭尽了他应尽的一切义务,在这方面几乎是无可指责的;但是他把家庭只看做是由宗教把夫妇双方联系在一起的纽带,至于感情,这个领域对于他实在是太陌生了。当他第一次警告安娜要检点自己的行为时,从他嘴里那么困难地吐出“我是你丈夫,我爱你”这两句话,而这个“爱”字却激起了安娜的反感,她想:“爱?他能够爱吗?假使他没有听到过有爱这么一种东西,他永远不会用这个字眼吧。爱是什么,他连知都不知道呢。”[1]

〔1〕《安娜·卡列尼娜》(上册),周扬、谢素台译,第215页。

托尔斯泰通过渥伦斯奇和吉提的眼睛,六次描写在安娜脸上流露出的那股压抑不住的生气;他又两次描写安娜在同卡列宁独处的时候,那股蓬勃的生气消失不见了。外表平静的夫妇生活,对安娜说来,实际上是一种日常的不露痕迹的精神压迫。所有这些描写都强调出安娜在渥伦斯奇的追求下感情爆发的必然性和合理性。“我不过要生活……我有权利这样做”〔1〕——安娜在杜丽面前的表白,听起来简直像是托尔斯泰为自己的女主人公所作的辩解。她向生活要求自己应享的一份权利,她希望自己的生活表里如一,爱是真正的爱,笑是真正的笑,所以她的感情追求是严肃的。她不愿靠说谎过日子,她的不顾“体面”的做法,扯下了贵族上流社会虚伪道德的纱幕。整个上流社会站在卡列宁一边,向她的脸上抛掷污泥。这样,安娜的家庭矛盾上升为她与社会的冲突,托尔斯泰赋予家庭问题以社会意义,这就从根本上否定了安娜在道德上有罪的论断。

安娜与渥伦斯奇的关系以及他们与卡列宁的纠葛,经历了三个阶段:从安娜遇见渥伦斯奇到赛马后向卡列宁说出一切为第一阶段;安娜产后病危到恢复健康为第二阶段;安娜随渥伦斯奇出走到最后精神崩溃卧轨自杀为第三阶段。托尔斯泰为什么要安排安娜病危这一场?卡列宁在濒死的安娜床前宽恕一切,并与渥伦斯奇握手和解。《托尔斯泰评传》的作者贝奇柯夫认为,这是托尔斯泰巧妙地选择了时机来宣扬基督教关于宽恕敌人的基本教义。这个看法不无道理,托尔斯泰随时都准备把他的道德说教塞进作品里来。卡列宁在饶恕了安娜和渥伦斯奇之后,感到精神上从未有过的平静,他的形象也似乎变得高尚起来,甚至赢得了部分读者的同情。可是,我们从情节的进一步发展中回过头来看,却发现这一场描写的艺术效果恰恰是对基督教“宽恕哲学”的否定。生活本身的要求比虚妄的宗教感情强烈得多,忠于现实的艺术家托尔斯泰不得不按照生活本身的逻辑继续叙述安娜命运的进一步发展。假如托尔斯泰仅仅根据道德教诲的意图来写这部作品,那么,安娜的故事在这一场就可以结束了:不贞的妻子受到产后重病的惩罚,在上帝面前忏悔自己的罪恶,得到了丈夫的宽恕,家庭保住了,作品的目的也达到了。可是,小说并没有在这儿

〔1〕《安娜·卡列尼娜》(下册),第884页。

打住。安娜从死亡线上挣扎回来了，逐渐恢复健康的安娜也逐渐恢复了她对卡列宁的反感，卡列宁的宽恕变成一种无法忍受的新的精神压迫。自杀未遂的渥伦斯奇想在离开彼得堡之前最后见安娜一次面，结果这次约会最终坚定了安娜离家出走的决心。安娜在病危时的忏悔是真实的，因为她始终未能完全摆脱贵族阶级传统的道德观念的束缚，老是觉得自己有罪；安娜病愈后的感情变化也是真实的，这证明任何宗教感情或传统的道德观念都压灭不了安娜对于自由的爱情和幸福的追求。

安娜和渥伦斯奇的出走等于是被贵族上流社会放逐，他们在国外也尽量避开俄国人。自由，然而孤独。安娜不在乎上流社会的白眼，但害怕渥伦斯奇有朝一日对她冷淡。她精心打扮，以期保持对渥伦斯奇的魅力；她努力迎合渥伦斯奇的一切爱好，使他不至于烦闷无聊。他们无所事事，于是在意大利学绘画，回俄国搞慈善事业，在朽烂的农舍旁边修建谁也不需要的华丽的医院。安娜把渥伦斯奇的兴趣当做她自己的兴趣，帮他筹划这一切无聊的玩意儿。安娜从过去的虚伪的生活中脱身出来，现在又落入另一种虚伪的生活环境中。之所以说是虚伪，是因为他们挖空心思想出来搞的这一切，都不是出自内心的真正的需要，而是为了填补生活的空虚，为了做给别人看，也为了做给自己看。从安娜这方面说，她的一举一动都是为了维系渥伦斯奇的爱情。"爱情"这个字眼，她过去曾经不许渥伦斯奇轻率地说出，现在却常常挂在她自己的嘴边，连渥伦斯奇听着都觉得腻味了。如果爱情变成生活的唯一内容，被用来填塞生活的所有的角落和缝隙，那么爱情这杯醇酒就会被稀释成淡而无味的白开水。空虚的生活最终使爱情变成一种负担，一种烦恼，一种折磨自己和对方的精神痛苦。

事物走向反面，危机开始了。

他们的家庭也笼罩着阴影。事实上，安娜和渥伦斯奇并没有组织起自己的家庭，因为他们没有合法的关系，连他们生的女儿都只能用卡列宁这个姓。在离婚问题上，卡列宁由于受到莉蒂亚·伊凡诺芙娜伯爵夫人的挑唆而再三变卦；安娜则由于儿子谢辽沙的归属未定而犹豫不决。这一切都使渥伦斯奇十分苦恼。安娜的身份不合法，渥伦斯奇在上流社会也就没有立足之地。贵族社会的压力正在疏远他们之间的关系，渥伦斯奇一天比一天难于掩饰内心的懊恼，安娜则对渥伦斯奇的每个举动每个眼神敏感到病态的程度，嫉妒、口角、短暂的和解、突发的争吵、冷冰冰的目光、脱口而出的刻薄话……终于，渥伦斯奇叫道："这简直受不了啦！"安娜则回答："你……你会后悔的！"[1]她在绝望和无限的孤独中发誓要以一死来反抗上流社会的围剿，来惩罚渥伦斯奇的薄情。最后的惨剧就在这种气氛中不可避免地发生了。

托尔斯泰的朋友鲁萨诺夫有一次对他说："让安娜死在火车轮下，实在是对她太残酷了。"托尔斯泰回答说：

> 这个意见……使我想起普希金遇到过的一件事。有一次他对自己的一位朋友说："想想看，我那位塔姬雅娜跟我开了个多大的玩笑！她竟然嫁了人！我简直怎么也没有想到她会这样做。"……关于安娜·卡列尼娜我也可以说同样的话。……我那些男女主人公有时就常常闹出一些违反我本意的把戏来：他们做了在实际生活中常有的和应该做的事，而不是做了我所希望他们做的事。[2]

这段话说明安娜的自杀是现实生活矛盾冲突的逻辑和人物性格发展的逻辑导致的必然结局。这与上帝以死来惩罚安娜的观点实在是相距太远了。

安娜的悲剧命运说明她既是贵族社会虚伪的"合法"婚姻的牺牲品，也是资产阶级生活方式的受害者。资本主义的社会关系能够唤醒人的个性解放的要求，但是又不能为个性的真正解放创造有利的条件；相反，它毒害并扼杀人的个性的美好方面。托尔斯泰写出了人与人之间的虚情假意、利害冲突、冷漠、隔阂甚至敌视，安娜临死时正是对这一切发出了诅咒。在作品的细节描绘上，我们应该注意到，托尔斯泰决非偶然地描绘出渥伦斯奇和安娜的生活环境的英国气派，他们的邸宅的奢华陈设完全是英国式的，安娜出外散步骑的是英国马，孩子的保姆是英国人，儿童室里的用品和玩具都是从英国订购来的。托尔斯泰一向认为英国是资本主义制度的典型，是资本主义文明的代表，他特别厌恶英国人的生活方式。他

---

〔1〕《安娜·卡列尼娜》(下册)，周扬、谢素合译，第1080页。

〔2〕转引自贝奇可夫《托尔斯泰传》，第344－345页。

把安娜放到这样一个生活环境中,用意是十分明显的。

渥伦斯奇就其代表的生活方式而言,是资产阶级化的贵族。托尔斯泰从否定贵族文明和资产阶级文明的观点出发,描写出卡列宁和渥伦斯奇都不可能给安娜带来真正的幸福。所以,爱情自由和个性解放,这些资本主义社会关系的要求,在托尔斯泰所创造的艺术形象的体现中,涂上了阴暗的不祥的色彩。我们看到,渥伦斯奇和安娜的爱情自始至终没有一点点明朗的诗意。托尔斯泰把渥伦斯奇大胆的追求在安娜心中引起的激动和表情上的反映,形容为"黑夜中的大火的可怕的红光",把他们的初次的肉体接触形容成一场"谋杀",——肉欲戕害了爱情。安娜几次梦见须发蓬乱、手弄铁器的老头儿,这个凶兆令她心悸。像俄国农民一样迷信的托尔斯泰用这种方式预言安娜不会有好的归宿。

创作《安娜·卡列尼娜》的时候,托尔斯泰处在世界观转变的前夕。他谴责贵族、资产阶级的生活方式瓦解了家庭,杀害了追求美好生活的安娜。家庭由于没有真正的爱情而瓦解,爱情由于寄生生活的空虚而蜕化、破灭。卡列宁的家庭名实两亡。奥布浪斯基的家庭实际上只剩下杜丽和孩子们,莉蒂亚·伊凡诺芙娜伯爵夫人老早就被丈夫抛弃,培脱西·特维斯卡雅公爵夫人无耻地欺骗自己的丈夫,这些家庭都是名存实亡。寄生生活造成的精神空虚是贵族、资产阶级生活方式的致命伤。安娜追求真正的爱情而不得,是因为她和渥伦斯奇的生活没有意义。托尔斯泰与西欧文学表现个性解放主题的异同处正在于,西欧文学表现这种要求的合理性,托尔斯泰则既表现这种要求的合理,又表现这种要求的破灭。西欧资产阶级作家代表资产阶级的要求,而托尔斯泰则开始用宗法式农民的观点来评判生活。托尔斯泰借上帝之口为安娜伸冤,谴责贵族资产阶级社会的文明。"我必报应"是一句含有诅咒的预言。在托尔斯泰的时代,"报应"暂时还没有实现。

贵族资产阶级的生活方式不能给安娜带来幸福;那么什么样的生活才是有意义的呢? 什么样的生活才能给人带来幸福呢? 按托尔斯泰一贯的思想方式,他在《安娜·卡列尼娜》中又一次把社会问题归结为道德问题。不过,这并不是归结到安娜是否有罪的问题,而是归结到对生活意义的探索。安娜的悲剧命运提出的问题,由列文的探索来回答。作品中两条情节线索所包含的思想正是在这一点上交叉起来,“拱顶”正是在这里接合。

列文是托尔斯泰心爱的主人公,他和托尔斯泰一样,力图把自己的生活方式改造得尽可能与农民接近。他是资本主义侵入农村的见证人。当资本主义关系在俄国社会逐渐“安排”下来的时候,他改革农事,企图在保存宗法制的基础上调整与农民的关系,以此对抗资本主义这个可怕的怪物。他的实践并不成功,给他带来许多烦恼,可是他也只有在这些烦恼中,在与农民的接近中,在大自然的怀抱中,才获得内心的平静。小说第二部描写吉提遭到渥伦斯奇的冷落后出国治病,而列文向吉提求婚被拒绝后,回农村医治心灵的创伤。在城市里局促不安的列文,在农村才恢复精神上的平衡。《安娜·卡列尼娜》中,唯有描写列文和农民在一起劳动的篇章,才洋溢着真正的诗意,充满明朗、健康、欢快的气氛。在装运干草的时候,列文看到一对青年农民夫妇——伊凡·帕尔米诺夫和他的健壮美丽的妻子,伊凡站在大车上把干草堆好,他的妻子用叉子把一束束干草递上来,伊凡总是敏捷地及时地接住草束,以免他的妻子多费力气。他们干得那么和谐,那么互相体贴,列文在他们的笑声中听出了热烈的纯朴的爱情。这是《安娜·卡列尼娜》中最幸福的一对,在他们的形象中,爱情和劳动融合在一起了。作者描写道:

> 列文常常叹赏这种生活,他常常对于过这种生活的人抱着羡慕之意,但是今天第一次,特别是由于看了伊凡·帕尔米诺夫对他年轻妻子的态度而深受影响,他的脑海里明确地浮上了这样的念头,他能否把他现在所过的乏味的、不自然的、无所事事的、独身的生活换取这种勤劳的、纯洁的、公共的美好的生活,这全在他自己。[1]

列文当然不可能去娶一个农家女,但他在再次向吉提求婚成功后,在举行婚礼的当天就坐上马车把新娘带到他在农村的家。毫无疑问,托尔斯泰在描写农民生活的时候,抹去了农村现实阴暗的色彩,多少有点美化的味道。但是,他不把贵族生活,而是把农民的劳动生活作为列文的理想,是非爱憎是很鲜明的。就实质而言,同安娜的命运作对照的,与其说是列文

---

〔1〕《安娜·卡列尼娜》(上册),第403－404页。

和吉提的家庭，不如说是青年农民伊凡·帕尔米诺夫的家庭。贤妻良母型的贵族女性吉提不过是《战争与和平》中娜塔莎的再版，这样的形象已不能满足70年代后期托尔斯泰对家庭和妇女问题的探索。如果《安娜·卡列尼娜》仅仅是为了证明只有像吉提那样才能获得幸福，这部作品的意义就会降到微乎其微。托尔斯泰要回答的问题是：在“一切都翻了一个身，一切都刚刚开始安排下来”的时代，人应该怎样生活。这就是《安娜·卡列尼娜》的主要思想，这与托尔斯泰全部创作的基调是完全一致的。在这部作品中，这个问题又一次以典型的托尔斯泰的方式获得解决。

在安娜自杀之后，小说第八部以主要篇幅描写列文对于生活意义的紧张思考。直接刺激列文对这个问题急切地寻觅答案的是他的哥哥尼古拉的死亡和妻子吉提的生产，生的不可思议和死的不可避免，使列文觉得生存是一个难解的谜。死比生对列文（或者说对托尔斯泰）的刺激更大。整部《安娜·卡列尼娜》只有描写尼古拉生命终结的一章冠以醒目的标题——《死》。死的神秘使列文自问：他是什么？他为什么活着？所有使他激动不安的问题，不论是社会问题还是农事经营，以至个人生活，都归结到这个问题上来了。他找不到满意的答案，于是悲观失望，甚至想自杀。

> 列文，虽然是一个幸福的，有了家庭的，身强力壮的人，却好几次濒于自杀的境地，以至于他把绳索藏起来，唯恐他会上吊，而且不敢携带枪支，唯恐他会自杀。[1]

《安娜·卡列尼娜》没有在列文和吉提组织起幸福的家庭时结束，相反，幸福的家庭没有使列文满足，这是值得我们注意的。悲观厌世的念头到处缠着列文。当他在谷仓里督促农民劳动的时候，他不明白农民为什么干得那么卖力，他们之中谁也免不了要埋入黄土。他和农民费多尔谈起租地的事情，费多尔偶然提到一个德高望重的农民弗克尼奇，他待人宽厚，宁肯自己吃亏也不愿叫别人过不去。弗克尼奇之所以这样做，是因为他不是为欲望而生活，而是“为他的灵魂正直地，按照上帝的意旨活

---

〔1〕《安娜·卡列尼娜》（下册），第1133页。

着”[1]。说者无心，听者有意，这几句话对于列文简直像是天启。他豁然醒悟，——答案找到了。

这是一个宗法式农民对生活意义的看法，列文却把它看做人类的最高信仰，并且认为农民的劳动生活是这种信仰的完美体现。在俄国社会新旧关系的历史性转变过程中，托尔斯泰想用这种人生观来教导人们应该如何生活，这实在是很可笑的。

其实，当托尔斯泰在描写青年农民伊凡·帕尔米诺夫夫妇的劳动和爱情的时候，他已经对爱情、幸福和生活意义的问题作出了部分正确的回答；而当他进一步用宗教精神对农民的生活进行概括和升华的时候，他就得出了荒谬可笑的结论。

托尔斯泰的道德说教是灰色的，而他塑造的艺术形象是常青的，因为这些形象是生活的典型的反映。道德说教有时会损害艺术形象，但是遮盖不住像安娜这样丰满的艺术形象的光彩。伟大的艺术来自生活。安娜的形象是托尔斯泰的现实主义的重大成就，只有承认艺术是生活的反映而非观念的产物，才能正确理解这个形象的意义和作家对它的态度。

（原载《苏州大学学报》，1982 年）

---

〔1〕《安娜·卡列尼娜》（下册），第 1140 页。

《艺术论》初探

列夫·托尔斯泰的美学著作《艺术论》[1]以对贵族、资产阶级艺术的辛辣的嘲讽开篇，以宣扬艺术的任务在于传播人类爱的胡言乱语结尾，生动地反映出这位伟大作家的艺术观的力量和弱点。

艺术观是世界观的组成部分。托尔斯泰的世界观的矛盾在《艺术论》中历历可数。激愤的批判与调和一切的关于基督教艺术的说教，使这部著作成为美学史上非常奇特的现象。托尔斯泰以俄国宗法式农民的眼光扫视当时的欧洲文艺领域，重新审查文艺史上历来为人推崇的作家、艺术家和他们的作品，结果把但丁、莎士比亚、歌德、拉斐尔、贝多芬、瓦格纳和现代颓废派的代表波特莱尔、弗雷、马拉美等一起加以贬责，把他自己半世纪来辛勤创作的卓越成果也一笔勾销，声称能传世的只是两个微不足道的小故事。

实践家未必都能正确地把自己的经验总结为理论。托尔斯泰为《艺术论》预定的任务，对于他自己来说也实在是勉为其难。1882 年，托尔斯泰应俄国一位著名的巡回展览派画家彼罗夫的请求，系统地发表他对艺术的看法。他以致《艺术杂志》编辑兼出版者亚历山特罗夫的信的形式开始撰写论艺术的文章。文章从资产阶级社会中艺术的现状谈起，以寻根究底的精神提出究竟什么是艺术、如何分辨艺术中的善恶、好坏的问题。问题提出来了，答案却找不到。《致亚历山特罗夫》中途辍笔。据托尔斯泰自述，从那时起他不断地思考这一论题，曾经有六七次动手写，但每次在写了相当多之后，感觉到自己不能把这一著作写完，就丢在一边

〔1〕 原名《什么是艺术?》，本文沿用丰陈宝同志的中译（人民文学出版社 1958 年版）的名称。

了。这六七次着手又丢下的东西便是下列几篇残稿:《论艺术》(1889年)、《什么是艺术和什么不是艺术,什么时候艺术是重要的事和什么时候艺术是无聊的事》(1889年)、《科学与艺术》(1889—1891年)、《论科学与艺术》(1891年)、《论人们称之为艺术的那种东西》(1896年)。从这些残稿的篇名,可以窥见托尔斯泰的大概思路。1897年,《艺术论》终于完成,在《哲学与心理学问题》杂志上连载。托尔斯泰对这个难产的婴儿并不十分满意,他承认自己对于各种类型的艺术懂得不多,因此,立论的根据不够充分。罗曼·罗兰也说托尔斯泰在绘画、音乐方面的修养不足,所以在论及一些大艺术家时乱打棍子。我们还发现他在评价美学史上关于美的各种定义时,大多根据德国美学家沙斯勒和英国美学家乃特的著作所提供的第二、第三手材料。最主要的是,他对于"什么是艺术"这一论题的观点不明确,酝酿、思考了十五年,最终也没有找到完整的正确的答案。

然而,《艺术论》毕竟是一位创作了世界文学中第一流作品的大艺术家的经验谈,其中关于艺术创作的许多精辟独到的见解是十分宝贵的。《艺术论》写作于托尔斯泰的世界观发生激变之后,他对于欧洲上层阶级艺术的无情的揭露,反映了他对剥削阶级统治的抗议;他对于现代资产阶级艺术中颓废主义、印象主义、象征主义等派别的抨击,至今尚有现实意义;他关于艺术民主化的思想更使我们感到亲切。如果我们实事求是地总结托尔斯泰的艺术观点中属于理智而不是属于偏见的东西,属于未来而不是属于过去的东西,那么应该说,《艺术论》对于我们仍是一份富有养料的珍贵的美学遗产。

一

托尔斯泰在《艺术论》最后一节《结论》中写道,他的基本思想是揭露现代艺术所走的不正确道路,找出它走上这条道路的原因,确定艺术的真正使命。他在阐述自己的艺术见解时,总是结合着对贵族资产阶级艺术的批判。他把俄国宗法式农民的观点和心理放到自己的批判中去,所以他的笔端凝聚着劳动群众的愤懑和责难。《艺术论》完全不像一般纯学术的美学著作,而是一份讨伐寄生阶级艺术的严峻的檄文。请看,托尔斯泰以多么刻薄的口吻嘲笑那些舞蹈家和音乐家,说他们为之献身的事业无非是“学会很快地转动双脚”或“很快地按琴键或琴弦”,这些人“变成了只会转动双脚、转动舌头或运转手指的片面而自满的专家”[1]。这种口吻的确不像是属于一个受过欧洲式教育的贵族,而是对芭蕾舞和交响乐这些精致的艺术感到困惑的单纯无知的农民才会具有。

托尔斯泰指出,艺术活动耗费了巨大的人力物力财力,提供这一切的归根结底是劳动人民的奴隶般的劳动,而人民从来没有享受过艺术所给予人的那种美的乐趣。那么,人们为艺术作这样的牺牲是否值得?这些被称作艺术的东西是不是真正的艺术?艺术究竟是什么?人们从来认为,艺术是美的表现。那么,美又是什么?托尔斯泰列举了从鲍姆加登为美学奠定基础以来一百五十年内欧洲各国各派给美下的定义,把它们归纳为两种基本观点:“(1)美是一种独立存在的东西,是绝对的‘完满’的表现之一,这绝对的‘完满’是观念,精神、意志、上帝;(2)‘美’是我们所得到的某种并不以个人利益为目的的快乐。”[2]第一种“美”的定义是客观的,第二种是主观的。“但是我们之所以认识外界存在的绝对完满的东西,并认为它是完满的,只是因为我们从这种绝对完满的东西的显现中得到了某种快乐,因此,客观的定义只不过是按另一种方式表达的主观的定义。实际上,这两种对‘美’的理解都归结于我们所获得的某种快乐。”[3]那么,以表现“美”为目的的艺术也就成了享乐的工具。而照托尔斯泰看来,艺术所提供的快乐,实质上是上层阶级这个特殊圈子里的人们的爱好和趣味的反映,美学家根据这个特殊圈子的人喜爱的艺术作品制订“美”的定义,并把它作为衡量一切艺术作品的标准。“艺术中无论有怎样的痴愚,只要这种痴愚一旦被我们这个社会的上层阶级所接受,就立刻会有人编出一套理论来,把这种痴愚加以解释,并使它变成合法。”[4]可见,托尔斯泰对各种美学定义的批判,矛头对准上层阶级的趣味和爱好。他并没

[1] 《艺术论》,第2页。
[2] 《艺术论》,第37页。
[3] 《艺术论》,第39页。
[4] 《艺术论》,第41页。

有从存在与意识的关系的角度，分析各种“美”的定义在艺术与现实的关系问题上的分歧。普列汉诺夫早就指出：“事实上，他（托尔斯泰——引者注）所引用的那些定义远不是那样互相悬殊，也远不是那样错误，像他所认为的那样。”[1]托尔斯泰完全无意于对美学领域过去所积累的一切加以仔细分析，吸收其中合理的成分，而是从为了寄生阶级的享乐而受尽苦难的劳动群众的感情出发，怀着极度的憎恶和轻蔑，对上层阶级的艺术理论和实践，采取几乎是一棍子打死的虚无主义态度。

托尔斯泰认为，上层阶级的趣味的堕落，是他们失却宗教意识的结果。在他看来，“宗教代表着某一时代和某一社会中的优秀和先进的人们对生活的最深的理解”[2]。最初的基督教关于人类博爱和平等的教义就代表当时人们对生活意义的理解。可是，以后官办的教会完全背离了基督教的本义。从中世纪开始，欧洲社会上层阶级中有教养的一部分人开始怀疑教会与基督教本义相悖，但又不敢公开道破，因为基督教关于博爱和平等的教义否定他们所处的优越地位。上层阶级既明白教会宣扬的一套的底细，又不可能恢复原本的基督教信仰，结果等于失却宗教意识，于是就不由自主地接受异教的世界观——生活的意义在于享乐，享乐也就成为评定艺术的标准。

在托尔斯泰的学说中，宗教总是和道德联系在一起的，宗教几乎是道德的同义语。列宁曾深刻地指出，托尔斯泰“力求让有道德信念的僧侣代替有官职的僧侣”[3]。所以，正如托尔斯泰的创作总是把社会问题归结为道德问题一样，《艺术论》也把美学问题归结为道德问题。

托尔斯泰认为，为上层阶级提供享乐的艺术使欧洲社会道德败坏，艺术本身退化甚至走向毁灭。艺术退化所造成的第一种后果是内容越来越贫乏，艺术失却了它所固有的非常多样和深刻的宗教内容，它所反映的是上层阶级的三种渺小的感情：骄傲的感情、淫荡的色情和对生活的厌倦的

---

〔1〕 普列汉诺夫《〈没有地址的信〉〈艺术与社会生活〉》，曹葆华译，三联书店 1973 年版，第 3 页。

〔2〕《艺术论》，第 51 页。

〔3〕《列夫·托尔斯泰是俄国革命的镜子》，见《列宁全集》第 2 卷，第 370 页。

情绪。托尔斯泰把文艺复兴时期以歌颂教皇、主教和王公贵族的作品列为表现骄傲感情的艺术;把《十日谈》以至现代法国文学的作品列为表现色情的艺术;把拜仑、海涅等人的作品列为表现对生活厌倦情绪的艺术。艺术退化所造成的第二种后果是形式上矫揉造作和暧昧不明。在这里,托尔斯泰的主要打击对象是现代法国文学中以波特莱尔和弗雷为代表的颓废派。他大段大段地摘录颓废派诗人的作品,把自己的印象概括为一句话:他们的作品"对我来说是不可理解的"[1]。他说:"波特莱尔的人生观是:把粗野的利己主义抬高而使之成为一种理论,并用像云一般不明确的美(必然是矫揉造作的美)的概念代替道德。波特莱尔比较喜欢女人的涂脂抹粉的脸,而不喜欢自然的脸,比较喜欢金属制的树木和假造的矿物质的水,而不喜欢天然的树木和天然的水。"[2]违反自然就必定矫揉造作,而暧昧不明则是颓废派的艺术信条:"再也没有东西比诗歌的含糊更宝贵","在诗里应该经常有谜",等等。[3] 托尔斯泰认为这是艺术的堕落。绘画中的象征派、印象派和新印象派同样引起托尔斯泰的反感,而新派艺术家的音乐对他来说,"除了厌倦以外什么感情也没有体会"[4]。

艺术退化的第三种后果是艺术赝品代替了真正的艺术作品。为了满足上层阶级的享乐的需要,艺术家就用借用、模仿和制造艺术效果的办法炮制艺术赝品。艺术家从富裕阶级那里取得丰富的报酬,逐步走向职业化。托尔斯泰简直不能想象,怎么可能只为了钱而交出自己的作品。"我们这个时代和我们这个社会的艺术已经变成一个荡妇,这个比喻在最小的细节上也都非常妥切。我们的艺术也像荡妇一样不受时间的限制,也是永远涂脂抹粉的,也是随时可以出卖的,也是引诱人心而对人有害的。"[5]托尔斯泰对资本主义不理解,不能科学地解释艺术在资本主义社会的命运,他只得把满腔愤慨和咒骂倾泻到资产阶级身上:"在没有把商人送出殿堂之前,艺术的殿堂不是一所殿堂。未来的艺术将把这些商人

〔1〕《艺术论》,第100页。
〔2〕《艺术论》,第89-90页。
〔3〕《艺术论》,第78-79页。
〔4〕《艺术论》,第98页。
〔5〕《艺术论》,第183-184页。

驱逐出去。”[1]

19 世纪末,欧洲艺术中的颓废主义等思潮传播到俄国。《艺术论》的发表,推动并鼓舞了俄国先进思想界对颓废派的斗争。当时进步的艺术史家斯塔索夫对《艺术论》在这方面的贡献给予很高的评价。托尔斯泰本人也曾运用《艺术论》阐述的观点,严厉地批判过阿志巴绥夫的《沙宁》、安德烈耶夫的象征主义戏剧和波塔宾柯的自然主义小说。

总的说来,托尔斯泰对贵族资产阶级艺术的批判,虽然缺乏具体的历史的阶级的分析,对于某些艺术家及其作品的评价不免失之偏颇,但是这种批判始终充满农民民主主义的激情,这使《艺术论》在西方美学著作中显得特别的与众不同。

《艺术论》在鞭挞上层阶级低下的艺术趣味时,处处拿劳动者的纯朴的感情相比。托尔斯泰提到劳动者的时候,指的是劳动农民。他赞美乡村劳动者是有正常趣味的人,因为他们与大自然接近,从事体力劳动,劳动生活形成他们的朴素的感情,他们会很容易鉴别真艺术和假艺术。如果他们一连六个钟头坐在剧院里观看瓦格纳的无聊的歌剧,一定会感到异常的困惑。托尔斯泰对各民族的民歌十分赞赏,他承认听农家妇女唱风俗民歌要比听贝多芬的作品愉快得多,兴奋得多。

当然,我们不要忘记,托尔斯泰对劳动者的艺术和健康的艺术趣味的肯定,仍然离不开关于宗教和道德的说教,他认为只有劳动农民才具有真正的基督教的宗教意识,因而也才具有朴实的、人人都能领受的感情。艺术是和感情分不开的,托尔斯泰正是把自己的美学观建立在艺术与感情的关系上。

二

既然以美——即享乐——的概念为基础的艺术定义并不是真正的艺术定义,而是为上层阶级的自私的享受和不道德的行为辩解的一种手段;那么,艺术究竟是什么呢？托尔斯泰首先确定一个前提:艺术是人类生活的条件之一,是人与人之间相互交际的手段之一。他字斟句酌地把自己

〔1〕《艺术论》,第 188 页。

的观点概括如下:“在自己心里唤起曾经一度体验过的感情,在唤起这种感情之后,用动作、线条、色彩、声音,以及言词所表达的形象来传达出这种感情,使别人也能体验到这同样的感情,——这就是艺术活动。艺术是这样的一项人类的活动:一个人用某种外在的标志有意识地把自己体验过的感情传达给别人,而别人为这些感情所感染,也体验到这些感情。”[1]普列汉诺夫一眼看出了这个定义的缺点,他说:“不,艺术既表现人们的感情,也表现人们的思想,但是并非抽象地表现,而是用生动的形象来表现。这就是艺术的最主要的特点。依据托尔斯泰伯爵的意见,‘艺术起源于一个人为了要把自己体验过的感情传达给别人,于是在自己心里重新唤起这种感情,并用某种外在的标志表达出来’。可是我认为,艺术开始于一个人在自己心里重新唤起他在四周的现实的影响下所体验过的感情和思想,并且给予它们以一定的形象的表现。不用说,在绝大多数场合下,一个人这样做,目的是在于把他反复想起和反复感到的东西传达给别人。艺术是一种社会现象。”[2]普列汉诺夫以历史唯物主义的观点,指出艺术传达的感情和思想是现实的反映。这是对托尔斯泰的定义的根本性的“订正”。普列汉诺夫所强调的形象性,其实与托尔斯泰的看法是一致的。普列汉诺夫批评托尔斯泰认为艺术只表现感情而不表现思想,这个意见在笔者看来只指出了托尔斯泰的定义在表达上的不完善,而没有深入分析《艺术论》中关于“感情”的详细解释。

托尔斯泰认为,艺术所传达的好的感情是由宗教意识决定的,宗教意识也是评价感情好坏的标准,《艺术论》用大量篇幅反反复复发挥这个论点。如前文所引,宗教意识是某一时代某一社会的人们对生活意义的深刻理解。托尔斯泰再三强调他所说的宗教意识绝对不是宗教迷信,即对偶像、圣物、宗教仪式和教会的盲目崇拜,他把现代宗教意识归纳为全人类的兄弟般的友爱团结这样一种思想。所以,如果清除掉神秘主义的色彩,所谓现代宗教意识其实是关于博爱的道德说教。传达出从这种宗教意识流露出来的感情的艺术是好的艺术。托尔斯泰在《艺术论》的《结

〔1〕《艺术论》,第47-48页。

〔2〕《〈没有地址的信〉〈艺术与社会生活〉》,第4-5页。

论》一节中把艺术中的思想与感情的关系点得更加清楚："在我们这个时代，艺术的使命是把'人类的幸福在于互相团结'这一真理从理性的范畴转移到感性的范畴……"[1]

那么，怎么能说托尔斯泰认为艺术只传达感情而不表现思想呢？

如果再进一步作具体的分析，应该说，宗教意识正是托尔斯泰赋予他的艺术定义的特定内容。所谓艺术传达感情，是指现代基督教艺术"必须能使所有的人都体验到它所传达的那种感情。它应当不单是某一群人的艺术，不单是某一阶层的艺术，不单是某一民族的艺术，不单是某一种宗教崇拜的艺术，换言之，它并不传达只以某种方式受过教育的人所能体会的感情——只有贵族、商人，或只有俄国人、日本人，或只有天主教徒或佛教徒等所能体会的感情，它所传达的是所有的人都能体会的感情"[2]。基督教艺术通过这种感情的传达，把所有的人毫无例外地（托尔斯泰十分强调"毫无例外地"）联合起来。艺术传达感情之所以可能，是因为从人与上帝之间父子般的关系和人与人之间的兄弟般的情谊这样的意识中流露出来的感情是所有人（没有一个人例外）都能体会到的。由此可见，宗教意识，或关于博爱的道德说教，是托尔斯泰的艺术定义的依据和出发点。

托尔斯泰用现代宗教意识"联合所有的人"这个标准去衡量世界艺术史上的杰作，够得上称作好的基督教艺术作品的真是寥寥可数。《艺术论》举出的文学方面的范例不过是席勒的《强盗》、雨果的《穷人》和《悲惨世界》、狄更斯的《双城记》和《钟声》、陀思妥耶夫斯基的《死屋手记》、乔治·艾略特的《亚当·比得》。托尔斯泰并非自谦地把自己的巨大创作成果归入坏艺术一类，勉强够得上基督教艺术标准的只有两个小故事：《天网恢恢》和《高加索俘虏》。

根据"联合一切人"的原则，托尔斯泰甚至排斥表现爱国主义思想的艺术，因为这种艺术只团结一部分人而反对另一部分人。贝多芬的《第九交响曲》没有表现崇高的宗教感情，那"杂乱无章的矫揉造作"的作品只

[1] 《艺术论》，第206页。
[2] 《艺术论》，第159－160页。

有一小部分人能勉强理解,所以它只联合某一些人,而没有联合所有的人,它的结尾的大合唱辜负了席勒的歌词。

我们还记得,托尔斯泰在《论莎士比亚及其戏剧》一文的第八节中,由于莎士比亚的剧作没有以宗教原则为基础而对这位公认的巨匠大加挞伐。

托尔斯泰还认为,在基督教艺术身上寄托着艺术的未来。他把现代宗教意识当做万应灵药,企图用它来疗救病入膏肓的资产阶级艺术。他说上层阶级艺术产生危机的原因在于不接受基督教的学说,治好疾病的方法只有一个,就是在一切意义上承认这种学说。托尔斯泰是如此醉心于关于现代宗教意识的思想,以至无限夸大基督教艺术的作用,说传播人类爱的艺术应该取消暴力,把目前的暴力统治代之以上帝的统治,换言之,代之以爱的统治,而且只有艺术才可能做到这一点。

三

托尔斯泰赋予他的艺术定义的特定的宗教内容,已被文学艺术在理论和实践上的进步所扬弃,而这个定义所包含的合理因素却是值得我们借鉴的。定义突出了艺术的两大特征:传达感情和形象性。《艺术论》着重阐发的是艺术传达感情的问题。托尔斯泰认为,艺术应该把思想转化为感情,以情动人,而艺术家能否把自己体验过的感情传达给别人,使别人也体验到同样的感情,则取决于作品有无感染性,感染性是区分真正的艺术与虚假的艺术和衡量艺术价值的唯一标准。那么,什么是感染性呢?这是指真正的艺术会引起这样一种感觉,即艺术作品的鉴赏者觉得这个作品所表达的一切正是他很早就已经想表达的,于是,鉴赏者与作者以及鉴赏者与鉴赏者之间的区别就消失了,艺术把他们完全融合在一起了。艺术感染性的强弱决定于三个条件:第一,所传达的感情有多大的独特性;第二,这种感情的传达是否清晰;第三,艺术家的真挚程度如何。这三个条件的确切含义是什么呢?让我们结合托尔斯泰的另一篇文章来分析。1894 年,托尔斯泰为他亲自编选的《莫泊桑文集》写了一篇序言,这篇序言是他多年写作《艺术论》过程中的重要一环。据托尔斯泰自述,撰写这篇序言有助于他阐明艺术观中的许多问题。《〈莫泊桑文集〉序言》

运用上述关于感染性的三个条件来评论莫泊桑的作品，具体解释了这三条的含义。托尔斯泰写道，他因屠格涅夫的推荐阅读了莫泊桑的小说《戴家楼》，最初的印象不佳。他认为真正的艺术作品必须具备三个主要条件："一、作者对事物的正确的道德的态度；二、叙述的明晰，或者说，形式的美，这同是一个东西；三、真诚，即艺术家对他所描写的事物的真实的爱憎感情。"[1]其中第一条是主要的，而莫泊桑却正好缺少这一条，即缺乏对他所描绘的事物的正确的道德态度，缺乏辨别善恶的能力。后来，托尔斯泰读了莫泊桑的长篇小说《她的一生》和《俊友》，改变了看法。他赞扬作者摒弃了某些早期作品流露出来的虚伪的客观主义，鲜明地表明了自己的道德态度。这两部长篇小说在思想上的内在联系说明了这一点。"作者在《她的一生》里，似乎在问：为了什么，一个优美的女性因何而被戕害了？为什么发生这种事情？而在《俊友》里，他就似乎是回答这个问题：一切纯洁的与善良的东西在我们社会里已被毁灭了，而且正在被毁灭着，因为社会是堕落的，狂妄，可怕的。"[2]《序言》的其余部分，继续发挥这个观点，对莫泊桑的其他长、短篇小说作了详尽中肯的分析。

把《艺术论》与《序言》对照来看，"所传达的感情的独特性"就是指艺术家对所描绘的事物的独特的道德态度。毋庸讳言，托尔斯泰在谈到道德态度的时候，总是与宗教意识联系起来的。他说，从现代宗教意识中流露出来的感情，是无限新鲜和多样的。一旦用基督教的观点观察所有似乎是习以为常的生活现象时，立刻就会产生无限多样的、最新和最复杂的、激动的感情。

如果撇开这种关于宗教意识的说教，像托尔斯泰本人在《序言》中把道德态度概括为在一定的世界观的指导下对生活的评价的话，那么，这一条艺术经验是完全应该肯定的。《序言》指出，使一部艺术作品达到内在的统一的，是作者对事物的独特的道德态度的统一。"事实上，当我们读着或者默诵一个新作家的艺术著作时，在我们心中发生的基本问题经常是这样的：'唔，你是怎样的一个人呢？你和那些我所知道的人有什么不

[1]《〈莫泊桑文集〉序言》，见《文学研究集刊》第4册，第300页。
[2]《〈莫泊桑文集〉序言》，见《文学研究集刊》第4册，第305页。

同呢？关于应当怎样看待生活，你能告诉我一些什么新的东西？'无论艺术家描写的是什么人：圣人、强盗、皇帝、仆人，我们寻找的、看见的只是艺术家本人的灵魂。如果这是一个熟识的老作家，问题已经不是你是谁，而是'唔，你还能告诉我什么新的东西？你从怎样的新的方面来为我阐明生活呢？'所以，一个没有明确而固定的新世界观的作家，尤其是那种认为甚至不需要有世界观的作家，是不能创造出艺术作品来的。"〔1〕

从这一点回头来看，托尔斯泰把艺术的感染性与作品的内容割裂开来的观点是错误的。他说："感染越深，艺术则越优秀——这里的艺术并不是就其内容而言的，换言之，不问它所传达的感情的好坏如何。"〔2〕但是感情的独特性正是道德态度的独特性的流露，那么，这怎么能与作品的内容无关呢？托尔斯泰本人的创作正好说明，宗法式农民的世界观决定了他对所描写事物的独特的态度，从而决定了他的独特感情。正如列宁所说，托尔斯泰的独创性源于他的农民民主主义的思想，他把农民的心理和情绪放到他的批判中去，所以他的批判感情充沛，富于说服力，热情、新鲜、诚恳。

托尔斯泰把艺术的形式美归结为感情表达的清晰程度，这是与他对暧昧含糊的谜一般的颓废派的批判相一致的。他不能想象一部好的艺术作品而又是费解的。托尔斯泰面前始终有一位艺术的最高裁判者——农民，他评判一部作品的感情表达得清晰与否，是以农民能否接受为标准的。

《艺术论》把艺术家的真诚看做决定艺术作品的价值和感染性的最重要的条件。真正的艺术作品是作者内心的要求的产物，是作者本人的激情的产物。艺术家对描写的对象无动于衷，作品就不可能有感染别人的力量。艺术家并不是为了去感动别人而创作作品，他只是因为自己被感动而产生表达这种感情的强烈愿望。观众、听众和读者一旦感觉到艺术家自己也被自己的作品所感染，他的写作、歌唱和演奏是为了他自己，而不单是为了影响别人，那么艺术家的这种心情就感染了感受者。相反

〔1〕《〈莫泊桑文集〉序言》，见《文学研究集刊》第4册，第316－317页。

〔2〕《艺术论》，第150页。

地，如果艺术家只是为了感受者而创作，自己并不体验到他所要表达的那种感情，那么就会产生一种反感，最独特的新颖的感情和最巧妙的技术不但不能造成任何艺术印象，反而会排斥这种印象。所以，艺术家的感情，即对所描写事物的爱或憎，必须是真的，而不是假的。正如托尔斯泰在评论莫泊桑时所说的："他具有一种真诚，绝不假装着是爱或是恨，而确确实实是爱着或恨着他所描写的事物。"[1]托尔斯泰认为，真诚这个条件在民间艺术中经常存在着，所以民间艺术才会那样强烈地感动人，而在艺术家为要达到个人自私的、虚荣的目的而不断生产的上层阶级的艺术中，这个条件就完全不存在。

艺术家必须真诚，这一条是托尔斯泰的艺术经验的精华，也是这位伟大作家能取得如此卓越的艺术成就的"秘诀"之一。在他一生的全部创作中，他对沙皇俄国专制制度、农奴制度和官办教会的无情揭露和批判，他对贵族地主阶级的生活方式和思想感情的厌恶和否定，他对农奴和其他劳动群众的深切同情，他对劳动者的生活方式和思想感情的赞美和向往，他对资本主义的不理解、恐惧和抗议，他对土地和道德问题的探讨，他对小农平等社会的幻想——这一切全都发自他的内心，凝聚着他的真实的爱和憎。你尽可以说他对许多问题的看法是偏执的、错误的，你尽可以说他给俄国社会和人类的出路所开的药方是痴人说梦，你却决不能说他对这一切所表示的感情是不真诚的。列宁在论托尔斯泰的文章中四次提到这位伟大作家的"真诚"，显然认为这是能够十分准确地揭示出他的创作的一个主要特点的。最有概括性的是这样一段话："托尔斯泰以巨大的力量和真诚鞭打了统治阶级，十分明显地揭露了现代社会所借以维持的一切制度——教堂、法庭、军国主义、'合法'婚姻、资产阶级科学——的内在的虚伪。"[2]列宁把托尔斯泰的"真诚"与他对统治阶级的批判紧紧联系在一起。从这一点回头来看，《艺术论》认为感情的真诚与感情的内容(即好坏)无关的观点也是错误的。诚然，不能使艺术家本人感动的东西决不能感动别人；而能使艺术家本人感动的东西却也未必一定能感

---

〔1〕《〈莫泊桑文集〉序言》，见《文学研究集刊》第4册，第300页。

〔2〕《托尔斯泰和无产阶级斗争》，见《列宁全集》第16卷，第352页。

动别人，尽管艺术家所表露的感情是异常真挚的。为什么呢？因为读者或听众首先会从感情的内容来看他同艺术家是否一样地爱或憎。

独特、清晰和真诚——感染性的三个条件，贯串在《艺术论》对真假艺术的对比评价中。托尔斯泰认为一位毫无名气的作者吉先科的儿童故事《黑面包是白面包之祖》比所有的左拉、布尔热、羽斯曼、基普林等人的小说更有感染力，画家瓦斯涅佐夫在基辅大教堂里画的圣像，远远及不上他为屠格涅夫的故事《鹌鹑》画的插图；兰格利的一幅描写饥饿的男孩的小画比达尔马斯描写圣安东尼的诱惑的作品不知要好多少，诺西洛夫的故事《佛古尔人的戏》比《汉姆莱特》有价值得多。托尔斯泰所赞赏的作品大都是对劳动者的生活充满人道主义的同情的，形式简朴，感情真挚。当我们读到托尔斯泰生动地转述他读《佛古尔人的戏》的深刻印象时，甚至能间接地领略到这个故事的强大的感染力。

四

在艺术感染性的三个主要条件之外，还有一个艺术表现的分寸感，是完美的艺术作品不可或缺的因素。托尔斯泰在《艺术论》中叙述了俄罗斯画家勃留洛夫的一件轶事，从而发挥出关于艺术分寸感的非常精辟的见解。勃留洛夫有一次替一个学生修改习作，只在几个地方稍微点了几笔，这幅拙劣而死板的习作立刻就变得生动活泼了。一个学生说：“看！只不过稍微点几笔，一切就都改变了。”勃留洛夫说：“艺术就是从这‘稍微’两个字开始的地方开始的。”托尔斯泰认为这句话正好说出了艺术的特征，照托尔斯泰的看法，艺术家只有在找到了使他的作品达到完满所必需的那些无限小的因素时，鉴赏者才可能受到作品的感染。“所有一切艺术都是一样：只要稍微明亮一点，稍微暗淡一点，稍微高一点，低一点，偏右一点，偏左一点（在绘画中），只要音调稍微减弱一点或加强一点，或者稍微提早一点，稍微延迟一点（在戏剧艺术中），只要稍微说得不够一点，稍微说得过分一点，稍微夸大一点（在诗中），那就没有感染力了。只有当艺术家找到了构成艺术作品的无限小的因素时，他才可能感染别人，而且感染的程度也要看在何种程度上找到这些因素而定。要用外表的方式教人找到这些无限小的因素，那是绝对不可能的，这些因素只有当一个人沉醉于感情中才能找到。"[1]就是说,只有当艺术家力求表现他的真实的感情时,才可能受到内心的提示,找到那唯一正确的一个音、一条线、一种色彩、一个字或一个句子。这一番道理听起来玄奥而实际上的确是大艺术家的深切的体会。我把这理解为分寸感,即一般所说的"恰到好处",也许不至于体会错了托尔斯泰的原意吧。

托尔斯泰关于艺术创作的另一个重要见解,是告诫我们不要把艺术传达感情同制造艺术效果混淆起来。他在批判上层阶级的艺术作品形式粗陋时说,为他们服务的艺术家用四种方法制造艺术赝品:借用、模仿、惊心动魄和有趣。托尔斯泰在这里发表的看法有些值得商榷,有些则非常精当。他反对从以前的艺术作品中借用题材,因为这不过使读者或观众模糊地回忆起他们从以前的艺术作品得来的艺术印象而已,却不是用艺术家自己体验过的感情感染别人。歌德的《浮士德》就因为借用了题材而遭到托尔斯泰的针砭。应该说,这种责难是不公平的。借用题材可能是抄袭、改头换面而实质不变、换汤不换药,这是不好的;但是借用也可能是利用旧题材进行再创造,表现新的时代精神,这是完全容许的,而且早有成功范例,例如《浮士德》。

制造艺术赝品的第三种方法——惊心动魄——最使托尔斯泰反感。各种类型的艺术往往采用出其不意的强烈对比、描写新奇的富于刺激性的东西(如表现杀人的恐怖场面,描绘流血的伤口、赤裸裸的色情)等等方法来达到这种效果。"而绘画中主要的和常用的效果是光线的效果和可怕事物描绘。在戏剧中除了对比之外,最常用的效果是暴风雨、雷鸣、月光、海上的一幕或海边的一幕、服装的更换、女人的身体的裸露、疯狂、杀害以及一般说来——死亡:垂死者详细地表现出临死前各个阶段的挣扎……"[2]托尔斯泰厌恶地指出,这里没有艺术,没有感情的传达,而只有对神经的作用而已。这位艺术家以正确的审美感提示我们,不要把生理上的效果当做艺术。

在托尔斯泰对上层阶级艺术的劈头盖脸的斥责中,在他关于基督教

〔1〕《艺术论》,第124－125页。
〔2〕《艺术论》,第109页。

艺术的喋喋不休的说教中，我们的确可以过滤出关于艺术创作的许多真知灼见。甚至在他某些极端化的看法中，也能够筛选出合理的因素。比如，托尔斯泰根本否定艺术批评存在的必要。他挖苦说："'批评家在解释'。他们究竟在解释什么呢？"[1]一部好的艺术作品会把艺术家的感情传给别人，别人也会体验到这种感情，他们不仅体验到这种感情，而且各人按各人的方式体验，因此一切解释都是多余的。如果作品并不感染别人，那么无论怎样加以解释，也不可能使它变成会感染别人。托尔斯泰说："不管说来多么奇怪，批评家通常总是比一般人较少地能接受艺术感染。"[2]我们姑且撇开这些话在当时的具体的针对性，从托尔斯泰对艺术批评和批评家的苛刻的非难声中，还是可以得到有益的启示。批评家如果带着解释作品的思想负担去接触作品，他的确会比一般读者更难受到艺术品的感染。对照一些干巴巴的毫无感情的文艺批评，我们感到托尔斯泰的讽刺不是完全没有道理的。文艺批评家也应该形象地来解释作品的思想，传达艺术家的感情，敏感地准确地点出艺术感染力之所在。批评本身应该有艺术性，有感染力。艺术感染力的首要条件是真诚，文艺批评要有说服力，批评家也必须真诚。《艺术论》就表现了作为批评家的托尔斯泰的可贵的真诚。你尽可以说这部著作标新立异，矛盾百出，真理和谬误兼容，蜜糖和砒霜混杂，但是你决不能说托尔斯泰是不真诚的。他甘冒传统美学观点之大不韪，毫无顾忌地把心中想的一切痛快淋漓地写出来。正因为如此，我们才得以从这位现实主义艺术大师的直感的流露中获得不少珍贵的启示。

列宁说："托尔斯泰无论在自己的世界观的哲学基础方面，或是在自己的政治学说方面，都没有，确切些说，都不能够找到综合。"[3]托尔斯泰在美学观点方面也同样不能够找到综合。他没有抓住美学的根本问题深入探讨下去，而是把注意力分散在关于基督教艺术的宣扬上。《艺术论》

[1]《艺术论》，第113页。
[2]《艺术论》，第118页。
[3]《"保留"的英雄们》，见《列宁全集》第16卷，第369页。

对于作家本人丰富而宝贵的现实主义创作经验总结得很不够，相反，却竭力把自己创作中的弱点上升为理论。

《艺术论》中的某些观点和作者本人在另一些文艺批评论著中发表的看法不一致，例如，对西欧文学和俄罗斯文学一些杰出的代表人物的评价就是这样。托尔斯泰的文艺理论、文艺批评遗产和他的创作遗产一样，也是十分丰富和复杂的，《艺术论》只是其中重要的一宗。本文仅对《艺术论》本身做了一些初步的探讨，至于对托尔斯泰全部美学观点的评价，则有待于今后进行全面的深入细致的研究。

（原载《兰州大学学报》，1983 年）

论屠格涅夫创作中的客观态度

究竟是什么使屠格涅夫成为第一流艺术家？丹麦文学史家、批评家勃兰兑斯在探讨这个问题时说："他最最具有一个真正诗人的品质，能够塑造出活生生的人，但这一事实还不是全部。他艺术的高超之所以如此显而易见，是由于读者捉摸到作家对他所描绘的人物的看法和他自己的意见之间，以及人物给作者的印象和给读者的印象之间的和谐一致。"接着他加了一句："关键就在这里。"[1]

这段话在逻辑上的破绽是十分明显的。请问，读者"自己的意见"从何而来？不就是在读作品之后产生的吗？作品是作家写的，人物是作家塑造的，而勃兰兑斯却几乎把作品中的人物当做现实中的人物，把作家和读者置于同等的地位，似乎二者各自对某个第三者（人物）发表看法。读者由于发现自己对作品中的人物的意见和作家的看法一致而获得审美上的满足，殊不知就在他感到满足的时候，他已经变成屠格涅夫的艺术魅力的俘虏了，因为作品中的人物尽管来自现实却是经过作家的意识加工的产物，艺术形象出现在读者面前的时候已体现着作者的爱憎。屠格涅夫力图表现生活的本来面目，尽量隐蔽自己的主观态度，通过艺术形象潜移默化地影响读者的看法，而读者还自以为是在对现实中的人和事作出独立的判断呢。所以，从读者的直接感受这个角度来看，勃兰兑斯倒是十分确切地道出了屠格涅夫的高明和成功之处。关键的确就在这里。

那么，作家是如何使读者产生宛如面对现实的感觉的呢？屠格涅夫把他获得成功的经验归结为坚持创作中的客观态度。他赞赏普希金和莎士比亚，推崇的正是他们在创作中的客观态度。鲁卡琳娜在《与屠格涅夫

---

〔1〕《论屠格涅夫》，《外国文学季刊》1983 年第 1 期，第 230 页。

交往》一文中回忆道："……他（屠格涅夫）泛泛地谈到对待事物的客观态度，并举普希金为例说，在这方面他是最卓越的大师。或者说还有莎士比亚。您在莎士比亚的作品中没有一处能看到他自己，在您面前，到处都是生活，它表现得如此真实，以至您觉得，这一切好像是自身在您眼前呈现似的。"

屠格涅夫所说的客观态度，包含着作家认识和反映现实的原则以及尽量减少主观色彩的叙述方式。屠格涅夫在刚刚开始创作生涯的时候就深受别林斯基的影响，对他说来，现实是艺术的唯一源泉这个信念是确定不移的。在长期的创作实践中，他逐步抛弃表现自我的浪漫主义，把客观世界作为自己唯一的创作对象，并认为这是一个"客观的作家"必须遵循的原则。他在向青年作家基格诺介绍经验时说："……如果研究人的面貌和他人的生活比之陈述自我的思想感情更使您感到兴趣；如果准确和真切地表现人的外貌和普通事物的外观，比之华丽空洞而热烈地倾吐您对于此人此物的观感更使您觉得愉快，那么，您就是一位客观的作家，您可以动笔写中篇小说和长篇小说。"[1]这就是说，作家的客观态度首先表现在描写对象和描写态度上，即写他人他事他物，不写自我；写他人他事他物而不直接暴露"我"的态度。在客观世界的万事万物中，人处于艺术家屠格涅夫注意的中心。"我主要是一个现实主义者，最感兴趣的是人的面貌的生动活泼的真实。"[2]他着意观察和描写的对象是"俄国的文明阶层"，即贵族知识分子和平民知识分子，通过他们的面貌的迅速变化，反映时代的前进和思潮的起落；他所塑造的众多的典型表现了平民知识分子取代贵族知识分子的历史过程，当时的读者根据他创造的新型人物的形象确切无误地探测到社会潮流的动向。屠格涅夫笔下的人物的高度的典型性，说明他对新事物极度敏感，对俄国社会生活的基本矛盾有深刻的理解，因为典型不是主观随意性的产物，而是客观地反映生活现象本质的结果。他的客观态度使他有时违背贵族自由主义的政治偏见，写出了生活的实在的样子。他在《关于〈父与子〉》一文中，举出《贵族之家》中拉夫列

〔1〕《致基格诺》，《屠格涅夫全集》（俄文版），第12卷，第492页。

〔2〕《致米留金娜》，见《古典文艺理论译丛》第3期，第192页。

茨基与潘辛在丽莎面前舌战一场为例,说明他忠于现实达到何等自觉的程度。作者本人是西欧派,但是在这个场合他写出了西欧派潘辛身上的自负和庸俗,而让持斯拉夫派观点的拉夫列茨基在争论中驳倒了他。对于热爱乡土的、有着俄国式心灵的姑娘丽莎来说,潘辛在夸夸其谈中对俄国的轻蔑引起了她的反感。正是在丽莎面前,潘辛的西欧派观点暴露出它的致命弱点。丽莎在潘辛和拉夫列茨基争论时自始至终一言不发,可是争论双方的每一句话实际上都是为她而说的,既然丽莎的好恶主宰着这个场面的气氛,潘辛的失败也就显得必然的了。屠格涅夫在解释他为何这样处理这个场面时说:“因为,在这个场合,照我的理解,生活正是这个样子。”在同一篇文章中,他再举出《父与子》中巴扎罗夫和巴威尔·基尔沙诺夫的形象为例。他不顾政治上的同情把贵族自由主义者巴威尔·基尔沙诺夫表现为守旧的保守分子,而平民知识分子巴扎罗夫却处处占着上风。巴扎罗夫的全部观点,除了对艺术的看法之外,都得到了作者的支持。然而,屠格涅夫也不愿意美化巴扎罗夫,他突出了这个形象上刺眼的粗犷的色调。屠格涅夫在解释他为何如此处理这些形象时说:“生活就是这样。”巴扎罗夫的形象是否完全真实,这在作品发表后就立刻引起了激烈的争论,但这不过是问题的一个方面。重要的是,屠格涅夫按他对生活的理解,在主导倾向上肯定了平民知识分子巴扎罗夫,敏锐地反映了时代的动向,坚持了自己在表现生活上的严格的客观态度。当时的批评界不理解这一点,屠格涅夫感叹说“……准确而有力地表现真实和生活实况才是作家的最高幸福,即使这真实同他个人的喜爱并不符合”[1],这个真诚的自白比恩格斯论巴尔扎克的意义相同的名言早写下二十年。可贵的是,一个作家能对自己表现现实的原则和创作心理作出如此确切和科学的判断,充分说明他对自己的态度也是十分清醒和客观的。屠格涅夫谆谆告诫年轻作家们:“在你自己的感受方面,需要真实,严酷的真实,需要看法上和理解上的自由、充分的自由。”什么叫“看法上和理解上的自由”呢?那就是“对自己、对自己的偏颇的思想和体系、甚至对本国的人

〔1〕 屠格涅夫《回忆录》,人民文学出版社1962年版,第90页。

民和历史的不受拘束的态度”[1]。也就是说,不能用固定的看法来束缚自己对现实的认识,而应该尊重现实,用对现实的新认识校正和丰富自己原来的看法。自由是对必然的认识和把握,创作中的自由也就是对生活本质的认识和把握,这才是“真实”的真谛。我以为,屠格涅夫的这番话是对他所主张的创作中的客观态度的很好的解释。

屠格涅夫的客观态度还可以从他的创作过程来看。他的创作过程的特点是从形象出发,先有人物,后有情节。他的重要作品的主要人物大多有现实生活中的原型作为依据。他说:“我从来不凭脑子去杜撰。每当我需要描写一个想象的人物时,我必须先找一个活人,以他的活动作为我的描写的线索。”[2]屠格涅夫所写的评论、回忆录和书信中,有许多关于他本人的创作过程的第一手材料。他反驳论敌的攻击,说明某些作品的成因,为他的作品的真实性辩解。他认为,作品是否真实首先在于人物性格是否可信,是否有生活依据;因此,他提供了他的主要人物的原型和这些形象的典型化的过程和方法。屠格涅夫毫不夸大地说:“我写下来的任何一行字都是受了某种事物的感染——或者是我本人的遭遇,或者是我观察到的情况。我不去抄袭实际的场面或者活生生的人物。但是这些场面和人物给我提供了艺术结构的原始材料。”[3]如果屠格涅夫在生活中遇到了某一个人,这个人身上的某种与众不同的东西触动了他使他产生特殊印象,他就开始仔细观察这个人,反复思索,积累印象,后来,这个人也许离开作者他去了,但他的性格特点却深印在作者的脑子里,保留下来了。尔后屠格涅夫把有同类精神素质的人的特点吸收过来,巧妙地融合在一起,使原型的形象逐渐丰富,逐渐获得最大的表现力和典型性。大家知道,罗亭的原型是屠格涅夫青年时代的密友巴枯宁,同时这个形象又概括了赫尔岑和屠格涅夫本人的某些特点,从而成为19世纪40年代贵族知识分子的典型。《前夜》中的英沙罗夫的原型亦即当时曾一度闻名的保加利亚爱国者卡特拉诺夫。这个保加利亚人一旦出现在屠格涅夫创造

[1] 屠格涅夫《回忆录》,人民文学出版社1962年版,第96-97页。

[2] 鲍戈斯洛夫斯基《屠格涅夫传》(俄文版),第222页。

[3] 鲍耶静《回忆录》,见《古典文艺理论译丛》第3期,第195页。

的典型环境中，以他拯救祖国的高尚理想和情操成为俄罗斯姑娘叶琳娜选中的对象后，他立刻就化为一个象征，预示着在生活中将要出现俄罗斯的英沙罗夫们，他们将以打倒本国的土耳其统治者为己任。当革命民主主义批评家杜勃洛留波夫明确道破这一点时，这个典型所包含的意义，它所显示的真实性的深刻和尖锐的程度甚至吓住了作者本人。《父与子》中巴扎罗夫的原型是青年医生德米特利耶夫，此人对生活的看法使屠格涅夫吃惊。作家意识到这位出色的人体现了那种刚刚产生还在酝酿之中、后来被称为“虚无主义”的因素，即对现存的生活基础持否定一切的态度。屠格涅夫认为德米特利耶夫是60年代先进的平民知识分子一类人物，因而他力图在巴扎罗夫的形象中体现他所熟识的平民知识分子杰出代表的性格特点。例如，巴扎罗夫有关哲学、美学和其他问题的言论，就是以杜勃洛留波夫在其论文中所发挥的思想为基础的。

在屠格涅夫受到生活的启发而在头脑中逐渐清晰地构想出某个人物的面貌后，他常常为人物写某种类似传记的东西，把他们的生平一直写到他所构思的小说的情节开端以前。之后，他又在想象中把人物领到不同的生活环境，让他按自己的性格的逻辑行动，处理他与其他人物的关系，对各种问题表态，从各方面表现自己的性格，小说的情节也由此而形成。例如，屠格涅夫曾为巴扎罗夫写“日记”，在“日记”中记下巴扎罗夫对当时社会政治生活中各种事件的想法与言论。屠格涅夫在创作中如此努力地缩小和隐蔽“自我”，像演员一样尽量进入角色，保持最大程度的客观态度，以至他在落笔的时候产生一种感觉，仿佛人物不顾作家的意志而在独立行动。屠格涅夫在1869年12月13日《致包列索夫》的信中作了这样有趣的自白：“……原来，作者本人并不一定知道他所作的是什么；我对巴扎罗夫的感情——我个人对他的感情——属于模糊不清的性质（我是爱他，还是恨他——只有天晓得！）——然而形象出现得如此明确，它立刻开始生活，开始随心所欲地独自行动。归根到底——作者本人对自己的作品的看法又算得了什么？作品归作品——他归他。”[1]当然，这里任何神秘性也没有，有的只是一位真正的现实主义作家对生活真实的绝对

〔1〕《屠格涅夫作品书简全集》（俄文版）“书简集”第8卷，第152页。

尊重、认识和反映现实的独特的方法。在屠格涅夫的时代，现实主义这个术语还不十分流行，它的内涵还没有像今天这样清楚地确定下来[1]，当今的现实主义理论实际上就概括了包括屠格涅夫在内的一大批作家的创作经验。对于屠格涅夫来说，现实主义就是客观地真实地反映现实，创作中的客观态度就是现实主义的本质特点。

屠格涅夫说过，在艺术事业中，怎样写也许比写什么更重要。在怎样写的问题上，同是现实主义作家却显出迥异的风格。有的作家在真实地描写现实的时候，在作品中以各种方式直接说出自己的评价，直接表露自己的爱憎。屠格涅夫却尽量避免这样做，他努力追求一种客观的叙述风格，即不但不直接作出评价，而且力图消除叙述方式上的任何主观色彩。例如，少用第一人称叙述；逐渐做到不用作品中的人物充当叙述者，不让作品中的任何一个人物代替作者说话；淡化抒情插话中的主观成分；等等。一句话，不使作品给读者的印象受任何一种叙述者的主观态度的影响。叙述由作者担任，而作者隐没在奔腾于书页间的生活洪流之中。

屠格涅夫的三位前驱——普希金、莱蒙托夫和果戈理——在叙述风格上没有一个是真正客观的。普希金以“我”的身份出现在《叶甫盖尼·奥涅金》中，“我”追踪奥涅金的每一个脚印，对他的每一个行为和心里活动都无保留地表态，或同情，或谴责，或揶揄，或惋惜。莱蒙托夫的《当代英雄》第一部第一、二篇由“我”叙述，“我”是作品人物之一，“我”耳闻目睹皮巧林的音容笑貌和待人接物的态度而在叙述中不由自主地加以评论。小说的其余部分是皮巧林的日记，主人公在这里记下了自己的经历，并就自己的行为作深刻的无情的自我分析。皮巧林迫使我们从他的角度去看待他叙述的一切，这就使故事带上更加强烈的主观色彩。在《死魂灵》中，大段大段的抒情插话比比皆是，果戈理往往借点话因，生发开去，指点评论，发抒一通。那段以飞驰的三驾马车象征俄国的著名的抒情插话是读者都熟悉的。果戈理还直接出面评论人物，对于泼留希金的极度吝啬，他说：“一个人，能够堕落到这样的无聊，猥琐，卑微里去的吗？……”

---

〔1〕 屠格涅夫在1876年写的《雷翁·克拉兑勒小说集序》中还这样说：法国有一派以巴尔扎克、福楼拜、左拉为代表的小说家，“这一流派在法国获得了现实主义这个不太确切的称号”。

难怪车尔尼雪夫斯基认为普希金、莱蒙托夫和果戈理的叙述风格都算不上是客观的，他在《〈小说中的小说〉》前言》中写道："我想要写一部纯客观的长篇小说，其中不但没有与我私人有关的任何痕迹，甚至丝毫不露我个人的好恶，在俄罗斯文学中还没有一部这样的长篇小说。《奥涅金》、《当代英雄》——完全是主观的东西，《死魂灵》中没有作者本人的或他的熟人的影子，但是掺进了作者的好恶，虽则这部小说所产生的印象的力量也就在这里。我以为，对于我来说，最难的是像莎士比亚那样写：他描写人和生活，但是并不说出他自己对于他的人物按各自的意愿所解决的问题有何种想法。"[1] 屠格涅夫和车尔尼雪夫斯基虽然在美学观点上有原则分歧，但在追求客观的叙述风格方面却是一致的。不过，车尔尼雪夫斯基的小说《怎么办?》实在很难说是实践了他本人的艺术主张，这位蒙难的革命家在监狱中急于要说出他对未来的新生活和新人的看法，作品中的四位新人几乎是直接代表作者在说话了。

屠格涅夫的客观的叙述风格也是逐渐形成的。成名作《猎人笔记》中各篇几乎全是由"我"叙述的，"我"是作品中的一个人物，也是作者的化身。"我"不仅叙述，还干预情节的发展，例如在《孤狼》中，"我"几次要守林人放走偷砍树木的农民，直接表示了自己的怜悯。在《总管》中，叙事的主观色彩十分强烈。"我"一开始就直接说出对地主宾诺奇金的反感，接着又通过在宾诺奇金家作客的观感和总管索夫龙的所作所为，不加隐讳地揭露这个外表温文尔雅的地主的极其凶残的本质，最后又借一个邻近庄园的农民之口说出对索夫龙的评价："他真是一只狗，一只恶狗。" 1850 年发表的中篇小说《多余人日记》是用日记的形式写的。主人公朱尔卡都林在临死前写日记追忆自己无用无聊的一生。他那种自轻自贱的口吻、病态的自尊而又自卑的心理，活画出一个在生活中没有找到应有的位置的人的形象。主人公在他一生中唯一值得一谈的爱情事件中失败后，作出了伤感的自我评价："我是个多余的人"、"大车上的第五个轮子。"《多余人日记》完全是主人公的特有的精神状态的自我暴露，这种精神状态决定了他看待周围的人与事的角度，也规定了作品的叙述的角度。

---

〔1〕《车尔尼雪夫斯基全集》(俄文版)，第 12 卷，第 683 页。

我们看到了朱尔卡都林对人对事的态度，也从他的感受上看到别人对他的态度。但是别人究竟怎样看朱尔卡都林，读者是无从知道的。由作品的主要人物充当叙述者来讲自己的事，这种主观色彩很强的叙述方式在以后的中篇小说中也还保留着，如《阿霞》《初恋》等。还有一类作品是由作品的人物充当叙述者来讲别人的事，如中篇小说《雅科夫·巴生科夫》，叙述者参与情节的发展，对人对事作出直接的评价。再有一类作品，也是由作品的人物之一充当叙述者，但是"我"常常处于听人讲故事和旁观者的地位，对耳闻目睹的一切似乎无动于衷。《猎人笔记》中的有些短篇就是这样，如在《里郭甫》中，"我"和农奴苏跷克闲聊，苏跷克一生中按女地主的吩咐干过各种各样的杂务，不管他会干还是不会干，只要女地主心血来潮，他就得干。最后，"我"问道："你有家眷吗？娶过亲吗？""没有，老爷，不曾，已经故世的塔佳娜·华西里叶夫娜——祝她升入天堂！——是不许任何人结婚的。决不可以！她常常说：'我不也是独身的吗？真是放肆！他们要结婚做什么？"答的人平平静静地讲，问的人平平静静地听，也没表示什么愤慨，可是在平平静静的闲聊之中，一个专横的女农奴主的丑恶形象活生生地出现在读者的眼前，它给读者的印象是不言自明的了。

屠格涅夫的所有中篇小说中在思想性和艺术性方面特别出色的《木木》，不仅不采用以"我"为主的"主观的"叙述方式，而且在作者的叙述中也尽量减少主观色彩。屠格涅夫勉强抑制愤怒，尽可能冷静地客观地讲述聋哑农奴盖拉新的故事。女农奴主似乎在无意中剥夺了他起码的生活权利和他在孤寂生活中的小小的欢乐，一个性格乖戾的女暴君的形象鲜明地凸现在读者的眼前。作者并未说出自己的评价，他的好恶在场面和情节中自然而然地流露出来，而读者的感受和作者是完全一致的。叙述愈客观，效果愈明显。但严格地说，在《木木》中，叙述的主观色彩尚未完全褪尽。屠格涅夫在描写女农奴主的时候，实在很难做到一点不动声色，口气之中往往含有讥刺的味道。

屠格涅夫的创作的高峰，他的技巧成熟的标志是六部长篇小说，他的客观的叙述风格在这里最终形成并显出巨大的艺术力量。故事由作者叙述，而作者的态度不借任何一个人物体现出来。人物按自己性格的逻辑行动,在与其他人物的关系中表现自己,作者既不美化他喜欢的人物和事情,也不丑化他不喜欢的人物和事情。《贵族之家》中的潘辛是个否定人物,但是他的形象丝毫没有漫画化。潘辛在各方面都不乏才能,在公事上是个干练的青年官吏,在交际场合应付裕如。他在卡里金家客厅里的一举一动完全符合他的性格,他的矫揉造作十分投合丽莎的母亲玛丽亚·狄米特里叶夫娜的胃口,可是引起了丽莎的姑奶奶玛尔法·季摩费叶夫娜的反感。他在与伦蒙的对比中暴露出自己的浅薄,在与丽莎的对比中暴露出自己的虚假,在与拉夫列茨基的争论中暴露出自己的浮夸和庸俗,最后,在与拉夫列茨基的堕落的妻子华尔华拉·巴弗洛夫娜的暧昧关系中证明了他与她臭味相投。就这样,潘辛的形象完成了。屠格涅夫并未直接说出自己的评价,但是,他从各种人物的不同的角度,对这个形象作出了鉴定,而读者由此得到的印象完全符合作者的意图。《父与子》的结构的主要环节是巴扎罗夫和巴威尔·基尔沙诺夫的几场争论,屠格涅夫以完全客观的态度给予争论双方以绝对平等的地位。巴扎罗夫锋芒毕露,巴威尔·基尔沙诺夫也咄咄逼人,第一次谈话就向巴扎罗夫接连提了九个问题,并且一步步上纲。他总是先发制人,不断发动攻势,但是他那些关于传统、原则、自由主义、人民等等漂亮话,总是在巴扎罗夫的准确、具体、简短有力的反驳下露出底蕴。巴扎罗夫不是以雄辩取胜,而是以真理取胜。生活的真理在他手中:“目前最有用的事就是否定”,“我们应该先把地面打扫干净。”巴扎罗夫与巴威尔·基尔沙诺夫的争论从内容到表现形式都是屠格涅夫的客观态度的典型例子。巴威尔·基尔沙诺夫是贵族中的佼佼者。屠格涅夫说:“审美感正是促使我选择了贵族阶级的好的代表人物,目的在于借此更正确证明我的主题:假如奶油不好,那么牛奶还有什么可说的?”[1]屠格涅夫对巴威尔·基尔沙诺夫的外貌、服饰、生活方式和心理状态的描写的细致程度,超过了作品中的任何一个人物。这个早年情场失意、中年就隐居在乡村的漂亮贵族,一丝不苟地维持着英国绅士的气派和生活方式,以“纪念他的过去的风流”。屠格涅夫在描写这一切的时候,笔下没有丝毫嘲笑的意味;但是,这位硬领雪白、浑身

[1] 《致斯卢切夫斯基》,见《古典文艺理论译丛》第3期,第188页。

洒满香水的绅士出现在乡村生活的背景上，显得多么滑稽可笑，这种艺术效果正是客观的真实的描写的结果。在《前夜》中，屠格涅夫既没有美化英沙罗夫，也没有贬低舒宾和伯尔森涅夫。舒宾和伯尔森涅夫也都是贵族青年中的“奶油”。事实上，假如这两个人很差劲，怎么能显出英沙罗夫的高大？英沙罗夫在有些方面甚至还不如他们，但是，在人生理想这个主要之点上，却比他们高尚和自觉得多。英沙罗夫在与他们两人的对比之中显出了他的优越，而这种比较是叶林娜作出的。叶琳娜在选择自己托付终身的伴侣，她把眼前的三个青年作比较是很自然的。读者在叶琳娜的日记中发现了她的内心秘密，随着她的目光重新观察了这三个年轻人，和她一起对英沙罗夫作出了评价。至于创造了这些人物的作者如何看待他们，读者却根本没有注意到。“只有当诗人创造的人物在读者看来，是如此生动和独特，以至这些人物的创造者本人都在读者的眼中消失了，艺术才算获得了最大的成功。”[1]屠格涅夫提出的这个很高的要求，他自己终于达到了。

屠格涅夫的客观的叙述方式之所以能取得卓著的艺术效果，还得力于他的抒情才能。他是小说家中的抒情诗人，把诗情融进了小说，融进了人物的感受，所以他的叙述染着感情色彩。《贵族之家》的读者，大概都不会忘记拉夫列茨基和丽莎深夜坐在花园的长椅上互相表白爱情的场面，也不会忘记拉夫列茨基离开丽莎走到街上时忽然听到的那似乎是从天上飘来的音乐，原来是伦蒙有感于他们两人的幸福，正在弹奏他为此而谱写的乐曲，那奇妙的旋律深印在主人公和读者的心中。更加动人心弦的是这两个场面在“尾声”中的“重现”。屠格涅夫以巨大的抒情力量描写拉夫列茨基在经历了爱情悲剧八年之后重访卡里金家的感受，那只变黑的歪斜的长椅，那架旧钢琴的一声颤音，引起了主人公的痛苦的回忆。这段描写为拉夫列茨基的爱情悲剧奏起了挽歌，它的余音将长久地萦绕在读者的耳旁。在《前夜》中，叶琳娜和英沙罗夫在威尼斯度过的那一个黄昏被屠格涅夫描写得多么动人！青年夫妇荡舟观光威尼斯，这座散发着女性的温馨的水城，“一切都明丽、清朗，一切又如梦，如烟，笼罩着默

---

〔1〕《屠格涅夫全集》(俄文版)第11卷，第7－8页。

默的爱情的薄霭”。威尼斯太美了！然而，“受尽人生折磨、生之旅程将要终结的人，不应当拜访威尼斯：它对他将是痛苦的，有如少年之日不曾实现的梦想的回忆”。这几句意料不到的插话使读者产生了某种不祥的预感，这种预感在两位主人公当夜观看歌剧《茶花女》时越发令人不安了。茶花女临死高声绝叫：“请让我活着……死得这样年轻！”叶琳娜和读者的心在一刹那间都被恐怖攫住了。这整整一节（《前夜》第 33 节）的描写可以说是全书最精彩的篇幅之一。屠格涅夫在美丽如画的威尼斯的背景上，刻画了主人公的幸福的心情和不幸的预感交织在一起的心理状态，预报了即将发生的悲剧。假如没有那些诗意盎然的描绘，这一切都将大大减色。

屠格涅夫的作品中也有抒情插话，但是这些插话不游离于故事之外，它们的主观成分也很弱，并不破坏整个叙述的客观风格，相反，却使故事的叙述在这几句话中得到概括和升华，并获得鲜明的感情色彩。例如，《贵族之家》中对拉夫列茨基的母亲、农奴出身的玛拉尼雅·赛尔盖叶夫娜的描写，字里行间隐含着对拉夫列茨基的父亲的讽刺和对女主人公的同情。当玛拉尼雅死时，屠格涅夫写道：“一个好心的、纯善的人儿，这样就完结她的人生之旅了，像一根幼芽似的，不知道为什么被人从地母的怀里连根拔了起来，扔到了一边，给太阳摧残，而枯萎，而消灭了，任何痕迹不曾留下。也没有任何人来给它悼念。”在拉夫列茨基与潘辛辩论那一幕，拉夫列茨基和丽莎都感觉到了他们的内心产生了共鸣，他们之间是互相接近了。拉夫列茨基陶醉在幸福的预感中；“可是，没有言语能够说明在那少女的纯洁心灵里究竟有了怎样的感觉：就是在她自己，那也是一个秘密，那么就让它对于所有的人，也永远成为秘密吧。没有人知道，没有人见过，也永远不会有人见到，在大地的怀抱里，种子是怎样发芽，怎样开花，怎样结果，怎样成熟。”对少女初恋的微妙感觉写得如此细腻，并且在抒情插话中用如此生动贴切的比喻加以赞美，这恐怕只有深谙少女心理又对她们怀有温柔的爱的屠格涅夫才能做到。屠格涅夫的抒情插话有时像不由自主地发出的一声短促的感叹，读者甚至搞不清楚，这声感叹是发自主人公的还是作者的胸怀。在《罗亭》的最后，列兹尧夫送走罗亭，在房间里来来往往走了好久，口中喃喃地说：“可怜的人。”这时“外面起风了，带着不吉的预兆在长嚎，盛怒似地摇撼着格格作响的窗叶。漫长的秋夜开始了，在这种夜里，能有家庭的庇荫坐在安全的温暖的一角里的人是有福了……愿上帝帮助所有的无家可归的流落的人”。这一声分明怀着对罗亭无限同情的感叹是属于列兹尧夫还是屠格涅夫的？你能分得清楚吗？在《贵族之家》的结尾，拉夫列茨基和丽莎在修道院中相逢不相认，丽莎走过拉夫列茨基的身旁而不望他一眼，只是她的睫毛的轻微的战慄泄露了她内心的激动。这时，“他们两人所思想的是什么，所感觉的是什么呢？谁知道？谁能说？人生里面，有些瞬间，也有些情感……那是我们只能意会，却不可以言传的”。这几句话能使读者在掩卷后陷入长久的沉思，作者的感叹已经变成读者的感叹了。屠格涅夫的抒情插话体现了他对人物的感情，他仿佛想通过这些插话把自己的感情传递给读者。创作缺乏客观态度，就不能产生真实感，就不能令读者信服，而叙述缺乏感情，就无法令读者心动。屠格涅夫通过充满诗意的描绘和抒情插话把感情注入故事的叙述中去，把自己的感情悄悄地、不露痕迹地传递给读者，使读者的感受和作者一致起来。客观叙述和诗情相结合就产生了屠格涅夫的魅力。

现实主义作家可以有各种不同的风格。托尔斯泰的作品有强烈的主观色彩；契诃夫则比屠格涅夫更客观冷静，几乎剔尽了作品中一切主观成分；陀思妥耶夫斯基甚至想使作品的人物摆脱作者叙述的框框，独立于作者的意识主体之外，由此产生了他的作品的所谓“复调结构”。风格的差异并不意味着孰高孰低，孰优孰劣。屠格涅夫只是想使自己的叙述方式更符合他的认识与反映现实的原则，他的目的无疑是达到了。

（原载《苏州大学学报》，1985 年）

契诃夫创作美学断想

一

现在恐怕很少有人会像当年的民粹派批评家米哈依洛夫斯基那样，说契诃夫是一个无思想无倾向的作家了，比较多的倒是过于直接地从契诃夫的作品中概括出相当激进的政治结论来，把契诃夫的审美意识的独特性消融于一般的社会性历史性分析中，似乎契诃夫和同时代的托尔斯泰、萨尔蒂柯夫-谢德林等怀着同样的社会情绪进入创作过程，从同样的角度审视和反映现实，以同样的心理状态面对创作对象。我们往往习惯于从客观上归纳作品的社会思想，满足于揭示进步作家对沙皇俄国现实所采取的批判性立场，而忽视不同作家艺术思维的特点和创作心理的特点。我们所描摹出来的契诃夫作品的思想图式有时并不符合原作的实际面貌和渗透于字里行间的情绪。

实际上我们在契诃夫的作品中几乎看不到托尔斯泰和谢德林的作品所特有的那种明确的政治意识。契诃夫从嘲笑小市民的庸俗生活开始自己的创作道路，他从批判市侩意识（包括知识分子的市侩意识）的角度观察和反映生活，写出了丧失人格意识的奴性心理、因循守旧的习惯势力、墨守成规的保守观念、苟且偷安的丑恶生活、对于强权和暴力的恐惧和服从、对于渺小的幸福的贪求。他看出了市侩意识的丑恶和可怕，这种意识在革命落潮的萧索时代成为腐蚀性极强的社会势力，使人沉湎于小市民猪一般的庸俗生活而不能自拔。契诃夫力图用他那小小的短篇小说在人们心中唤起对这种醉生梦死和半死不活的生活的憎恶；可是，他是用温和的幽默笔调描写这种生活，面带忧郁的微笑看着那些既可怜又可憎的主人公，他的思维方式和表达方式的特点使他的作品呈现出独创的面貌。

我们不应该也不容易在他的作品中寻找对沙皇制度的直接抗议，契诃夫是在批判市侩意识和小市民生活中达到他对现实的否定的，我们可以从中发现他的政治态度的折射。

对于契诃夫的审美意识的独特性，没有人比高尔基理解得更深刻了。高尔基说，契诃夫"拥有他自己特有的对生活的看法，因此就站得比生活更高。他从更高的观点上阐明它的沉闷，它的荒谬，它的挣扎，它整个的混乱。虽然这种观点是不可捉摸的，不是随便能够加上定义的——也许正因为它崇高的缘故，——可是这种观点总可以让人在他的短篇小说里感觉到，总是非常鲜明地从字里行间透露出来。在他的短篇小说里，越来越经常地可以听到一种忧愁的、但却是沉重的和准确的针对人们不善于生活这一点而对他们发出的责备……"[1]契诃夫对俄国文学的独特的贡献就在于他批判了俄罗斯民族国民性的某些阴暗方面，这使他有别于其他俄国文学大师而同我国的鲁迅十分相像，确切地说，同发表《呐喊》和《彷徨》时的鲁迅十分相像。前期的鲁迅从反封建意识的角度反映现实，展示中国国民性中的阴暗方面；契诃夫则从批判市侩意识的角度，深刻地暴露俄罗斯民族国民性的历史积垢。从这一点看，可以对契诃夫的贡献和功绩作出更合乎实际的评价，对他的审美意识的特点作出准确的判断。

二

契诃夫和果戈理、陀思妥耶夫斯基、托尔斯泰等人不同，没有经历过世界观的激变。他在发表作品六年之后，得到老作家格利果罗维奇的忠告和指点，开始严肃地对待文学创作，认真地考虑自己的作品所产生的社会效果，意识到树立一种对社会对生活的明确的立场和观点是至关重要的，否则写出来的每一行字都是对读者的欺骗。契诃夫的创作思想的发展过程就是对一种能赋予生活和行动以积极意义的"中心思想"的不断探索，这种探索贯串于他 19 世纪 80 年代末和 90 年代的全部作品，并在一些知识分子主人公的思考和议论中留下了自己思想发展的轨迹。人所共知的最典型的作品当然是《没意思的故事》。在其他一些描写知识分

〔1〕 高尔基《论文学》续集，第 46 页。译文有改动。

子的作品中，契诃夫仿佛对19世纪最后二十年俄国社会上形形色色的思想作了一番普查和检测。他在《亮光》中议论厌世哲学，在《第六病室》中批判“蔑视痛苦，痛苦就会消失”的“方便哲学”，在《带阁楼的房子》、《新庐》和《我的一生》中对民粹派的“小事论”明确地表示了否定的态度，在《匿名的故事》中对民粹派恐怖分子作了深刻的揭露，在《黑修士》中辛辣地嘲笑了那些自命为“天才”和“上帝选民”的平庸的知识分子，在《花匠头目的故事》中讥讽了那种夸大了的道德感化力量和自欺欺人的所谓基督教精神。契诃夫在90年代（特别是在库页岛之行后）的一些作品和书信中，还对影响他有六七年之久的托尔斯泰主义表示了怀疑和否定。契诃夫的主人公们还广泛议论了一些“永恒的”题目，如爱情、幸福、上帝、死亡、永生、进步、蜕化等等，他们以独白或对白的形式发表了各种各样的看法。这些作品保存了大量的思想资料，对于我们认识当时俄国知识分子的思想面貌是十分有价值的。更重要的是，我们从中看到契诃夫的视野的广阔，他在这思想的万花筒中努力寻找他的世界观的支撑点。他找到了什么呢？我们发现，他比较清楚应该否定什么，而不大清楚应该肯定什么，不大清楚应该吸收什么来做他的中心思想。正如他自己所说：“我的目的是一箭双雕——真实地描写生活，顺便证明这生活怎样反常。至于怎样才算正常，我们不知道，我们当中任何人都不知道。我们知道不正直的行为是什么，可是正直的是什么，我们都不知道。”[1]所以，他在《亮光》中振振有词地反驳了悲观主义的宿命论后，却在结尾处写道：“这世界上是没有一样事情弄得懂的。”在写完《第六病室》后，他写信给苏沃陵说，他缺乏目标感。

契诃夫对未来抱着美好的希望，但是这种憧憬本身和走向未来的道路也都是不清晰的。他的主人公总是含糊地预言三十年、五十年或两三百年后生活会是另一种样子，连《三姐妹》中的屠森巴赫说的那段著名的台词（“山岳般的乌云正向我们迎头压来，一场强大、猛烈的暴风雨正在酝酿，它起来了，它已经逼近了，它马上就要把我们社会上的懒惰、冷淡，对劳动的偏见、腐朽的愁闷一扫而光”），也不能说明契诃夫已经清楚地

〔1〕 契诃夫《论文学》，第153页。

认识到暴风雨所体现的那股力量究竟是什么。契诃夫描绘不出未来的清晰轮廓，也塑造不出改造现实的英雄，他只能指出谁不是英雄，不是历史的主人，不能跟谁走，包括说出上面这段台词的屠森巴赫。连契诃夫本人都意识到自己也属于“不是英雄”那类人。他说：“我们也许是美丽的鸟，唱得挺好，然而我们不是鹰。”[1]所以，我们若要概括契诃夫的作为创作过程的艺术思维的特点，不妨说他对现实既有准确把握的一面，也有模糊把握的一面。从否定到肯定、从现实到未来的许多中间环节对他说来是模糊的；该肯定什么，未来是什么，对他说来也是模糊的。作家创作运动中的模糊性包括创作主体对描写对象在知解上的模糊和主体对自身心理活动在意识上的模糊，我们在契诃夫的部分作品中恰好能看到这种模糊性的反映，而对于契诃夫模糊把握的东西，我们不宜在分析中确指，否则我们的结论将偏离作者原来的思想状态。

三

契诃夫的创作意识和创作心理某些方面的朦胧性，主要表现在一些通过象征形象和象征境界表达某种追求或生活哲理的作品中。1899 年，高尔基在给契诃夫的信中写道：“大家都说，例如，《万尼亚舅舅》和《海鸥》是一种崭新的戏剧艺术，在这里现实主义提高到一种精神崇高和含义深刻的象征境地。我以为，这说得非常正确。……别的戏剧是不能把人从现实中吸引到哲理的概括上面的，——这一点您却做到了。”[2]聂米罗维奇-丹钦柯也说过：“契诃夫把现实主义磨炼到了象征的境界。”[3]这些提法深刻地揭示出契诃夫的作品的审美价值，并且指出了探索契诃夫作品的艺术魅力的途径。一些研究者受到高尔基和丹钦柯的启发，提出了契诃夫作品（戏剧和小说）的双重结构问题，即作品所描写的生活的表层和深藏在表层之下的生活的底蕴，或用叶尔米洛夫的说法，所谓直接现实的和诗意概括的双重结构。这个观点不仅从现实主义深化的角度，而且

[1] 契诃夫《论文学》，第 64 页。
[2] 高尔基《文学书简》上卷，第 19 页。
[3] 转引自叶尔米洛夫《论契诃夫的戏剧创作》，第 340 页。

从现实主义升华的角度，探索到了进入契诃夫创作的诗意境界的道路。契诃夫从真实表现生活上升到对生活进行哲理概括，把丑的生活变成美的艺术。在作品深处潺潺流淌的抒情潜流激发读者的思考和感情活动，把作品的第二创作者引入创作过程。

作品所描写的现实一旦升华为包含某种哲理的象征，其象征意义可能是清晰的，也可能是朦胧的。读者对作品的体会、感受不一，批评家对作品的解释不一，这个常见的现象历来都用作品反映的生活大于作者的主观意图以及读者的思想、心理各各不同来解释，而忽略了作者主观状态可能出现的模糊性。作品含义的朦胧和含蓄是不同的。含蓄是蓄而不露，作者心中有数而不道破；朦胧则可能是作者清楚而读者把握不准，或作者和读者都把握不准。契诃夫作品的象征境界不是通过筛选个别形象、个别场景或个别细节的象征意义来体现的，而是通过作品中全部艺术因素的联系所形成的第二结构——抒情潜流达到的。象征是从具体到抽象，从形象到哲理概括，这个升华的过程，即作品里每个艺术因素和它们的相互联系中如何隐匿作家的意图，对读者说来是颇费猜测的；而升华的结果，则连作者本人有时也未必十分清楚，或者说作者本来就想给读者若明若暗、若隐若现的感觉。契诃夫有一些作品，如《吻》《怕》《美人》《幸福》《主教》等，一般的评论很少涉及，大概就因为它们的潜台词相当朦胧的缘故。

《幸福》中两个牧羊人和一个过路人在黎明前的草原上闲聊，他们都相信草原上埋着财宝，憧憬着有朝一日挖到财宝，获得人间的幸福。老牧人和过路人讲了许多传说，证明财宝就埋在附近一带；他们也再三感叹从来没有人挖到过财宝，因为据说有人施了障眼法，即使挖准了地方也看不见财宝。“财宝固然有，可是没那个本事找着它”，“因此人一直到死还是没尝着幸福是什么滋味。”这篇小说的潜台词扑朔迷离，语调丰富多变。老牧人寻宝的热情无疑象征着对幸福的渴望，这是小说标题明明提示着的。财宝到底有没有？老牧人和过路人凿凿有据地证明是有的，他们的那份信心和热望令人感动；可是，他们引以为证的传说都是荒诞不经的，所以，财宝其实是没有的，他们的痴愚令人悲哀。没有财宝，也就没有幸福。不！寄托在财宝上的幸福是没有的，而另外一种幸福是有的。契诃夫写道:“太阳还没有升起来,可是这时远近的土丘全看得清了。‘索尔墓’和它的尖顶在远处像一朵云。谁要是爬到那上面去,就可以在那儿瞭望跟天空那样平齐而广阔的平原,还可以望见乡村啊,庄园啊,德国侨民的住宅啊,摩洛尼卡侨民的住宅啊;如果是个千里眼的喀尔马克人,连城市和车站也会瞧得见。只有爬到那上面去,人才会明白世界上除沉默的草原和古墓以外,还有别的东西,才会明白另外还有一种生活跟埋藏的宝贝和绵羊的思想没有一点关系。”另一种生活,另一种幸福是有的。可是究竟在哪里呢?在那个飘渺的远方。究竟是什么样的生活和幸福?怎样才能得到它们?那是连契诃夫也说不清的。那么,这“另一种”幸福和老牧人的幸福其实是一样的。幸福是没有的,或者回到那个说法:幸福固然有,可是没有那个本事找着它。这句话的前一半是乐观的,后一半是悲观的。乐观和悲观相结合,肯定和否定相结合。契诃夫清醒地否定老牧人的幸福,读者清醒地怀疑契诃夫的幸福。幸福到底在哪儿?小说始终没有给予明确的答案。

作品中的自然景色从黎明前的黑暗转变为灿烂的清晨,一切都映照出老牧人对幸福的美好希望。契诃夫很少这样带着感情描写大自然:“一轮巨大的红日出现在眼前,它的周围缠着一层薄雾。宽条的光芒,仍旧寒冷,注在含露的青草上,带着欢欣的神气伸张出去,仿佛证明自己并不厌恶自己的工作似的,开始普照大地。银白的苦艾,猪葱的蓝花,黄色的芥草,矢车菊——全部放出鲜艳的彩色,承受着阳光,将阳光化成自己的微笑。”可是,明丽的清晨不一会就变成酷热的白昼,一切都在溽暑的煎熬中昏昏沉沉地睡去,老少两个牧人呆立在羊群里,他们想得出神了,各人生活在各人的生活里,羊也在想心事。小说就在这种迷迷糊糊的气氛中结束。

《幸福》极其典型地表现出契诃夫一些作品的象征境界的朦胧性,反映出作者在一些问题上主观状态的模糊性。《幸福》写于1887年,契诃夫在同年6月27日致哥哥亚·契诃夫的信中说:“这是一篇充满灵感的作品,宛似交响乐。”[1]次年3月25日,他在致波隆斯基的信中说:“我认为

---

〔1〕 契诃夫《论文学》,第44页。

这在我所有的小说里是最好的一篇。”[1]可见,《幸福》所达到的境界是契诃夫刻意追求的。

《吻》的主人公里亚包维奇是个军官,他所在的炮兵旅路过一位退休将军的庄园,全体军官被邀请作客。里亚包维奇外貌不讨人喜欢,在餐桌和舞会上都得不到女性的青睐。他跟别人到弹子房去玩。由于烦闷无聊,又独自一人溜出来转悠,不料在一个黑房间里被一个等待幽会的姑娘错吻了一下,这一吻激起了里亚包维奇的幻想和热情,他回到舞厅里寻找那个错吻他的姑娘,可是在所有女宾的表情上没有发现一丝一毫的暗示。他没有失去希望,他在心中保留着这个使他的生活变得欢快起来的秘密。炮兵旅换防的时候,又一次路过那位将军的庄园,可是没有人来请他们去作客。到达驻地后,里亚包维奇忍不住独自一人跑到将军庄园附近去溜达,他没有遇见一个人,他明白了,他永远也不会见到那个错吻了他的姑娘。

谜一般的气氛,谜一般的形象,谜一般的主题:人与命运?人与幸福?……一个错吻的故事包孕着多么丰富的潜台词。契诃夫让他的主人公从自己的遭遇中悲哀地悟出一些道理:“里亚包维奇觉着整个世界,整个生活,都好像是一个不能理解的、没目的的玩笑……他又想起命运怎样化成一个素不相识的女人偶然对他温存了一下,想起他对夏天的迷梦和幻想,他这才发觉他的生活非常空洞,贫乏,没有光彩……”契诃夫怜悯他的主人公,一个错吻引起的欢乐在一刹那间照出了这个人生活的贫乏。那么,读者从里亚包维奇的故事中会得出什么结论呢?幸福是虚无的吗?命运是一个恶毒的玩笑吗?

小说的结尾是这样的:“他(里亚包维奇)回到农舍,却没有看见一个同事。勤务兵报告他说:他们都到冯·拉别克将军家里去了,因为将军派了一个骑马的使者来请他们……一刹那间,里亚包维奇的心里腾起一股欢乐,可是他立刻扑灭它,上了床。他偏要跟他的命运作对,仿佛要惹它气恼似的,他没有到将军家里。”里亚包维奇不再上命运的当了,因为即使他再去将军家,也决认不出那个错吻了他的姑娘。

---

[1] 契诃夫《论文学》,第79页。

一个轻快欢乐的故事导向一个忧郁的结局，闪耀着虹彩的幻梦像肥皂泡一样破灭了。生活到底有没有希望和幸福呢？

《美人》的象征意义也是相当朦胧、颇费思索的。两个绝色美人都没有自我意识，与其说她们是形象，不如说她们只是美的象征罢了。小说主人公在少年和青年时期分别邂逅两个美丽无比的姑娘，这种绝世的美两次都引起主人公忧郁的感觉。小说的潜台词到底是什么呢？也许是惋惜生活与这种美不相称，美是注定要白白浪费的；也许是说美是偶然的，不必要的，跟人间万物一样昙花一现随即就会消失；也许是旁观者在这种美面前惋惜自己的青春已经逝去，这种美与自己无缘；也许这种美不是真正的美，因为它没有带来欢乐，而只引起人们的惆怅；也许……也许这些意思都有，也许这些猜测都没有接触到象征的实质，正如主人公自己所感叹的："那就只有上帝才知道了。"

契诃夫的作品所达到的象征境界，使这些作品获得诗质，充满诗意，引起读者无穷的联想，耐得住读者反复品味。契诃夫的作品的这种诗质，很投合我们东方读者的审美感。关于这一点，郭沫若在《契诃夫在东方》一文中说得十分透辟："契诃夫在东方很受人爱好……他的作品和作风很合乎东方人的口胃。东方人于文学喜欢抒情的东西，喜欢沉潜而有内涵的东西，但要不伤于凝重。那感觉要像玉石般玲珑温润而不像玻璃，要像绿茶般于清甜中带点涩味，而不像咖啡加糖加牛乳。音乐的美也喜欢这种涩，一切都要有沉潜的美而不尚外表的华丽。喜欢灰青，喜欢忧郁，不是那么过于宏伟，压迫得令人害怕。

契诃夫特别在这些方面投合了东方人的感情，在我们看来他的东方成分似乎多过于西方的。他虽然不做诗，但他确实是一位诗人。"[1]

四

每个优秀的作家都有自己独特的语调。语调就是叙述的口气，读者凭语调就能辨别得出是哪位大师的作品。语调似乎并未成为文艺学的专门术语，可是读文学作品时处处都能感到它的存在。语调是风格的一部

[1] 《沫若文集》，第13卷，第167页。

分，风格即人，语调亦即人，闻声如见人。语调实际上反映作家对现实的总的审美态度，作家在创作历程中逐渐形成自己的审美观，也逐渐形成自己的语调。契诃夫坚持客观冷静的创作原则，尽量少暴露主观态度，在作品中努力剔除主观成分，可是他的语调是无论如何也掩盖不住的。当然，他让主人公们各按自己的身份说话，人物语言的个性化是他的突出优点，然而他仍然把一切镶在他的叙述的框子里，他的语调决定了作品所产生的总的印象。语调是很难举例说明的，我们只能说出某位作家的语调的特征。语调回响在整篇作品中，回响在作家的全部创作中，是通过整篇作品、全部创作体现出来的。在契诃夫的读者中，高尔基第一个听出了契诃夫的独特的语调。他说："在安东·巴甫洛维奇的每一篇幽默小说里面，我都听见一颗真正仁爱的心的轻轻长叹——这一声寂寞痛苦的叹息是为着怜悯人们而发的，就是怜悯那样的人：他们不知道尊重自己的人格，毫不抵抗地服从暴力，过着奴隶一般的生活，并且除了相信每天喝油多的白菜汤以外就什么都不相信，除了害怕挨到更强、更无礼的人的鞭打以外就没有任何的感觉。"〔1〕这里说的差不多就是契诃夫的语调了。在幽默小说里透出一声寂寞痛苦的叹息，喜剧式的情节下隐匿着悲剧式的潜台词。高尔基在同一篇回忆录里列举了契诃夫作品中形形色色的人物，然后写道：

> 在这一群软弱无力的人的厌倦的灰色行列前面，走过一个伟大、聪明、对一切都很注意的人；他观察了他祖国的寂寞的居民，他露出悲哀的微笑，带着温和的但又是深重的责备的调子，脸上和心里都充满了一种绝望的苦恼，用了一种好听的、恳切的声音说：
>
> "诸位先生，你们过的是丑恶的生活！"〔2〕

这一段话就直接说到语调了，高尔基把语调和作品的内容、作家的精神气质、心理状态结合起来讲，形象地生动地描绘出契诃夫的作品给他留下的印象。这个印象被高尔基形诸文字后，竟和契诃夫的自述完全吻合。契诃夫说："我只想诚实的对人们说：'看一看你们自己吧，看一看你们大

---

〔1〕《回忆契诃夫》，第449－450页。

〔2〕同上，第502页。

家都生活得多么糟，多么无聊！’”[1]契诃夫就是用这样的口气来讲故事，他的语调是忧伤的，沉静的，幽默中带一点冷嘲，即使是尖刻的讽刺也用温和的口气表达出来。忧伤而非感伤，感伤就像是“热处理”，作者和主人公哭成一团；契诃夫的忧伤是“冷处理”，他仿佛对作品所描写的一切无动于衷，而读者却总能听到作者的痛苦的叹息。

契诃夫是一个非常善良、非常质朴的人，别人做出不体面的事，他会为那个人感到不好意思，好像是他做错了事一样。他在作品中揭露生活的庸俗和丑恶，而读者总能在他的语调中听到一种抱愧的声音。如果我们想要稍微具体地理解契诃夫的这种心理，不妨读读契诃夫在《第六病室》中对拉京医生的几句描写：“安得列·叶菲梅奇遭到欺骗或者受到奉承，或者有一份分明知道是捏造的账单送来请他签署的时候，他就把脸胀得跟龙虾一样红，觉着于心有愧，不过还是签了名。”

契诃夫有很清醒的自我意识，他感到自己也属于他在作品中嘲笑过的软弱的知识分子一类人，看得清现实的丑恶而无改造现实的能力，所以他从不板起面孔用说教的口吻教训人。他最讨厌夸夸其谈，每当他的作品中有人高谈阔论时，读者总能听出作者的讥讽的语调。

契诃夫的作品中有时也响起轻快欢乐的语调，但是它总是短暂的，从来没有成为压倒一切的主调。他的后期作品的语调中有时也出现高昂的音符，这往往是在主人公憧憬美好未来的时候，但是这也仅仅是几个音符，几个乐句，从来没有发展成完整的主旋律，即使在他最后的短篇小说《新娘》中也是如此。

五

艺术家如何看待自然和表现自然，也是他的审美意识的重要方面。大自然进入文学作品通常是作为风景描写，是作家用以渲染环境、烘托气氛和表现人物感情变化的手段。不过，在一些作家的心目中，大自然不仅仅是人的主观感情的寄托物，而且是具有自身价值的独立存在，作家对它怀着泛神主义式的崇拜，用它来对照人类社会的丑恶和人的渺小，或者让

---

[1] 契诃夫《论文学》，第393页。

人物受到大自然的感化，大彻大悟，得到精神的新生。《战争与和平》中的安得烈·包尔康斯基公爵在奥斯特里茨战场上负伤倒地，仰望庄严、崇高的天空，顿时觉悟到人类虚荣心的渺小和可怜。这个例子可以说明托尔斯泰对大自然的态度。

契诃夫的作品中不乏情绪性和背景性的景物描写，但是我们注意到，基于客观冷静的创作态度，契诃夫较少借自然景物来衬托人物的感情或暗示自己的主观态度。在他的许多重要作品中，大自然以相对独立的形象出现，体现着真善美的和谐的统一。契诃夫以它和人类社会相对照，但是并不以大自然的崇伟来反衬人的渺小，而是力图唤醒人的自尊和自信，激发人们对美好生活的追求。在契诃夫的作品中没有对大自然的泛神主义式的崇拜，也没有浪漫主义作家的“返回自然”的号召，他把人与自然的联系纳入道德范畴，希望人类的生活配得上大自然的完美。

契诃夫在景物描写中所深藏的道德含蕴，是作家有意为之，体现了他的明确的意图的。这类例子可以举出《神经错乱》中对初雪的描写和《带叭儿狗的女人》中对雅尔达晨景的描写。

要理解契诃夫赋予大自然以何种审美价值，最好分析他的名作《草原》。这篇小说不是在个别地方描写自然界物，而是塑造了相对于人类形象的大自然——草原的整体形象。小说记叙了男孩叶果鲁希卡到城里去上学，在草原上度过的两天两夜的旅途生活印象。对人的描写和对自然的描写，犹如两根时时相交的曲线，从作品开头延伸到结尾。对人对事的描写，大都通过叶果鲁希卡的视角；而对大自然的描写，则有一半用的是契诃夫本人的口吻。例如：“一只鹞鹰贴近地面飞翔，均匀地搧动翅膀，忽然在空中停住，仿佛在思索生活的空洞无聊似的……”这样的印象无论如何是不可能在9岁的小主人公的脑子里产生的。契诃夫之所以不完全通过叶果鲁希卡的视角来描写大自然，就是想通过草原的形象说出他对生活的理解和憧憬。《草原》对生活作了高度的哲理概括，充满了典型的契诃夫式的潜台词，给读者留下了像草原一样广阔的思考余地。

契诃夫笔下的俄罗斯大草原既美丽多姿，色彩绚丽，芬芳馥郁，又空旷、单调、寂寞，这些矛盾的特点竟然被契诃夫和谐地统一在一个整体形象中。他借日出、日落、清晨、白天和夜晚的不同景象，写出了草原的多姿多态；他借一条潺潺奔流的小溪、溪旁茂盛的花草和三只受惊的鹬，写出了草原的热闹和芬芳；他借车夫瓦夏那双特别敏锐的眼睛，写出了在草原深处搏动的生命；他也借那骄阳炙烤下干枯的平原，在热气中颤动的朦朦胧胧的远方和笼罩一切的、深邃而清澄的天空，写出草原的空远；又借那仿佛在空气中凝住不动的鹞鹰、山丘上一颗孤单的白杨、地平线上那一架永远在摆动着手臂的风车，写出了草原的单调；还借那夜色中路边上一座沉默的古墓，两个朽烂的十字架，农妇的低抑、冗长、悲伤的歌声，写出了草原的寂寞凄凉。对于这个既矛盾又和谐的草原形象，契诃夫用一段抒情插话发出了深沉的感叹："在你看见而且听见的一切东西里，你开始感到美的胜利、青春的朝气、力量的壮大、求生的热望；灵魂响应着可爱而庄严的故土的呼唤，一心想随着夜鸟一块儿在草原上翱翔。在美的胜利中，在幸福的洋溢中，透露着紧张和愁苦，仿佛草原知道自己的孤独，知道自己的财富和灵感对这世界来说白白荒废了，没有人用歌曲称颂它，也没有人需要它；在这欢乐的闹声中，人听见草原悲凉而无望地呼喊着：歌手啊！歌手啊！"根据这一段抒情插话的含义，《契诃夫传》的作者叶尔米洛夫概括出《草原》的主题是"白白浪费的美"。但是如果把《草原》塑造的大自然的形象和草原上的人的形象联系并对照来看，对《草原》的思想还可以解释得更具体些。关于人和草原的对比联想，是作家直接提示我们的。就在上引那段抒情插话之后一页，契诃夫描写了草原上的大道：

> 一种非常宽阔的、奔放不羁的、雄伟强大的东西在草原上伸展出去，代替了大道。那是一条灰色的长带，经过车马和人们的践踏，布满尘土，跟所有的道路一样，只是路面有好几十俄丈宽。这条道路的辽阔使叶果鲁希卡看得迷迷糊糊，引得他生出了神话般的思想。谁顺这条路旅行呢？谁要这么大的空地呢？这真是叫人弄不懂，古怪。真的，人们也许会揣想：迈着大步的巨人，例如伊里亚·慕洛麦茨和大盗索罗维，至今还在俄罗斯生活着，他们的大马也没有死吧。叶果鲁希卡瞧着这条道路，幻想六辆高高的战车并排飞驰，就跟在《圣经》故事的插图上看见的一样；每辆战车由六头发疯的野马拉着，高高的车辆搅起滚滚的烟尘升上天空，驾驭那些马的是只有在梦中才能看见或者在神话的思想中才能生长出来的那种人。要是真有那些

的话，他们跟这草原和大道相配起来多么合适啊！

可是，眼前的现实中没有与宽阔的草原大道相匹配的巨人。叶果鲁希卡在暴风雨中看见跟在车后的三个手持长枪的巨人原来是闪电造成的假象，不过是肩扛草叉的农民。草原上的劳动者都是不幸的，艰难地忍受着生活的重压。老车夫潘捷列讲的草原旅客和客店的故事都是阴森森的。称霸草原的瓦尔拉莫夫是个精明的剥削者，契诃夫大概并非偶然地写他是个矮小的灰色的人，骑着难看的小马，这与巨人巨马的形象相比实在是相去太远了。货车队车夫中最有生气的人是捣蛋鬼迪莫夫，他常常出于烦闷而恶作剧，闹闹嚷嚷后忽然安静下来，说："我心里好闷哟！……我们这生活没有什么指望，苦透了。"贯串小说前后的小主人公叶果鲁希卡是一个未完成未定型的形象，契诃夫原来打算把这个人物写下去，并且预言他在俄国的现实生活中不会有好结局，也许到十七八岁就自杀。

《草原》的总的调子是忧伤的，这与契诃夫全部创作的总的调子相符。《草原》中的人物没有一个与草原相称，人配不上草原，人配不上大自然。这就是这篇小说的主题思想。这个结论也是契诃夫提示给我们的。他在给格利果罗维奇的信中说：

> 艺术家的全部精力应当转到两种力量上：人和自然。一方面是身体虚弱，神经质，春情发动期提前，热烈的渴求生活和真理，热望像草原那样广大的活动，心神不宁的分析种种事情，知识的贫乏跟思想的奔放同时并存；另一方面是辽阔的草原、严酷的气候，灰色而严峻的人民以及他们的沉重冷酷的历史，暴力统治，官僚横行，贫穷，愚昧，京城的潮湿等。俄罗斯生活把俄罗斯人砸得粉身碎骨，如同有一千普特重的石头砸下来一样。在西欧，人们灭亡是因为那边又挤又闷，活不下去；可是在我们这儿人们却是因为地方太广阔而活不下去。……这儿太广阔，弄得小人物没有力量确定方向了。[1]

契诃夫把自己对祖国的揪心的爱，对民族命运的忧虑，对现实的谴责，对人民的不幸的深沉的叹息，都融进了草原的形象。契诃夫热切地希望总有一天俄国人民在精神上将配得上他以草原形象所体现的祖国的辽

〔1〕 契诃夫《论文学》，第70页。

阔壮美。契诃夫用历史意识充实大自然的审美内涵,使“人和自然”的命题获得时代的具体的内容。

最后,借用高尔基的一段话作为本文的结束语:“关于契诃夫本来还有许多可以写,可是这需要一种极干净、极细致的文笔,我觉得在我是办不到的。要是能够像他自己写《草原》那样地来写他,那多好!”[1]

(原载《铁道师院学报》,1986 年)

〔1〕《回忆契诃夫》,第 510 页。

契诃夫短篇小说的艺术特色

契诃夫是世界上影响最大的短篇小说大师之一，人们在探讨短篇小说创作的各种问题时，除了莫泊桑，就必定提到契诃夫了。甚至像拥有莫泊桑这样一位值得骄傲的前辈的法国人也说："恐怕没有一个法国小说家，能够断定他不曾受到过（直接或者间接地）契诃夫的影响。……在所有现代小说家的脉管里，都至少流动着契诃夫的几滴精神的血液。"〔1〕

契诃夫一生写了两百多篇中、短篇小说。〔2〕从 1880 年到 1904 年为止，在这不算太长的二十四年的创作生涯中，契诃夫从一个幽默小故事的无名作者的地位迅速登上成熟的大师的宝座。列夫·托尔斯泰把契诃夫早在 1886—1888 年间写的《孩子们》、《困》和《在法庭上》称为真正的杰作，说契诃夫的技巧已登峰造极。契诃夫的大多数作品，由于它们的深刻的思想内容和完美的艺术形式，直到今天仍保持着不衰的艺术魅力。对于读者来说，它们是艺术享受的不竭的源泉；对于作家来说，它们还是一所学习技巧的学校。在世界短篇小说大师之中，契诃夫的艺术手法独树一帜。举例来说，他不同于莫泊桑，更不同于美国的奥·亨利。为了向他学习，首先就必须探讨他的手法的特点。不过，这要求做大量细致的研究工作，不是一两篇文章所能概括的。本文整理了一些读书心得，仅就契诃夫短篇小说艺术特色的几个方面，谈一点粗浅的看法。

---

〔1〕 转引自耶里扎罗娃《契诃夫的创作与十九世纪末期现实主义问题》，上海文艺出版社 1962 年版，第 7 页。

〔2〕 这里指契诃夫本人编选成集的。实际上他写的作品达千篇以上。

一

“……在短小的短篇小说里最好不要说透，只要叙述就行。”

——契诃夫

契诃夫写过一个短篇《安纽黛》，内容是这样的：在一所大公寓的一个租金最便宜的房间里，住着一名医科三年级大学生，他和一个名叫安纽黛的女子同居。安纽黛靠做针线活赚几个钱帮助大学生生活和读书，她曾经用同样的办法帮助过五个大学生，现在这些人已经出人头地，有的当了医生，有的做了艺术家，有一个甚至做了教授，总之，都成了上流人，他们都早已把安纽黛忘记了。眼前的医科大学生柯罗契科夫是第六个，他将来自然也会从大学毕业，有很好的前程，不过目前的处境却很潦倒，房间脏得像猪窝一样，日常生活还得靠安纽黛做出活计来维持。然而，柯罗契科夫在心里却早把自己看做未来的上流人了，安纽黛是不配跟他平起平坐的。他对待安纽黛像对待手边的任何一件家具一样。他复习解剖学的时候，叫安纽黛在很冷的天气脱光衣服做他的活标本。当隔壁一个学画的学生向他“借”安纽黛去做模特儿时，他也像出借一件家具似的慷慨大方。尽管安纽黛在生活中帮了他不少忙，柯罗契科夫总觉得安纽黛玷污了他的未来的上流人的身份，他的生活因为有安纽黛存在才变得这样丑陋、肮脏，因此他有一次对安纽黛说，他不想跟她过下去了，叫她卷铺盖走。

小说的思想是很明显的。契诃夫在这里辛辣地讽刺了那些“未来的上流人”。在当时（19 世纪 80 年代）的俄国社会，放荡的大学生是被自由资产阶级分子捧为体现自由思想的偶像的，但契诃夫狠狠地打击了这些偶像，无情地揭穿了资产阶级知识分子对待“下等人”的冷酷和道德的堕落。这篇小说的写法是典型的契诃夫式的，契诃夫的打击对象虽然很清楚，他却没有在作品中直接说过一句责备大学生的话，也没有对安纽黛表示过自己的同情。他像讲到一件极其平常的事情一样，叙述了柯罗契科夫的卑劣行为。小说通篇的语调是客观的、平静的，没有一个惊叹号，没有一个带刺激性的字眼。可是，小说在读者的心中引起的反响多么强烈，不同的人物在读者那里所唤起的情感界限分明，同情或反感甚至憎恨，一丝也不含糊。在契诃夫的平静的语调中,抑止着一种愤怒的抗议,不过他决不把这种抗议直接形诸文字,而是通过情节、结构、性格刻画、场面处理、细节安排等一系列艺术手段,把自己的主观态度潜移给读者。

在《安纽黛》中只有一处败笔:

等到她从学艺术的学生那儿回来,脱掉外衣,我就站起来,对她认真的说:

"听我说,我的好姑娘……坐下来,听着,我们得分手啦!事情是这样的,我不想再跟你过下去了。"

安纽黛从学艺术的学生那儿回来,又累又乏。站在那儿,做了那么半天模特儿,累得她的脸仿佛又瘦又凹,她的下巴显得比平时越发尖了。听见学生那些话,她一言不发,只是嘴唇抖起来。

(第二卷,第 126 页)[1]

契诃夫把柯罗契科夫的话与安纽黛回家时又累又乏的神态连在一起来写,过分直线式地强调出前者的冷酷和后者的可怜。安纽黛的模样似乎直接在向读者祈求同情和怜悯,这种写法和小说总的语调是不谐和的。《安纽黛》写于 1886 年,那时契诃夫的创作风格还未最后形成,小说的这个不足之处正好说明契诃夫这位大师也曾经有过一段探索的经历。契诃夫早期的作品(如《迟开的花》)常常流露出浓厚的感伤色彩,把自己的眼泪和主人公的眼泪溶在一起,絮絮不休地告诉读者什么是好什么是坏,力图引起读者的廉价的同情。这一切在后来都为契诃夫所抛弃了。

1890 年,契诃夫为短篇小说《偷马贼》复信给他的朋友苏沃陵说:

……您骂我客观,说这种客观态度是对善和恶的漠不关心,说它是理想和思想的缺乏等。您希望我在描写偷马贼的时候应该说明:偷马是坏事。不过话说回来,这种话就是我不说,别人也早已知道了,让陪审员去裁判吧,我的工作只在于表明他们是怎样的人……我写的时候,充分信赖读者,认定小说里所缺欠的主观成分读者自己会

〔1〕 以下凡引用契诃夫小说的译文,均根据汝龙先生的《契诃夫小说选集》二十七卷,新文艺出版社 1958 年版。引文后括号内写明卷数和页数,不另注。

加进去……[1]

这段话概括了契诃夫的写作手法的主要原则——含蓄。契诃夫提出了创作过程中作家的客观态度和主观态度的关系问题，充分信赖读者的想象力和理解力的问题，这些便构成契诃夫关于艺术作品应该含蓄这一思想的内容。

严格说来，艺术中的含蓄并不单是写作风格的问题，这是任何一部优秀作品的艺术生命所维系的必要条件之一。艺术作品的完整的创作过程既包括作者的劳动，也包括读者的理解和想象的补充。用一句戏剧术语来说，艺术作品总是包含有台词和潜台词，后者存在于前者之中。作家的任务是写好台词，而从台词中倾听出潜台词来，则完全是读者的权利了。缺乏经验的作家，一方面老是怀疑自己的艺术表现力量，另一方面不信任读者的思考能力，唯恐读者不懂，在描写了偷马之后，还要再三地向读者解释"偷马是坏事"。而契诃夫尊重并信任读者的思考能力，他"认定小说里所缺欠的主观成分读者自己会加进去"。契诃夫在信中把读者比做陪审员，这是非常剀切的。

列宁在《哲学笔记》中摘录了费尔巴哈《宗教本质讲演录》中的一段："顺便说说，俏皮的写作手法还在于：它预计到读者也有智慧，它不把一切都说出来，而让读者自己去说出这样一些关系、条件和界限，——只有在这些关系、条件和界限都具备时说出来的那句话才是真实的和有意义的。"[2]列宁在这段话的旁边批了两个字，"肯切"。费尔巴哈的意思和契诃夫的看法不谋而合。虽然费尔巴哈是就"俏皮的写作手法"而言，但这段话所包含的论点也适用于所有其他类型的文学作品。

然而，充分信赖读者，仅是问题的一方面。怎样才能把作品写得含蓄呢？契诃夫认为首先要彻底剔除描写中的主观成分。他在给自己的哥哥的信中写道："……丢掉这种后天养成的主观态度，就跟喝水一样的容易。只要老实一点就行了，完全撇开自己，不要把自己硬塞到主人公身上去……主观态度是一种可怕的东西。它所以不好，是因为它把可怜的作

---

〔1〕 契诃夫《论文学》，汝龙译，人民文学出版社，1958年版，第186－187页。

〔2〕 列宁《哲学笔记》，人民出版社1957年版，第57页。

者连胳膊带腿都露出来了。”[1]契诃夫的哥哥写了一个短篇，描写小市民的无聊庸俗的日常生活，那里面一对年轻的夫妇在吃一顿饭的工夫里老是接吻啦、哼哼唧唧啦、胡闹啦。作者对这一切不抱批判的态度，反而自己觉得这种扯淡有意思。契诃夫要求摆脱后天养成的主观成分，就是要求他摆脱小市民的庸俗生活给予他的影响，否则他就无法正确地描写这种生活，只能把自己的庸俗和小说主人公的庸俗一起暴露在读者之前。契诃夫曾经说他本身的成长过程，就是从自己的血管里把市侩的庸俗和奴性一滴滴挤掉的过程。很显然，契诃夫所说的摒除主观成分，首先是指作家应该上升到当时的现实之上，用冷静的批判的态度去看待现实，反映现实。

1886 年，契诃夫发表了短篇杰作《万卡》。鞋店学徒万卡趁主人主妇到教堂去参加晨祷的时候，偷偷写信给他唯一的亲人祖父，哭诉自己的悲惨的学徒生活，求祖父把他领回去。他写完后就把信投到邮筒里，信封上写着“寄交乡下祖父收”。小说的结尾是：

> 过一个钟头，因为有了美好的希望而定下心来，他睡着了……在梦中他看见一个炉灶，炉台上坐着他的祖父，搭拉着一双光脚，对厨娘们念信……

（第九卷，第 29 页）

万卡快乐地做着他的梦，他的梦也永远只能是梦了。乡下的祖父永远收不到他的孙子的信。即使收到了又怎么样呢？乡下的祖父挽救不了成千上万个万卡的命运。万卡把一封地址不明的信投进邮筒的行为，引起了读者深深的忧虑和思索：生活对于这些小小的人物是多么阴冷和无情。契诃夫通过万卡的信，描绘出了万卡的凄惨的生活背景，而那封不会有着落的信的命运，则暗示了无数个万卡生活于其中的毫无出路的现实背景。契诃夫把那封祖父收不到的信寄给了千万名读者。万卡把信投进邮筒的行为似乎是向整个社会发出的吁求。这里，我们看到，契诃夫越出了个别人物的生活的圈子，跨向整个现实。在这个广阔的现实背景上，人物命运的悲剧意义就显得异常深刻了。要是契诃夫在小说中局限于对万卡个人

---

〔1〕 契诃夫《论文学》，第 8 页。

命运的同情，也就是说，把自己的主观态度局限于主人公的主观态度之中，这篇小说的思想意义和艺术力量就会大大地减弱。我们在这里想起契诃夫给女作家阿维洛娃的一封信："我以读者的身份给您提一个意见：您描写苦命人和可怜人，而又希望引起读者怜悯的时候，自己要极力冷心肠才行，这会给别人的痛苦近似背景的东西，那种痛苦在这背景上就会更明显地露出来。可是如今在您的小说里，您的主人公在哭，您自己也在叹气。是的，应当冷心肠才对。"[1]在另一封信中契诃夫解释道："人可以为自己的小说哭泣，呻吟，可以跟自己的主人公一块儿痛苦，可是我认为这应该做得让读者看不出来才对。态度越是客观，所产生的印象就越有力。"[2]这两段话总结了契诃夫在《万卡》中表现出来的写作手法的特点。信中关于"背景"和"客观态度"的提法，就是要求作家的态度上升到主人公的感情世界之上，以达到概括生活的目的。当然，要做到这一点，作家的世界观必须具有一定的高度，以便艺术地把握生活的规律。这就是契诃夫在创作中所抱的客观态度的实质，也是他的作品所以能写得含蓄的主要原因。

但是，契诃夫所主张的描写中的客观态度常常被人误解和责备，把这种看法混淆为淡漠的客观主义，说契诃夫的"这种客观态度是对善和恶的漠不关心"，是"理想和思想的缺乏"（均见上引给苏沃陵的信）。直到今天，还有人说契诃夫"一生中从来也没想要教导任何人"[3]，也就是说契诃夫是个没有倾向性的作家。的确，契诃夫不喜欢喋喋不休地教导人，但这不等于说他放弃作为艺术的本质的任何倾向，否则他的创作决不会具有如此惊人的深刻揭露社会现象力量。不能把作品的含蓄说成是作家缺乏倾向性。含蓄不是含糊。不过，这里确实也有值得研究的问题：究竟怎样才能使作品既含蓄，又不含糊；既能启发读者的思考，又能引导读者作出必然的结论？这里就向作家的技巧提出了很高的要求。作家应该以情节、形象发展的逻辑、结构手段以及富于表现力的艺术场面和细节，把

---

〔1〕 契诃夫《论文学》，第205页。

〔2〕 契诃夫《论文学》，第209页。

〔3〕 《苏联文艺界最近的一个论争》，见《文艺报》，1959年，第23页。

读者的思路纳入预定的轨道，为读者作出必然的结论做好准备。契诃夫的许多优秀作品为这种艺术手法提供了范例。

下面以《农民》中的一节为例：

莫斯科“斯拉夫扬斯基商场”的旅馆仆役尼古拉·契基尔杰耶夫病得很厉害，只好辞去职务，带了老婆孩子回农村里的老家。他病得什么也不能干，只好靠家里人过活，而老家里大小七八口本来就穷得够呛，现在又加上三口子，生活越来越困难了。契诃夫用简洁的笔触勾出了这个农民家庭的愁苦的生活图画：

> 白昼过去了，然后来了秋天的悠长的黄昏。他们在小屋里绕丝……他们从附近的工厂里拿来丝，全家人一齐工作，挣一点点钱，一个礼拜才挣二十个戈比上下。……
>
> 小屋里只点一盏小灯，灯光昏暗，灯心冒烟。……老奥西普不慌不忙地讲起来，说到在农奴解放以前人们怎样生活……
>
> 忽然有人敲门……
>
> 随后走进来一个矮小的、秃顶的老头子，就是茹科夫将军的厨子……他坐下，听着，然后他也开始回忆，讲早年的故事。尼古拉坐在炉台上，搭拉着两条腿，听着，问起旧日为贵族烧些什么菜……
>
> “那时候你们烧‘上将排骨’吗？”尼古拉问。
>
> “不烧。”
>
> 尼古拉不以为然的摇摇头，说：
>
> “唉！你们这些可怜的厨子！”……
>
> 这屋子里的人素来睡不稳，各人都给一种捣乱的、纠缠不已的东西闹得睡不熟：老头子背痛，老奶奶心里满是焦虑和恶意，玛丽亚担惊害怕，孩子身上疥疮发痒，肚里饥饿。现在他们的睡眠也还是不安；他们不断地翻身，他们在睡梦中讲话，他们起来喝水。
>
> 菲奥克拉忽然哇的一声哭了，粗声粗气，可是又立刻忍住，只是时不时抽抽搭搭，她的哭声越来越轻，越来越含混，到后来就完全静下来了。……
>
> 尼古拉通宵没睡着，从炉台上下来。他从一个绿箱子里拿出一件燕尾服，穿上，走到窗口，摩沙衣袖，握一握燕尾——微微地笑了。

然后他小心地脱下这身衣服，放回箱子里，再躺下去。

（第十七卷，第32、37页）

最后一段的浓重的悲剧意味，能使每一个读者掩卷深思。这一段之前的全部描写说明了尼古拉在生命之途的尽头落入了何等凄凉的境地，在这暗淡的生存里，唯一能照亮他这可怜生涯的“一线光明”，就是那件绿箱子中的燕尾服——旅馆奴仆的制服。可是谁都知道，奴仆的制服，这从来就是损害一个人的尊严，说明一个人处于屈辱地位的标志。对于穷途末路的尼古拉来说，昔日莫斯科旅馆的奴仆生活竟是天堂了。请看，一个简练的细节多么含蓄地表达了契诃夫的思想，又启发了读者的多少思考。整个艺术场面的处理为这个细节的出现作了准备。与秃顶老厨子的对话中，莫斯科的仆役流露出了对不会烧“上将排骨”的乡村厨子的优越感。作者在不知不觉之中就把读者引入了尼古拉的精神世界。

二

“他的目的绝不是向我们述说一个故事，使得我们高兴或使得我们感动，而是强迫我们去思索，去理解事变的深刻而又隐微的意义。”

——莫泊桑

20世纪初，当契诃夫的剧本《万尼亚舅舅》在布拉格演出时，一位捷克批评家写道：“我们终于看到了一位不惧怕平常事物的诗人，一位魔术家，他能把日常生活的矿石变成宝贵的金子。”[1]这几句精辟的评语混和着一位契诃夫作品的读者和观众的无限赞叹的心情。事实也的确就是这样。契诃夫在世界批判现实主义文学中开辟了一条新的路径，独创地完成了从美学观点深入到日常事物中去的任务。契诃夫从19世纪末俄国小市民生活的腐臭池沼中取出一滴滴泥水，放在他的魔术家的放大镜下，透过这面神妙的镜子，与契诃夫同时代的读者惊奇地看到了他们生活在其中却从来没有发现过的丑恶的东西，后代的读者则由此深刻地认识了当时的俄国社会。

---

〔1〕 转引自耶里扎罗娃《契诃夫的创作与十九世纪末期现实主义问题》，上海文艺出版社1962年版，第6页。

读过契诃夫作品的人都明显地感到，在反映现实的方法上，契诃夫与欧洲其他杰出的短篇小说大师是很不相同的。除了早期的某些幽默和讽刺短篇外，契诃夫的作品缺少外部事件的尖锐冲突，没有那些精心结构的离奇曲折的故事线索。契诃夫也很少利用生活中一些稀有的转变性关头去表现主人公的性格，从不追求以各种冲突达到的高潮去吸引读者的手段。当然，契诃夫也并不完全回避表现生活中动人心弦的、甚至是充满悲剧性意味的事件，但对于契诃夫来说，生活现象的实质主要不在于个别事件的戏剧性冲突的本身，而在于使这些冲突成为必不可免的条件和境遇，正是这些条件、境遇以及与之息息相关的人物的心理状态，成为契诃夫的注意的焦点。著名的短篇小说《困》就是典型的例子。作品描写一个13岁的小保姆掐死了她看管的婴孩。事件本身自然是怵目惊心的，但它在小说的结构中却并不占主要的地位，契诃夫着力渲染的是小保姆可怕的生活条件。还未成年的小女仆在皮鞋店里干着力不胜任的家务杂活，一天下来，累得要死了，瞌睡爬上了眼皮，脑袋迷迷糊糊的，困极了！但是老板娘叫她摇摇篮，手一停，孩子就哭，要是吵醒了老板娘，还要挨打。小保姆提心吊胆地摇着婴孩，拼命想把往下阖的眼皮撑起来，她多么想睡一会儿啊！小说的通篇描写就充满了这种紧张不安的气氛，小保姆的痛苦的日日夜夜和她那像绷紧了的弦似的心理状态，最后使她做出了无意识的犯罪行为。

我们在小说中看到两种情景不断地交织在一起，一方面是梦、幻景和半睡半醒的状态；另一方面是现实生活。小说通过梦与现实的不断的复杂而微妙的融合、纠结和交替，细致地揭示出了小保姆的恍惚的精神状态：

> 灯火闪摇。那块绿斑和阴影动起来，扑进华里卡的发呆的、半睁半闭的眼睛里，在她那半睡半醒的脑子里化成朦胧的幻影。她看见乌云在天空互相追逐，跟孩子一样的啼哭。可是后来起风了，云散了，华里卡看见一条宽阔的大路，满是稀泥；沿了大路，一串串的货车伸展出去，背上背着行囊的人们在路上慢慢走，有些阴影摇摇闪闪；大路两旁，隔着阴森森的冷雾，可以看见树林。忽然那些背着行囊、带着影子的人倒在烂泥地上。“这是为什么？”华里卡问。“睡觉，睡

觉!”他们回答她。他们睡熟了,睡得好香,乌鸦和喜鹊坐在电线上,像娃娃一样的啼哭,极力要叫醒他们。

“睡觉吧,好好睡,我来给你唱个歌……”华里卡哼哼道……

这一幅幻象和现实混淆的图景,逼真地画出了华里卡困乏至极的情景,故事结尾的悲剧事件也是在半睡半醒的糊里糊涂的状态中迫近的。

……在半睡半醒中她就是弄不明白到底是什么力量捆住她的手脚,压在她身上,不容她活下去。她往四下里看,找那个力量,好躲开它,可是她找不着。临了,累得要死,她用尽力气睁大眼睛,抬头看那闪闪摇摇的绿斑,听着啼哭声,这才找到了不容她活下去的敌人。

原来敌人就是那娃娃。

现在小主人公的心理状态,已为故事结局作好了充分准备,契诃夫只用几笔来写结尾的悲剧事件:

华里卡笑着,挤了挤眼睛,向那块绿斑摇一摇手指头,悄悄走到摇篮那儿,弯下腰去,凑近那个娃娃。她掐死他以后,就赶快往地板上一躺,高兴得笑起来,因为她能睡了,不出一分钟,她已经酣睡得跟死人一样了。……

(第二十二卷,第 100 – 108 页)

可见,契诃夫的技巧在于集中力量描写人物的心理状态及造成这种心理状态的现实条件,而不是在事件本身上大做文章。因为华里卡掐死婴孩的悲剧的实质主要不在于事件本身,而在于使华里卡无意识犯罪的社会和生活环境。因此,引起读者强烈同情的倒不是无辜遭害的小生命,而是小保姆华里卡的命运。

契诃夫的代表作之一《第六病室》也是类似的例子。头脑清醒、思想健全的安得列·叶菲密奇医生被强迫关进疯人病室,在遭到看门人尼基达的一顿毒打之后中风死去。《第六病室》是具有类乎中篇小说的规模的,这一幕异乎寻常的悲剧却仅在最后占几页篇幅。小说的主要部分是描写一个外省小城里笼罩的野蛮和横暴的势力,小市民的浑浑噩噩的庸俗生活,像监狱一样的医院,比监狱还坏的第六疯人病室,受尽虐待的病人以及安得列·叶菲密奇医生和“疯子”伊凡·德密特里奇的谈话。在小说中占显著地位的是医生的思想活动、心理状态,他的批判主义和方便哲学，他的日常生活和对周围环境的态度。安得列·叶菲密奇医生是个受过教育很有知识的人，他自然明白周围环境的恶劣，但他对生活抱不干涉主义，他认为世界上无论什么人最后都免不了死亡，无论什么东西都免不了毁灭，既然如此，竭力去改变环境是白费力气（何况也根本改变不了），而人经受点儿痛苦也算不了什么。

> ……普希金临死受到极大的痛苦，……可怜的海涅在床上瘫了好几年，那么其外的人，安得列·叶菲密奇也好，玛特辽娜·沙维希娜也好，生点小病有什么关系？反正他们的生活根本没有什么内容，再要没有痛苦，就会完全空虚，跟阿米巴的生活一样了。”
>
> （第二十二卷，第22–23页）

医生整天把自己关在温暖的书房中，在哲学和医学书籍中，在人类的智慧的活动中寻找慰藉。在描写医生的思想活动的同时，契诃夫以微妙的含蓄的讽刺，绘出了城市和医院以及第六疯人病室的日常生活的一幅幅令人寒心的图画。现实生活和医生思考结果的不断对比，就是这篇小说的结构特色。生活的狰狞的面目在一步步地显露出来，它无情地粉碎了那种认为“只要蔑视痛苦，痛苦就会消灭”的方便哲学。在这一切细致详尽的描写之后，医生本人的悲惨下场就成为小说必然得出的结论了。医生被打死的事件主要并不强调它本身的意义，而是象征不抵抗主义的不可避免的破产。正因为这样，小说不叫《安得列·叶菲密奇医生的遭遇》，而命名为《第六病室》，与契诃夫同时代的读者就已把“第六病室”当做普通名词，用来影射沙皇俄国的整个专制制度。

在契诃夫的一些小说中，主人公的生活经历了一桩重大的事件，这事件甚至使他的生活发出转折，但契诃夫竟能够一笔不提事件本身，只写主人公在事件前后的心理状态、思想活动和精神感受。短篇《香槟》就是一例。彻底改变了主人公生活方式的一件爱情纠纷完全隐在幕后，契诃夫只稍稍暗示了一下。小说的主要部分是通过主人公的回忆抒写他的苦闷绝望的生活环境和精神世界。主人公被抛入了生活的底层，对于他来说，生活中的任何事件已经没有什么幸运和倒霉的区分了。因此他问：“我还会出什么不吉利的事呢？”小说中虚写的事件不过是给主人公的暗淡的生活背景上再投上一道浓黑的阴影而已。

不着重描写事件表面的冲突，不追求作品的外部的故事性，这是契诃夫全部创作的艺术特色之一。固然，青年契诃夫在刚开始给幽默刊物写稿时，也曾经为编故事和制造意外效果而绞尽脑汁，但这段时期很快就过去了。他的早期的幽默讽刺小说逐渐成为一幅幅独具风格的世俗生活场面的速写，或者是对主人公在生活的某个关头的瞬息万变的心理状态的剖析。

契诃夫说过这样的话："人们要求说，应该有男男女女的英雄和舞台效果。可是话说回来，在生活里并不是每时每刻都在开枪自杀，悬梁自尽，谈情说爱。他们也不是每时每刻都在说聪明话。他们做得更多的倒是吃，喝，勾引女人，说蠢话。必须把这些表现在舞台上才对。……因为在现实生活里本来就是这样。"[1]俄国作家库普林的回忆录里也记下了契诃夫说的意思相同的话："'为什么写这种东西？'他（契诃夫——引者）不懂的说，'例如一个人坐上潜水艇，到北极去探求静心养性之道，同时他的爱人发出悲惨的哭声，从钟楼上跳下来？这一切都不真实，现实生活里没有这种事。应当写得朴素，写彼得·谢敏诺维奇怎样跟玛丽雅·伊凡诺芙娜结了婚，这就行了。'"[2]契诃夫的创作的发展道路正是严格遵守着他自己提出的"应当写得朴素"的信条。要是您读过契诃夫的成熟期的作品，例如《带阁楼的房子》《我的一生》《乏味的故事》《农民》《姚尼奇》《出诊》《装在套子里的人》《宝贝儿》《带小狗的女人》《新娘》等，请您讲讲其中任何一篇的故事，您一定会觉得很为难。因为这些作品中根本没有离奇的事件，没有戏剧性的效果，唯一有的是19世纪八九十年代的俄国社会的日常生活。由于契诃夫作品的这个特点，许多研究者认为它们是无情节的；或者说契诃夫的技巧的演变是从有情节的作品过渡到无情节的作品。对于这种观点，我们自然不能苟同。我们把情节理解为文学作品的基本要素之一。短篇小说的情节也跟其他类型的作品的情节一样，不是一个作家为了引人入胜才随便采用的布置插曲的公式。情节和故事性这两个概念应该有所区别。情节是作为现实主义作品的形式的要

〔1〕 契诃夫《论文学》，第395页。
〔2〕 契诃夫《论文学》，第369页。

素，来反映现实的运动，反映社会、某一集体、某些性格的发展趋势。用高尔基的话来说：情节是“人物之间的联系、矛盾、同情、反感和一般的相互关系，——各种不同性格、典型的成长和构成的历史”[1]。契诃夫的许多作品反映了小市民的醉生梦死的生活，无情地揭露这种生活的无聊、庸俗和与之维系的因循守旧的观念和保守势力，在作者的冷漠的描写态度中客观地表露出了对这种生活的强烈的反感和憎恨。

有名的短篇小说《醋栗》是讽刺小市民的猪一般的所谓“幸福生活”的，契诃夫借小说中一位主人公的口说出了他所以描绘这种生活面貌的原因：

> 你们看一看生活吧：强者傲慢而懒惰，弱者无知而野蛮，处处都是叫人没法相信的贫穷、拥挤、堕落、醉酒、假正经、虚伪……。可是，偏偏，所有的房子里也好，街上也好，却一派的心平气和，安安静静，一个城市的五万居民当中竟没有一个人叫喊一声，也没有一个人大声发泄一下他的愤慨。……一切安静而太平，提抗议的只有那些没声音的统计表：若干人发了疯，若干加仑的伏特加喝光了，若干儿童死于营养不良……。这种局面显然是必要的；幸福的人所以会感到逍遥自在，显然只因为那些不幸的人在不声不响的受苦，没有那种沉默，想要幸福就办不到。这是一种普遍的麻木病。
>
> （第十九卷，第 15 页）

契诃夫正是要暴露俄国社会的“普遍的麻木病”，他用静止的笔法把死水般的生活和盘托出，于是，现实连带它的全部丑恶的底细把读者压迫得从座位上跳起来，大声喊出：不能再这样生活下去了！契诃夫的貌似平淡的作品的这种内在力量就曾经使年青的列宁在读完《第六病室》后说：“我读完这篇小说后，觉得可怕极了，我在房间里待不住，站起来走了出去。我觉得自己也好像被关在‘第六病室’里了。”[2]俄国伟大画家列宾写信给契诃夫说：“敬爱的安东·巴甫洛维奇，为了您的《第六病室》，我是多少感激您啊。这篇东西里涌出一股多么强大的感染力！简直难以置信：

---

〔1〕 高尔基“和青年作家谈话”，见《论写作》，人民文学出版社 1955 年版，第 6 页。

〔2〕 列宁《论文学与艺术》，第 2 册，第 835 页。

这么一篇简单的、老老实实的、甚至是内容很贫乏的小说,到末了怎么会变成那么一种无法抗拒的、深邃的、博大的人类思想!不,我哪里够得上评价这篇绝妙的作品……我震惊,我入了迷,我庆幸自己没有落到安得列·叶菲密奇那种境地……但愿能够避免这个苦杯!!!"[1]契诃夫的情节就是尼古拉·伊凡尼奇(《醋栗》的主人公)和安得列·叶菲密奇所落入的"那种境地",由于描写的无比真实,它本身就否定了自己继续存在下去的权利,客观地反映了现实生活的发展趋势,因此它虽然被描写得简简单单、老老实实,却仍然使人震惊,使人入迷。

契诃夫有一些作品的情节建立在尖锐的性格冲突上,而性格的表现所依赖的人物行为的冲突却并不是十分激烈的。短篇小说《仇敌》就有这个特点。《仇敌》描写一个地方医生基里洛夫的痛苦和一个有钱的老爷阿勃金的痛苦。基里洛夫在年近半百的时候,他的独子不幸患白喉夭折了。他守在孩子的尸体和痛不欲生的妻子身旁,三天三夜没有合过眼皮,他被痛苦折磨得疲惫不堪。这时阿勃金突然闯进他的房间,求他出诊,因为阿勃金的妻子突然发病,痛得要死了。基里洛夫让阿勃金明白他自己的处境,想婉言拒绝,但最后经不住阿勃金的百般恳求,终于答应了。可是当他赶到十五俄里以外的阿勃金的庄园时,发现阿勃金夫人原来是装病遣开了丈夫,跟情人私奔了。被骗的阿勃金痛苦极了,像发作歇斯底里似的大哭大骂。基里洛夫慢慢弄明白了是怎么回事,他感到自己因丧子之痛而引起的神圣的痛苦受到了极大的侮辱。

> 医生挺直了身子。他的眼睛眨着,含满泪水……
>
> "容我问一声,这是什么意思?"他问,纳闷地瞧着他的四周。"我的孩子死了,妻子一个人待在一所房子里伤心。……我自己连站都站不住,已经有三夜没睡觉……可是,怎么样呢?大家却逼着我到这儿来陪着演这出庸俗的滑稽戏,做个跑龙套的!这我真不……不明白!
>
> "为什么您把我带到这儿来?"医生接着说,他的胡子颤抖着。"要是您,闲得无聊而结了婚,闲得无聊而生气,演这样的滑稽戏,那

[1] 列宾《写给作家们的信》(俄文版),莫斯科:艺术出版社1950年版,第102页。

么叫我夹在当中算是怎么回事？我跟您的男女私情有什么相干？躲开我！您自管去过那种高尚的吸老百姓血的生活，自管去炫耀什么人道主义思想，自管去玩弄乐器，”医生斜眼看一下提琴盒，“自管去吹箫吹喇叭，自管长得跟阉鸡那么胖，可是不准嘲弄人的尊严！要是您不能尊重人的尊严，至少也请您别碰它！

“对不起，这是什么意思？”阿勃金问，脸胀红了。

由于自己的自私的痛苦，阿勃金完全不能理解医生的愤怒。

“您简直发昏啦！”阿勃金叫道，“多么不体谅人！我自己也十分的不幸啊，而且……而且……”

“不幸，”医生说，轻蔑的笑一笑。“不许说这两个字，这两个字跟您毫不相干。浪子借不着钱花也说自己不幸，阉鸡长得太肥，也叫做不幸。无聊的人！”

（第二十四卷，第 59－62 页）

医生的愤怒和责备是公正的。契诃夫在小说中用许多细节来强调阿勃金的生活的庸俗无聊，他的不幸实质上不过是一幕寄生生活的情场丑剧罢了，因此契诃夫说阿勃金的生活冒出“香水味和卖淫气息”。基里洛夫医生有理由感到这种寄生生活的呼吸玷污了他那纯朴的父亲的痛苦，嘲弄了他那普通人的感情和尊严。

在这篇小说中，我们看到，两桩不幸的遭遇交织在一起，引起了两种性格的冲突，这种冲突的性质是如此尖锐，致使冲突双方都互相无法理解。但是，基里洛夫的儿子的死亡和阿勃金的妻子的私奔这两件事之间却是毫无冲突可言的，医生的出诊不过是一条纽带，它把两桩遭遇连系起来，使它们互相衬托，显出了一个普通人的情感的朴素的美和一个老爷的寄生生活的无比的丑。

在契诃夫的另一类作品中，冲突以特殊的形式表现出来。我们可以先举出两篇有代表性的小说的名字：《带小狗的女人》和《乏味的故事》。在这些作品中，主人公的美好的憧憬、愿望和激情与他们的生活现状处于尖锐的矛盾之中，或者他们的思想的进步和追求始终不能在现实中获得支持。这些人物的性格的悲剧在于他们无力改变自己的生活面貌，无力扭转社会生活的进程。现实对待他们是极其冷酷的，但是契诃夫认为他们的追求是合理的，因此他集中力量来描写他们努力以求的东西，他们的梦想和希望。这些人物的毫无出路的处境在读者心中唤起极大的同情，而他们的追求则引起强烈的共鸣。

三

"我写惯了只包括开头和结局的、短小的小说……"

——契诃夫

契诃夫一生没有发表过长篇小说，就是在写短篇小说的时候，也老是怕自己写长了，因此竭力把作品中一切可有可无的东西删去。譬如，他认为在短篇小说中，破题尽可能不要，开端越短越好。他说："初学写作的作家常常得这样做：把自己的作品折成两半，撕掉头一半。……我这话是认真说的，通常初写作的作家如同大家常说的那样极力引人走近小说，倒有一半写的是废话。应当让读者无需作者说明就可以从小说的进程中，人物的谈话中，他们的行动中，明白是怎么回事。把您的小说的头一半撕掉了试一试吧，您只要把后一半的开头稍稍更动一下，那篇小说就可以完全看得懂。"[1]

一般说来，作品所表现的冲突的发展，经常和某些环境、条件、人物的生活和性格的特点有关。在开始直接展示冲突之前的人物生活描述，就叫做破题或交待。契诃夫所谓初学写作者为了"极力引人走近小说"而写的"废话"，大概就是指不成功的破题，这样的破题当然不要。从短篇小说的篇幅看，作品描写的事件的前因、人物的过去，在叙述过程中用几笔提示一下就行了，读者自有足够的想象力，可以补充省略的破题。契诃夫的短篇《万卡》中，小主人公在当学徒前的生活，是通过他给祖父写信时的回忆提示出来的。《困》里的华里卡在梦中看到了自己过去的生活，读者也就明白了她为什么被送出来当小保姆。

作品的开端通常把人物引入开展冲突的环境和关系中，契诃夫的短篇小说的开端是异常的短，所谓开门见山，他主张一下就把读者引入作品描写的事件中去。《带小狗的女人》的开端就是这样：

〔1〕 契诃夫《论文学》，第410页。

据说海滩上出现了新人：一个女人，带着一条叭儿狗。德密特里·德密特里奇·古罗夫在雅尔达已经住了两个礼拜，因此已经住惯了这个地方，开始对新来的人们发生兴趣了。

（第十六卷，第3页）

短短几句话，甚至把主要人物和事件发生的场所都介绍给读者了。短篇《普里希别叶夫中士》一开头就是主人公受审。这篇小说的事件不是审判本身，而是在审讯中揭露的普里希别叶夫中士的横暴不法的行为，法官向普里希别叶夫宣布罪状，实际上起了开端的作用。这个开端十分简洁有力，它把小说中要展开叙述的内容一下概括了。

《我的生活》的开端更有特色：

处长对我说：

“我雇用你，纯粹是看在令尊大人的面上，要不然早就叫你滚蛋了。”

我回答说：

“承蒙夸奖我会滚蛋，实在不胜荣幸，先生。”

然后我听见他说：“把这家伙带走，他惹得我冒火。”

（第四卷，第3页）

严格说来，这里简直没有习惯所谓的开端。主人公对处长的顶撞，接着下来的解雇，这已经是主人公生活（小说的题目就叫《我的生活》）中的严重事件了，所以这个开头实际上已不能看做一个单独的情节要素，它本身就是故事发展中的一部分。

在契诃夫的小说中，值得注意的是结尾。一部作品的结尾，含有冲突所做的思想上的总的结论。作家的看法、冲突依据生活的规律性应该怎样解决，都最后完整地表现在结尾中。作家也在结尾中告诉（或暗示）读者应该怎样对待作家对冲突所做出的结论，也就是说，作家永远考虑到，当写完最后一个字的时候，他要把读者带到一种怎样的心理状态。结尾是很难写的。好的结尾应该有这样的力量，就是当读者把作品读完之后，能使他再翻开第一页来重新读它。契诃夫在创作实践中一直努力寻求这种有力的结尾，我们在契诃夫有关结尾技巧的言论中也能发现这种探索的过程。

1887年10月，契诃夫正在写剧本《伊凡诺夫》，他写信告诉哥哥说："我结束每一幕跟结束一个短篇小说一样：我让每一幕都和平安静的进行，到结局我打了观众一个耳光。"[1]"打了观众一个耳光"，意思就是结尾要有出其不意的效果。读到契诃夫的这一段话，我们很容易记起契诃夫早期的幽默小说，在这些小说中，整个故事的发展都为最后意外的结局服务。短篇小说《演说家》就是一例。善于在各种场合发表各种演说的沙波伊金被邀请在一次殡葬仪式上致词，他赞扬死者，哀悼死者，说得娓娓动听，在场的人都感动了，但也都有些疑惑不解。最后演说家自己突然发现，他哀悼的"死者"还站在听讲的人群中。原来他弄错了对象，连死的人是谁也不知道，糊里糊涂就上去讲话了。《打赌》也是如此。银行家和青年法学家争辩无期徒刑和死刑哪种好一些的问题。法学家说两种都一样，不过活总比死好，于是银行家和他打赌，要是法学家能在禁闭室中坐满十五年，银行家就输给他两百万卢布。法学家果真在禁闭室中度过了十五年，但在期满前五小时，他突然离开了禁闭室，留下一封信说：

> 为了用行动来对你们证明我多么藐视你们藉以生活的一切，我不要那两百万卢布，当初我想望它如同想望天堂一样，现在我却藐视它。为了解除我接受这笔钱的权利，我要在规定时期的五个小时之前走出这个地方，因而破坏了合约。……
>
> （第二十七卷，第34页）

对于仰仗金钱的诱惑力去残忍地戏弄别人的银行家来说，这封信不啻是一记响亮的耳光。这个结尾深刻地表现了契诃夫对金钱力量的批判，它在情节的发展中又是那么突然，以强烈的效果震动了读者。可见，契诃夫所以能成为一个伟大的作家，就因为不停留在仅仅以意外的效果逗引"可敬的公众"发笑，而是把结尾的效果当做情节手段，为作品的思想服务。

在契诃夫的前期作品中，出人意外的结尾屡见不鲜。在后期的作品中，这种手法也还保持着；但是，占多数的却是有另一种特色的结尾，他对结尾技巧的看法也改变了。

1889年，他在给普列谢耶夫的信中写道："中篇小说跟舞台一样有自

---

[1] 契诃夫《论文学》，第51页。

己的条件。例如,我的感觉告诉我说:在中篇小说或短篇小说的结尾,我得人为地把整个小说集中起来好在读者的心中留下一个总的印象,为此我就得把前面叙述过的事略略提一下,哪怕只是轻轻带过一笔。"[1]《跳来跳去的女人》的结尾就是这样。这篇小说的女主人公奥里格·伊凡诺芙娜喜欢结交名流,一生都在寻找了不起的有名声的人,她把一伙颓废、无聊、低能的"艺术家"视为天才,而对自己的丈夫——一个默默无闻的医学科学工作者戴莫夫不感兴趣。直到戴莫夫在一次行医时传染上白喉终于不治去世时,奥里格·伊凡诺芙娜才突然醒悟到,她追求的了不起的人原来就在她身边,她错过了他。

> 奥里格·伊凡诺芙娜想起了她跟他一块儿所过的全部生活,从头到尾,所有的节目一个也不漏,她这才明白:他真是一个天下少有的、不平凡的人,不管拿来跟她认识的任何什么人相比,真要算是伟大的人。想起她那现在已经去世的父亲以及所有的别的医生怎样对待他,她这才明白,他们的确认定他是一个未来的名人。墙啊、天花板啊、灯啊、地板上的地毯啊,好像一齐对她讥讽的眨眼,仿佛是说:"你瞎了眼啰!你瞎了眼啰!"
>
> (第十六卷,第 125 页)

小说最后的这一段话,使读者和奥里格·伊凡诺芙娜一样,重新想起了男女主人公的全部生活,在作家工笔刻画的许多细节中发现了初读时没有发现的东西。于是,这篇小说内在的深刻的人生哲理便一点点地为读者所理解了:切不要为了追求虚伪的美而错过了真正的美,真正的美和伟大往往是藏在平凡的外表下的。

1892 年,契诃夫写信给苏沃陵说:"我有一个有趣的喜剧题材,不过还没有把结局想出来。谁为剧本发明了新的结局,谁就开辟了新纪元,这些可恶的结局却始终没有出世!主人公或是结了婚,或是自杀,没有别的出路。"[2]这里契诃夫明白表示要摆脱传统的、包含意外事件的结尾的框子,因此这段话虽针对剧本而言,实际上也适用于小说。突破陈规旧套,

---

〔1〕 契诃夫《论文学》,第 169 页。

〔2〕 契诃夫《论文学》,第 210 页。

为自己作品的内容找到最适合不过的形式，这是历来有成就的作家的共同特点。上引的一段话，与其说是契诃夫对结尾技巧的看法，不如说是表现了契诃夫对于独创一格的形式的探索精神。他在90年代至20世纪初完成的许多成功之作体现了这种探索的结果。《出诊》《学生》《带阁楼的房子》《三年》《带小狗的女人》《决斗》《罗特希尔德的提琴》《新娘》……这些典型的“契诃夫式”的作品往往都以主人公的沉思结束。契诃夫在细致地描写了主人公生活的现实环境之后，也常常提出俄国批判现实主义文学的那个经典性的问题：怎么办？这个问题是人物生活经历和人物性格发展的逻辑产生的，它在小说的结尾处出现，迫使读者和主人公一起思考，究竟怎样才能从这周遭的庸俗之中找到出路。在这方面，《带小狗的女人》是个有代表性的例子。契诃夫在这篇小说中通过男女主人公的爱情故事，描写了真正高尚的爱情如何使人变得更美好、更纯洁，使他们睁开了眼睛，正视了人生，看到了他们过去生活中的全部庸俗和丑恶。契诃夫把一个普通的恋爱故事，提高为对现实的揭露和否定。正如高尔基在读了这篇小说后写信给契诃夫说的那样：“您拿您的小小的短篇小说进行着巨大的事业——在人们心中唤起对这种醉生梦死和半死不活的生活的憎恶——让魔鬼把这种生活抓走吧！”[1]

不幸的是，在《带小狗的女人》中，恋爱双方都是结过婚的人，他们住在两座城市里，要隔很久才能相见，仿佛是一对候鸟，一雌一雄，却给人捉住，硬关在两个笼子里似的。他们的处境是毫无出路的，可是他们仍然挣扎着竭力寻求那个恼人的问题的答案。

> “怎么办呢？怎么办呢？”他问，抱着他的头。“怎么办呢？”
>
> 仿佛再过一忽儿，答案就会找到了，于是灿烂的新生活就要开始了似的。他俩都明白的感到：结局还远得很，那顶复杂、顶困难的一段路现在还不过刚刚走开头呢。
>
> （第十六卷，第29－30页）

主人公对新生活的热烈向往和追求，在这个结尾中清楚地流露出来了。旧生活的牢笼最终是要被冲破的，通往新生活的道路尽管复杂而困难，契

〔1〕 高尔基《文学书简》上卷，人民文学出版社1962年版，第66页。

诃夫的主人公却是要坚持不懈地走下去的。这篇小说的结尾有力地召唤读者抛弃旧现实,迎接新生活。这反映了契诃夫在90年代以后的思想变化。这时的契诃夫,受到社会上政治潮流的影响,模糊地预感到生活将有一场大变革。他把自己对即将到来的新生活的期待写进作品中去,使小说的结尾充满明朗的抒情气氛,不过这一切也还是通过主人公的沉思表现出来的。《出诊》的结尾这样写道:

> 柯罗辽夫坐着车子走出院子,然后顺着大路往车站走去,这时候他既不想那些工人,也不想什么湖上的屋宇,更不想魔鬼,只想着那个也许近在眼前的时代,在那时代里,生活会跟这宁静的礼拜天早晨一样的光明畅快。
>
> (第二卷,第21页)

契诃夫在1904年写的最后一篇小说《新娘》是这样结束的:

> 奶奶和尼娜·伊凡诺芙娜到教堂去布置安灵祭,娜嘉呢,仍旧在房间里走了很久,思索着,她看得很清楚:她的生活已经照沙夏所希望的那样翻了个身,现在她在这儿变得孤孤单单,谁也不需要她,这儿的一切她也不需要,整个的过去已经被人从她这儿夺去,消灭,好像已经烧掉,连灰烬也给风吹散了似的。她走进沙夏的房间,在那儿站了一忽儿。
>
> "再会,亲爱的沙夏",她想,这时在她面前现出一种宽广辽阔的新生活,那种生活虽然还蒙蒙眬眬,充满神秘,却在吸引她,召唤她。
>
> (第十四卷,第33页)

四

"简练是才能的姊妹。"

——契诃夫

著名的俄罗斯音乐家果里登凡席尔写过一本回忆录《与托尔斯泰谈话》,其中记下了这样一句话:"托尔斯泰大大称赞契诃夫的风格,因为它朴实,紧凑,委婉……"[1]托尔斯泰的评语是极为切当的。他还特别强调

〔1〕 参阅《契诃夫小说选集》,第九卷,第4页。

过契诃夫风格的紧凑,亦即简练的特点,“在他的(契诃夫的——引者)作品中从来没有多余的东西,任何一个细节都是必需的,或是妙不可言的”。契诃夫究竟怎样才赢得艺术巨匠托尔斯泰赞扬的呢?他究竟怎样才达到描写手法的这种高度简洁的地步的呢?

让我们先打开契诃夫的札记本,摘几则来看看:

1.“一位教授的看法:重要的不是莎士比亚的戏,而是人家为那些戏所下的注解。”

2.“每逢他在报纸上读到大人物的逝世消息,他总戴孝。”

3.“一个卖苹果酒的商人在酒瓶上贴了商标,是一顶皇冠,这使得×生气而且烦恼;有一个思想老是折磨他:小小的一个商人,居然敢利用皇冠。×向当局申诉,搅扰每一个人,寻求纠正的途径等,他由于生气和烦恼而死了。”

4.“一个男子跟一个女演员结了婚。有一回他妻子出台演戏,他坐在包厢里,满脸放光,还时不时的站起来,向观众鞠躬。”(参阅《契诃夫札记》,第十八卷附录)

像这样精彩的速写式的记录,可以从契诃夫的札记本中摘下几十条来,它们显示出契诃夫观察生活的犀利目光和他善于抓住人物或生活现象的主要特征的惊人本领。上面摘引的每一条记录,都可以引起读者的丰富的想象,创造出一个个特定的人物来,因为契诃夫用几句话(甚至一句话)就给我们搭好了一个性格的骨架。

契诃夫在创作中没有全部利用札记本中的材料,但充分发挥了在札记中练就的本领。他在小说里抓住人物性格中有特征性的东西,着力渲染,一个人物就栩栩如生了。

脍炙人口的短篇《普里希别叶夫中士》塑造了一个体现沙俄时代专横的警察制度的形象。退伍中士普里希别叶夫到处干涉老百姓最起码的生活自由,他不许大家唱歌,不许有两三个人聚在一起,不许晚上点灯,甚至还暗地盯着女人的举动,生怕出毛病。他的蛮横无理的行为激起了公愤。普里希别叶夫被全村联名告发,押至法庭受审。契诃夫集中力量刻画普里希别叶夫根深蒂固的警察习气,小说的全部篇幅都为突出这个主要特征服务。契诃夫对这种警察习气的讽刺和打击在小说结尾处达到了高潮:"……等到他走出法庭,一眼看见农民聚在那儿闲站着谈天,就有一种他已经没法控制的习惯使得他做出立正的姿势,逼得他用嗄哑而气愤的声调嚷道:

"散开,老百姓! 不准成群结伙! 回家去!"

(第十八卷,第 31 页)

这最后一笔勾完了普里希别叶夫中士的形象。契诃夫在仅仅四五页的篇幅之内就塑造了这样一个具有鲜明的时代特征的典型。

短篇《文学教师》中有一个插曲式的人物——史地教师伊波里特·伊波里特奇,为了表现这个人的性格的枯燥无味,契诃夫只花了几笔:

伊波里特·伊波里特奇不是健谈的人,他要么一声不响,要么讲些人人早已知道的事,现在他这样回答:"……夏天跟冬天大不相同。冬天得烧炉子,可是夏天不烧炉子也暖和。夏天晚上开着窗子还是觉着热,冬天就便装了双层窗子也还是觉得冷。"

契诃夫还让这个人说了这样一句话:

因为一结婚,就不再做单身汉。

(第八卷第 89 - 90、98 页)

暴露小市民生活的庸俗是契诃夫的拿手戏。无聊的琐事是小市民生活的特征,契诃夫抓住这一点来刻画小市民的形象。短篇《疏忽》的开头就是这样来介绍它的主人公的:

彼奥得尔·彼得罗维奇·斯特里仁,是已故的上校遗下的寡妇伊凡诺娃夫人的外甥,去年被人偷去一双新雨鞋。

(第二十四卷,第 129 页)

关于斯特里仁本人的身份,实在没有什么可提,只好借他与别人的关系来说明:是已故的上校遗下的寡妇伊凡诺娃夫人的外甥。斯特里仁的生活也实在贫乏无聊得可怜,连被人偷去过一双新雨鞋那样鸡毛蒜皮的小事也被当做认识这个人的凭证了。两句话就写出了一个人的生活和精神的面貌,契诃夫的精练的笔力实在令人敬佩。斯特里仁使我们不由地想起契诃夫在札记中用一笔勾出的那个总为名人戴孝的无聊家伙,这两个形象确有异曲同工之妙。

在《疏忽》的例子中,我们开始接触到契诃夫利用细节来表现人物特征的问题。细节是契诃夫技巧宝库中的珍藏之一,依靠细节,他把复杂的人物性格和生活现象最经济地描绘出来;同时契诃夫又不故意炫耀细节,不去制造一些纤巧然而多余的小摆设。他说短篇小说就像军舰的甲板一样不应该有一点多余的东西。如果在作品中放进一个细节,它就必须发挥作用。“要是您在头一章里提到墙上挂着枪,那么在第二章或者第三章里就一定得开枪。如果不开枪,那管枪就不必挂在那儿。”[1]读者在读《变色龙》的时候,是否注意到警官奥楚蔑洛夫的大衣呢?这是一个极微小的细节,但是起到了表现人物心理状态变化的作用。

金银匠赫留金的手指头被一条小狗咬伤了,他抓住小狗告到警官那里。奥楚蔑洛夫起先神气十足地说他要负起追查小狗主人的责任,以便赔偿损失。可是观看的人群中有人说小狗是日加洛夫将军家的。“日加洛夫将军家的?哦!……叶尔德林,帮我脱掉大衣。……真要命,天这么热!……有一件事我还不懂:它怎么咬得了你?”奥楚蔑洛夫的话腔马上转了,反过来骂赫留金是自己弄破了指头,却想敲诈别人。“不对,这不是将军家的狗。”跟随警官的巡警说。“你拿得准吗?”“拿得准,长官。”奥楚蔑洛夫的脸色又马上变了:“我也知道,将军家里都是些名贵的、纯种的狗;这条狗呢,鬼才知道是什么玩意儿!毛色既不好,模样也不中看……完全是个下贱胚子!……你赫留金受了伤,我们绝不能不管。”可是人群中有人证实狗是将军的哥哥的。奥楚蔑洛夫真有些下不了台了:“哦,叶尔德林,帮我穿上大衣。……起风了……挺冷。”一件大衣的细节多么微妙地暴露了那条看风使舵的变色龙的窘态。如果把这个短篇改编成一出小小的独幕剧,奥楚蔑洛夫的大衣就是必不可少的小道具。

在另一篇小说中,细节的妙用也同样令读者叹服。小说的主人公在自己妻子的房间里发现了一封电报。原来他妻子早有外遇,那位给主人公戴上绿帽子的第三者打电报约他妻子在蒙的卡罗(欧洲游览胜地)相会。医生(小说主人公)很痛苦,他本来对自己的妻子不大信任,电报证实了他的猜疑。他决定等妻子回来谈个明白。清早五点钟,女主人公回家了,一进屋就唠唠叨叨地抱怨她丢了十五个卢布。医生心烦透了,恼火

---

〔1〕 契诃夫《论文学》,第410页。

地说:“那怎么办呢! 丢就丢了,明天我给你二十五个卢布,只是请你住嘴。”接着,医生就激动地说起电报的事,并且声明自己老了,不愿耽误她的青春,决定离婚。医生以为这是解决家庭不幸的唯一的办法。可是我们的女主人公没有料到这一着,她又哭又闹,大吵大嚷,怨气冲天地向丈夫身上扑过去。在女主人公的哭闹中已经可以看出她的八成性格,可是最精彩的一手还在结尾。上午十一点,医生在一夜吵闹之后还不得不穿好衣服去上班,这时女仆走进他的书房。“您有什么事?”医生问。“太太起床了,她向您要您昨夜答应给她的二十五个卢布。”医生的太太就这样解决了一场家庭悲剧。“枪”到最后果然放了,而且瞄得异常的准。二十五个卢布的细节说明了医生对他老婆毫无办法,同时也点穿了这位太太的精神面貌和道德水平。

在细节运用方面,契诃夫无疑是继承了果戈理的传统。果戈理最善于利用物件做细节来表现人物的性格。大家都记得果戈理在《死魂灵》中对泼留希金家的陈设的描写,这里每一件东西都在说明泼留希金的惊人的吝啬,至于泼留希金本人脖子上围着的既像破袜子又像臭绷带的那条玩意儿,就更令人难以忘怀了。再如对梭巴开维支的房间的描写,这里每一件家具都异常粗笨沉重,好像都在说“我就是梭巴开维支”,或者“我也像梭巴开维支”。同样的手法被契诃夫在《装在套子里的人》这篇杰作中用来刻画别里科夫的性格。别里科夫的一切用具好像都在说“我也是一个套子”,或者“我就像一个套子”。别里科夫死的时候,契诃夫这样写道:

> 这时候他躺在棺材里,神情温和、愉快、甚至高兴,仿佛暗自庆幸终于装在一个套子里,从此再也不必出来了似的。
>
> (第十八卷,第21页)

在心理描写中运用细节,这是契诃夫的技巧的又一特色。特别是在悲剧性很强的短篇中,人物的心理状态千头万绪,各种痛苦、悲哀和压抑的心情往往交织纠缠,无以名状。在短篇小说的寥寥几页的篇幅中,要展开托尔斯泰式的详尽的心理描写是不可能的。于是契诃夫就运用细节来完成这种困难的艺术任务。出色的短篇《哀伤》是这方面的一个典型的例子。

镟匠格里高里·彼得洛夫在加尔庆斯柯伊乡是早已出名的优秀工匠,同时又是出名的最没用的农民。他正在把他的老太婆送到地方医院去。

雪花像雾似的满天飞舞,路很难走,又弱又小的马勉强移动着脚步……

在镟匠的头脑中,回忆画出了一幅幅过去生活的图画。他跟他的玛特辽娜一起过了四十年,可是那些日子如同在雾里一样的逝去了,尽是酗酒啦、打骂啦、贫穷啦,根本没有觉着是在生活。他想告诉她,现在他怜惜她,爱她,他没有什么再比她更可贵的了。他要把她送到医院去治好病,重新过一种像人样的生活。为了感谢大夫,他要给大夫用密纹的白桦木做一个精美的烟匣。可是,"玛特辽娜,你怎么不说话?"镟匠回头一看,雪花掉在她脸上已经不融化了。

镟匠哭了。生活还没有开始,她就死了。他拨转马头,打算回去安葬老伴。天黑下来了,雪越下越大,马冻僵了,镟匠失去了知觉。醒来时,他发现自己在医院里,手脚都没有了。镟匠痛苦地对医生说:"我伤心!……你老人家,我真伤心!求您开恩宽恕我!要是我再活五六年才好。……"

"这是为什么?"

"那匹马是人家的,我得还给人家……我得给我的老太婆下葬……在这世界上,事情了结得多么快!你老人家,巴维尔·伊凡尼奇!顶好的、有密纹的白桦木烟盒!我给你镟几个球。……"

医生摆了摆手,走出病室。这个镟工完了。

(第二十三卷,第21页)

"顶好的、有密纹的白桦木烟盒",这句话出自截了手脚的镟工之口,听起来多么绝望。作为心理描写的细节,它的表现力是惊人的,它尖锐地强调出镟工的真正的痛苦,集中了小说全部悲剧性的效果。

契诃夫的作品是世界短篇小说大花园中的奇葩,它们的色泽是丰富多彩的。我们在欣赏这些珍品的时候,能充分地感受到它们的魅力,但是当我们试着表达这种感受的时候,却觉得力不从心了。对于这位大师的作品来说，这篇文章只是一块粗糙的三棱镜的残片而已，透过它，这些作品的全部诱人的光彩就只能得到一些片面的模糊的反映了。

（原载《兰州大学学报》，1963 年）

俄罗斯从来不是东方

——李哈乔夫院士论俄罗斯的历史定位

俄罗斯从来不是东方，也不是什么欧亚国家。俄罗斯在历史上就是地地道道的欧洲国家，它必须走欧洲道路。这是李哈乔夫院士近著《俄罗斯沉思录》(《Раздумья о России》)的主要部分着重论述的思想。也许，正是这一点引起了普京总统的注意，使他在日理万机之余阅读这部著作。[1]

李哈乔夫的观点是针对目前在俄罗斯政界(特别是外交界)和思想界有相当影响的欧亚主义的。欧亚主义是20世纪初在俄罗斯出现的一种思潮，十月革命后只在国外传播，近年来又成为俄罗斯媒体的热门话题。当代欧亚主义的主要观点是：第一，俄罗斯横跨欧亚，地理位置特殊，俄罗斯既不是欧洲，也不是亚洲，而是欧亚大陆；俄罗斯人既不是欧洲人，也不是亚洲人，而是欧亚人。第二，俄罗斯在文化上受东西方文化的影响，是将两种文化融于一体的第三种文化，即欧亚文化。第三，俄罗斯肩负特殊的欧亚使命，这个使命的重心偏向东方，俄罗斯宁为亚洲鸡首，不为欧洲凤尾。

欧亚主义在最近十多年重新抬头的原因是苏联解体引发的关于俄罗斯前途的思考与争论。当代欧亚主义强调俄罗斯由于自身的独特性而必须疏离西方，走自己的欧亚路线，恢复大国地位。

显然，欧亚主义从地域分析与文化分析出发，最后落脚在俄罗斯的政治、经济和军事的战略选择上，这就不可能不对政界产生影响。

---

[1] 普京总统2002年在答记者问时说，他正在阅读李哈乔夫院士的《俄罗斯沉思录》。

然而，普京总统声称，他坚决反对"欧亚路线"。[1] 总统发言人亚斯特列任布斯基不久前在记者问及俄罗斯是否肩负特别的欧亚使命时回答说："我认为，欧亚主义的想法是一条死路。俄罗斯国土辽阔，但这样的国家不止我们一个。俄罗斯地跨欧亚两洲，这也没有什么特别的。抱着'宁为鸡首，不为凤尾'的想法是不对的。我们自古以来理解的欧亚主义、俄罗斯哲学界和政治界理解的欧亚主义，都没有给俄罗斯带来任何好处。只有尽快停止寻找不存在的特别道路，我们才能尽快进入正常国家和社会的圈子。"当记者问俄罗斯是否只能选择欧洲道路时，答曰："从俄罗斯完全恢复整个文明世界的生活、原则和准则的角度看是这样。这是一种完全肯定的'绅士式选择'。"[2]

俄罗斯卡内基国际和平基金会莫斯科中心副主任德·特列宁在他的《欧亚时代的终结》一书中也认为，俄罗斯必须放弃欧亚主义，逐步融入欧洲以提高自身的现代化程度，在当今这个全球化的世界中获得成功。[3]

德·李哈乔夫院士(1906—　　)以学者的身份，从文化和宗教的角度，从俄罗斯国家形成的历史来论述俄罗斯的历史定位和发展方向。李哈乔夫长期从事俄罗斯古代文化史和文学史的研究，他的观点自然很有分量。《俄罗斯沉思录》中的主要论文，如《俄罗斯的历史经验与欧洲文化》《俄罗斯从来不是东方》《关于俄罗斯的新老神话》《罗斯受洗与罗斯国家》《彼得改革与俄罗斯文化的发展》《关于彼得改革的信》《谈谈俄罗斯知识分子》等都直截了当地批驳欧亚主义，为反对欧亚主义提供了历史依据。本文综述李哈乔夫的观点如下：

俄罗斯不是欧亚国家。如果从西方看俄罗斯，俄罗斯当然横卧在西方与东方之间；但是，这纯粹是地理观点，甚至可以说是"绘制地图"的观点。其实，把西方与东方分开的是文化差异，而不是地图上划出的人为规定的边界。俄罗斯就文化和宗教而言是不折不扣的欧洲国家，所以，西边

〔1〕 参阅《参考消息》，2002年11月17日。
〔2〕 参阅《参考消息》，2002年9月4日。
〔3〕 参阅《参考消息》，2002年11月17日。

的彼得堡和东边的符拉迪沃斯托克之间在文化上找不到明显的区别，虽则符拉迪沃斯托克地处东方，这在城市命名上也反映出来了（意为“控制东方”）。俄罗斯在文化上与西方各国的差别不大于西方各国之间（如美国与法国、荷兰与瑞士之间）的差别。

对于俄罗斯来说，“南方—北方”之间的联系比“东方—西方”的问题更重要。对这一点，似乎谁也没有特别注意到，虽然事实正是如此。不妨看看欧洲地图（包括东欧地图），请注意，历史上长期以来，交通要道是基本上按经线方向流动的河流，从北往南或从南往北。河流之间联系着波罗的海流域和黑海流域以及地中海沿岸地区。11 世纪的《编年纪事》正是这样描述古代罗斯的地理疆界：从分水界“奥卡森林”开始，循着从那里发源的河流的流向，看哪条河流注入哪个海。没有边界，只有河流的流向。这些河流连结着罗斯周边各民族各部族。北方的邻居是斯堪的纳维亚各民族，即北欧诺尔曼人，当时罗斯统称他们为瓦利亚吉人，其中杂居着后来称为丹麦人、瑞典人、挪威人和“盎格鲁人”的各民族。南方的主要邻居是希腊人，他们生活在希腊本土和紧邻罗斯的黑海北岸。另外，还有居住在伏尔加河下游、顿河和喀尔巴阡山麓的突厥人部族，当时统称为哈扎尔人。历史上著名的“从瓦利亚吉人到希腊人之路”就是古代从波罗的海通往黑海的水上贸易之路。公元 9—12 世纪期间，北欧、罗斯与拜占庭的贸易就是经由这条路进行的。“从瓦利亚吉人到希腊人之路”是主要的贸易通道，也是军事通道和传播文化的通道。这条通道把罗斯与南、北欧紧密地连结起来了。这条通道还有支线，其中最重要的沿伏尔加河通往里海。主干线与支线的主要部分都经过东斯拉夫人的土地，因此首先为他们所利用。很能说明问题的是，罗斯的首都基辅和主要城市都建立在这条通道上，如诺夫戈罗德、波洛茨克、切尔尼戈夫、斯摩棱斯克、弗拉基米尔等。后来，在摆脱鞑靼——蒙古人的统治之后，在刚刚有可能与英国通商贸易时，伊凡雷帝就试图把首都从莫斯科迁到离海洋近一点的贸易通道上，迁往沃洛格达，只是时机不成熟，这个意图没有实现。彼得大帝在与瑞典人的战争尚未结束的时候，就在最危险的国境线上，在波罗的海海岸上建起新首都——彼得堡。反传统的彼得在这件最激进的事上却沿袭了自古以来的传统。

“从瓦利亚吉人到希腊人之路”在俄罗斯历史上发挥过巨大的作用。经由这条道路，北方的斯堪的纳维亚文化和南方的拜占庭文化传入俄罗斯，这两种文化对古代罗斯国家的形成和文化的生成具有决定性的影响。

斯堪的纳维亚文化对罗斯的影响主要在国家体制方面。据编年史记载，俄罗斯留里克王朝的奠基人留里克原为瓦利亚吉部队的统领，应伊尔门斯拉夫人的请求，和他的兄弟西涅多斯、特鲁沃尔一起来诺夫戈罗德任大公。留里克王朝南下基辅，沿着从北方的拉多加湖到南方的赫尔松涅斯整条通道一路安置下来。他们带来了北日尔曼王公的亲兵队制度。亲兵队是和王公一起分担管理和保卫国土责任的上层阶级。亲兵队又分高低两级，高级亲兵由王公的武士或大贵族构成；低级亲兵由年轻的武士或大公亲兵中的少年队员构成。罗斯大公在一天开始时要与自己的高级亲兵一起坐下商议事务。亲兵队制度与自古以来就在罗斯存在的市民大会制度（有人直接音译为“魏彻”）相结合就是罗斯国家体制的原初形态。亲兵队制度在鞑靼——蒙古人入侵后被废除，但市民大会保存下来了。在摆脱鞑靼统治之后，类似亲兵队的贵族谘议会议重新恢复，连残暴成性的伊凡雷帝也不敢正式抛弃贵族谘议的老传统，至少表面上做出他是按古老传统在治理国家。说来不可思议的是，崇尚欧化的彼得大帝在推行改革时废除了贵族谘议会议，把大权集中到一个人手中。直到19世纪下半叶，有广泛社会性的“议会式”活动才得以恢复，这就是国家杜马。从斯堪的纳维亚传入的老传统没有被遗忘。

应该说，当初斯堪的纳维亚诸国本身的国家体制并不成熟，原因之一是它们的多神教文化，而罗斯国家的统一过程和国家体制的形成得力于从南方传来的基督教。

从拜占庭传入的基督教与罗斯国家和罗斯文化的关系是极其重要的课题，但是在当代研究古代罗斯的历史科学中却探讨得最少，而且还有许多谬见，其中影响最大的是：基督教始终起着反动的作用，相比起来，多神教比较好，是“人民的宗教”，比较乐观，多一点“唯物主义”……

基督教传入之前，在罗斯广泛流行的是多神教。其实，按现代的观点，多神教不是宗教，不是像基督教、伊斯兰教和佛教那样的宗教，更不是“国家宗教”。多神教是各种各样的信仰、形形色色的祈祷祭祀仪式和崇拜对象的无序总合,而不是一种教义、一种学说。多神教本身较少只属于一个民族的民族特点,在最好的情况下,一些地区的居民、几个部族按共同崇拜对象的特征联结在一起。因此,在10—12世纪东斯拉夫迫切需要的众多部族的联合无法由多神教来实现。

罗斯帝国的创建者弗拉基米尔·斯维亚托斯拉维奇大公于公元980年第一次试图把全部领土上的多神教联合起来,从喀尔巴阡山脉东坡到奥卡河和伏尔加河,从波罗的海到黑海,包括东斯拉夫各部族、芬兰—乌戈尔和突厥各部族。弗拉基米尔甚至还在基辅建造万神殿,作为多神教联合的标志。这些在编年史上都有记载。但是,这种联合的基础实在是太脆弱、太窄小了。国家利益要求罗斯寻求更成熟和具有世界规模的宗教。这种要求在各民族各部族群众互相交往最频繁的地方反映得特别强烈。"从瓦利亚吉人到希腊人"贸易通道主干线和各条支线附近的各民族各部族都参与了贸易活动和军事活动,也都参与了建立国家的过程。贸易通道把基督教传播到罗斯各地,这是十分自然的事,因为当时罗斯周边的主要邻国,如黑海北岸诸国和拜占庭,都有基督教传统,基督徒不断来往于贯通罗斯的贸易通道上,基督教也就随着他们的足迹不断扩散。10世纪前,基督教的影响已遍及黑海北岸、克里米亚、北高加索和亚速海东岸。当时,除基督教外,还有犹太教和伊斯兰教。据记载,9世纪中期,哈扎尔人曾从拜占庭邀请神学家来与犹太教徒和穆斯林进行宗教辩论。由此看来,罗斯编年史家所描述的弗拉基米尔大公通过询问和辩论来选择信仰是完全可能的。

罗斯最早的编年史的第一篇就是关于基督教在罗斯的传说,讲的是使徒安得烈·彼尔沃兹万内依顺着"从瓦利亚吉人到希腊人之路"从锡诺普和科尔孙(即赫尔松涅斯),沿第聂伯河、洛瓦季河和沃尔霍夫河进入波罗的海,然后经欧洲赴罗马的整个旅程。在这个传说中,基督教已经成为联结各国的因素,把罗斯纳入了欧洲。

在基督教传入罗斯的过程中,拜占庭和保加利亚起了特别的作用。罗斯于公元866、907和941年三次围攻君士坦丁堡,结果是签订了罗斯和拜占庭之间建立新的贸易关系和国家关系的和平协议。在公元912年签订协议时,罗斯一方参加的是多神教徒,到945年,基督徒则占了主要地位。在短短三十多年的时间里,基督徒的数量明显增加了。可以证明这一点的是,基辅大公的妻子奥丽迦接受基督教和955年君士坦丁堡对奥丽迦的隆重接待。有关这些,罗斯和拜占庭的文献资料都有记载。

公元988年夏,弗拉基米尔一世亲率六千人的部队救援华西里二世,彻底击溃了觊觎拜占庭皇位的瓦尔达·福卡斯,拜占庭皇帝许以自己26岁的妹妹。但事过之后,这个许诺并未兑现,弗拉基米尔一世不得不动用武力,包围并占领了赫尔松涅斯,婚礼遂得以举行。弗拉基米尔一世的婚姻使拜占庭不再视罗斯为野蛮民族,而承认其为基督教民族。基辅大公王朝的威信也因此而大为增长。

同年,罗斯正式受洗。

罗斯的基督教化以及与拜占庭宫廷当权家族的姻亲关系把罗斯在完全平等的基础上引入欧洲各民族的大家庭。罗斯历代统治者及其家属曾先后与波兰、瑞典、挪威、法兰西、匈牙利等国宫廷联姻。

保加利亚在罗斯接受基督教的过程中发挥了巨大的作用。保加利亚是"从瓦利亚吉人到希腊人之路"的必经之地,这条通道对于传播基督教的作用已如上述。基督教教会书面语言和运进罗斯以及在罗斯传抄的书籍的语言均为保加利亚人使用的标准语。标准语有很高的权威性,祈祷仪式所用的就是这种语言。东斯拉夫人在罗斯受洗前曾有过原始的文字,可以证明这一点的是与希腊人签订的条约文本,其中一个文本是用罗斯语书写的。保加利亚标准语逐渐吸收了东斯拉夫语的词汇和拼写法,形成一种容易被罗斯接受的教会文字。得力于保加利亚文字,基督教以一种具有高度文化的组织严密的世界性宗教的形态出现在罗斯面前。世界性的宗教可以使罗斯熟悉世界文化。罗斯登上世界舞台与严格制订的标准语在罗斯的使用有机地结合在一起,标准语把罗斯对世界文化的掌握定格在文本中(最先是在翻译文本中)。文字不仅使罗斯有可能与当时的各种文化进行交流,而且有可能与以往时代的文化进行交流。文字使罗斯有可能书写历史、本民族历史经验的哲学概括和文学作品。总之,保加利亚所给予罗斯的教会文字是受洗给予罗斯的最重要的东西。保加利亚与罗斯的关系史上有一个很有意思的细节:弗拉基米尔一世在娶安娜之前,影响他决定受洗的正是他众多妻妾中的一个保加利亚女人,弗拉基米尔认为她最聪明，在语言上与他相通，在重大问题上能帮他作出决定。

基督教使罗斯与其他民族的交往变得轻松起来。大家都知道，妨碍各民族交流的往往是宗教偏见。总的说来，基督教促进了人类大同意识的产生。使徒巴维尔在致加拉特人的信中希望，今后不再有犹太教徒和多神教徒之分，不再有奴隶和自由人之分。随着平等意识一起传进罗斯的是全人类拥有共同历史的意识。10世纪，《哲学家言论》一书就叙述过包括罗斯历史在内的世界历史。11世纪，基辅第一个罗斯籍都主教在《法与神赐说》一书中描述了基辅罗斯在基督教世界中的地位。基督教学说树立了全人类拥有共同历史和所有民族都参与世界历史进程的意识。

基督教在罗斯是如何被接受的？我们知道，在欧洲许多国家，基督教是强制推行的。法兰克萨克利王朝国王克洛维一世强迫自己的军队受洗，法兰克加洛林王朝的查理大帝强迫撒克逊人受洗；匈牙利国王斯提芬一世强迫自己的臣民受洗，等等。而在罗斯，洗礼并非完全没有强迫的现象，但总的说来基督教在罗斯的传播是相当和平的。之所以这样，主要原因是基督教对多神教没有采取过激行动，因此没有发生大规模的激烈冲突。这里涉及罗斯社会底层群众信仰转变的问题。

罗斯在选择信仰时最引人注意和长久地决定东斯拉夫宗教信仰特点的一个方面是农民。这是罗斯居民中最低和最广泛的一个阶层。农民在接受基督教前称为“斯梅尔德”（смерд），后来成为人数最多的笃信基督教的阶层并因此而获得了新的名称：“克列斯契亚宁”（крестьянин），这个词来自词根“крест”（十字架）。那么，基督教和多神教在农民心目中是如何调和的呢？多神教不是统一的宗教，其中包括与众多主神有关的“高层次”神话。弗拉基米尔一世在接受基督教前曾建造万神殿，想把这些主神聚集在一起。另外，多神教也包括“低层次”神话，主要与农耕性质的信仰有关。在庄稼人心目中，众神实际上是调度一年四季农活的信仰体现，如春夏秋冬诸神。对诸神的信仰把劳动变成节日并且培育人们在土地劳作中对土地的爱和敬重，也就是说，培育人对土地及人与人之间的道德关系。

体现“高层次”神话的诸神被弗拉基米尔一世坚决抛弃，神像被推倒并扔入河中。在基辅如此，在诺夫戈罗德也如此。然而，“低层次”神话被保留下来了，因为基督教与农民劳动的道德原则并无矛盾。“低层次”神话逐渐被基督教化并获得基督教道德色彩。

在全国各地保存了农民互相帮工的做法，即整个村社集体给某人帮工。在多神教时代的农村，互相帮工是农务中的习俗。在基督教时代，帮工成为帮助那些丧失主要劳力的孤寡穷困家庭的手段，帮工的道德色彩变得浓厚了。值得注意的是，帮工往往有节日般愉快的气氛，人们互相开玩笑，说俏皮话，有时还举办比赛和村宴。这样一来，帮工就不像施舍那样损害穷困家庭的自尊，而是给每个参与者带来快乐的习俗。参加帮工的人意识到做这件事的重要性，常常穿上节日服装，给马匹套上最好的挽具。

基督教在保留多神教习俗时，有时淡化了原本的色彩，有时还扩大了原来的含义。在多神教时代，农民在劳作之前先请求土地宽恕自己的不道德行为；在基督教时代，这种视土地为神圣之物的意识渗入所有阶层。我们不妨回忆陀思妥耶夫斯基的小说《罪与罚》，其中的主人公拉斯柯尔尼科夫在自首前跪倒在广场上，亲吻大地，请求大地宽恕他的杀人罪行。

总之，在罗斯受洗后，农民中并不存在双重信仰的问题，而是多神教习俗和仪式逐渐基督教化。

基督教在弗拉基米尔一世执政时的善举是注重提高文化水平；另外，基督教要求富人同情穷人和病残者。据编年史记载，弗拉基米尔一世受洗后第一件事是救济穷困病残者。显然，编年史作者认为基督教义中最重要的正是善良和慈悲心怀。一般的慷慨之举应提升为慈悲心怀。基督教道德认为同情和善举会使给予者得到快乐，而快乐源自被给予一方的存在。

由拜占庭传入罗斯的基督教为希腊正教或称东正教，它带来了希腊人对基督教的理解和审美情趣。基督教追求世界的和谐，这种追求在教堂建筑和祈祷仪式的和谐之美中充分体现出来了。古代罗斯的三座主要城市基辅、诺夫戈罗德和波洛茨克（即后来白俄罗斯的中心）都有索非亚大教堂，即“神的智慧”的大教堂，它们的建筑是统一和谐安排世界的神的智慧的象征，它们的工艺标志着三个东斯拉夫民族（俄罗斯、乌克兰、白俄罗斯）的文化的统一。切尔尼戈夫的救主大教堂和弗拉基米尔的圣母安息大教堂也是如此。基督教的理想与美相结合的审美原则极大地影响了俄罗斯文化，著名的俄罗斯圣像画术是用色彩表现思辨，首先表现对现实世界的理解。俄罗斯文学与哲学紧密地结合在一起，因此研究俄罗斯哲学必须与研究罗蒙诺索夫、杰尔查文、丘特切夫、弗·索洛维约夫、陀思妥耶夫斯基、托尔斯泰、车尔尼雪夫斯基等人结合起来。俄罗斯音乐也有浓厚的哲学意识，穆索尔斯基是至今未被人认识到的伟大的思想家，特别是历史思想家。

从拜占庭接受的基督教给俄罗斯历史带来了什么？基督教使罗斯离开伊斯兰教和多神教的亚洲，而与欧洲融合。这是好事还是坏事？请读者自己去判断吧。

文化本身说不清源于何日，就像民族、部族和居民点说不清自己形成的确切日期。所有各种各样的纪念日都是相对的。要说俄罗斯文化的相对起始时间，应该说公元988年，也就是罗斯受洗的那年是最有根据的。一千年以前，罗斯登上世界舞台，其首府基辅可与君士坦丁堡媲美；一千年以前，在罗斯出现了高水平的彩色画和实用艺术。在这些方面，东斯拉夫文化毫不落后。

长期以来，对俄罗斯历史存在很多根深蒂固的成见，或者说，炮制了许多新老“神话”。这些成见无非想证明，俄罗斯不配当一个欧洲国家。成见之一是说俄罗斯长期维持农奴制，比所有欧洲国家都落后。农奴制确实在俄罗斯存在了几个世纪，但是很少有人指出一个事实：俄国整个北方半边国土上从来没有过农奴制，农奴制在俄罗斯中部的确立也比较晚。在波罗的海沿岸国家和喀尔巴阡山脉附近国家中，农奴制的确立早于俄罗斯；而农奴制的废除，俄国早于波兰和罗马尼亚，也早于美国废除奴隶制。波兰的农奴制由于民族歧视而更加残忍，波兰的农奴主要是白俄罗斯人和乌克兰人。这里丝毫没有为农奴制辩护的意思，而是说不要把话说得太绝对太过分了。

成见之二是说俄罗斯文化极端落后，是个文盲国家。这也不完全正确。古代罗斯曾是识字人很多的国家。据15—17世纪的文件，诺夫戈罗德农民和手工艺匠人的识字程度并不低，18—19世纪，在没有农奴制的俄罗斯北方，农民差不多都识字，农民家里有不少手抄本藏书。就俄罗斯文化来说，以它存在千年的历史来看，在世界上可说“高于平均水平”。我们可以列出在科学、文学、艺术和建筑等领域为世界作出杰出贡献的许许多多人物的名字。至于哲学，像德国拥有的那样的大师的确没有，但是像恰达耶夫那样的优秀哲学家还是不少。俄罗斯文化在某些方面落后的主要原因是大学教育发展较迟，只是到19、20世纪才迅速发展并达到高水平。

成见之三是说俄罗斯是“各民族的监狱”。俄罗斯有200多个民族，天主教、路德教、伊斯兰教、佛教、犹太教等各种宗教信仰并存。当然，令人发指的民族压迫现象是存在的，但我们不得不说，历史上的民族仇恨从来没有达到过今天的规模和程度。另外，还必须指出，历史上相当一部分俄罗斯贵族是鞑靼和格鲁吉亚出身。俄罗斯人既有与其他民族和睦相处的胸怀，又有沙文主义情绪。俄罗斯人主要排斥生存能力强的民族，如波兰人和犹太人。连普希金和陀思妥耶夫斯基都不免有民族排外情绪，这真是十分矛盾的现象。

成见之四是说俄罗斯在历史上曾脱离欧洲达七百年之久。是的，曾经脱离过，但未达到这种程度。这种夸大的说法是彼得大帝制造的神话。彼得为了推进改革，全盘欧化，制造过不少有关历史和他本人的神话。上文已详述古代罗斯与南、北欧诸国的紧密联系，鞑靼人入侵二百四十年间，俄罗斯与欧洲的联系被迫中断，以后又逐渐恢复。从1558年至1581年，俄国控制了那瓦尔，经过雷瓦尔（塔林的旧称）和其他港口驶来的不仅有英国人和荷兰人，还有法国人、苏格兰人和德国人。英国人查理斯·弗里契尔在《论俄国》（圣彼得堡，1906）一书中写道，当那瓦尔属于俄国时，每年有约100艘满载俄国亚麻和大麻的轮船通过海关。

成见之五是说基督教助长了俄罗斯帝国主义称霸世界的野心。这指的就是菲洛费长老上书伊凡三世提出“莫斯科是第三罗马”的说法。其实，这句话的原义与称霸世界之类的讹传风马牛不相及。菲洛费是普斯科夫一座小修道院——叶列阿扎罗夫修道院的长老。普斯科夫当时尚未臣服莫斯科，菲洛费怎么可能为莫斯科帝国主义创立一套说法呢？事实是这样的：按照拜占庭的观念，君主是教会的庇护者，而且是世界上唯一的庇护者。君士坦丁堡在1453年崩溃后，拜占庭没有了君主，俄罗斯教会必须寻找另一个庇护者。这个庇护者就是菲洛费长老认定的莫斯科公国的君主。当时，世界上没有别的东正教君主。古代罗斯称拜占庭帝国国都君士坦丁堡为帝都。选择莫斯科作为新帝都承继君士坦丁堡的地位是很自然的事，符合教会观念。但是，当初莫斯科并未接受这个说法，因为拜占庭帝国崩溃后，君士坦丁堡陷入异端，加入了佛罗伦萨教会合并，即与天主教会合并。莫斯科不愿意承认自己是君士坦丁堡第二，于是授意退休都主教斯皮里东炮制出《弗拉基米尔诸王公轶事》，把罗斯大公们说成是奥古斯都皇帝的后裔，把拥有弗拉基米尔爵号的莫斯科君主说成与第一罗马的凯撒有直接继承关系。所以莫斯科是第三罗马，而不是第二君士坦丁堡。只是从17世纪开始，这个“第三罗马”的说法才被赋予扩大了的意义；而在19、20世纪，这个说法被无限夸大为称霸世界的政治意图和军事野心。果戈理、康·列昂季耶夫、达尼列夫斯基、弗·索洛维约夫、尤·萨马林、弗·伊凡诺夫、别尔加耶夫、卡尔塔舍夫、谢·布尔加科夫、尼·费奥多罗夫、弗洛连斯基等许许多多人都错误地理解了这个说法的含义，现在是到了还这个说法以本来面目的时候了。

总之，从俄罗斯国家形成的历史和文化生成的背景来看，对于俄罗斯来说，重要的问题是南方和北方，而不是东方和西方。如果把罗斯文化界定为10—12世纪欧洲多文化的结合，那么应该把它定性为斯堪的纳维亚—拜占庭文化，而不是欧亚文化。东方游牧民族和南方草原游牧民族为罗斯的建立贡献甚少。俄罗斯古代文学中的所有东方题材都是从南方通过希腊或者从西方传来的。俄罗斯与东方的文化联系是十分有限的，只是从16世纪起才在俄罗斯的装饰图案中出现东方的图样。

这一切决不是说，俄罗斯似乎永远在欧洲拥有朋友而在东方都是敌人，历史无论如何也不会证实这一点，因为这里说的根本不是军事同盟，而是俄罗斯民族文化的源头。俄罗斯与东方的文化源头各不相同，事实如此，但这并不否定而是决定了今天有必要相互理解相互帮助。

（原载《俄罗斯文艺》，2003年）

下　篇

俄罗斯文化的“普希金”模式[1]

[俄] Л. 别列左瓦娅 Н. 别尔里亚科娃

19世纪初俄罗斯文化生活特别丰富，特别有活力，而且表现出同类的风格，因此有理由把这场文化运动与欧洲文化中的文艺复兴时代的现象相比。在普希金时代，俄罗斯文化显示出文艺复兴时代类型文化的一些特点，如高扬个人精神自由，向全人类性的理想和古典遗产典范寻求艺术之源，艺术创作既有鲜明的民族形式又有世界性的品格。

文化的“普希金”模式这一概念并不仅仅与诗人本人生活的时代以及他本人的创作相联系。德·李哈乔夫在1997年有一句说错的话倒很能说明问题。音乐家斯维里多夫(1915—1997)逝世的时候，李哈乔夫称他是“普希金时代的音乐家”。那么，什么样的内容可以放进文化的“普希金”模式这个概念中去呢？

普希金之“谜”

普希金，这个在俄罗斯文化中有象征意义的姓氏被无数注释和神话的“厚厚的硬壳”所覆盖。在俄罗斯文化中，没有一个姓氏比他更有名、更难以猜度。普希金是一种民族历史现象，他看起来既朴实又为人所熟知，但又有一种精神上的不可企及性。果戈理称这为“无梯可攀”。罗扎诺夫说普希金在俄罗斯文化中是天马行空。在普希金文学风格中没有任何特别的东西可以被人视为某种原则和解读他的天才的钥匙。我们常说普希金的和谐、普希金的朴素，但这些说法并不是文学术语，而是人的

[1] 本文译自 Л. 别列左瓦娅和 Н. 别尔里亚科娃所著《俄罗斯文化史》(2002年)，该书为俄罗斯联邦教育部推荐的高校教材。

感受。

谁都能在心理上感受到普希金的开朗乐观，这一点几乎是无可置疑的，虽则他的主人公的世界并不事事如意，有时甚至是痛苦的。为什么我们一再重复“俄罗斯诗歌的太阳”（奥多耶夫斯基）、“太阳”（柯尔卓夫）、“我们的一切”（格利戈里耶夫）、“快乐的名字”（勃洛克）等等赞语？哲学家盖尔舍仲还论述过普希金的“聪慧”。

果戈理在自己的生命旅程行将终结时，在《与友人书简选》所表露的绵绵思绪中写道：“普希金是俄罗斯精神的特殊现象，而且很可能是唯一的特殊现象。这是一位200年后才会再出现的高素养的俄罗斯人。”200年过去了，俄罗斯文化从诗人那里得到了什么？随着诗人的仙逝又失去了什么？

有关普希金作为历史现象和文化现象的争论从他逝世之日起就开始了。1837年1月31日，编辑兼新闻撰稿人克拉耶夫斯基竟然敢于在政府报纸《俄罗斯残疾人报》的文学副刊上刊登奥多耶夫斯基撰写的简短讣文。讣文通报诗人逝世的消息，开篇是这样一句话：“我国诗歌的太阳陨落了！普希金去世了！”审查委员会主席顿杜柯夫-科尔隆柯夫公爵严厉申斥副刊胆大包天，在万分恼怒中质问：“怎么可以在一个没有官衔的人的讣文周边打上黑框？……凭什么给这份荣誉？……难道普希金是统帅、军事长官、部长、国务活动家？！”

出版于1838—1841年的普希金文集再次提出了普希金的民族意义问题。诗人于生前最后一年写的一首诗第一次面世，这首诗现在每个小学生都知道：

> 我为自己建立了一座非人工的纪念碑，/通向它的小径，/熙来攘往，/青草不长。

1846年，当时最具影响力的批评家别林斯基完成了一组共十一篇专论普希金的文章，他第一次称普希金为“俄罗斯文学”的“经典作家”。近代民族文化第一次意识到普希金是一部“已经写就的历史”，是本民族独特的“古希腊罗马经典”。别林斯基确认普希金为民族诗人，为论证这一点，他比所有人做得更多，但也就是他第一个认为普希金的创作已经失去了当下的社会效益，因而只属于过去。

19 世纪 60—70 年代的实用主义一代热衷于有益社会的活动，把普希金的诗歌完全推回过去的时代。当时年轻人的偶像、最具权威的批评家皮沙列夫在《现实主义者》(1865 年)一文中根本就不愿意分析普希金的作品，他认为，否则“就是给予普希金问题以他不可能具有的过分重要的意义”。

1880 年，俄罗斯第一座普希金纪念碑在莫斯科揭幕。出乎所有人意料的是，这件事成了已经壮大的知识界和文学界力量的一次检阅，这股力量在纪念诗人的三天盛典中发挥了主要作用。在这些社会活动过程中，一种俄罗斯文化承传关系的强烈感觉和民族自豪感油然而生。陀思妥耶夫斯基在普希金纪念碑揭幕式上说：“普希金是预言和指向……普希金……把某种伟大的秘密带进棺材里去了。我们现在就是在没有他的情况下猜测这个秘密。”

普希金的创作人人皆知，这位诗人之谜在于他在俄罗斯文化中的“孤独”。普希金之前或之后的任何一位俄罗斯作家都不像他。18 世纪五光十色面貌各异的文化世界只有在普希金的创作中才以统一的整体出现，但是这种整体性也正是止于普希金。俄罗斯文学的“阳光灿烂”的天才为阴郁的莱蒙托夫、刻薄的果戈理和痛苦的陀思妥耶夫斯基所替代。19 世纪的任何一位俄罗斯作家、任何一位思想家都不能被称为普希金精神的继承者。从民族自我意识历史的观点来看，这种情况真是奇怪。然而，我们又清楚地感觉到，伟大的近代俄罗斯文化正是从普希金开始的，这种意识保存在民族精神的深处。1912 年，罗扎诺夫曾说普希金在俄罗斯文化中是独一无二的，是俄罗斯精神的特殊类型。他写道：“普希金是我们失去的天堂。他就是俄罗斯文学应有的形象……”

作为艺术创作一种门类的独立的俄罗斯文学始自普希金。但是，为什么俄罗斯文学的发展没有走“普希金”路线？为什么普希金的名字在俄罗斯文化中一会儿退居次要地位，一会儿又成为文化复兴的旗帜？最后，为什么 19 世纪初所有文化门类(建筑、音乐、绘画)在精神和创作特征上与普希金的诗歌惊人地相似，形成文化的共同风格？

19 世纪初，俄罗斯文化的“黄金时代”具有普希金风格的明显特征，这使我们可以有条件地把这种文化时代的类型标示为俄罗斯文化的“普希金”模式。

19世纪初社会的民族—历史自我意识

在俄罗斯，人们在18世纪就谈论或写文章论述对祖国的爱。但是，只是到19世纪初，这种爱国感情才以特殊的力量成为民族自我意识的主要成分。社会自我意识中的这种转变是卡拉姆辛撰写的第一部俄国史所促成的。1803年，亚历山大一世希望从认识托付给他的泱泱大国的历史道路开始自己的帝业，他起用卡拉姆辛这位早已成名的作家为正式的宫廷史官。卡拉姆辛从此撇下艺术创作，专心致志编写俄国史。想不到的是，这位帝国史官竟给予以后的俄罗斯文学以谁都及不上的强烈影响。

1818年，当《俄国史》前8卷问世的时候，所有受过教育的人从头至尾一口气读完，读者中有一些人过去从来没有读过严肃的著作。文学家和国务大臣、太太们和骠骑兵们、年轻的“雅各宾派”和保守派、宫廷和皇帝本人——所有人都在争论、讨论卡拉姆辛的《俄国史》。3000册一月之内销售一空，连作者本人都未料到。普希金称这部著作为“一位正派人士的功绩”。他证实，几个月来，在上流社会沙龙里，除了祖国历史之外，别的什么也不谈。普希金历数卡拉姆辛重大贡献的几个方面：市场轰动效应、教育公众、个人独创。

普希金写道：“看来，卡拉姆辛发现了古代俄罗斯，一如哥伦布发现美洲。”别林斯基附和普希金的话说：“要是没有卡拉姆辛，俄罗斯人简直不知道自己国家的历史。”卡拉姆辛的著作教育了几代俄罗斯人，培育了19世纪上半叶独立的俄罗斯文学。卡拉姆辛所复原的俄国历史已经成为民族自我意识的一部分。在拿破仑时代就要求获得欧洲大国地位的俄罗斯原来并非偶然的外来人，而是“有历史的国家”。从文化观点来看，与欧洲平等交往的前提条件是掌握本国的历史，感觉到自己是丰富独特的文化的理所当然的继承者。历史学家艾杰尔曼曾援引著名雕塑家ф.托尔斯泰在读完卡拉姆辛的《俄国史》后发出的一声感叹：“原来我有祖国！”这声感叹表达了成千上万有教养人士的印象。

在古典主义时代，作为文化特殊现象的文学在俄罗斯终于形成。文学担当了民族精神汇聚者和代言者的角色，不但如此，文学还简练确切地表达了民族精神。历史人物获得了现实中人的属性,不再是传说和神话了。鲍里斯·戈都诺夫只有“经过”卡拉姆辛的历史叙述,才可能成为普希金戏剧中的人物。文学追随卡拉姆辛,开始运用所掌握的启蒙运动重要成果来衡量本国的历史和当代现实。民族历史意识和启蒙时代传入俄罗斯的欧洲理想相结合,正是民族意识和统一的民族文化形成的基础。

在俄罗斯,把世界和人浪漫主义化是一个充满活力、向往未来、意识到自己力量的民族的自我感觉。帝国自我意识在19世纪初最为强烈。那一代的人常常自称:“我们是1812年的产儿。”打败拿破仑的胜利者理所当然地把“祖国拯救者”的尊号加在为俄罗斯服务的典范人物头上。

在1812年卫国战争前夕,爱国主义就已渗入上流社会文化的世界观中。1807年,格林卡的颂歌《波扎尔斯基和米宁,或俄罗斯人为国捐躯》赞颂了“对祖国的炽烈的爱”。同年,奥泽罗夫的悲剧《德米特里·顿斯柯依》在彼得堡舞台上演出,这出悲剧被认为是“真正俄罗斯的”。当时的名演员舒舍林曾经描述过公众如何领会悲剧的情节:“……观众全身心充满爱国激情,都把库里科沃大战比作预期中的我军与法军的会战。”当扮演德米特里·顿斯柯依的演员念出“为俄罗斯争光! 赞美俄罗斯! 光荣啊,俄罗斯!”这段独白时,剧院的四壁被喊声、顿脚声和掌声震得发颤。观众的热情如此之高,悲剧的每场演出几乎免不了应“再来一次”的要求重复这段独白。驾临剧院的“至尊”也和观众一起表现得异常兴奋。剧院场场爆满,观众往往得付10卢布才能在乐队演奏人员座位之间觅一个位子。格林卡的剧本《大贵族之女娜塔莉雅》上演时,观众也报以热烈的掌声,剧中有一句豪言壮语:“为祖国而死是俄罗斯灵魂的高扬。”这个时代是“祖国”一词用大写字母开头的时代。

对拿破仑战争的胜利确立了俄罗斯作为欧洲领袖的地位,使这个战胜国更加兴高采烈。“帝国”和“自由”这两个矛盾的概念,借助于“荣誉”这个道德概念,在俄罗斯贵族的意识中结合起来了,也就是说,定格在道德高度而非法律高度上。自愿为祖国利益服务的理想是那个时代文化中处世态度的基础。普希金写道:“这个时代是令人难忘的。在听到‘祖国’这个词的时候,俄罗斯人的心跳得多么激烈!”这种由崇高的自由感引发的民族激情,就其人文主义倾向而言,非常接近于一个新生的年轻世界的文艺复兴式的感觉。

然而,俄国专制制度在与拿破仑的斗争中证明自己的强大之后,却无力让国民的生活变得好一点。这个状况引起了有教养的贵族的苦恼和失望,他们希望"推一把"政权,"提醒"开明的君主。一时间出现了这么多的社会改造方案,俄罗斯历史上这个少有的时代真可以为此自夸。学校里介绍彼斯杰尔、穆拉维约夫的方案。另外还有亚历山大一世"青年友人"的规划,斯彼兰斯基、莫尔德维诺夫、阿拉克切耶夫和康克林的政策方案,诺沃西尔采夫的"宪法"。普希金本人向政府递交了附有改进教育和图书出版制度方案的报告。维亚泽姆斯基参加了制订1818年波兰宪法的工作。有教养的贵族中最活跃的这部分人决心不仅在军事领域,而且也在和平生活领域为祖国的利益服务。

然而,国家权力机构、皇帝周围的官僚不打算为改革活动放弃自己的专权。这种互不理解的结果导致十二月党主张的出现。开明贵族与政权之间不公开的"君子"协定(我们曾经指出这是18世纪俄罗斯启蒙运动的特征)被1825年的事件破坏了。十二月党的活动分崩离析之后,"普希金"型的文化也开始走下坡路。

普希金把帝国因素和人道因素结合于一身。他的创作的基本两极是:帝国—自由。帝国对他的吸引力,从审美角度来看是消除混乱状态(《铜骑士》),从道德角度看是与"无意义的、残酷的暴动"(《上尉的女儿》)相对立。普希金瞑目之后,帝国和自由在俄罗斯人的意识中就彻底分离了。普希金之后的整整一百年间,帝国捍卫者不断迫害和打击自由,而自由拥护者则千方百计破坏帝国。这个庞大臃肿运转不灵的政权终于维持不住这种自杀性争斗格局,帝国俄罗斯于1917年崩溃。"政权与自由",这个非此即彼的两难选择至今在民族意识中尚未解决。

普希金时代文学中自由个人至高地位的认定

欧洲启蒙时代以浪漫主义的激情张扬人的感情,把个人尊严置于一切之上,在这种气氛中渐渐降下帷幕。歌德的《少年维特之烦恼》、席勒那部主人公高尚的《强盗》和司各特的冒险小说,让全欧洲有文化的人,包括俄国公众读得入迷。从崇高的境界领悟世界、肯定个人自由,成为文学的哲学基础。

俄罗斯启蒙运动的完成以文化强烈期盼个人的生成为标志。19世纪初,受过欧洲教育的俄罗斯贵族阶层高度重视自由、高尚和荣誉。但是,这种浪漫主义世界观与欧洲的世界观有很大的区别。在一个专制农奴制的俄国出现对自由独立的人的崇拜,这个事实本身近乎荒诞。能够"培育"自由个人的经济、社会和政治制度并不存在。唯有刚刚成长起来的俄罗斯文化,更确切地说是文学,担当起了培育热爱自由的心灵的重任。玛玛尔达什维里称俄罗斯古典文学为"俄罗斯的话语神话",也就是一种能够创造和安排一定的、以其内部规律发展的文化空间的力量。

话语的作用在俄罗斯是极难发挥的,因为文化复兴提倡的具有自身价值的个人理想是从外部,即从欧洲文化进入俄罗斯的,它们落入一片陌生的土壤,这片土壤浸透了集体共同理想、村社生活理想、有庇护权的君主专制制度理想、民族孤立主义理想、吞没一切的国家体制理想。作为摹仿启蒙运动的成果而产生的俄罗斯文学真正是饱经痛苦才形成自己对人道主义和人的尊严的理解。

世界上任何地方都不像在俄罗斯那样形成了包含两种自由的观念:依赖政权的外部自由和作为个人精神成熟结果的内心自由。"内心自由"被认为是个人生成的最重要的条件。可是单有这个条件是不够的。十二月党一代人的激情在于,他们从精神参数上感觉到自己是具有充分价值的个人,于是他们希望按自己的世界观来引导外部生活情势。亚历山大一世统治初期似乎使人有根据产生这类希望,新皇帝宣布法律和教育是国家政权的主要基石。

俄罗斯文学形成过程中的普希金阶段已经表现出文学所起到的最重要的文化作用,即有能力发挥文化所具有的聚合因素的作用,有能力编制文明社会的统一文化代码,预防文化逆转、分裂的倾向。普希金时代的文学培养了文艺复兴时期的人道主义理想。精神世界丰富、自由而又可悲地孤独的个人,成为文化新意识的主要部分。

人道主义理想形成的过程,对文艺复兴时期文化价值的强调,贯串普希金的生活和创作,而普希金影响了整个时代。普希金的创作发展得特别快,只来得及表露意识中一些难以猜度的新想法,犹如俄罗斯命运的一个个路标穿越他的诗思。

只有一个事实最不可思议：普希金完成《鲍里斯·戈都诺夫》时仅26岁。他通过卡拉姆辛的著作熟悉俄罗斯历史后，从众多的题材中选中的恰恰是这样一则：杀死小王子，在人民的一片沉默中踩过鲜血篡夺政权以及事件的后果。1825年秋，当普希金写完《鲍里斯·戈都诺夫》时，他对自己喊道："好个普希金，你这狗娘养的！"他到底在俄罗斯精神的秘密中领悟到了什么？为什么我们在差不多200年后仍然生活在这个题材的框框之内？事实上《鲍里斯·戈都诺夫》的冲突是俄罗斯历史和命运的永恒主题。

对于俄罗斯文化来说，普希金是独一无二的，他的生活、死亡、创作是有机统一的"文化文本"，它们不可分割，也不能分开来理解。普希金不是生活的导师，也不是生活的仲裁者。在他的创作中没有"当下热门事件"。他有时笑得令人窒息，但是从不笑得恶毒、笑得刺人。普希金从未意识到作家要去教导人教育人。创作和文学在他犹如生命和呼吸，而不是公民责任和劳动。罗扎诺夫曾援引果戈理与普希金的仆人的一段很有意思的对话：

> 果戈理中午时分来到普希金住宅：
> ——老爷在家吗？
> ——还在睡觉。
> ——看来整夜都在写作？
> ——不，玩牌……

"要是果戈理，那肯定是写一夜……"罗扎诺夫如此评论。他最后说道："普希金就是安宁、开朗、平静。普希金就是某种奇异的永恒。"他永远不会过时，就像爱、恨、春和秋永远不会过时一样。文学是人生活动的一个领域，这种认识与普希金一起进入俄罗斯的生活。即使在18世纪，写诗对于贵族来说不过是次要的事情，说不上是什么文学创作。文学作为职业创作领域形成于普希金时代，普希金是奠基人。

《鲁斯兰与柳德米拉》使普希金成为俄罗斯文学公认的领袖，而普希金完成这部长诗时仅22岁。接下来一个阶段是超越浪漫主义。普希金作为诗人和思想家的步伐疾速异常，他在总体上超过了贵族社会和全民族的自我意识。1823—1824 年,他开始创作“诗体长篇小说”《叶甫盖尼·奥涅金》,一年后思想深邃的《鲍里斯·戈都诺夫》问世。这位年纪轻轻的诗人竟然写下了要凭几个世纪经验积累才可能总结出的至理名言:“不要改变办事的程序,照章办事是帝国的灵魂。”

普希金在创作过程中的精神“成长”是如此迅速,以至于他在生命快结束时“已经不再时兴”(在读者群中保持“稳定的第四位”),这是因为他在这时已经超过所有人,超过全部俄罗斯文学,站到了另外的文化哲学基础之上,持有新的美学主张。以普希金为代表的文学在社会生活中获得了新的使命。

尽管普希金对当时的文化拥有巨大的影响,他却从不诉诸直接的道德说教和教育功能。在他的创作中不易看出当时的热门社会问题和典型形象,这些正是下一阶段“黑白色”的俄罗斯文学所特有的。他在哪方面都不够“专业化”。试问,谁是《上尉的女儿》中的正面人物?格里尼约夫?普加乔夫?谁也不是。然而,他们都是生活变故中的当事人。“小少爷”彼得·格里尼约夫的性格并不幼稚,这表现在一处情节转折上:他没有出卖普加乔夫,但也拒绝亲吻这位“农民沙皇”的手。小说中的坏人只有一个:士伐勃林。他做的最大的坏事就是背叛。他与小说中其他人物的区别就是这种人格崩溃的标志——背叛、心灵卑鄙下流。

在这部篇幅不大,初看很一般的小说中蕴涵着生活的智慧。20 世纪 60—70 年代风行一时的杂志《新世界》的编辑特瓦尔多夫斯基,有一次在一场很激烈的论战中说,没有聪明人和蠢人之分,只有读过《上尉的女儿》的人和不知道这部小说的人之分。

普希金的创作一向被称作“爱好自由的”作品。让我们来分析一下诗人“歌颂”的是什么样的自由。被人津津乐道的普希金的热爱自由,其实并非革命暴动,而是一个意识到自己是一个自主世界的人的立场。他的爱好自由并非源于政治,而是源于文化:源于对生活的爱,源于自己作为个人的意识,源于文艺复兴式的创造力量。文艺复兴式的活跃的个人自己确定自己的行为限度和做人原则:

你自己就是沙皇　独自生活,/无拘无束地走向/自由的头脑引导你去的地方。

普希金始终意识到自己是“赞颂自由的歌手”。普希金的爱好自由是指快乐地享受生命，热爱生活，自觉尊重人格、思想、才能和智慧。谁都知道他憎恨任何一种限制和“上流社会的规矩”，厌恶那身贬低他的宫廷士官制服。普希金的爱好自由在维护人格和创作自由的高要求方面接近于十二月党的主张。这种共同的处世态度使他们在精神上亲近起来。普希金的爱好自由与“依法”维权的政治思想毫无共同之处，而且总的说来，与任何意识形态毫无共同之处。他所创造的“意识形态”是一个自由人的生活方式，这种生活方式异常清楚地体现在他的诗歌中。1836年，在他一生的最后一个夏天，普希金创作了一首才华横溢的诗《译自宾德蒙泰》。普希金意识到检查机构不会准许这首诗发表，于是假托“译自意大利语”。普希金对自由的理解在这首诗中发挥得淋漓尽致。实际上，这首诗是诗人的精神遗嘱：

我珍爱的是另外一些更好的权利，/我需要的是另外一种更好的自由。/说什么依靠沙皇，依靠人民——/对我们还不是一样？上帝保佑他们。/对谁都不必理会，/逍遥自在，随心所欲，/不要为了权势，为了宫廷内侍制服，/低声下气，压制自己的良心和意愿。/……这就是幸福！这就是权利！

这就是一个自由人的遗训。——我们补充一句。在俄罗斯出现可与列昂纳多·达·芬奇、莎士比亚和但丁相提并论的普希金这个事实是文学繁荣的预报和征兆。在欧洲文艺复兴时期就常常出现多才多艺的百科全书式的人物。

“普希金”型文化的民族性和全人类性

借助国家强制力量推行的俄罗斯启蒙运动的可悲后果之一是一个民族出现两种不同的文化：传统的、主要是农民的文化；书本上的、按其特征来说是欧洲式的启蒙文化。它们之间的区别很大。两种文化甚至用不同的语言说话，因为贵族认为用法语表达比较好。

普希金竟能在很短时间内克服俄罗斯文化的两重性，找到连结它的对立因素的秘密。在他的创作中，地道的民族内容和真正的欧洲内容结合得十分自然。他的童话既在贵族客厅里也在农民茅屋里被人阅读。随着普希金的作品,俄罗斯的自我意识进入了欧洲新文化的大世界。

普希金是十足民族的,因而也是全世界的。普希金按所受的教育和精神世界素养来看是“欧洲人”。陀思妥耶夫斯基十分惊讶地说起他“博大的同情心”。大家都知道,普希金从来没有离开过俄罗斯。他竟能凭借自己的卓越才能在《吝啬的骑士》中借“可敬的所罗门”一段充满哲理的富有教训意义的话准确地揣摩犹太民族的世界性悲哀:

我们可活的日子不由自己来定,/年青人昨晚还生龙活虎,今天却一命呜呼,/四个老人在歪斜的肩上,/抬着他送往坟墓。

《石客》中的唐·璜满怀天真的难以抑制的西班牙式傲慢;《阿列哥》中的金斐拉的歌散发出一个自由自在的民族的野性美,显得奇妙无比;《鼠疫流行时的宴会》中梅丽的歌是以无可挑剔的中世纪英国风格写出来的。普希金所写的《浮士德中的几个场景》带有某种恶魔色彩——德国宗教改革时代的中世纪神秘主义色彩,即使在非斯拉夫舞蹈节奏的诗句中也如此。

每个人都打着哈欠生活,/棺材也打着哈欠,等着我们,/你也打哈欠吧。

普希金把《浮士德中的几个场景》寄给了歌德并收到了这位伟大老人的回赠——他的笔。

尽管普希金非常欧化,在俄罗斯却没有比他更俄罗斯化的诗人。对法国诗歌的热爱,对那位善讲民间故事的传奇式奶妈阿丽娜·罗吉昂诺芙娜的温情,两者在普希金身上极其自然地结合在一起。世界性和俄罗斯民族性交融汇合为一片统一的文化沃土。著名的俄侨文化学者之一维德列写道:“普希金一生呼吸着欧洲文学的空气……他选择和吸收所有能够从欧洲文学遗产中吸收的东西,他明白,其实这是俄罗斯本身通过他的中介在完成这一切。”

《叶甫盖尼·奥涅金》中有一个语言和文化自然交融的极好的例子:有一颗“俄罗斯心灵”的达吉雅娜“用祖国语言表达思想却还有一定的困难”。按照当时流行的做法,她给奥涅金那封有名的信是用法语写的。当时,在俄语中还没有书写情书的上流社会文体。普希金仿佛把女主人公用法语写的信“翻译”成俄语,创作了上流社会情书的范本。对于普希金来说，这不过是作了语言上的媒介。崇拜法国和西欧的普希金却创造了真正的俄罗斯语言，现代俄罗斯文学实际上是从他开始的。

同时，普希金深受原初形态民间语言的影响。他第一个把书面语言和民间语言、"通俗"文体和"高雅"文体结合在一起。弗拉基米尔·纳博科夫在侨居生活中翻译《叶甫盖尼·奥涅金》时，不得不专为普希金建立一套翻译理论，几乎对他的每一行诗写下多种译文和注释。

普希金的著名的《童话》是真正的民间诗歌，而不是民间口语的仿作。其实，"民间"作品并不一定是"老百姓"（马夫、厨娘、农民）创作的作品。只有拥有真正卓越才能的作家才善于准确地揣摩老百姓的心灵、语调、幽默感和精神状态。请仔细倾听这些朴素诗句动听的乐音吧！它们的魅力在于真正的而不是摹仿的人民性：

Три девицы под окном/Пряли поздно вечерком…/（窗下三姑娘/深夜勤纺纱……）

精细研究"普希金之谜"的诗人霍达谢维奇把普希金的作品比作祭祀用的三脚供桌，这种供桌"永远不会倒下，但是会在人群的挤推下有规律地摇摆，人群涌来涌去，对什么都不爱惜，就像历史，就像时间……""普希金与俄罗斯文化无法割裂的血缘关系也永远不会中断"。

文化的世界根源和民族根源的深刻的内在联系也是文艺复兴类型文化的属性。在民族文化经常处于分裂威胁的情势下，普希金的主要贡献在于创作了许多和谐完整的典范作品。当民族的自我意识和整个民族在文化上一次又一次努力去营造生活的和谐时，普希金的诗歌、创作和生活所展示的文艺复兴式的品格，使我们必然会向他寻求启迪。奥丽迦·别尔戈利茨于1944年在列宁格勒写道：

突然，在心灵的沉寂的深处，/又高傲和清晰地响起：/"我们还是我们，全世界对于我们都是异乡，/我们的故土是皇村。"

诗人萨莫伊洛夫这样表达自己的感受：

只要普希金在俄罗斯百世流芳，/暴风雪就无法吹灭烛光。

普希金明澈清朗的莫扎特式的天才以"黄金时代"的美名永驻祖国文化的意识中。在他之后，俄罗斯文化选择了另一条道路。普希金尽管赋有罕见的纯俄罗斯精神气质，他作为俄罗斯崇尚精神自由的独特一派和19—20世纪俄罗斯文化的独特一派,却无人承传。当我们谈到俄罗斯文化的多样性时,必须注意这最最重要的一派,因为当时曾经在全人类水准上创造了俄罗斯文化中独特的、"阳光灿烂的"珍品。

(陆人豪译)

(原载《俄罗斯文艺》,2005年)

谈谈俄罗斯知识分子

——致编辑部的信[1]

［俄］德·李哈乔夫

这不是一篇文章，确切地说，是一封信，笔者以这种形式，不讲究什么条理，只是以他今天对事物的看法和他个人的生活经验要求于他的那样来谈论这个话题。

那么，何谓知识分子？我怎样看待和理解知识分子？这个概念是纯粹俄罗斯的，它的内涵主要是联想性的和带感情色彩的。

到底什么是“知识分子”呢？1998 年俄语详解大辞典下了这样的定义：“由知识渊博、具有高度文化素养和职业上从事脑力劳动的人组成的社会群体。”这个定义明显是不确切的。实际上，知识分子的“社会群体”是各种各样的，不能算作某种统一的“群体”。除此之外，知识分子完全可能“在职业上”不从事“脑力劳动”。

所以，我们不给“知识分子”下定义，而是指出它的某些特征。首先，这是精神自由的人，他视自己的人生观、世界观和道德信念为生命。我觉得那些在行为和看法上服从别人、服从制度、服从党派要求的人不是知识分子，因为他们放弃了思想的独立性（从而放弃了自己精神生活的一部分），不可能再遵奉不受“情势”、党派倾向和政治目的支配的信念。

因此，严格地属于党派的人不是知识分子，他只不过按职业来说在意识形态领域工作。

让我们再注意一种状况。对自由的不懈追求产生在自由遭到威胁的地方。这就是为何知识分子作为精神自由的社会层次只存在于俄罗斯而

〔1〕 译文发表时，个别段落有删节。——译者注

在西方却不为人注意，因为在西方社会从事智力活动的那部分人觉得自由遭到的威胁比较少（或者说极少）。

“秘密的”自由是俄罗斯知识分子所特有的，普希金和勃洛克都提到这种“秘密的”自由。

我们俄罗斯人由于俄罗斯历史的特点常常认为带感情色彩的概念比逻辑定义好。

我经历了许多历史事件，看够了太多的稀奇百怪的事情，所以我能够在谈论俄罗斯知识分子的时候，不给知识分子下确切的定义，而只是想着它的最优秀的代表人物，从我的观点看来，他们可以归到知识分子那类人中去。

毫无疑问，索尔仁尼琴是对的，他认为知识分子不仅仅是有学问的人，更不是那种他称为“有学问的小人”的人。[1] 这可能有点刻薄，但是他所说的“有学问的小人”指的是那样一群虽有学问然而卖身投靠、精神卑下的人。

究其实，知识分子就是以脑力劳动为职业（工程师、医生、学者、艺术家、作家）、思想正派的人。有种流传很广的提法——“富于创造性的知识分子”常常使我困惑，好像有一部分知识分子根本是“没有创造性的”。所有的知识分子在某种程度上都在“创造”；不过，从另一方面来说，一个从事写作、教学和创作艺术作品的人，要是按照定货和任务的要求，按照党派和国家要求的精神或者按照某个带“意识形态倾向”的定货者要求的精神来做自己的工作，那么，从我的观点来看，他无论如何不是知识分子，而是雇工。

我重复一遍，根据我的生活经验，属于知识分子的只是那些信念自由、不屈从于经济的、党派的、国家的压力、不受意识形态义务束缚的人。

知识分子素质的基本原则是精神自由，自由在这里属道义范畴。有知识的人只受制于自己的良心和自己的思想。不过，我相信，人还可能受

---

〔1〕 索尔仁尼琴用“образованный”（有学问的）的词根，自撰了一个词“образованец”，有点像 самозванец［僭称者（蔑）］和 оборванец［衣衫褴褛者（蔑）］这类词，根据此处上下文和后文多处使用此词的意思，译为“学界小人”或“有学问的小人”。——译者注

制于一成不变的传统原则。这涉及那些处于“僵化精神状态”的人，他们死守自己提出过的甚至是已实行的陈旧的思想，自己把自己牢牢地束缚住了。陀思妥耶夫斯基称这类思想信念为“制服”，称这些持“职务信念”的人为穿制服的人。

一个人出于道义方面的重大原因应该有权改变自己的信念。如果他出于利益考虑而改变自己的信念，那就是道义丧尽。如果有知识的人感觉到自己的错误（尤其是在与道德有关的问题上），经过再三思考而转向别的思想，那就不能贬损他。

良心不仅仅是一个人人格的守护天使，而且是把握他的自由的掌舵者，良心关注着不使自由变成恣意妄为，自由要能够在错综复杂的生活环境中，特别是在当代生活环境中给人指示正道。

关于知识分子素质的道德原则问题是如此重要，我还想再着重谈谈。

首先我想说，学者并不永远都具备知识分子素质（当然是在最高的意义上）。当他们过分封闭在自己的专业里，忘记是谁以及如何利用他们的劳动果实的时候，他们就不是知识分子。在那种情况下，他们把一切服从于自己专业的利益，牺牲人的利益和珍贵文化。

举个最最简单的例子：有人为战争工作，或者进行危及人的安全和造成生物灾难的试验。

大体上说，潜心专业和专业的拓深，完全是良好的生活准则，因为在俄罗斯太多的外行干的不是他们会干的事。这种状况涉及的不仅是科学，而且还有艺术和政治，政治领域也应该有职业专长。

我非常看重职业行家和职业专长，但这并不常常就是我所说的知识分子和知识分子素质。

我还想这样说：俄罗斯的知识分子素质首先就是欧洲教育培养的思想独立性。（为什么是欧洲教育，下面再说。）这种独立性应该是摆脱一切束缚它的东西，即使是——我重复一遍——专横地控制人的行为和良心的党性、名利意图以至专业利益，如果这种利益超出了良心许可的范围。

我记得20年代在彼得堡聚集在出色的俄罗斯哲学家亚历山大·亚历山德罗维奇·迈耶尔周围的俄罗斯知识分子小组——“星期二”小组，

这个小组后来由于成员把聚会日期从星期二改为星期日而更名为“星期日”小组。对于“星期二”小组成员来说，首要的一点是精神自由——不受权力、时间和物质利益要求的束缚，不受旁人观点的束缚。精神自由决定了亚·亚·迈耶尔本人及其周围的人的为人处世的品行。

俄罗斯知识分子大体上经受住了我们的“混乱时代”[1]的考验，而我作为世纪见证人的义务是恢复对俄罗斯知识分子的公正态度。我们习以为常开口闭口说“臭知识分子”，把知识分子想象成意志薄弱和不坚定的人，因为我们习惯于相信侦查员的案件说明，相信报刊和只认为工人是“领导阶级”的意识形态。但是在侦讯案卷中保存的只是那些对侦查员的说法有利的文件，而这些说法有时是对受侦讯者严刑（不仅是肉体上）逼供得到的。最惨的是家属的处境。无法无天恣意妄为的侦查员用拷问威胁家属，所以我们无权板着脸谴责那些家属，他们甚至没有弄清需要签字的东西的究竟，就确认了侦查员的说法（例如，在1929—1930年著名的“科学院案件”中就这样）。

那些出身世袭贵族的知识分子是一群多么高尚和勇敢的知识分子！我常常记起格奥尔基·米哈依洛维奇·奥索尔金，他于1929年10月28日在索洛韦茨基群岛被枪决。当他的妻子（娘家姓戈里岑娜）出乎索洛韦茨基当局的意料来看他的时候，他已经被关进死刑犯囚室。当局之所以感到措手不及是因为当时劳改营内完全杂乱无章，陆上当局不知道岛上的长官们自作主张采取了什么措施。总之，办法想尽，最后总算在得到奥索尔金这位贵族的保证后把他从死刑犯囚室放出来同妻子会面，奥索尔金保证不对他妻子说等待他的是什么。他履行了他向刽子手许下的诺言。在这次短暂的会面后一年，戈里岑娜去了巴黎，她还不知道会面后第二天格奥尔基·米哈依洛维奇就被野蛮地枪决了。

我还记得只有一条腿的弹道学教授波克罗夫斯基，他为了不沦为“听话的畜生”而在“神圣大门”里奋起反抗，用自己那条木头腿打押送队。可惜“神圣大门”现在已被古迹修复者拆除了。

---

〔1〕“混乱时代”，俄国历史上的特定名称，指16世纪末17世纪初长年战争、变乱迭起的时期。此处李哈乔夫借用这个名称来形容他所生活的历史时期。——译者注

我还记得Г.Г.泰巴林，他冒着生命危险，在自己的诊所里收容了一个穆斯林老头——"老布哈拉最好的歌手"。老头无依无靠，一句俄语也不懂，单凭这一点他就注定该死。

俄罗斯知识分子在意识形态化的极端残暴专横的条件下数十年坚持自己的信念，默默地死去，这种英勇无畏的精神过去和现在都使我震惊。我敬佩已经逝去的老一代俄罗斯知识分子。他们经受住了考验。这场恐怖并非始自1936年或1937年。

知识分子的反抗越激烈，反对他们的行动就越残酷。我们根据针对知识分子采取了哪些残暴的措施就可以判断知识分子反抗的情况。例如，彼得格勒大学怎样被解散；在大学生中进行了何种规模的清洗；多少学者被解除教职；十年制学校和高校的教学大纲是怎样改革的；政治常识基础课是怎样推行的以及有志进高校者要经历哪些测试；等等。知识分子的子女一般是不被录取进高校的，而为了工人却开设工人系。然而，在大学城里出现了自学小组，彼得堡教授А.И.维琼斯基和С.И.波瓦尔宁在家中授课，讲逻辑学；而А.Ф.洛谢夫自费出版哲学著作。

俄罗斯知识分子在踏进红色十月时代的时候已经在反抗沙皇政府的行动中受过锻炼。А.А.迈耶尔利用在沙皇政府统治下遭流放蹲监狱所获得的联合行动的经验，把知识分子聚集在自己周围。像迈耶尔这样的人，又岂止一个。

1922年秋，两艘轮船（"普鲁士号"和"哈根市长号"）被用来从俄罗斯运送出一批特殊身份的知识分子，当局碍于他们的全欧声望而无法对他们采取通常的措施[1]。

可以举出成千上万名学者、艺术家、音乐家作为例子，他们始终保持着精神的独立性，或进而在历史科学、文艺学、生物学、哲学、语言学等领域积极反抗意识形态恐怖。在形形色色专搞检举揭发的小集团领头人的

---

〔1〕 国内战争后期，饥荒愈益严重，知识界一批知名人士向苏维埃政府建议由他们出面成立赈灾委员会，向国外要求援助。当局同意并派官员参加。几个月后，当局以该委员会借赈灾之名串联各地反革命为理由，逮捕了除政府派驻人员之外的全体委员。当时有三种处置方案：枪毙、流放、驱逐出境。最后碍于这批知识分子在国外的名声，决定把他们遣送出国。这些人中有科学院院长、院士、大学校长、教授、许多学科领域的专家学者以及著名作家等。——译者注

背后是一群学识肤浅之徒、半知识分子，他们实施恐怖手段，在这种有利可图的勾当中为自己攫取各种学位和院士称号。我敢肯定地说，按知识分子这个词的古老意义而言，他们不是知识分子。没有什么比学识肤浅更危险的了。只有半吊子学问的人相信自己什么都懂，或者至少知道最重要的东西，他们行动起来厚颜无耻，毫不妥协。有多少人被这帮浅薄之徒撵走，幸存者不得不分一杯羹，接济 A. A. 阿赫玛托娃、B. M. 艾亨鲍乌姆、Д. E. 马克西莫夫、B. Л. 柯马罗维奇，甚至还有 Л. A. 奥尔别利院士(在拨给他单独使用的实验室之前)。И. Ю. 克拉奇科夫斯基院士自己出钱给助手付工资，当时从事古代东方语言研究被宣布为反动行为。

那么，谁是第一批俄罗斯知识分子？假如弗拉基米尔·莫诺马赫没有写那本主要是为公侯们用的《家训》的话，他的良知和通晓五种语言的本领有可能成为把他列入第一批俄罗斯知识分子的理由。但是，他的行为并不总是符合永恒的普遍的道德准则。他的良知局限于他作为大公所操心的事。

实际上，古代罗斯的第一位知识分子是生活在 15 世纪末至 16 世纪初的马克西姆·格雷克[1]，他受过意大利和希腊文化的熏陶，当修道士前原名米哈依尔·特里沃利斯，是阿尔德·马努齐奥[2]学者圈子里的人。在俄罗斯，他备受迫害，曾被监禁，死后才被列为圣修士。他以自己在罗斯的生活，勾画出了许许多多知识分子的道路。

安得烈·库尔勃斯基公爵[3]若不是身为军队统帅而"离开"伊凡雷帝的话，可说是位知识分子。作为公爵，他有权选择宗主；但是，作为指挥军队的军人，他逃跑是于心有愧的。

直到 17 世纪，罗斯还没有真正的知识分子。有学问的人是有的，即

---

〔1〕 马克西姆·格雷克(约 1475—1556)，俄国政论家、作家、翻译家、语文学家。1518 年从希腊阿陀斯山区的瓦托佩德斯克修道院来到俄国。由于他与教会的反对派接近，1525 年在宗教会议上受到谴责并被流放。身后留有极其丰富的文献资料：布道演说、政论文章、哲学和神学论著以及论述语音学、语法学和词汇学的文章。——译者注

〔2〕 阿尔德·马努齐奥(约 1450—1515)，威尼斯出版商和印刷厂主，人文主义学者。

〔3〕 库尔勃斯基(1528—1583)，俄国公爵，大贵族、作家。曾参加喀山远征，是立窝尼亚战争期间的军队统帅。由于同伊凡四世处死的封建王公过从甚密，担心被贬黜，于 1564 年逃往立陶宛。一生著述甚丰，包括三份呈伊凡四世的表章和《莫斯科大公传》等。——译者注

使按欧洲标准来衡量;但是近代高品位的知识分子在古代罗斯还没有。

要是认为知识界是在俄罗斯向西欧(俄罗斯一直属于欧洲)文化转轨后立即出现的,那就错了。

彼得时代不存在知识界。知识界的形成需要大学知识与自由思维和自由的处世态度的结合。

彼得害怕独立不羁的人出现。他仿佛预感到他们对于国家的危险性,常常避免与西欧思想家们见面。在他旅行和逗留西欧期间,使他感兴趣的首先是"职业性人物":国务活动家、军人、建筑师、水手和工人(帆缆管理员、木工、海员),也就是所有能够实现他的思想而不是产生思想的人。所以,很可能,才能平平的建筑师和彼得关系最好,而独自提出彼得堡建筑平面图的勒布隆[1]却得不到他的青睐。也许,彼得是对的。只要研究一下他那些有时附有小幅草图的指示,就不得不对他独到的城市建设构想感到惊讶。彼得在才华横溢和精力充沛的实干家中间比在理论家和思想家中间感到更自在。

彼得恢复了与欧洲的联系,但是顺带取消了它的缙绅会议,废除了宗主教制,并加速使农民沦为农奴。

对于俄罗斯来说,始终一贯的基本问题是北方与南方的问题,而不是东方与西方的问题,即使在巴尔干战争、高加索战争和土耳其斯坦战争中亦是如此。对于俄罗斯来说,捍卫基督教就是捍卫文化的欧洲原则,即有个性的、人格化的、精神自由的文化的欧洲原则。所以,俄罗斯知识分子欢欣鼓舞地接受信仰基督教的巴尔干各民族的解放,而自身却为这些欧洲原则遭受迫害。

第一批真正的典型的俄罗斯知识分子出现在18世纪末至19世纪初:苏马罗科夫、克尼亚日宁、诺维科夫、拉季舍夫、卡拉姆辛。即使是杰尔查文也不能列入他们之中,因为他过于受政权的支配。普希金是无可

[1] 勒布隆(1679—1719),法国建筑师。1716年起在俄国工作,曾参加彼得堡、彼得宫、斯特列利纳宫园林等的规划和建设。——译者注

怀疑的知识分子,他没有收到过金烟壶[1];虽然基本上靠稿费生活,但在创作中不受稿酬的左右。他走着自由之路,"孤独地生活着"。

1825年12月14日,知识分子作为一个志同道合的精神群体出现在彼得广场上。十二月党人起义证明,一大批精神自由的人出现了。十二月党人起来反对自己所属的阶层的利益和职业上的(包括军人的)利益。他们遵照良心的命令行动,他们的秘密协会并不要求他们遵循某种"党的路线"。

同时,已经在俄罗斯露头的恐怖主义和"职业革命家们",所有这些特卡乔夫们、涅恰耶夫们[2](也许,还有车尔尼雪夫斯基们?)是极端的反知识分子的人物。还有那些跪倒在人民或工人阶级面前而又既不属于人民又不属于工人阶级的人也不是知识分子。相反,一名真正的工人,如果在职业和非职业领域见多识广又天生一副好心肠,那就接近我们称为一般知识分子素质的境界了。这样的工人在有人假借工人阶级名义犯下各种罪行之前是很多的。

现在让我们回到当代。

知识分子的高度精神活动出现在苏维埃政权的第一个十年,也正是在这个十年,镇压首先针对知识分子。在随后的30年代,镇压不仅针对知识分子(对知识分子一贯如此),而且也针对农民,因为农民(即使现在也习惯说他们"没文化")具有自己的千年文化。城市和农村宗教界的部分代表人物在革命前就以知识分子的身份出现(帕维尔·弗洛连斯基神父),现在又有一批优秀的知识分子代表(谢·布尔加科夫、维·多勃隆拉沃夫、亚·叶里恰尼诺夫等等)脱颖而出。

可以说,俄罗斯知识分子中的大多数没有因变节而败坏自己的名声。我可以说出几十位人物的姓名,他们正直地度过自己的一生,从来不用什么"我们当时信以为真"、"我们那时以为"、"时代就是这样嘛"、"大家都

---

〔1〕 1783年,杰尔查文创作了歌颂叶卡捷琳娜女皇的颂诗《费丽察》,引起女皇对他的注意。女皇奖给他一个金烟壶和500个金卢布。此处喻普希金没有写过歌颂沙皇的诗,没有受过沙皇的奖赏。——译者注

〔2〕 彼·尼·特卡乔夫(1844—1885/1886),俄国民粹派思想家;谢·根·涅恰耶夫(1817—1882),俄国无政府主义者。——译者注

这样干”、“我们那时还不明白”、“我们都被蒙蔽了”等等托词来为自己开脱。找这些借口的人已把自己排除在知识分子之外，因为无论过去和现在，知识分子应该做到的永远是：获知，深究，反抗，保持自己的精神独立性，不参与说谎。我不准备举出所有那些自称是知识分子的人的姓名，他们从一开始就参加各种各样的小集团和批判活动，这种行为决非偶然。这样的人很多，但是因为有这些人而谴责整整七十年来备受镇压的所有俄罗斯知识分子，那是无论如何不应该的。再说，要是没有老一代知识分子，也就不会有年轻的持不同政见者。

国家同知识分子作斗争的年代也是诸如人格、良心、人的尊严、信守自己的原则、诚实、公正、正派、高尚等概念在官方语言中消失的年代。人的名声被“三人小组”[1]的鉴定所替代，在这些鉴定中，上述所有这些概念荡然无存，而知识分子的概念被归结为脑力劳动的职业概念。

对知识分子的不尊重，在今天表现为不尊重对成千上万名知识分子的纪念，他们在被审讯和拷问中刚强不屈，在劳改营和流放中，在某些科学流派横遭迫害时始终保持着气节。

将来，当契卡、格别乌或克格勃[2]保存的个人案卷公之于众的时候，务必注意到，载入侦讯笔录中的只是那些能够证实侦讯者事先编好的说法的材料。那些“曾经帮助侦讯”或者为逮捕提供预备材料——暗中刺探所得材料的人都从案卷中了无痕迹地消失了。从案卷中消失的还有反映被侦讯者刚强不屈的全部事实。被捕者通常不会获释，因为“当局不会平白无故抓人”这种想法年深日久，变得越发牢固了。所以，今天必须加上注释，即在科学的基础上[3]，才能公布案卷。

有意思的是，知识分子怎样听取对自己判决。我还能回忆起以下场景：

那是在1928年，大约是10月初，我们，即“宇宙科学院”和“谢拉菲

---

〔1〕 指党、政、工会三方领导人组成的核心领导小组。

〔2〕 即肃清反革命及怠工特别委员会、国家政治保安总局、国家安全委员会。

〔3〕 遗憾的是，现在苏联科学院图书馆所公布的“科学院案件”文件，正是制造这起案件的侦讯者千方百计炮制成的这副样子。

姆·萨罗夫斯基协会”大学生小组案全体人员，被叫到狱长那里(列宁格勒什帕列尔街羁押所)。狱长坐着，紧皱双眉，脸色阴沉，一副傲慢的架势。我们全体站着，最靠前的是伊戈尔·叶甫根尼耶维奇·阿尼奇科夫，他曾在国外受教育，是老一代俄罗斯知识分子的典型代表。狱长用低哑的嗓子宣布：“注意听判决。”我记得很清楚，他说“判决”这个词的时候，重音正确地落在最后一个音节上。接着，他开始端着架子缓慢地宣读这份谁也不知道以什么名义作出的判决，因为根本没有进行审判。在这整个过程中，伊戈尔·叶甫根尼耶维奇带着厌烦的表情站着。狱长宣读完，话音刚落，伊戈尔·叶甫根尼耶维奇就漫不经心地问：“完了吗？我们可以走了吗？”不等狱长回答，他就抬腿迈向出口，我们全体跟着他挪动，从不知所措的押解兵身旁走过。这真是太棒了！标志俄罗斯知识分子性格的特征——对专制制度的憎恶，培育了他们宁折不弯的品格和自尊感。

那么，知识分子是西方现象还是东方现象？这个问题的答案在于我们认为俄罗斯是西方还是东方。知识分子素养的主要基础之一是所受教育的性质。对于俄罗斯知识分子素养来说，所受教育永远是纯西方型的。

如果俄罗斯是东方或者欧亚大陆，那么它的教育的西欧性质就很容易使知识分子脱离人民，在一定程度上证明在俄罗斯占统治地位的一大帮半知识分子、有学问的小人和半有学问的小人对知识分子的否定态度是正确的。是不是正因为如此，出于把知识分子与人民分离开来的意图，近年来欧亚派思潮在我国开始带有阴毒的、蒙昧主义的性质。

事实上，俄罗斯无论如何不是欧亚大陆。如果从西方看俄罗斯，那么俄罗斯当然横卧在西方与东方之间。但是，这纯粹是地理观点，我甚至可以说，是“绘制地图的”观点，因为把西方与东方分开的是文化差异，而不是地图上划出的人为规定的边界。俄罗斯就宗教和文化而言是不折不扣的欧洲。所以，西边的彼得堡和东边的符拉迪沃斯托克之间在文化上找不出明显的区别。

俄罗斯在文化上与西方各国的差别不大于西方各国(如英国与法国、荷兰与瑞士)之间的差别。欧洲有多种文化。把俄罗斯与西方联系起来的主要媒介当然是知识分子，虽则并不仅仅是知识分子。对于俄罗斯来说，“东方—西方”的问题所起的作用比“南方—北方”之间的联系要小。

对这一点,似乎谁也没有特别注意到,虽然事实正是如此。

高尔基曾说:“如果敌人不投降,就消灭他!”

果然有一天,这句话成了预言。这是事实。难道这种说法直到今天还在起作用?要知道就是在今天,一个民族的知识分子正在消灭另一个民族的知识分子,在某些情况下,手中还拿着武器。就是在今天,知识分子还在被嘲弄,被消灭。这些是谁干的?是另一部分知识分子干的。如果是这样,这就是说,那“另一部分”就没有理由说自己是知识分子了。

对各种问题的争论、对世界及其未来的不同看法,这些当然是知识分子所固有的,但就是那个高尔基和那些学识浅薄之徒以及“有学问的小人”,更不必说契卡、格别乌、思卡符德[1]和克格勃,却把自相残杀带进了知识界。难道直到今天知识分子还是只能用无休止的内讧和相互怀恨来解决托付给他们的所有历史重任吗?无休止的内讧和相互怀恨只会使他们失去知识分子品格。全部文化史和不久前我们的实践经验所提示我们的恰恰是一条完全不同的相反的道路。

(陆人豪译)

(原载《俄罗斯文艺》,2002 年)

---

〔1〕 即内务人民委员部。——译者注

蛇　妖

（三幕童话剧）

［俄］叶·施瓦尔茨

剧中主要人物

蛇妖

兰采洛特——游侠

沙尔列曼——档案保管员

艾丽扎——沙尔列曼的女儿

市长

亨利——市长的儿子，蛇妖的仆人。

猫

第一幕

［宽敞舒适的厨房。十分干净，石板铺地，擦洗得发亮；靠里有个大炉灶，一只猫在炉灶前的安乐椅上打盹］

兰采洛特　（上，环顾，打招呼）主人在家吗？女主人在家吗？有人吗？请答应一声！一个人也没有……屋里没人，大门开着，房门没上锁，窗户也敞着。亏得我是个正人君子，否则，我这会儿很可能一边提心吊胆，东张西望，一边挑拣金银细软，然后赶紧开溜，尽管我现在真想歇歇脚。（坐下）好，等一等吧，猫先生！您的主人快回来了吗？啊？您不想说话？

猫　我不说话。

兰采洛特　请问,为什么?

猫　亲爱的,当您觉得暖乎乎懒洋洋的时候,最好是闭起嘴巴打盹。

兰采洛特　说得对,不过,您的主人到底在哪里?

猫　出门了,这可真叫人高兴。

兰采洛特　你不喜欢他们?

猫　我的每根毛,每根胡子,每个爪子都爱他们,不过眼下他们大难临头,只有在他们出门的时候,我的心才放松一下。

兰采洛特　原来如此。这么说,他们要大难临头?是什么倒霉事?你不想说?

猫　我不说话。

兰采洛特　为什么?

猫　当你觉得暖乎乎懒洋洋的时候,最好是闭起嘴巴打盹,免得老嘀咕着那飞来横祸,心里难受。妙呜!

兰采洛特　猫,你在吓唬我。厨房里这样舒服,灶膛里火烧得正旺,看得出有人操心。我根本不相信这座宽敞可爱的住宅会遭殃。猫!到底出了什么事?告诉我!快说!

猫　过路人,让我稍微睡一会儿。

兰采洛特　猫,听着,你还不知道我是什么人。我动作轻快,命运让我在全世界游荡,像风卷绒毛一样。我又特别爱管闲事,就为这脾气,十二次受轻伤,五次受重伤,三次受致命伤;不过,我还是活到现在,因为我不仅像绒毛一样轻,还像驴一样难以制服。说吧,猫,这儿究竟出了什么事。说不定我能救你的主人。急人之难在我是常事,明白吗?那你就说吧。你叫什么名字?

猫　玛申卡〔1〕。

兰采洛特　我还以为你是只公猫呢。

猫　不错,我是公猫,可惜有些人总那么粗心大意。我的主人直到现在还因为我一次也不下崽而感到奇怪。他们说:玛申卡,你这是怎么啦?

〔1〕　玛申卡是俄罗斯姑娘常用的名字。——译者注

可爱的人啊，可怜的人啊！不过，我再不多说一句了。

兰采洛特 只说一句吧：你的主人是谁？

猫 档案保管员沙尔列曼先生和他的独生女儿——温柔可爱的艾丽扎，她的小爪子是多么柔软啊。

兰采洛特 他们当中哪一个遇上了麻烦？

猫 唉，正是她，我们大家都跟着遭殃。

兰采洛特 她撞上哪门灾星啦？说啊！

猫 妙呜！有一条蛇妖高高盘踞在我们城市之上，算起来，约摸有四百年啦。

兰采洛特 蛇妖？妙极了！

猫 它规定本城纳贡，每年挑选一个姑娘，我们连"妙呜"都不敢叫一声，就把姑娘献上。蛇妖把姑娘带到洞里，我们从此就再见不到她了。据说，姑娘们都因为恶心难忍而死在那里。呸！滚！快滚！呸——呸——呸！

兰采洛特 你叫谁滚？

猫 蛇妖！它挑中了我们的艾丽扎！这条该死的四脚蛇！呸——呸！

兰采洛特 它有几个脑袋？

猫 三个。

兰采洛特 够多的。几只脚？

猫 四只。

兰采洛特 哦！这还差不多。有爪子吗？

猫 有，每只脚上五个爪子，每个爪子像鹿角一般大小。

兰采洛特 真的？爪子锋利吗？

猫 锋利得像钢刀。

兰采洛特 明白了。蛇妖会喷火吗？

猫 会喷。

兰采洛特 喷真的火？

猫 能让森林都烧着。

兰采洛特 嗬！它身上有鳞片吗？

猫 全身披鳞。

兰采洛特　鳞片大概很坚硬吧？

猫　坚不可摧。

兰采洛特　不见得砍不动吧？

猫　金刚钻都扎不进。

兰采洛特　明白了。我想象得出。它的个儿多大？

猫　像一座教堂。

兰采洛特　啊哈！都清楚了。好，谢谢，猫。

猫　您要和它决斗吗？

兰采洛特　走着瞧。

猫　我恳求您向它挑战。当然，它会杀死您的，但趁着事情还未见分晓，总可以四脚朝天懒洋洋地躺在灶膛前幻想一阵，说不定碰巧出现奇迹，不管用什么办法，这样那样，随便怎样都行，说不定您能把它杀死。

兰采洛特　谢谢，猫。

猫　站起来。

兰采洛特　出什么事啦？

猫　他们来了。

兰采洛特　最好是我喜欢她，哎，要是我喜欢她就好了！这可是大有作用啊……（望窗外）正中我的意！猫，她是个非常可爱的姑娘。这是怎么回事？猫！她在微笑？她非常平静！她的父亲也在愉快地微笑。你刚刚是在骗我？

猫　不，这件事当中最可悲的就是他们在微笑。静一静。你们好！我亲爱的朋友们，让我们一起吃晚饭吧。

〔艾丽扎和沙尔列曼上〕

兰采洛特　你们好！好心的主人，漂亮的小姐！

沙尔列曼　您好，小伙子！

兰采洛特　您的家热情待客，大门敞开，厨房里烧着火，我不经邀请就进来了，请原谅！

沙尔列曼　不必客气。我家的大门向所有人敞开。

艾丽扎　请坐。请把您的帽子给我，我把它挂在门后。我马上摆桌子开饭……您怎么啦?

兰采洛特 没什么。

艾丽扎 我觉得好像我吓着……您了。

兰采洛特 不,不……我没什么。

沙尔列曼 请坐,我的朋友。我喜欢云游四海的人,这大概是因为我一辈子没出过城。您从哪儿来?

兰采洛特 从南方来。

沙尔列曼 一路上一定遇到许多不寻常的事吧?

兰采洛特 哦,比我希望的还多。

艾丽扎 您大概累了吧。请坐吧,干吗老站着?

兰采洛特 谢谢。

沙尔列曼 您在我们这里可以好好休息。我们这个城市很平静,从来没有出过什么事。

兰采洛特 从来没有?

沙尔列曼 从来没有。不错,上个礼拜刮过一阵大风,有一家的屋顶差点给掀掉。不过,这也算不了什么大事故。

艾丽扎 晚饭准备好了,请吧。您倒底怎么啦?

兰采洛特 请原谅,不过……您说,你们的城市很平静?

艾丽扎 当然。

兰采洛特 哦……那么蛇妖?

沙尔列曼 唉,这……不过,瞧,我们对它已经习惯了,它在我们这里已经生活了四百年。

兰采洛特 可是……有人告诉我,您的女儿……

艾丽扎 过路的先生……

兰采洛特 我叫兰采洛特。

艾丽扎 兰采洛特先生,请原谅,我完全不想责备您,不过还是请求您一句话也别提这件事。

兰采洛特 为什么?

艾丽扎 因为这是无可奈何的事。

兰采洛特 真是这样?

沙尔列曼 是的，一点办法都没有。我们刚刚在树林里散步，一切都反复考虑，仔细商量过。明天，只等蛇妖把她带走，我也就离别人世。

艾丽扎 爸爸，别这么说。

沙尔列曼 都说完了，就这些了。

兰采洛特 请原谅，还有一个问题。难道谁也没有试过和蛇妖搏斗？

沙尔列曼 近两百年来——没有。两百年前常常有人和它较量，但是蛇妖杀死了所有的对手。它足智多谋，诡计多端，常常突然袭击敌人，从空中用石头砸，然后直冲而下，对准马的脑袋喷火，把那可怜的畜生一下摧垮，接着就用利爪把骑士撕碎。就这样，终于没有人再出来向它挑战了。

兰采洛特 那么，全城没有协力起来反对过它吗？

沙尔列曼 起来干过。

兰采洛特 结果如何？

沙尔列曼 它把郊区全部烧光，用毒烟熏得一半居民精神失常。它是一位伟大的战士。

艾丽扎 请您再抹些黄油。

兰采洛特 好，好，我再抹上一些。我需要养足力气。这么说来——请原谅我问个没完——再没有人敢起来反对蛇妖？它就这般骄横肆虐，不可一世？

沙尔列曼 不，您想到哪儿去啦！它非常善良。

兰采洛特 善良？

沙尔列曼 请您相信。在我们城里流行霍乱的时候，它答应医生的请求，向湖里喷火，把湖水都烧开了。全城居民喝了开水就得救了。

兰采洛特 这是很久以前的事吗？

沙尔列曼 不！不过是八十二年以前的事，做好事不会被人忘。

兰采洛特 它还做过什么好事？

沙尔列曼 它使我们摆脱了吉卜赛人。

兰采洛特 吉卜赛人很招人喜欢的嘛。

沙尔列曼 您说什么呀！想起他们就害怕。说真的，我一辈子没见过吉卜赛人，但我在学校里就听说这些人非常可怕。

兰采洛特 此话怎说?

沙尔列曼 吉卜赛人是天生的流浪汉,他们敌视任何一种国家制度,否则他们早就在某个地方定居下来,而不会这儿那儿到处游荡了。他们的歌没有雄壮的调子,他们的思想有破坏作用。他们拐走小孩,到处乱钻。现在我们把他们彻底肃清了,要知道还在一百年之前,任何一个黑发男子都必须证明他身上没有吉卜赛血统。

兰采洛特 关于吉卜赛人的这些说法,是谁告诉你们的?

沙尔列曼 是我们的蛇妖。吉卜赛人在它统治的头几年放肆地起来造反。

兰采洛特 这些了不起的压不住的人。

沙尔列曼 请别,请您不要这样说。

兰采洛特 你们的蛇妖吃什么?

沙尔列曼 我们全城每月供给它1000头牛、2000头羊、5000只鸡和2普特盐,夏秋两季还要加上10座菜园出产的莴苣、龙须菜和卷心菜。

兰采洛特 它把你们都吃穷了!

沙尔列曼 不,瞧您说的!我们不抱怨。还能不这样办吗?只要它在这里,别的蛇妖就不敢碰我们。

兰采洛特 照我看,别的蛇妖早被杀尽了。

沙尔列曼 要是碰巧没有杀尽呢?我请您相信,摆脱其他蛇妖的唯一办法就是拥有自己的蛇妖,求您别再提蛇妖了,最好是请您给我们讲点什么有趣的事情。

兰采洛特 好吧。你们知道有本叫《控告簿》的书吗?

艾丽扎 不知道。

兰采洛特 该知道。从这里步行五年,有一座魔山,山上有个大洞,洞里就摆着这本《控告簿》,半本已经密密麻麻写满了。谁也没有碰过这本书,但是一页接一页,每天增添着新内容。谁在写?全世界!群山、草丛、岩石、树木、河流都在注视着,看人在干什么。它们知道罪犯的一切罪行,无辜受害者的全部不幸。从树枝到树枝,从水滴到水滴,从云彩到云彩,传递着人们的控告,一直传到魔山的山洞里,《控告簿》一天天厚起来。假如世上没有这本《控告簿》,那么,树木会因为忧愁而枯萎,水会变得苦涩难饮。这本《控告簿》为谁而设?为我!

艾丽扎 为您?

兰采洛特 为我们。就是我和少数几个人。我们处处留意,动作敏捷。我们打听到有这本《控告簿》,不辞辛苦艰难跋涉到跟前。凡是看过一次《控告簿》的人,一辈子心里不平静。哎,好一本《控告簿》!对这些控告不能不理会,我们就是来伸张正义的。

艾丽扎 怎么伸张正义?

兰采洛特 我们干预别人的事情,帮助那些需要帮助的人,消灭那些必须消灭的人。你们需要帮助吗?

艾丽扎 怎么帮法?

沙尔列曼 您用什么办法帮助我们呢?

猫 妙呜!

兰采洛特 我曾经三次受致命伤,而这恰恰是那些被我自作主张强行救出来的人加于我的。不管怎么说吧,虽然你们并没有请求我,我还是决定向蛇妖挑战!听清楚,艾丽扎!

艾丽扎 不,不!它会杀死您的,而这将使我在生命的最后时刻感到痛苦。

猫 妙呜!

兰采洛特 我一定要向蛇妖挑战!

〔呼啸声、嘈杂声、狂吼声、咆哮声起,越来越响。窗户颤抖,窗外突然迸发火光〕

猫 说到曹操,曹操就到!

〔狂吼声和呼啸声突然中断。很响的敲门声〕

沙尔列曼 请进!

〔穿着华丽的仆人上〕

仆人 蛇老爷要见您。

沙尔列曼 欢迎,请!

〔仆人敞开大门。稍停。不慌不忙地走进来一个上了年纪然而显得年轻、健壮、浅色头发的人,仪表像士兵,平头。他笑容满面。总的说

来，他的举止虽然有点粗鲁，但多少还给人好感。他嗓音低沉〕

人　伙计们，你们好！艾丽扎，小姑娘，你好！啊，你们有客人。他是谁？

沙尔列曼　他是个过路的流浪汉。

人　什么？说话要响亮，清楚，按士兵方式向我报告。

沙尔列曼　他是流浪汉。

人　是吉卜赛人吗？

沙尔列曼　瞧您说的！他是个很好的人。

人　啊？

沙尔列曼　好人！

人　好吧。流浪汉，你为什么不看看我？你干什么盯着门？

兰采洛特　我在等蛇妖进来。

人　哈——哈！我就是蛇妖。

兰采洛特　您？人家告诉我说，您有三个脑袋，脚上长爪，身躯庞大。

蛇妖　我今天是便装，不拘礼节。

沙尔列曼　蛇老爷在人间生活了这么久，有时自己也做人，到我们家来作客，像朋友一样。

蛇妖　对，亲爱的沙尔列曼，我们确实是朋友。对于你们中的每一个说来，我甚至不只是一般的好朋友，我是您的童年时代的朋友，还是您的父亲、祖父和曾祖父童年时代的朋友，我记得您的曾祖父穿开裆裤时的样子。见鬼！我情不自禁流泪了。哈——哈！这位外来人瞪大双眼。你没料到我有这份感情吧？是吗？回答！狗崽子，慌了神了，说啊，说啊！没关系。哈哈，艾丽扎！

艾丽扎　是，蛇老爷。

蛇妖　伸过小爪子来。

〔艾丽扎伸手给蛇妖〕

小滑头，淘气鬼！多么暖和的小爪子，小脸蛋抬得高些：笑一笑。就这样。你看什么，过路人？啊！

兰采洛特　我在欣赏。

蛇妖　好样的。答话清楚。欣赏吧，外来人，我们这里很随便。一切按士兵方式，一、二、一，伤心事算不了什么！吃吧！

兰采洛特 谢谢,我饱了。

蛇妖 别客气,再吃点。你来这儿干什么?

兰采洛特 办事。

蛇妖 啊?

兰采洛特 办事。

蛇妖 办什么事?说吧,啊?说不定我能帮你。你来这儿干什么?

兰采洛特 来杀死你。

蛇妖 响一点。

艾丽扎 不,不!他在开玩笑。蛇老爷,要是您喜欢,我再把手伸给您,好吗?

蛇妖 什么?

兰采洛特 我向你挑战。听见了吧,蛇妖!

〔蛇妖默然,脸涨得通红〕

兰采洛特 我第三次向你挑战,听见了吗?

〔响起震耳欲聋的、可怕的咆哮声。尽管咆哮声威猛有力,却多少带点音乐感。咆哮声中没有一点人的声音的痕迹。这是蛇妖在咆哮。它紧握拳头,不住地跺脚〕

蛇妖 (突然停止咆哮,平静地)傻瓜,怎么样?干吗不开口了?可怕吗?

兰采洛特 不。

蛇妖 不?

兰采洛特 不。

蛇妖 好吧。(双肩微微一动,突然令人吃惊地变了模样。蛇妖的肩上长出来一个新脑袋,原来的那颗脑袋消失得无影无踪。一个严肃的、不露声色的、高额头窄脸庞、头发渐白的金发男子站在兰采洛特面前)

猫 不必惊讶,亲爱的兰采洛特。它有三个脑袋,随意换着用。

蛇妖 (蛇妖的嗓音和脸一样改变了,变得不响亮了,干巴巴的)您的大名是兰采洛特?

兰采洛特 正是。

蛇妖 您是著名游侠兰采洛特的后人吗?

兰采洛特 他是我的远亲。

蛇妖　我接受您的挑战。游侠和吉卜赛人是一路货，必须消灭。

兰采洛特　我决不让你得逞。

蛇妖　我曾经杀掉809名侠客，905个名号不明的人、1个老酒鬼、2个疯子，2个女人——我选中的姑娘的母亲和姨母，还有一个12岁的男孩——也是我选中的姑娘的弟弟。除此之外，被我消灭的还有6个军团和5帮造反的人。请坐。

兰采洛特　（坐下）谢谢。

蛇妖　您抽烟吗？抽吧，别客气。

兰采洛特　谢谢。（拿起烟斗，不慌不忙地装烟）

蛇妖　您是否知道，我是在什么样的日子出世的？

兰采洛特　在一个不吉利的日子。

蛇妖　在一场恐怖的激战当天。阿喀琉斯本人在那一天吃了败仗，——您是否懂得，要倒下多少战士才能打败阿喀琉斯。大地浸透鲜血，树叶到午夜时分变成了褐色。拂晓，树下面长出了无数巨大的黑蘑菇，这种蘑菇叫"坟蘑"。跟着坟蘑钻出地面的就是我。我是战争之子，战争就是我。死去的匈奴人的血在我的血管里流动，这是冰冷的血，我在战斗中冷酷无情、沉着、百发百中。

〔在说到"百发百中"这个词时，蛇妖用一只手做了个轻微的动作，噼啪一声，从蛇妖的食指间闪出一缕火苗，兰采洛特刚刚装满烟草的烟斗点着了〕

兰采洛特　谢谢。（满意地深深吸了一口）

蛇妖　您反对我，——这么说，您反对战争？

兰采洛特　哪里话！我一辈子都在战斗。

蛇妖　您在这里是外人，而我们自古以来就学会了互相理解。全城都将带着恐惧的心情对待您。并为您的死感到高兴。您面临的是不光彩的死亡，懂吗？

兰采洛特　不懂。

蛇妖　我觉得您仍然很坚定，是不是？

兰采洛特　甚至更坚定。

蛇妖　您是一位够格的对手。

兰采洛特 谢谢。

蛇妖 我要认真对付您。

兰采洛特 好极了。

蛇妖 我的话的意思是,我立刻就杀死您,就是现在,就在这儿。

兰采洛特 但是我手无寸铁。

蛇妖 您想要我给您时间武装起来吗?不,我不是说过吗,我要认真对付您。我要给您一个突然袭击,就在这一刻……艾丽扎,拿扫帚来!

艾丽扎 干什么?

蛇妖 我马上把这个人烧成灰,您就把他的灰扫干净。

兰采洛特 您怕我?

蛇妖 我不知道什么叫恐惧。

兰采洛特 那么,您干吗这样急急忙忙?以明天为期,我得找一件武器,我们在野外较量。

蛇妖 为什么?

兰采洛特 为了老百姓不至于把您看做胆小鬼。

蛇妖 老百姓什么都不会知道。这两个人不会开口的。您就在此刻勇敢地、悄悄地、不光彩地死吧。(抬手)

沙尔列曼 慢着!

蛇妖 怎么回事?

沙尔列曼 您不能杀死他。

蛇妖 什么?

沙尔列曼 我恳求您别发火,我全心全意忠于您,但是,要知道,我是档案保管员。

蛇妖 您的职务跟这里的事有什么关系?

沙尔列曼 我保存着一份您在三百八十二年前签署的文件。这份文件并未废除。您要明白,我不是反对您,而是提醒您。文件上的签名是:蛇妖。

蛇妖 那又怎么样?

沙尔列曼 艾丽扎到底是我的女儿,我总希望她活得长些。这是很自然的。

蛇妖 简短些!

沙尔列曼 我豁出去了,您不能杀死他,我反对。任何一个向您挑战的人都可以安全地活到决战之日,这是您写的并且立下誓言加以确认的。此外,决战的日期不是由您指定,而是由他,即向您挑战的人指定,这也是在文件中写明并立誓加以确认了的。文件中还立誓确认:全城居民都应帮助那个向您挑战的人,任何一个人都不会因此而受到惩罚。

蛇妖 这份文件是什么时候立下的?

沙尔列曼 三百八十二年前。

蛇妖 那时我还是个幼稚的、缺乏经验的孩子。

沙尔列曼 但文件是不可废除的。

蛇妖 管它呢……

沙尔列曼 但是,文件……

蛇妖 甭提文件了。我们现在是成年人。

沙尔列曼 这可是您亲自签署的……我可以跑一趟,把文件取来。

蛇妖 一步也不许动。

沙尔列曼 总算有一个人愿意试试拯救我的女儿。爱自己的孩子,这无可非议,这天经地义。还有,殷勤待客,这也合情合理。您干吗这样怕人地盯着我?(双手掩面)

艾丽扎 爸爸!爸爸!

兰采洛特 我抗议!

蛇妖 好吧。我立刻把这个窝全部毁掉。

兰采洛特 这样一来,全世界都将知道您是胆小鬼。

蛇妖 从哪儿知道?

〔猫猛一跳。窜出窗户,从远处发狠地叫〕

猫 老四脚蛇,我要把一切、一切告诉所有人、所有人。

〔蛇妖又突然发出咆哮声,声音仍然威猛有力,但是这一次在咆哮中明显地听得出呼哧声、呻吟声、断续的咳嗽声。这是一个庞大的、衰老的、凶狠的怪物在咆哮〕

蛇妖 (突然停止吼叫)好吧。就按您的请求,我们明天决斗。

〔蛇妖快步离去。门外立刻响起呼啸声、轰隆声、嘈杂声。墙壁晃动，灯火摇曳。呼啸声、轰隆声和嘈杂声渐远、渐静〕

沙尔列曼 飞走了！我惹出了什么事啊！唉，我惹出了什么事啊！我是个衰老的、该死的、只顾自己的人。但是，我不能这样。艾丽扎，你生我的气吗？

艾丽扎 不，哪里话！

沙尔列曼 我突然觉得全身瘫软。请原谅，我要去躺下。不，不，不用照料我，留下陪客人吧。跟他聊聊天，不要让他觉得冷清，他对我们真是一番好意啊。请原谅，我要去躺一躺。（下）

〔停顿〕

艾丽扎 您怎么会生出这个念头？我不是责怪您，不过，这一切过去早成定规。对于年轻姑娘来说，死并不那么可怕，反正人人都要老死，你不是也会这样吗？

兰采洛特 瞧您在说什么！好好想想吧！人们砍树的时候，连树都要哀叹。

艾丽扎 我不抱怨。

兰采洛特 那么，您不可怜父亲？

艾丽扎 要知道，他正是在他愿意死的时候死，这实际上是一种幸福。

兰采洛特 那么，和您的女朋友们分手，您不觉得舍不得？

艾丽扎 不。要知道，假如不是我，蛇妖会挑选她们中的某一个。

兰采洛特 那么您的未婚夫呢？

艾丽扎 您从哪儿知道我有个未婚夫？

兰采洛特 我感觉到。和未婚夫永别，您不觉得舍不得吗？

艾丽扎 蛇妖为了安慰亨利，已经任命他为私人秘书了。

兰采洛特 啊，原来如此。这么说，和他分手当然就没有什么可惜的了。那么，您的故乡城市呢？您离开它不觉得可惜吗？

艾丽扎 我不正是为了我的故乡城市而去死吗？

兰采洛特 可是，全城的人怎么这样无动于衷地对待您的牺牲？

艾丽扎 不，不！我将在星期天离开人世，全城举哀，直至星期二结束，整整三天，谁也不吃肉，喝茶的时候上一种特制的小面包，命名为“可怜的姑娘”，表示对我的纪念。

兰采洛特　就这些了吗？

艾丽扎　还能做些什么呢？

兰采洛特　杀死蛇妖。

艾丽扎　这是不可能的。

兰采洛特　蛇妖已经使您精神失常，毒化了您的血液，模糊了您的视线。不过，我们要挽回这一切。

艾丽扎　不必了。如果我正如您所说的这个样子，我最好去死。

〔猫跑进来〕

猫　和我相好的8只母猫和我们的48只小猫跑遍了每一家，告诉他们即将举行的决斗。妙呜！市长正往这儿跑！

兰采洛特　市长？好极了！

〔市长跑进来〕

市长　你好，艾丽扎。过路人在哪儿？

兰采洛特　我就是。

市长　首先，劳驾，请说话轻些，尽可能不打手势，动作慢一些，不要盯着我的眼睛。

兰采洛特　为什么？

市长　因为我的神经快崩溃了。我患有世界上所有的神经方面和心理方面的疾病，除此之外，还患有三种至今不知名称的病。您以为在蛇妖手下当市长是轻松的事吗？

兰采洛特　我把蛇妖杀死，您就会轻松些了。

市长　轻松些？哈—哈、轻松些！哈—哈！轻松些。（歇斯底里发作。喝水。逐渐平静下来）您竟敢向蛇老爷挑战，那是一场灾难。本来一切都秩序井然。蛇老爷凭它的威望控制住我的副手——一个少见的恶棍；也控制住他那个由商人和磨坊主结成的强盗帮。现在，全乱套了。蛇老爷要准备决斗，把它刚刚弄清的市政局的事全部抛在脑后了。

兰采洛特　可是，不幸的人，您总可以理解，我是在拯救这座城市。

市长　这座城市？哈—哈！城市！城市！哈—哈！（喝水，逐渐平静下来）我的副手可恶到这种地步，只要能消灭他，我宁肯牺牲两座城市。5条蛇妖也比我的副手那样的畜生好。我恳求您，请您离开这里。

兰采洛特 我不走。

市长 算您走运，我的强直性昏厥病发作。（脸上带着苦笑僵住了）

〔市长默然〕

兰采洛特 您不懂我的话？

〔市长默然。兰采洛特向他泼水〕

市长 是的，我不理解您。谁求您和蛇妖决斗啦？

兰采洛特 全城都希望我这样做。

市长 是吗？您看看窗外吧。城里德高望重的人都跑来求您快快离开。

兰采洛特 他们在哪里？

市长 那不是，都贴墙站着！走近一些，我的朋友们。

兰采洛特 为什么他们踮着脚尖走路？

市长 为了不刺激我的神经。我的朋友们，告诉兰采洛特，你们对他有什么要求？说啊！一、二、三！

众声 请离开我们！快点！今天就走！

〔兰采洛特从窗户跟前走开〕

市长 看到了吧！如果您是一位有教养有人情味的人，那就请服从人民的意志。

兰采洛特 说什么也不走！

市长 算您走运，我的癫狂症轻微发作。（一手撑腰，另一手优雅地弓起）我是一把茶壶，把我烧开吧！

兰采洛特 我现在明白了，为什么这些家伙踮起脚尖跑到这儿来。

市长 是吗？那是为什么呢？

兰采洛特 为了不惊醒那些真正的人。现在我就去和那些人谈谈。（跑步下）

市长 把我烧开吧！其实，他能搞出什么名堂呢？只要蛇妖一声令下，我们就把他扔进监狱。亲爱的艾丽扎，别激动。一到预定的时辰，我们的蛇妖将分秒不差地把您拥入自己的怀抱，您放心吧。

艾丽扎 好吧。

〔敲门声〕

请进。

〔进来的就是刚才宣布蛇妖驾到的仆人〕

市长 你好，儿子。

仆人 你好，父亲。

市长 你从它那儿来？事情明摆着，什么决斗也不会安排。你是否带来命令，要把兰采洛特关进牢房？

仆人 蛇老爷命令：第一，明天举行决斗；第二，给兰采洛特武器装备；第三，叫你放聪明些。

市长 算你走运，我的脑袋糊涂了。理智啊，喂，快反应过来！你出去！

仆人 我奉命和艾丽扎单独谈谈。

市长 我走，我走，我走！（急忙离去）

仆人 你好，艾丽扎。

艾丽扎 您好，亨利。

亨利 你指望兰采洛特救你吗？

艾丽扎 不指望。你呢？

亨利 我也不指望。

艾丽扎 蛇妖命你转告我什么话？

亨利 它命我转告：一旦需要，由你杀死兰采洛特。

艾丽扎 （恐怖地）什么？

亨利 用刀杀死他。匕首就在这里，涂过毒药……

艾丽扎 我不干！

亨利 蛇老爷就这一点命令我转告，如果你不干，它就杀死你的全体女友。

艾丽扎 好吧，告诉它，我尽力而为。

亨利 蛇老爷就这一点命令我转告：任何犹豫不决的表现都将被看做违抗命令而受到惩罚。

艾丽扎 我恨你！

亨利 蛇老爷就这一点命令我转告：他会奖赏忠心的奴仆。

艾丽扎 兰采洛特一定会杀死你的蛇妖！

亨利 蛇老爷就这一点命令我转告:等着瞧!

〔幕落〕

第二幕

〔市区中心广场。右首是带塔楼的市政局,塔楼上站着一名哨兵。正中是一座阴森森的褐色大楼,没有窗户,生铁大门硕大无朋,从地面直达屋顶,占踞了整整一面墙。门上用哥特字体刻着一行字:“严禁一切人等入内”。左首是宽阔的古老城墙。广场中央是一口井,有雕花护栏和遮棚。亨利,未穿仆役制服,扎着围裙,正在擦洗生铁大门上的雕饰〕

亨利 (小声唱)等着瞧,等着瞧,蛇老爷宣告。等着瞧,等着瞧,蛇老——蛇老爷吼叫。等着瞧,见鬼去吧!蛇老太爷咆哮。我们,真的,等着瞧!等着瞧,德噜—啦—啦!

〔市长从塔楼跑出,身上穿着一件精神病患者用的拘束衣〕

市长 你好,儿子。是你派人找我吗?

亨利 你好,父亲。我想知道你们那里事情进行得怎样了。市政自治局会议结束了吗?

市长 哪里!我们花了一整天,只来得及确定议程。

亨利 累坏了吧!

市长 你说呢?最后半小时内给我换了三件拘束衣。(打哈欠)不知道是不是快下雨了,今天我那该死的精神分裂症发作得厉害,一个劲说胡话,一个劲说胡话……幻觉联翩,一些念头总摆脱不掉,又是这,又是那。(打哈欠)有烟吗?

亨利 有。

市长 给我解开拘束衣,抽支烟歇一下。

〔亨利给父亲松绑,两人在楼前的台阶上并排坐下。抽烟〕

亨利 你们什么时候解决武器问题?

市长 什么武器问题?

亨利 给兰采洛特准备武器。

市长　给哪个兰采洛特?

亨利　你怎么啦！疯了吗?

市长　当然疯了。真是好儿子,竟然完全忘记了他可怜的父亲病得多重。(叫)人啊,人啊,互相爱护吧！(平静地)看,又胡说什么了。

亨利　没关系,爸爸,没关系,发作过就没事了。

市长　我自己明白,发作过就没事了,不过总不舒服。

亨利　你听我说,有重要消息:老蛇妖烦燥不安。

市长　撒谎!

亨利　相信我。我们的老头子不心疼翅膀,整整一宵不知在哪里飞来飞去,凌晨才回家,全身鱼腥味,难闻得要命。每当它心事重重的时候,就这副样子。明白吧?

市长　明白,明白。

亨利　我还查明,我们这条好心的四脚蛇通宵飞来飞去主要是为了打听了不起的兰采洛特先生的底细。

市长　说下去,说下去。

亨利　我不知道老头子究竟到了哪些地方的洞窟——在喜马拉雅山还是在阿拉特山上。在苏格兰还是在高加索,反正它探听到,兰采洛特是一位职业侠客。我看不起这种门第出身的家伙。但是,这条老蛇,作为职业性歹徒,显然对这类侠客另眼看待。它骂骂咧咧,吱哇乱叫拖长了声音哼哼,后来,老爷子想喝啤酒,把一大桶心爱的饮料全喝光,也不留下任何指示,又展开那对膜翅,直到现在还像小鸟似的在空中乱窜。你难道不觉得不安吗?

市长　一点都不觉得。

亨利　好爸爸,告诉我……你年纪比我大,比我有经验……告诉我,你对眼前这场决斗有何想法。请回答。兰采洛特果真可能……请你直截了当地回答,别打官腔……兰采洛特果真能得胜吗?啊?好爸爸?回答我!

市长　别客气,儿子,我直截了当地坦率地回答你。我真心实意地,明白吧,孩子,真心实意地依恋我们的蛇老爹！我向你保证。我和它已经成为自己人了,难道不是这样吗?我甚至,明白吗,怎么向你说才好呢,我甚至愿意为它献出生命。真的,全是实话,要不就让我马上死。不,不,不!我亲爱的,蛇老爹必胜!蛇老爹必胜!这个可爱的小怪物!小心肝!乐于助人的飞行家!啊,我多么爱它!啊,我爱它,我爱!——妥了。这就是我给你的全部回答。

亨利 好爸爸,你不愿意和自己唯一的儿子直截了当地说说心里话吗?

市长 不愿意,儿子。我还没有发疯,就是说,我当然已经发疯,但是还没有疯到这个地步,是蛇妖命你来盘问我吗?

亨利 瞧你想到哪儿去了,爸爸!

市长 好样的,儿子!你出色地安排了这场谈话。我为你感到骄傲。我向你发誓,我并不是因为我是你父亲而感到骄傲,而是作为一个行家、一个有经验的老政客,为你感到骄傲。我是怎样回答你的。记住了吗?

亨利 当然。

市长 我用的那些词,像可爱的小怪物啦,小心肝啦,乐于助人的飞行家啦,都记住了吗?

亨利 都记住了。

市长 那就照这样去报告吧!

亨利 好,爸爸。

市长 唉,你,我唯一的儿子,我的小暗探……你在向上爬,小娃娃。需要钱吗?

亨利 不,暂时不需要,谢谢,好爸爸。

市长 拿吧,别不好意思,我身边带着钱。昨天我正好发作盗窃狂。拿吧……

亨利 谢谢,不必了。好,现在向我说实话吧……

市长 你怎么啦,儿子,怎么像小孩儿似的,老是"说实话,说实话",缠个没完。我可不是傻乎乎的小百姓,我是市长。我已经有多少年不向自己说实话了,我都忘了实话是什么样子。不知是什么力量叫我远离实话,把我从实话旁推开。你知道这该死的实话是什么玩意儿?够了,儿子。光荣属于蛇爷!光荣属于蛇爷!光荣属于蛇爷!

〔哨兵在塔楼上用斧钺敲地板。高喊〕

哨兵 立正!向天空看齐!大人出现在灰山上空!

〔亨利和市长跳起来，挺直身子，抬头望天。听得见远远的轰轰声，声音渐寂〕

哨兵 稍息！大人掉头转身，在烟火中消失不见！

亨利 蛇老爷在巡察。

市长 是的，是的。听着，儿子，现在你回答我一个小小的问题：蛇老爷真的没有留下任何指示吗？

亨利 没有，爸爸。

市长 用不着我们动手吗？

亨利 干掉谁？

市长 我们的救星。

亨利 唉，爸爸，爸爸。

市长 告诉我，儿子，它没有下令悄悄干掉兰采洛特先生吗？别躲躲闪闪，说吧……算不了什么……小事一桩。啊？你不想开口？

亨利 不开口。

市长 好吧，那就别开口。我懂，公事公办嘛。

亨利 市长先生，我提醒您，给侠客授武器的仪式必须准时举行。蛇老爷很可能亲自驾临，而您一点准备都没有。

市长 （打哈欠，伸懒腰）不碍事，我就去。我们眨眼间就能给他挑一件随便什么样的武器，包他满意。来，把我的袖子绑起来。兰采洛特来了！正是他来了。

亨利 把他引开！艾丽扎马上要到这儿来，我要和她谈谈。

〔兰采洛特上〕

市长 （歇斯底里地狂叫）光荣归于你，赞美上帝，常胜将军格奥尔基！唉，对不起，我在发癫痫，认错人了。我突然恍惚觉得，您那么像他。

兰采洛特 完全可能。他是我的远房亲戚。

市长 昨夜您是怎样消磨的？

兰采洛特 到处逛。

市长 结交了什么人吧！

兰采洛特 当然。

市长 和谁？

兰采洛特　贵市胆小的居民放狗出来咬我，而你们的狗倒是十分通情达理的。我就和它们交了朋友。它们理解我，因为它们爱自己的主人，希望主人平安无事。我们差不多一直闲聊到天色发亮。

市长　没招上跳蚤吗？

兰采洛特　没招上。这些狗又可爱又整洁。

市长　您记得这些狗的名字吗？

兰采洛特　它们请求我不要说。

市长　我一见狗就受不了。

兰采洛特　毫无道理。

市长　这些动物头脑太简单。

兰采洛特　您以为爱护人类是件简单的事吗？其实，这些狗最清楚不过，它们的主人是什么样的人，它们为主人哭泣，又爱主人。这些狗是真正好心的雇工。是您派人来找我吗？

市长　找我，鹳大叫一声，用自己尖利的喙啄一下蛇。跟我来，皇帝说，回头看一眼皇后。蚕娘绕着美丽的芦苇随我飞旋。[1] 简单说吧，是的，是我派人找您，兰采洛特先生。

兰采洛特　我能为您做些什么？

市长　米列尔商店收到两批新鲜乳酪。姑娘最好的装饰是端庄的举止和洁净的连衣裙。日落时分，野鸭在摇篮上空飞过。兰采洛特先生，市政自治局会议恭候您光临。

兰采洛特　为什么？

市长　为什么蛇瓜街上长藤？想接吻的时候，为什么跳舞？跳舞的时候，为什么接吻？兰采洛特先生，市政自治局的委员们必须当面见见您，以便确定哪种武装对您最合适。走吧，去见他们！

〔下〕

亨利　等着瞧，等着瞧——蛇老爷宣告；等着瞧，等着瞧，——蛇老爷咆

---

〔1〕“找我”，“跟我来”，“随我”，在俄语中都可用相同词组表达。市长装疯卖傻，接着兰采洛特的话茬连说三句与上文无关、互不相干的话，这三句话出处不明。市长在下面两段台词中又玩弄这类把戏。——译者注

哮；等着瞧，见鬼去吧，——蛇老爷吼叫。

我们真的在等着——！

〔艾丽扎上〕

艾丽扎！

艾丽扎　是我。你派人来找我吗？

亨利　是的。真遗憾，塔楼上站着哨兵。要是没有这个碍手碍脚的讨厌鬼，我就抱住你接吻啦。

艾丽扎　那我就揍你。

亨利　唉，艾丽扎，艾丽扎！你总是有点过分守规矩。不过这对你挺合适，在你的庄重举止中有种说不出来的东西。蛇老爷对女孩子很敏感，他总是挑选那些最够味的、活泼调皮的姑娘。兰采洛特还没有打算向你献殷勤吗？

艾丽扎　闭嘴。

亨利　说真的，他的确没有这种打算。即使是一个老傻瓜替代了你，他也会出面去干一仗的。对他说来，救的是谁，根本无所谓。他这种人就是这样训练出来的。他甚至没有仔细看看你长的模样。

艾丽扎　我们刚刚相识。

亨利　这不是理由。

艾丽扎　你叫我来就为了告诉我这些吗？

亨利　噢，不。我叫你来是为了问你愿不愿意嫁给我。

艾丽扎　住嘴。

亨利　我不是说着玩。我被授权转告你：如果你听话，一旦有必要，你去杀死兰采洛特。作为奖赏，蛇老爷将放你自由。

艾丽扎　我不愿意。

亨利　让我说完。代替你的将是另一个姑娘，从平民中挑选，你完全不认识。这个姑娘反正预定明年该轮到。你选择吧，两种出路哪种好：要么是愚蠢的死，要么是充满欢乐的生，那种生活你也只有在梦中才见过，而且难得梦见，叫人想起来都觉得委屈。

艾丽扎　它害怕了！

亨利　你说谁？蛇老爷害怕？我对它的全部弱点一清二楚。它恣意妄为，是个粗野的丘八。寄生虫，——它什么都是，唯独不是胆小鬼。

艾丽扎 昨天它还威胁人，今天却做交易了？

亨利 这是我费老大劲才求来的。

艾丽扎 你？

亨利 如果您想知道，我才是真正战胜蛇妖的人。我能够谋求到一切。我等待机会，——终于等到了。我还不至于笨到把你随便让给什么人。

艾丽扎 我不相信你。

亨利 你是相信我的。

艾丽扎 反正一样。我不能去杀人！

亨利 可是你随身带了匕首，腰上挂着呢。我要走了，亲爱的。我要去换上节庆的服饰。我心里挺踏实，你一定会为了自己和我而去执行命令的。好好想想！只要你愿意，好日子就在我们前面。想想吧，我的可爱的姑娘。（下）

艾丽扎 上帝啊！我的脸颊烧得难受，仿佛我和他接过吻似的。多么可耻啊！他差点说服了我……可见，我是个什么样的人！……得了，真不错，随它去吧。我受够了！我本是城里最听话的姑娘，什么都相信，结果又怎么样呢？不错，大家都尊敬我，而幸福却归于别人。她们现在坐在家里，挑选哪件连衣裙更漂亮，熨平绉边，烫头发，准备来观赏我的不幸。啊！我好像看见，她们在镜子前扑粉，一边说道："可怜的艾丽扎；可怜的姑娘，她长得真好看！"只有我独自一个，全城中唯有我独自一个，孤零零站在广场上，苦恼不堪。还有那个傻乎乎的哨兵睁大眼睛盯着我，心里想蛇妖今天会怎样收拾我。明天，这个士兵照样活着，值勤以后休息，到瀑布跟前去逛逛，那里河水欢腾雀跃，连最忧伤的人看了都会露出笑容。这个士兵也可能去逛公园，公园里的花匠培植出奇妙的蝴蝶花，花瓣上的小眼睛会眯起来，也会使眼色，甚至会读书，只要字母大，而且书的结局好。这个士兵也可能去湖上划船，蛇妖有一次曾经把湖水烧得沸腾起来，从此湖里的美人鱼变得安分守己，她们不但不淹死人，还坐在浅滩上出卖救生圈。美人鱼和从前一样可爱迷人，士兵们喜欢和她们闲聊天。这个愚蠢的哨兵会给美人鱼讲，快乐的音乐怎样奏起来，人们怎样哭起来，蛇妖怎样把我带走；而那些美人鱼个个唉声叹气："啊，可怜的艾丽扎；啊，可怜的姑娘，今天天气这么好，而她却不在人世了。"不，我不愿意死！我想看见一切，听见一切，感觉到一切。这就是我给你们的回答！我想成为幸福的人！这就是我给你们的回答！我带了刀想自杀，现在我不会害自己了。这就是我给你们的回答。

〔兰采洛特从市政局出来〕

兰采洛特　艾丽扎！看到你，我多么幸福！

艾丽扎　为什么？

兰采洛特　啊，我的可爱的小姐，我这一天过得真吃力，精神渴望休息，即使一会儿。你看，就像有意似的，您我突然相遇。

艾丽扎　您出席了会议吗？

兰采洛特　出席了。

艾丽扎　他们为什么召您去？

兰采洛特　他们表示愿意给我钱，只要我放弃挑战。

艾丽扎　您怎样回答他们？

兰采洛特　我这样回答：唉，你们这些可怜的傻瓜！我们不要去谈他们了。艾丽扎，您今天比昨天更美。这是一个确切的迹象，证明您真的令我倾心。您相信我能解救您吗？

艾丽扎　不。

兰采洛特　我并不觉得生气。看来，您真的让我钟情。

〔艾丽扎的众女友跑上〕

女友甲　是我们来了！

女友乙　我们是艾丽扎最好的朋友。

女友丙　我们从小在一起，多少年来相亲相爱。

女友甲　她是我们中间最聪明的。

女友乙　她是我们中间最美丽的。

女友丙　而且比别人更爱我们。她常常能按人家的要求缝衣服，帮助解答习题。当你觉得自己是最不幸的人的时候，她会来安慰你。

女友甲　我们没有来迟吧？

女友乙 您真的要和它决斗吗?

女友丙 兰采洛特先生,您能不能把我们安排在市政局楼顶上?如果您提出请求的话,他们不会拒绝的。我们特别想好好看看这场决斗。

女友甲 您看,您生气了。

女友乙 您甚至不愿意和我们说话。

女友丙 我们根本不是坏姑娘。

女友甲 您以为我们有意妨碍您同艾丽扎告别吗?

女友乙 我们不是有意的。

女友丙 是亨利给我们的命令:未经蛇老爷准许,不得让您和艾丽扎单独待在一起。

女友甲 亨利命令我们随便说些废话……

女友乙 所以我们像傻瓜一样胡说一气。

女友丙 否则我们就要哭出来了。您是外来人。您无法想象,在陌生人面前哭鼻子是多么难为情。

〔沙尔列曼从市政局出来〕

沙尔列曼 兰采洛特先生,会议结束了。有关授予您武器的决议已经作出。请原谅我们,怜悯我们这些可怜的杀人犯吧,兰采洛特先生。

〔喇叭声起。从市政局跑出一群仆人,他们铺地毯,排椅子,把一只装饰华丽的大安乐椅摆在中间。比较普通的椅子分别排在左右。市政自治局委员们簇拥市长上。市长表情愉快。亨利着礼服,同上〕

市长 一个妙不可言的笑话……她是怎么讲的?"我想,所有的男孩子都会干这个吧?"哈—哈—哈!你们听过这个笑话吗?非常精彩。有一个吉卜赛人的脑袋被砍下了……

〔喇叭声起〕

啊哈,都准备好了……那好吧,举行仪式后再给你们讲。提醒我。来吧,来吧,先生们,我们尽快干完。

〔市政自治局委员们在中间的大安乐椅左右两边站定。亨利在大安乐椅靠背后面站定〕

市长 (向空安乐椅鞠躬。连珠炮似的说)蒙阁下信任,不胜惶恐,谨遵阁下旨意,作出重大决定。恭请大人上坐名誉主席席位。一请,二请，三请。泣血敦请不允，无可奈何。我们自己开始吧。请坐，先生们。我宣布开……

〔停顿〕

拿水来！

〔仆役从井中取水。市长喝水〕

我宣布开……拿水来（喝水。清嗓子，用非常尖细的嗓门）我宣布（很沉的低音）开……拿水来（喝水。尖嗓门）谢谢，亲爱的！（低音）滚开，混蛋！（原来的嗓门）算你们走运，先生们，我的二重人格症开始发作〔1〕。（男低音）老傻瓜，你在干什么？（女尖嗓门）你没看见吗，我正在主持会议。（男低音）难道这是娘们儿的事？（女尖嗓门）连我自己也不乐意，亲爱的。您可别把我这个可怜巴巴的老婆子插在木橛子上〔2〕，让我宣读记录吧。（原来的嗓门）委员们听取了关于提供兰采洛特武器的提案并通过决议，同意提供，但这是不得已而为之。喂！来人！把武器送来！

〔喇叭声起。仆役上。第一名仆役递给兰采洛特一个小铜盆，盆上系着细窄皮带〕

兰采洛特　这是从理发匠那里弄来的小铜盆。

市长　是的，但是我们指定它执行帽盔的职责。小铜托盘被任命为盾牌。不必担心！在我们城里，连物质都知道服从，守纪律，它们会认真负责地完成自己的职责。遗憾的是，骑士的锁子甲在我们仓库里找不到，长矛倒是有的。（递给兰采洛特一页纸）给您一份文件，证明长矛确实在修理，文件上有签名并加盖印章。您在决斗时向蛇老爷出示这份文件，所有程序就圆满完成。要向您交待的都在这儿了。（低音）老傻瓜，快宣布会议结束！（尖嗓门）马上宣布，我宣布，这该死的会。老百姓干吗愤愤不平？其实他们自己也不清楚，为什么愤愤不平。（唱）1，2，3，4，5，骑士出来溜达……（低音）快收场，该死的老

---

〔1〕　市长二重人格症发作，变为男女二重身份，低音表示男性说话，尖嗓门表示女性说话。——译者注

〔2〕　古代一种残酷的刑罚。——译者注

傻瓜！（尖嗓门）我在做什么？（唱）亲爱的蛇老爷突然疾飞而去，对准骑士射击……劈——啪，哎哟哟，我宣布大会闭幕。

哨兵 立正！向天空看——齐！蛇大人出现在灰山上空，正以惊人的速度向这里飞来。

〔全体一跃而起，立正不动，抬头望天。远处的轰鸣声以惊心动魄之势急速增强。舞台渐暗。全暗。轰鸣声突然中断〕

立正！蛇大人像乌云一样在我们上方翱翔，遮住了太阳。屏住呼吸！

〔突然闪现两点绿光〕

猫 （悄声）兰采洛特，是我，猫。

兰采洛特 （悄声）我从目光上立刻就认出是你。

猫 我到要塞城墙上去打盹。找一个机会，挤过来靠近我，我会给你咕噜一件特别令人高兴的事……

哨兵 立正！蛇大人向广场俯冲。

〔震耳的呼啸声、咆哮声。电光闪闪。在大安乐椅上坐定一个上了年纪的人，双脚齐全，小小的个子，脸色煞白〕

猫 （从城墙上）别吃惊，亲爱的兰采洛特，这是它的第三个脑袋，它随心所欲地换脑袋。

市长 大人！在我所负责的市政自治局里，没有发生任何事故。在警察分局里有一个人。现在在场的……

蛇妖 （用发颤的不太高的男高音，十分平静地）滚！所有人都滚！除了那个外来人。

〔众下。在舞台上只有兰采洛特、蛇妖和猫，猫在城墙上打盹，蜷成一团〕

身体好吗？

兰采洛特 很好，谢谢。

蛇妖 地板上这个小盆子是什么玩意儿？

兰采洛特 武器。

蛇妖 是我手下的人想出来的吗？

兰采洛特 是他们。

蛇妖 好一批胡作非为的家伙。您大概很恼火吧？

兰采洛特　不。

蛇妖　撒谎。我的血是冷的,连我都感到恼火。你害怕吗?

兰采洛特　不。

蛇妖　撒谎,撒谎。我手下的人非常可怕。这样的人哪里都找不到。这是我的成果,我把他们剪裁成这样。

兰采洛特　不管怎样,他们仍然是人。

蛇妖　只不过外表像人。

兰采洛特　不。

蛇妖　要是你看见他们的灵魂,——哎哟,你就会发抖。

兰采洛特　不。

蛇妖　你甚至会拔脚就跑,再也不会为这些精神畸形儿去死。我的亲爱的,正是我,亲手把他们摧残成这样的。因为需要,就把他们弄残废了。人的灵魂,亲爱的,有很强的生命力。你把躯体一劈为二,人就死了;而把灵魂撕碎,灵魂只会变得更驯服。不,不,这样破碎的灵魂,你哪儿也拣不到。除非在我们城里。这是一些缺腿少胳膊的灵魂,聋哑的灵魂,用链条拴着的灵魂,告密者的灵魂,天地不容的灵魂。你知道吗,为什么市长假装精神病患者?为了掩盖他根本没有灵魂。这是一些不诚实的灵魂,卖身投靠的灵魂,老奸巨滑的灵魂,僵死的灵魂。不,不,可惜,灵魂是看不见的。

兰采洛特　算您走运。

蛇妖　为什么?

兰采洛特　要是人们亲眼看见他们的灵魂变成什么样子,他们会大吃一惊。他们会去拼命,而不愿变成顺民。那时候,谁来喂您呢?

蛇妖　鬼才知道,说不定您是对的。怎么样,我们动手吗?

兰采洛特　请吧!

蛇妖　先去同您为之牺牲的姑娘告别。喂,小家伙。

〔亨利跑上〕

去叫艾丽扎!

〔亨利跑下〕

您喜欢我选中的那个姑娘吗?

兰采洛特 非常非常喜欢。

蛇妖 很高兴听您这样说。我也非常非常喜欢她。一个出色的姑娘,听话的姑娘。

〔艾丽扎和亨利上〕

过来,到这里来,我的讨人喜欢的姑娘。看着我的眼睛。就这样,很好。你的秀目清澈如水。你可以吻我的手。就这样,太好了。樱唇温热,说明你心中平静。想和兰采洛特先生告别吗?

艾丽扎 看您怎样吩咐,蛇老爷。

蛇妖 那我命令你,过去,和他亲热地说话。(悄声)亲亲热热地和他说话,吻别。没关系,反正我在这儿。可以当我的面这样做。吻别的时候杀死他。没关系,没关系。要知道我在这儿,你要当我的面做到。去吧。可以带他离这儿远一点。反正我眼力好,我什么都看得见。去吧。

〔艾丽扎走近兰采洛特〕

艾丽扎 兰采洛特先生,我奉命同您告别。

兰采洛特 好,艾丽扎。让我们告别,以防万一。决斗是危险的,说不定会出什么事。我想在这告别时刻对您说:我爱您,艾丽扎。

艾丽扎 爱我?

兰采洛特 是的,艾丽扎。昨天您就令我一见倾心,当时我从窗子里一眼望见,您多么温顺地跟父亲回家。后来我又发现,您我见面时,我觉得您越来越美。啊哈,我想了想,肯定是这么回事了。刚才,当您吻蛇妖爪子时,我没有生您的气。只是非常不痛快。这一下我豁然大悟。艾丽扎,我爱您。请不要生气,我急于想要您知道这一点。

艾丽扎 我想,即使是另一个姑娘落到我的处境,您也会向蛇妖挑战的。

兰采洛特 当然是这样。我不能容忍这些蛇妖,但是为了您,我打算赤手空拳扼死它,虽然这样干非常恶心。

艾丽扎 这么说,您爱我?

兰采洛特 非常爱。想想就后怕,要是我昨天在三岔路口不是向右拐,而是向左拐,那么我们就永世不得相识了,这有多可怕,是吗?

艾丽扎 是的。

兰采洛特 想想都害怕。我现在觉得,对于我来说,这个世界上没有谁比您更亲。我把您的城市也看做自己的故乡,因为您在这儿生活,如果我被……一句话,如果我们没有机会再谈话,那么请您不要忘记我。

艾丽扎 不会的。

兰采洛特 不要忘记我。现在您在这一整天里第一次望着我的眼睛,我全身觉得热乎乎的,仿佛您在抚爱我。我是个四方漂泊、容易相处的人,但是我的全部生活是在艰难的战斗中度过的。这里有蛇妖,那里有吃人的生番,有些地方还有巨魔。东奔西忙……做的事情麻烦而又吃力不讨好。但是,我这一辈子毕竟是幸福的,我不知道疲劳,而且常常陷入情网。

艾丽扎 常常?

兰采洛特 当然,到处漂游,到处打仗,到处和女孩子结识,因为女孩子总是倒霉,有的被强盗掳走,有的被装入巨魔的袋子,有的落到了吃人生番的厨房。而这些恶棍,特别是吃人生番,总是挑选比较好看的女孩子,你不由得就爱上了! 常常如此。但是,难道我曾经像这一次这样爱过吗? 我和那些女孩子不过是闹着玩,逗她们笑。而您,艾丽扎,要是我们现在是单独在一起,我就会不停地吻您。一定会这样。而且我要把您从这里带走。我们俩一起穿越森林,登上高山,这一点也不难。不,我会给您搞到一匹马,配上一副好鞍,好得让您坐在上面永远不感到疲倦,而我靠着您的脚蹬,一边走,一边欣赏您。任何一个人都不敢欺负您。

〔艾丽扎握住兰采洛特的一只手〕

蛇妖 好样儿的,把他抚弄得乖乖的。

亨利 是的,大人,她一点不笨。

兰采洛特 艾丽扎,您怎么啦,你好像要哭的样子。

艾丽扎 我想哭。

兰采洛特 为什么?

艾丽扎 我觉得可怜。

兰采洛特 可怜谁?

艾丽扎 可怜自己和您。兰采洛特先生,我们得不到幸福。为什么我出生在这个有蛇妖的世界上。

兰采洛特 艾丽扎,我一向说真话。我们一定能得到幸福,相信我。

艾丽扎 唉,不要说了。

兰采洛特 我和您将要在林中小路上漫步,我们快乐,我们幸福,只有您和我。

艾丽扎 不,不,不要说了。

兰采洛特 在我们的上方将是一片纯净的天空,谁也不敢从空中向我们袭击。

艾丽扎 真的吗?

兰采洛特 真的。啊,你们城里可怜的老百姓难道能够想象得出人怎样相爱?我将让恐惧、疲劳和不信任感在您心中烧尽,永远消失,这就是我对您的爱。而您将微笑着入睡,醒来时微笑着呼唤我,——这就是您对我的爱。你也将爱自己,你的心情将是平静和自豪的。你会明白,既然我吻你,那就是说,你是个好姑娘。森林中的树木、鸟和野兽都将和我们温和地交谈,因为真正的爱侣懂得一切并且和全世界融为一体,所有的人都将欢迎我们,因为真正的爱侣带来幸福。

蛇妖 他在给她胡诌些什么?

亨利 他在讲大道理。学则明,不学则愚。饭前洗手,诸如此类……这个老夫子……

蛇妖 啊哈,啊哈。她把一只手搭在他背上!好样的。

艾丽扎 就算我们活不到这样幸福的时刻也无所谓,反正我现在就觉得很幸福。这些恶魔正在监视我们,而我们离开他们已经非常非常远了。我亲爱的,从来没有人和我这样谈过话。过去我不知道在世界上有像你这样的人。昨天我还像狗一样,服服贴贴,不敢为自己想想,尽管这样,昨天晚上,我悄悄下楼,喝干了你杯子里留下的酒。我现在才明白,这是我在顺着自己的心意,偷偷地偷偷地吻你,因为你替我抱不平,你不能理解,我们这些可怜的、折磨傻了的女孩子,心里都乱成什么了。起初我好像觉得我恨你,但是这实际上是我不知不觉地,顺着自己的心意,爱上了您。我的亲爱的!我爱您,——能够痛快地说出这句话来是多么幸福,多么幸福……(吻兰采洛特)

蛇妖 （不耐烦地跺脚）她马上就会动手，马上就会动手，马上就动手！

艾丽扎 现在放开我，亲爱的。（从兰采洛特的拥抱中脱身。从刀鞘中拔出匕首）看见这把匕首了吗？蛇妖命令我用这把匕首杀死你，你瞧！

蛇妖 快动手，快，快！

亨利 动手，干掉他！

〔艾丽扎把匕首扔进井里〕

可恶的丫头！

蛇妖 （吼叫）你这丫头，竟敢如此放肆！……

艾丽扎 闭嘴！难道你以为，在他吻过我之后，我还会允许你随便骂人？我爱他。他一定能杀死你！

兰采洛特 千真万确，蛇先生！

蛇妖 好，好，没啥可说，不得不干一仗了，（打哈欠）老实说，我不觉得遗憾，我不久前刚刚练成一个绝招：神不知鬼不觉出爪袭击。这次我在活人身上试试。勤务兵，把卫兵叫来！

〔亨利跑下〕

傻丫头，回家去，等我打完了，回来和你好好说说知心话。

〔亨利和卫兵上〕

听着，卫兵，我刚刚想对你说什么来着……哦，是了……护送这位小姐回家，看住她。

〔兰采洛特跨上一步〕

艾丽扎 不要这样，保存精力。你杀死他后再来找我。我等你，我要回想你今天对我说的每一句话。我相信你。

兰采洛特 我一定来见您。

蛇妖 真不错，走吧。

〔卫兵带走艾丽扎〕

小家伙，把哨兵从塔楼上撤下来关进监狱，到晚上砍掉他的脑袋。他已经听见那个丫头对我嚷嚷，他会把这些在兵营里胡传开来。去处置吧。办完了就回来给我的爪子涂毒药。

〔亨利跑下〕

（对兰采洛特）而你，站在这儿等着，听见没有？至于我什么时候动手,我不告诉你。真正的战争总是突然爆发。明白了吗?

〔从安乐椅上爬下来,进入宫门。兰采洛特走到猫身边〕

兰采洛特 喂,猫,你打算向我咕噜些什么令人高兴的事?

猫 亲爱的兰采洛特,向右看。在那一团尘土当中站着一只小毛驴,它正在尥蹶子。五个人在设法让这个固执的家伙平静下来。现在我给他们唱一首歌(发妙呜声)。您看,这个固执的家伙连蹦带跳直奔我们来了,不过它在城墙那边又要闹别扭,而你去同赶驮子的人谈谈。看,他们来了。

〔从城墙后面探出一个驴脑袋,毛驴站在一片尘土之中。五个赶驮人冲着驴子叫喊。亨利跑过广场〕

亨利 (对赶驮人)你们在这里干什么?

两个赶驮人 (齐声)您大人,我们运货到市场去。

亨利 什么货?

两个赶驮人 地毯,您大人。

亨利 赶过去,赶过去。宫殿附近不准停留!

两个赶驮人 毛驴闹别扭,不肯走,您大人。

蛇妖的声音 小家伙!

亨利 赶过去,赶过去。(跑进宫)

两个赶驮人 (齐声)您好,兰采洛特先生。我们是您的朋友,兰采洛特先生。(一起咳嗽,清嗓子)喀—喀。我们齐声说话,请您不要见怪,我们从小在一起干活,干得那么称手,以至于我们想事情和说起话来都像一个人一样。我们甚至在同一天同一时刻坠入情网并且娶了一对孪生姐妹。我们织了许多地毯,但是最好的一条是为您,为今夜准备的。(从毛驴背上卸下一条地毯并在地上展开)

兰采洛特 多么漂亮的地毯!

两个赶驮人 是的,最上等的地毯,两种原料混织,毛和丝,颜色是用我们的秘传的特殊方法调制的。不过地毯的秘密不在于毛,也不在于丝,更不在于色彩。(小声)这一条是——飞毯。

兰采洛特 太棒了!快点告诉我,怎样操纵这条飞毯。

两个赶驮人 很简单,兰采洛特先生。织着太阳图案的地方表示高度,大地表示纵深，燕子表示花样飞行，这里织着蛇妖。您踏着地毯升空，然后陡直俯冲，对准敌人的脑袋。这里织着一只盛满酒的高脚大酒杯和美味小吃。战胜敌人，设宴庆祝。不，不，不必对我们说谢谢。我们的曾祖父一辈子时不时望一眼大路，等着您；我们的祖父也等过您，而我们终于盼到了。

〔迅速离去，第三个赶驮人立即向兰采洛特奔过来，手中拿着一只硬纸盒〕

第三个赶驮人　您好，先生！请原谅，请把头转过去，再转过来。好极了。先生，我是制帽匠。我能做出世界上各种各样最好的帽子。我在这个城里很有点名气，连狗都认识我。

猫　猫也认识你。

第三个赶驮人　您看是不是！顾客来了，我不用量尺寸，单凭目测就能做出那样好的帽子，把人们打扮得出奇的漂亮，我的快乐也莫过于此了。有位太太，只有当她戴上我做的帽子，丈夫才喜欢她，所以她连睡觉时也戴着帽子。她逢人便说，多亏了我，她这一辈子才这么幸福。先生，昨天我通宵为您干活而且像小孩一样伤心、哭泣。

兰采洛特　为什么？

第三个赶驮人　因为这只帽子的式样非常特别，悲剧式的，它是隐身帽。

兰采洛特　棒极了！

第三个赶驮人　您一戴上这只帽子，马上就隐身不见了，所以可怜的制帽师傅永远不知道帽子是否合您的尺寸。拿去吧，不过不要在我面前试大小，我受不了这个！不，我受不了！

〔跑下，第四个赶驮人立即走近兰采洛特，他留着胡子，表情忧郁，肩上背着一个包裹。他把包裹打开，里面是一把剑，一支矛〕

第四个赶驮人　给您，先生。我锻炼了一整夜。祝您成功。

〔下。第五个赶驮人跑到兰采洛特跟前，这个人小个子，头发斑白，手里拿着一件弦乐器〕

第五个赶驮人　兰采洛特先生，我是乐器匠。我的曾祖父的曾祖父开始制作这件小小的乐器，我们一代接一代加工。这件乐器，历经几代人的手，也完全变成人了，它将是您在战斗中的忠实伴侣。剑和矛占了您的双手,不过这件乐器会自己管自己。它自动定一个音:“啦”——弦就调好了。它还自动更换断弦,自动开始演奏。如果需要,它会重演一遍或者默不作声。我说得对吗?

〔乐器奏出一个乐句作为回答〕

看见了吗?我们听说,我们大家都听说,您孤单一人在城里闯荡,于是急急忙忙赶来,要把您从头到脚武装起来。我们等呀等,等了几百年,蛇妖把我们变成了谨小慎微的人,我们连等待也是小心翼翼的。好,现在终于等到了,请您杀死蛇妖,还我们自由,我说得对吗?

〔乐器奏出一个乐句作为回答。第五个赶驮人连连鞠躬离去〕

猫 你们一开始交手,我们——我和小毛驴——就隐蔽在宫殿后面的仓库里,免得火苗不巧烧焦我们的皮毛。用得着的时候,就喊我们。小毛驴背上的驮子里有滋补饮料、樱桃馅饼、磨剑石,备用矛尖、针和线。

兰采洛特 谢谢。(站到地毯上,拿起武器,把乐器放在脚跟前,取出隐身帽,一戴上就消失不见了)

猫 真是精工制作的好东西,了不起的工匠。您还在这儿吗,兰采洛特先生?

兰采洛特的声音 不,我正在悄悄升空,再见,朋友们。

猫 再见,我的亲爱的。啊,多少操劳,多少烦恼。不,还是比在没办法的苦境中混日子要舒服得多。打打瞌睡,什么也不盼。我说得对吗,小毛驴?

〔小毛驴动动耳朵〕

我不会用耳朵交谈。小毛驴,让我们用话来交谈。我们结交不深,不过,既然在一起干活,就可以友好地妙呜。闷声不响地等待,那真是受罪,让我们妙呜。

驴 我不同意妙呜。

猫 好吧,那么我们随便聊聊。蛇妖以为兰采洛特还在这儿,可他连影子都没了。真可笑,对吗?

驴 (阴沉地)真逗!

猫 你怎么不笑?

驴　怕挨揍。要是我张嘴大笑,那些人就说:又是这只该死的驴在叫。不问三七二十一,动手就打。

猫　啊,原来如此!那就是说,你的笑声特别刺耳。

驴　可不。

猫　那么你笑什么呢?

驴　有时候……想呀,想呀,想起可笑的事情。那些马,老是逗我笑。

猫　怎么逗你笑?

驴　没什么……这些傻瓜。

猫　请原谅我冒失,我早就想问问你……

驴　问什么?

猫　你怎么要吃带刺的植物?

驴　那又怎么样?

猫　不错,草中有时会碰到可以吃的茎,可是带刺的植物……那么干硬!

驴　没关系,我爱吃尖东西。

猫　那么肉呢?

驴　肉又怎么啦?

猫　你没尝过肉?

驴　肉不是吃的东西,肉是货物,人把它装进货车里。小傻瓜!

猫　那么奶呢?

驴　奶倒是在小时候喝过。

猫　上帝保佑,总算有一样令人高兴的、让人心里松快的东西可以谈谈了。

驴　对。回想吃奶,是很愉快的,让人心里高兴。妈妈慈爱,奶热乎乎的,你吸着吸着,觉得真像在天堂里。味道好极了。

猫　奶舔着喝也很惬意。

驴　我不赞成舔着喝。

猫　(跳起来)听见什么了吗?

驴　蹄声得得,毒蛇来了。

〔蛇妖凄厉地号叫〕

蛇妖　兰采洛特!

〔停顿〕

兰采洛特！

驴 咕—咕！（突然爆发驴的哈哈大笑声）

咦—啊！咦—啊！咦—啊！咦—啊！

〔宫门大开。烟火中模糊地忽而显现三个硕大的脑袋，忽而显现巨大的脚爪，忽而闪烁着蛇的眼睛〕

蛇妖 兰采洛特！交手之前先瞻仰一下我的风采。你在哪儿？

〔亨利跑到广场上，急得团团转，寻找兰采洛特，往井里张望〕

他到底在哪儿？

亨利 大人！他躲起来了。

蛇妖 喂，兰采洛特！你在哪儿？

〔宝剑砍击的铿锵声〕

谁竟敢砍我?！

兰采洛特的声音 我，兰采洛特。

〔全暗。可怕的咆哮声。火光闪烁。亨利飞跑进市政局。厮杀的喧声〕

猫 快跑去隐蔽。

驴 是时候了。

〔跑离。广场上挤满老百性。人群出奇地安静，望着天空，窃窃私语〕

市民甲 战斗拖得这么久，真叫人受不了。

市民乙 是啊，已经三分钟了，还没有什么结果。

市民甲 我巴不得一切立刻结束。

市民乙 唉，本来我们过得那么平静……现在正是吃早饭的时候，可是——不想吃。真可怕！您好，花匠先生。为什么我们这样忧伤？

花匠 今天在我的花园里采玫瑰，面包玫瑰和酒玫瑰都开放了。只要看看这些花，你就饱了，醉了。蛇老爷答应光临敝舍一睹并为下一步的实验提供金钱。可是现在他正在作战。由于这场灾祸，多年试验的成果可能要毁于一旦了。

小贩 （口齿伶俐地、悄声）谁要熏黑的玻璃？透过玻璃望，就能看到熏黑的蛇老爷。

〔众窃笑〕

市民甲 真不像话。哈—哈—哈！

市民乙 看得见熏黑的蛇老爷，怎么可能？

〔众人买玻璃〕

男孩 妈妈，蛇老爷急得满天空乱转，想从谁手里溜掉？

众 嘘！

市民甲 孩子，它不是想溜掉，它是在巧妙迂回。

男孩 那它干吗夹起尾巴？

众 嘘！

市民甲 孩子，尾巴是按照预定计划夹起来的。

女市民甲 真不得了！战斗已经进行了整整六分钟，结局还不见分晓。大家都焦急，连女贩子这样的粗人都把牛奶价涨了两倍。

女市民乙 哟，女贩子算什么。我们在来的路上看到了一幕令人心脏停止跳动的情景：糖和黄油，脸色死白，从商店飞跑进仓库。这些食品的神经特别敏感，刚听见厮杀的闹声，马上就躲起来了。

〔受了惊吓的叫声。人群闪避一旁。沙尔列曼出场〕

沙尔列曼 先生们，你们好！

〔沉默〕

你们认不出我？

市民甲 当然认不出。您从昨天开始变得完全让人认不出来了。

沙尔列曼 为什么？

花匠 有些人太可恶，接待外来人，败坏蛇老爷的名声。这比践踏草坪还坏。竟然还有脸问——为什么？

市民乙 打从您的住宅被警卫队包围之后，我个人已经根本不想认得您了。

沙尔列曼 是啊，这太可怕了。真的是这样，这些愚蠢的卫兵不放我进去见我的亲生女儿，说是蛇老爷命令不准放任何人去见艾丽扎。

市民甲 那有什么。从他们的观点看来，一点没错。

沙尔列曼 艾丽扎孤单一人关在家里。不错，她在窗子里很愉快地向我点头招呼,但是这大概只是为了安慰我。唉,我真是坐立不安。

市民乙 怎么,找不到位子?那就是说把您从档案保管员的职位上撤下来了[1]。

沙尔列曼 没有。

市民乙 那么您说的是什么位子?

沙尔列曼 难道您不懂我说的话。

市民甲 不懂。自从您和那个外来人结交以后,我们和您就用不同的语言说话了。

〔厮杀声,宝剑砍击的铿锵声〕

男孩 (指天空)妈妈,!它四脚朝天翻过来了。有人把它打得爆火星。

众 嘘!

〔喇叭声起。亨利和市长上〕

市长 大家听着,宣布命令。为了防止眼病流行,仅为此别无他因,禁止观看天空。至于在空中发生的一切,你们将从公报中得知。公报将由蛇老爷的私人秘书在必要时发布。

市民甲 这就对了。

市民乙 早该如此。

男孩 妈妈,为什么看它挨打是有害的呢?

众 嘘!

〔艾丽扎的女友出现〕

女友甲 决斗进行了十分钟!这个兰采洛特干吗不投降?

女友乙 他明知道战胜蛇老爷是不许可的。

女友丙 他简直是有意让我们受罪。

女友甲 我把手套忘在艾丽扎家里了。不过现在我不在乎。看这场战斗,我已经累得什么都顾不上了。

女友乙 我也变得麻木了。艾丽扎想送我一双新鞋留作纪念,但是我连想也不想这双鞋。

---

〔1〕“坐立不安”按原文也可以理解成“为自己找不到位子”,所以市民乙误认为沙尔列曼丢了职务。——译者注

女友丙　真难以设想！要是没有这个外来人，蛇老爷早就把艾丽扎带走，而我们正在家里哭泣。

小贩　（口齿伶俐地，悄声），谁要一种名叫镜子的有趣的科学仪器，你低头看，却望见天空，谁要？花不了几个钱，每个人就能在自己的脚跟前看到蛇老爷。

〔众窃笑〕

市民甲　太不像话！哈—哈—哈！

市民乙　在自己的脚跟前看见它！等着瞧吧！

〔镜子被抢购一空。人群分成一簇簇，都看镜子。厮杀声越来越激烈〕

市民甲　这太可怕了！

市民乙　可怜的蛇妖！

市民甲　它停止喷火了。

市民乙　它只有冒烟的份了。

市民甲　多么复杂灵活的手段。

市民乙　依我看……不，我什么也不说！

市民甲　我什么也不懂。

亨利　大家注意听市政自治局的公报：战斗接近尾声。敌人丢了剑，矛也折断了。飞毯上发现蛾子，它们正以空前未有的速度消耗敌人的飞行能力。敌人由于脱离基地，无法得到卫生球，只得用手掌拍蛾子，这就使他丧失了必要的机动性。蛇老爷没有消灭敌人只是因为喜欢搏斗。它不满足于已立下的赫赫战功，还没有尽兴欣赏以自己的勇敢创下的奇迹。

市民甲　现在我什么都明白了。

男孩　哟，好妈妈，快看哪，我说的是实话，有人在狠揍它的脖子。

市民甲　孩子，它有三个脖子。

男孩　哎哟，看见了吧，现在三个脖子都挨揍，它被赶得走投无路了。

市民甲　孩子，这是错觉。

男孩　我也想说，这是错觉。我自己常常打架，我明白，大家常常揍什么人。唷，这是什么？！

市民甲　快把小孩引开。

市民乙 我不相信,不相信自己的眼睛!快给我请医生,请眼科大夫来!

市民甲 它正往这儿掉下来。我受不了这个!别挡住,让我看一眼……

〔蛇妖的一颗脑袋轰隆一声掉在广场上〕

市长 公报!我为公报献出一切!

亨利 注意听市政自治局公报。筋疲力尽的兰采洛特丧失了所有装备,已经部分被俘。

男孩 什么叫部分被俘?

亨利 这是指,这——是军事秘密。兰采洛特的其余部分正在胡乱反抗。顺便宣布,蛇老爷鉴于一颗脑袋有病,已免除它服役,把它编入第一预备队。

男孩 还是不明白……

市民甲 还有什么不明白的?你掉过牙吗?

男孩 掉过。

市民甲 这不!而你活得好好的。

男孩 我的脑袋可是从来没有掉过。

市民甲 掉了也没关系。

亨利 注意听,战况简评。题目是:为什么从实质上说2大于3?2颗脑袋长在2个脖子上,2乘2等于4。毫无疑问。此外,它们牢牢地长在脖子上,坚不可摧。

〔蛇妖的第二颗脑袋轰隆一声,掉到广场上〕

战况简评由于技术原因推迟发表。现在注意听公报。战斗正按蛇老爷部署的计划进行。

男孩 就这些了吗?

亨利 暂时就这些。

市民甲 我丧失了对蛇老爷的三分之二敬意。沙尔列曼先生!亲爱的朋友!为什么你孤零零一个人站在那里?

市民乙 到我们这里来,过来。

市民甲 难道卫兵真的不放您去见您的独生女?太不像话!

市民乙 为什么您不说话?

市民甲 难道您生我们的气吗?

沙尔列曼 不,不过我不知道该怎样办才好。刚刚你们不答理我,并非装假。我很了解你们。而现在你们又照样不装假地乐于和我接近。

花匠 哎!沙尔列曼先生,不要想得太多,否则太痛苦了。想起来真可怕,我白费了多少时间,跑来跑去拍这个独首怪物的马屁。本来我可以培植出多少种花呀!

亨利 注意听完战况简评!

花匠 闭嘴!听腻了!

亨利 该听还得听!现在是战争时期,应该忍耐。好,我开始念。上帝只有一个,太阳只有一个,月亮只有一个,我们的主宰者的肩上的脑袋也只有一个。总共只有一个脑袋,这符合人性,符合最高意义上的人道主义精神。此外,从纯军事方面来说,这是特别方便的。这样可以大大缩短战线。保卫一个脑袋要比保卫三个脑袋省三分之二的力气。

〔蛇妖的第三颗脑袋轰然掉落广场。喊声骤起。现在所有的人都大声说话〕

市民甲 打倒蛇妖!

市民乙 我们从小就受骗!

女市民甲 多好啊!用不着服从什么人了!

女市民乙 说真的,我像喝醉了!

男孩 妈妈,现在学校里大概不上课了!乌啦!

小贩 嗨,谁要买玩具?土豆做的蛇妖!嗨——无头蛇!

〔众咧嘴大笑〕

花匠 非常俏皮。怎么说的?块根做的蛇?把它栽在公园里!栽一辈子!永世不得翻身!乌啦!

众 乌啦!打倒蛇妖!土豆蛇!打,谁见谁打!

亨利 注意听公报!

众 不听!我们想喊就喊!想叫就叫!汪汪!多么幸福!打!

市长 嗨,卫兵!

〔卫兵跑进广场〕

(对亨利)说吧。口气先软一些,完了给他们一下子。立正!

〔众寂然〕

亨利 （非常委婉）请大家听公报，前沿阵地上实在是，实实在在是没有发生什么值得注意的事情，一切完全正常。宣布全城进入戒严状态。散布流言者（威严地）斩，不准以罚款代刑。听清楚了吗？统统回答！卫兵，清场！

〔广场上人群走空〕

怎么样？你喜欢这种场面？

市长 闭嘴，儿子。

亨利 你为什么脸上有笑意？

市长 闭嘴，儿子。

〔有重物轰然坠落，地面为之一震〕

这是蛇妖的躯体落地，掉在磨坊后面。

蛇妖的第一颗脑袋 小家伙！

亨利 爸爸，为什么你不停地搓手？

市长 哦，好儿子！权力自动落入我的手中了。

蛇妖的第二颗脑袋 市长，到我跟前来！拿水来，市长！

市长 亨利，一切都进行得非常顺当。死去的蛇妖把市民教育成这样，谁掌握缰绳，他们就拉谁。

亨利 不过，现在广场上……

市长 嗨，用不着担心。随便把哪条狗从链子上解下来，它都发疯似的跳，过后又自己钻进狗窝里去。

蛇妖的第三颗脑袋 小家伙！到我跟前来，我要死了。

亨利 爸爸，你不怕兰采洛特吗？

市长 不，儿子。你真以为那么容易把蛇妖杀死吗？兰采洛特先生想必筋疲力尽地躺在飞毯上，而风正把他吹离我们的城市。

亨利 要是他突然降落……

市长 那我们也很容易对付他。相信我，他已经非常软弱。我们那条亲爱的死蛇打起来也不手软哪。走，我们去写第一批命令。主要的是要显得若无其事。

蛇妖的第一颗脑袋 小家伙！市长！

市长 走，走，没时间理它！

〔下〕

第一颗脑袋 我当时怎么会用左后爪去打他呢？应该用右后爪才对。

第二颗脑袋 喂！来人哪！你，米列尔！你从前遇见我总吻我的尾巴。喂，弗里德利赫辛！你曾经送给我一支有三个烟嘴的烟斗，烟斗上刻着题词："永远忠于你。"安娜-玛丽娅-弗列德里卡·维蓓尔，你在哪儿？你说过你爱我，还把我的几小块爪甲装在天鹅绒的小口袋里挂在胸前。我们自古以来就互相了解，现在你们都在哪里？给一点水喝，井不就在旁边吗？给一口水！半口！润润嘴唇也好。

第一颗脑袋 要是我有机会从头开始，我把你们全都掐死！

第二颗脑袋 随便哪位，给一滴水吧。

第三颗脑袋 早该裁剪出一个忠实的灵魂，即使一个也好，可惜材料不听使唤。

第二颗脑袋 别出声！我感觉到近旁有个活人。喂！到跟前来，给点水。

兰采洛特的声音 我没有力气，

〔兰采洛特出现在广场上。他倚着有点弯曲的剑，站在飞毯上，手持隐身帽，脚跟前放着乐器〕

第一颗脑袋 你打败我完全是偶然的！要是我当时用右后爪打……

第二颗脑袋 最好还是说再见。

第三颗脑袋 有一点让我得到安慰的是，我给你留下了老奸巨猾的灵魂，不诚实的灵魂，僵死的灵魂……不过，再见吧！

第二颗脑袋 近旁只有一个人，就是杀死我的那个人！生命就这样结束！

第三颗脑袋 （齐声）生命结束了。再见！（死去）

兰采洛特 它们倒是死了，而我也好像觉得不舒服。手不听使唤，眼睛看不清，耳朵里老是听见有人在叫我的名字："兰采洛特，兰采洛特。"嗓音很熟悉，声调很凄凉。一动也不想动，不过，这一次看来非动不可。你怎么想，我是不是也快死了？

〔乐器奏出一个乐句，作为回答〕

是啊，听你这么说，我的所作所为，高尚，光明正大。不过我觉得全身很不舒服。我受了致命伤。等一等，等一等……好在蛇妖已经被杀死，我觉得呼吸轻松一些了。艾丽扎！我打败了它！不错，我再不能见到你，艾丽扎！你再不会向我微笑，吻我，问我："兰采洛特，你怎么啦？为什么你这样忧伤？为什么你觉得头晕？为什么双肩这样痛？谁这样固执地呼唤你——兰采洛特，兰采洛特？"这是死神在召唤我，艾丽扎。我快死了。这真叫人伤心，对吗？

〔乐器奏出一个乐句，作为回答〕

这真叫人觉得委屈。城里人都躲起来了，好像胜利是一场灾难。不，死神，你等等。你是了解我的，我不止一次勇敢地面对你，从不躲藏。我不离开！我听得见。让我再想一会儿。他们都躲起来了，是这样。但是，现在他们在家里正慢慢地、慢慢地恢复常态。他们的灵魂正在苏醒。他们正在自言自语：为什么我们要供养和小心喂饱这头怪物？为了我们，现在广场上有一个人正在死去。只有一人，孤零零一个人。现在我们该变得聪明些了！为了我们，空中这一仗打得多厉害，可怜的兰采洛特连呼吸都感到痛苦。别说了，够了，够了！只因为我们软弱无能，牺牲了最强有力、最善良、性子最急的人。这就是现在在每所住宅、每个房间里人们悄悄说的话，你听见了吗？

〔乐器奏出一个乐句，作为回答〕

是的，是的，正是这样。这就是说，我不算白死。再见，艾丽扎。我知道我将爱你一辈子……只不过难以相信，生命结束得这么快。再见，城市；再见，清晨，白天和黄昏。哦，黑夜降临了！喂，你们！死神在召唤，在催促……脑子糊涂了……有什么话……什么话我没有说完……喂，你们！不要胆小怕事。不要欺侮孤儿寡妇，这是做得到的。要互相爱护，这也是做得到的。不要胆小怕事！要互相爱护。爱护别人，您会感到幸福！这是实话，是真理、纯粹的真理，大地上实实在在有的最纯粹的真理。都说完了。我现在要走了，再见。

〔乐器奏出一个乐句，作为回答〕

〔幕落〕

第三幕

〔市长府里陈设奢华的大厅。后景有一扇门,门两旁是摆好晚餐的半圆形桌子。桌子前,大厅中央是一张不大的桌子,桌上摆着一本烫金封面的厚书。幕启时乐队高奏。一群市民眼盯着门、齐声喊〕

众市民 (小声)一,二,三,(大声)打败蛇妖的胜利者万岁!(小声)一,二,三,(大声)我们的统治者万岁!(小声)一,二,三,(大声)我们心满意足,简直不可思议!(小声)一,二,三,(大声)我们听到他的脚步声!

〔亨利上〕

(大声,和谐地)乌啦!乌啦!乌啦!

市民甲 啊,我们光荣的解放者!整整一年之前,罪大恶极的、讨厌的、冷漠的、坏透的蛇妖,那个狗崽子就是被您杀死的。

众市民 乌啦!乌啦!乌啦!

市民甲 从那时起,我们生活得非常好。我们……

亨利 停住,等一等,亲爱的。把重音放在“非常”上。

市民甲 是。从那时起我们生活得非—非常好。

亨利 不,不,亲爱的,不是这样、不应该加重“非”的声音,否则叫起来好像某种含含糊糊的怪调“非——好”。要使劲发“常”的声音。

市民甲 从那时起,我们生活得非常—常好。

亨利 好极了,好极了!就定下来按这个调子说话。其实你们都了解打败蛇妖的胜利者,他是一位单纯到天真程度的人,他喜欢坦率,推心置腹。往下说。

市民甲 我们太幸福了,简直不知所措。

亨利 妙极了!等一等,我们要在这里加上“仁慈的”、“道德高尚的”……诸如此类的字眼。战胜者喜欢这些。(打着响指)等等,等等!马上,马上,马上!有了!想出来了!连小鸟儿都高兴得唧唧喳喳叫:恶去了——善来了!唧唧——唧唧!唧唧——乌啦!我们重复一遍。

市民甲 连小鸟儿都高兴得唧唧喳喳叫:恶去了——善来了!唧唧——唧唧!唧唧——乌啦!

亨利 您叫得太沉闷、亲爱的!您瞧,好像您本人并没有为这件事高兴得唧唧叫。

市民甲 (高兴地)唧唧——唧唧!唧唧——乌啦!

亨利 这就好些了。就这样,一切就绪。其余部分我们都排练过了,是吗?

众市民 是的,市长先生。

亨利 妥了。现在打败蛇妖的胜利者、自由城总统马上出来见我们。记住,说话要齐声一致,同时又显得亲切,有人情味,有民主味道。这是蛇妖搞的仪式,而我们……

哨兵 (从当中的门出来)立——正!向门看齐!自由城总统先生阁下正沿走廊走来。(毫无表情。低音)嗬,小心肝!嗬,恩人!竟杀死了蛇妖!真了不起!

〔音乐声轰响。市长上〕

亨利 自由城总统先生阁下!在我值勤时间内未发生任何事故!十人出席,全体感到无上幸福……警察分局里……

市长 稍息,稍息,先生们。您好,市长(握亨利手)。哦,这些是什么人?啊?市长!

亨利 我们的同胞记得,整整一年前您杀死了蛇妖,特地来庆祝。

市长 不敢当,真叫人喜出望外!好,好,开始吧。

众市民 (小声)一,二,三,(大声)打败蛇妖的胜利者万岁!(小声)一,二,三,(大声)我们的统治者万岁!

(监狱看守上)

市长 停,等一等,等一等!你好,看守。

看守 你好,大人。

市长 (向众市民)先生们,谢谢。你们想说什么,我全都知道。真见鬼,情不自禁掉泪了(挥泪),请原谅,我家里要举行婚礼,我有一大堆琐事要办。你们先去吧,到时候来参加婚礼,我们乐一乐。恶梦结束了,我们现在要好好过日子。对不对?

众市民 乌啦！乌啦！乌啦。

市长 好,好,正是这样。奴役制度已成往事,我们是再世为人。想想吧,我在该死的蛇妖手下是什么样子？精神失常,病入膏肓,现在呢？健壮得像年轻人,至于你们,我更不必说什么了。你们在我统治下永远像小鸟一样,快乐幸福。啊,随意飞吧！快飞吧！亨利,送客！

〔众市民下〕

市长 监狱里情况怎么样？

看守 老实待着。

市长 我以前的助手怎么样？

看守 活受罪。

市长 哈—哈！胡说吧？

看守 真的,活受罪。

市长 怎么个受罪法？

看守 气得发狂。

市长 哈—哈！活该！讨厌的家伙。从前常有这样的事,有人说个笑话,大家都笑,而他指指胡子,意思是,老掉牙的笑话,都长胡子了。哼,现在待着吧。给他看我的画像了吗？

看守 那当然。

市长 哪一张？是我满面笑容的那张吗？

看守 正是。

市长 他看了怎么样？

看守 哭。

市长 又胡说了？

看守 真的,哭。

市长 哈—哈！真痛快。还有那两个织匠呢？就是给这个……提供飞毯的？

看守 这两个该死的家伙,真烦人。关在不同的楼层,举动却像一个人。这个说什么,那个也必定说什么。

市长 那么,他们瘦了吗？

看守 在我那儿都掉膘！

市长 铁匠呢？

看守 把窗上的铁栅栏又锯断了，不得不在他牢房的窗户上安金刚石栅栏。

市长 好，好，别舍不得开销。他有什么反应？

看守 不知所措。

市长 哈—哈！真痛快！

看守 制帽匠给老鼠缝了一些小帽子，弄得猫都不碰老鼠了。

市长 是吗？怎么回事？

看守 猫很欣赏。那个乐器匠唱歌，引得大家闷闷不乐。我到他那里去的时候，总用蜡封住耳朵。

市长 很好。城里情况如何？

看守 没啥动静。不过，有人在写。

市长 写什么？

看守 在墙上写字母“л”，意思是——兰采洛特[1]。

市长 胡说。字母“л”的意思是：我们爱总统。

看守 啊哈。那就是说，用不着把写字的人关进监狱。

市长 不，干吗不关？关起来。还写了什么？

看守 不便说。总统是畜生。总统儿子是骗子……总统（低声嘿嘿笑）……小的不敢重复他们的说法。不过，写得最多的是字母“л”。

市长 好一群怪物，老惦记着这个兰采洛特。这么说，关于兰采洛特，还有什么消息？

看守 下落不明。

市长 审问过鸟吗？

看守 审过。

市长 各种鸟都审问过？

看守 可不。有一只鹰给我留下了一个小记号，——啄了一下我的耳朵。

市长 鹰怎么说？

---

〔1〕 兰采洛特原文名字的第一个字母为 л，下文市长说“爱”，其第一字母也是 л。——译者注

看守　鹰说，没见过兰采洛特。一只鹦鹉有问必应，你问它：看见了？它回答您，看见了。你问它：见到兰采洛特？它回答：见到兰采洛特。当然，谁都知道鹦鹉是什么鸟。

市长　蛇呢？

看守　这些东西要是知道些啥，自己就爬来了。它们是自己人，还是已故蛇妖的亲戚。不过，蛇没有来过。

市长　鱼呢？

看守　沉默。

市长　可能知道些什么？

看守　不，养鱼专家观察它们的眼睛，肯定地说，它们什么都不知道。总之一句话，兰采洛特，他就是圣乔治，他就是飞毛腿珀耳修斯。[1] 他在每一个国度里有自己的名字，至今未露真面目。

市长　去他的吧。

〔亨利上〕

亨利　幸福的新娘的父亲、档案保管员先生沙尔列曼到。

市长　正好！正好！我正需要他。请。

〔沙尔列曼上〕

看守，您走吧。好好干，我对您很满意。

看守　我们尽力效劳。

市长　卖力干吧。沙尔列曼，您认识看守吗？

沙尔列曼　相交甚浅，总统先生。

市长　啊，没关系。也许，有机会让你们交往密切些。

看守　把他抓起来？

市长　瞧您，动不动就抓人，去吧，先去吧，再见。

〔看守下〕

那么，沙尔列曼，您当然能猜到我们为什么召您来。我国务繁忙，日理万机，无法亲自到您那里跑一趟。不过，您和艾丽扎从全城张贴的

〔1〕 圣乔治，基督教的圣徒、胜利者乔治；珀耳修斯，希腊神话中杀死女妖墨杜萨的英雄，着飞鞋，以善走著称。——译者注

布告中已经知道，今天是她举行婚礼的吉日。

沙尔列曼　是的，我们知道，总统先生。

市长　我们身为国家领导人，没有时间带着鲜花来求婚，坐下来叹息，等等。我们不求婚，而是若无其事地命令结婚。哈—哈！这真方便到极点。艾丽扎感到幸福吗？

沙尔列曼　不。

市长　竟然这样……当然，她感到幸福。那么，您呢？

沙尔列曼　我感到绝望，总统先生……

市长　简直是忘恩负义！我杀死了蛇妖……

沙尔列曼　请原谅，总统先生，我不能相信。

市长　您能够相信！

沙尔列曼　实话实说，我不能相信。

市长　您能，您能！如果连我都相信，那么您更不用说能够相信。

沙尔列曼　不。

亨利　他根本就不愿意相信。

市长　那是为什么？

亨利　抬高身价。

市长　好吧，我任命您当我的首席助理。

沙尔列曼　我不想当。

市长　胡扯，您想当。

沙尔列曼　不。

市长　别讨价还价了，我们没时间。给您一套公房，在公园旁边，离市场不远，135个房间，窗户全部朝南。薪俸高得您难以想象。除此之外，您每次上班，给您发旅费；回家，发休假费；想去作客，发出差费；躺在家里，发住房补贴费。您将差不多和我一样富裕。全在这儿了，你同意了。

沙尔列曼　不。

市长　您到底要什么？

沙尔列曼　我们只求一件事：别打扰我们，总统先生。

市长　说得多好听——别打扰！要是我想打扰呢？此外，从国家观点来看，这是件非常庄重的事。打败蛇妖的胜利者娶他救出的姑娘。这正是天经地义。您怎么不懂呢？

沙尔列曼　为什么您要折磨我们？总统先生，我学会了思考，这本身就够折磨人的了，何况再加上这件婚事。这真能叫人发疯的。

市长　不可以，不可以。所有这些精神病都是胡扯，都是想出来的东西。

沙尔列曼　啊，我的上帝！我们束手无策，多么可怜！我们的城市像死水般平静，俯首帖耳，和以前一模一样，这多么可怕。

市长　胡说什么？有什么可怕？您怎么啦！想和自己的女儿一起造反？

沙尔列曼　不。今天我和艾丽扎在树林里散步，把一切都反复考虑，仔细商量过。明天，当她不复存在，我也就跟着死。

市长　什么叫"不复存在"，胡扯什么！

沙尔列曼　您真的以为，她受得了这场婚事？

市长　当然。明天的婚礼就是一个盛大高兴的节日。换了别人，要是能把女儿嫁给有钱人，早就乐坏了。

亨利　他也非常高兴。

沙尔列曼　不。我是一个上了年纪、懂礼貌的人，我不便当着你们的面说，但是我仍然要告诉你们，这场婚事对于我们来说是天大的不幸。

亨利　哎，这种讨价还价的方式真叫人腻烦。

市长　好好听着，亲爱的。要超出我刚刚答应的东西，甭想！显然，您想要我们企业中的股份。甭想！蛇妖厚颜无耻地掠取的东西，现在在本市优秀人物手中。简单地说，在我的手中，部分在亨利的手中。这是完全合法的。这些钱中一分钱也不给！

沙尔列曼　总统先生，请允许我离开。

市长　可以走。只不过要记住：第一，在婚礼上要表现得高高兴兴，精神焕发，机灵俏皮。第二，不许要死要活！我需要你们活多久，你们尽力活多久。把这一点转告您女儿。第三，以后要称呼我"阁下"。看见这份名单了吗？上面有50个名字，都是您最要好的朋友。如果您造反，这50名人质将全体失踪。去吧。站住。马上派一辆轻便马车跟您去。您把女儿送来，绝对不准违抗！明白了吗？走吧！

〔沙尔列曼下〕

瞧，一切顺利。

亨利 监狱看守报告了什么情况？

市长 天空没有一丝云彩。

亨利 字母“л”呢？

市长 嗨，蛇妖活着时，他们在墙上写的字母还少吗？让他们写，这对他们来说总算是一种安慰，而对我们又没有害处。你看看，这只安乐椅是否空着？

亨利 唉，爸爸！（摸安乐椅）没有人。坐吧。

市长 你别笑。他戴上隐身帽能够到处钻。

亨利 爸爸，你不了解这个人，他满脑袋塞满了固定的观念。出于骑士的礼貌，他在进屋前必定脱掉帽子，卫兵可以乘机抓住他。

市长 这一年里他的性格会变坏。（坐下）喂，好儿子，我说，我的小不点儿，现在来谈谈我们之间的小事。你欠了我一小笔债，我的亲爱的！

亨利 什么债？好爸爸。

市长 你收买了我的三个仆人，让他们监视我，偷看我的书信文件，等等。是吗？

亨利 瞧你说的，好爸爸！

市长 等等，好儿子，别岔断。我从个人收入中拿出钱来，给他们补贴了 1500 马克，让他们给你提供我许可的情报。因此，你欠我 1500 马克，我的小乖乖。

亨利 不，爸爸。我得悉这个情况后，给他们加了 1800 马克。

市长 而我猜到了这一着，加了 3000，我的小猪崽子！所以，差额于我有利。再别给他们加钱了，我的小心肝。拿这么多工资，他们滥吃滥嫖，理智都丧失了。瞧着吧，弄不好就扑到自己人身上来。下一步，必须让我的私人秘书摆脱困境，把这个可怜的家伙送到精神病院去。

亨利 当真？为什么？

市长 我和你在一天之内多少次把他收买又反收买，搞得他现在怎么也弄不明白该为谁效劳。他向我告发我本人。他还自己对自己搞阴谋活动，以便夺取自己的位子。小伙子挺老实，挺卖力，看他那副自己折磨自己的样子真可怜。明天我们到医院去看他,顺便判明他现在到底在为谁工作。哎,你哟,我的好儿子!哎,你哟,我的了不起的儿子!儿子看中爸爸的位子了。

亨利 瞧你说的,爸爸!

市长 没什么,我的小不点儿!没什么。不足为奇!知道我希望你做什么吗?让我们像亲人一样,像父亲和儿子那样随便相处,互相关照,互不见外,那我们能攒多少钱!

亨利 哎,爸爸,钱算什么!

市长 说的也是。生不带来,死不带去……

〔马蹄声,铃铛声〕

(扑向窗户)来了!我们的美人来了!多么漂亮的马车!简直是奇迹!装饰着蛇妖的鳞片!看,艾丽扎本人,简直是奇迹中的奇迹。一身天鹅绒。不,不管怎么说,权力这玩意儿还不错……(悄声)你仔仔细细盘问她!

亨利 盘问谁?

市长 艾丽扎。她最近一直沉默寡言。她也许知道这个……(环顾四周)兰采洛特在哪里。盘问得小心点。我在门帘后面听。(躲起来)

〔艾丽扎和沙尔列曼上〕

亨利 艾丽扎,欢迎你。你一天比一天变得更美,谢谢你尽心尽力。总统正在更衣,他请我代致歉意。坐在这把安乐椅上,艾丽扎。(让她坐下,背朝门帘,门帘后面躲着市长)而您到前厅等着,沙尔列曼。

〔沙尔列曼鞠躬下〕

艾丽扎,总统正在一件件穿挂披戴他的节庆服饰,我高兴有这个机会,其实,我早就想和你单独在一起谈谈,像朋友一样,推心置腹。为什么你总是沉默?啊?你不想回答?要知道,按我自己的心愿,我是十分爱你的。和我谈谈吧。

艾丽扎 谈什么?

亨利 随你意。

艾丽扎 我不知道……我什么也不要。

亨利 不可能。要知道今天是你的婚礼吉日。……啊,艾丽扎……我不得不再次把你让给别人。但是,打败蛇妖的胜利者毕竟是胜利者。我是个厚颜无耻之徒,我是一个好嘲笑人的人,但是在胜利者面前连我也五体投地。你不听我说话?

艾丽扎 不听。

亨利 哎,艾丽扎……难道你已经完全把我当做外人?我们在童年时代,青梅竹马,两小无猜。记得吗,在你出麻疹的时候,我常常跑到你的窗下,直到我自己也染上了麻疹。你也常常来看我,掉泪,说我听话,温和。记得吗?

艾丽扎 记得。

亨利 难道从前这样要好的孩子突然死了?难道在你和我的心中没有留下孩提时的丝毫感情?让我们像从前一样、像兄妹一样谈谈。

艾丽扎 那么,好吧,让我们谈谈。

〔市长从门帘后面向外看,并且向亨利无声地鼓掌〕

你想知道我为什么始终沉默吗?

〔市长点头〕

因为我害怕。

亨利 怕谁?

艾丽扎 怕人。

亨利 怎么回事?指给我看,你究竟怕什么人。我们把他们关进监狱,你立刻就会觉得轻松了。

〔市长掏出笔记本〕

来,把名字说出来。

艾丽扎 不,亨利,这无济于事。

亨利 大大有用,我向你保证。我根据自己的经验体会到这一点。连睡觉也安稳了,胃口也好了,心情也舒畅了。

艾丽扎 你要明白……我不知道向你解释……我害怕所有的人。

亨利 哎,原来如此……我懂,非常懂。你觉得所有的人,包括我在内,都是残酷无情的。是吗?你大概不会相信我,但是……但是连我自己都怕他们。我甚至怕父亲。

〔市长困惑地两手一摊〕

我也怕我的忠实的仆人。而我装得无情的样子,是为了让他们怕我。嗨,我们大家都陷在自己设下的圈套里了。说吧,往下说,我听着。

〔市长领会地点头〕

艾丽扎　我还能给你说什么呢……起初我愤慨,后来悲伤,再以后一切都无所谓了。我现在变得从来没有过的驯顺,怎么摆布我都可以。

〔市长很响地嘻嘻一笑,马上惊恐地躲到门帘后面去。艾丽扎环顾〕

谁在笑?

亨利　别管它。那边在准备隆重的婚宴。我的可怜的姑娘,亲爱的姐妹。多么可惜啊,那个兰采洛特消失得无影无踪。我直到现在才理解他。这是一位奇人。我们都对不起他。难道真的盼不到他回来吗?

〔市长又从门帘后爬出来,全神贯注〕

艾丽扎　他……他不会回来了。

亨利　不应该这么想。我不知为什么总觉得我们还能见到他。

艾丽扎　不。

亨利　相信我!

艾丽扎　你这样说,我很高兴,不过……没有人听……得见我们说话吧?

〔市长在安乐椅后面蹲下〕

亨利　当然没有任何人,亲爱的。今天是节日,密探全体休假。

艾丽扎　你知道吗……我了解兰采洛特的情况。

亨利　不必了,如果你觉得说起这件事很痛苦,就不必说了。

〔市长用拳头示意,威吓亨利〕

艾丽扎　不,我沉默了这么久,现在我想对你讲讲所有的事情。我觉得,除了我之外,谁也不会懂得,我生在这个城市里是多么凄楚。难得你今天这样聚精会神地听我说话……简单说吧……整整一年以前,当争斗结束之后,猫跑到皇宫广场上,看见苍白得像死人一样的兰采洛特站在蛇妖的死脑袋旁,他倚着剑,还强装笑颜,为了不让猫伤心。猫急忙跑来叫我帮忙,但是卫兵把我看守得那么严,连一只苍蝇都飞不进屋。卫兵把猫赶跑了。

亨利　好粗鲁的丘八!

艾丽扎 猫只好去叫它认识的毛驴,把受伤的兰采洛特搭在驴背上,牵着驴拣偏僻的小胡同离开了这个城市。

亨利 为什么要离开呢?

艾丽扎 哎,兰采洛特已经伤成这样,没有一丝力气,城里的人可能会杀死他,所以他们走小道进出,猫蹲在兰采洛特身旁,听他的心是否还在跳。

亨利 但愿还在跳。

艾丽扎 是的,在跳,只是越来越弱。猫叫起来:"站住!"毛驴停下来。当时已经入夜,他们上了高高的山,四周是这样静,这样冷。"掉头回家!"猫说,"现在人们再不会欺侮他了,让艾丽扎和他诀别,然后我们把他埋葬。"

亨利 他死了,可怜的人!

艾丽扎 他死了,亨利。固执的小毛驴说,他不同意往回走,又继续往前走了。而猫回来了,因为它十分恋家。猫回来了,把一切都讲给我听。所以现在我没人可等。一切都完了。

市长 乌啦!一切都结束了!(跳舞,在房间里乱窜)一切都结束了!我是万人之上的全权主宰!现在已经没有人让我担惊受怕了。谢谢,艾丽扎!这才是真正的节日!现在谁敢说不是我杀死了蛇妖?谁敢说,啊?

艾丽扎 他偷听了?

亨利 当然。

艾丽扎 你知道他在偷听?

亨利 哎,艾丽扎,别再装得像个天真的小女孩了。就在今天,感谢上帝,你要出嫁了。

艾丽扎 爸爸!爸爸!

〔沙尔列曼跑上〕

沙尔列曼 你怎么啦,我的小宝贝?(想拥抱她)

市长 立正,两手下垂!在我的新娘面前笔直站好!

沙尔列曼 (站直)不要慌,定定心,不要哭。有什么办法呢?眼下是一点办法也没有了。现在还能怎么样呢?

〔音乐声轰响〕

市长　(跑到窗前)太棒了！太舒坦了！参加婚礼的客人都来了，马身上扎了绦带！车辕上挂着灯！生活在世界上并且知道没有一个傻瓜能给你找麻烦，这真是太美了。艾丽扎，笑一笑嘛！自由之城总统本人将一分一秒不差，在预定的时刻把你拥入自己的怀抱。

〔门大敞〕

欢迎，欢迎，亲爱的客人。

〔客人上，成对成双地从艾丽扎和市长的身边走过，说起话来一本正经，细声细气〕

市民甲　新郎、新娘，恭喜！今天我们都喜气洋洋。

市民乙　家家张灯结彩。

市民甲　街上亮得如同白昼。

市民乙　所有的小酒馆里挤满了人。

男孩　都在打骂斗殴。

众客人　嘘！

花匠　请允许我献给你们一束风铃草。它们的铃声听起来确实有点悲凉，但是这无伤大雅，一到早晨它们就枯萎，悄无声息了。

艾丽扎的女友甲　艾丽扎，亲爱的，尽量显得高兴些，否则我一哭出来，就会把眼睫毛弄坏了，今天我化妆得特别成功。

女友乙　不管怎样，他总比蛇妖好些……他有手有脚，又没有鳞片。不管怎样，他虽说是总统，总还是人。明天你把一切都讲给我们听，肯定十分有趣！

女友丙　你一定能够给大家做很多好事！比方说，你可以请求新郎罢掉我爸爸的顶头上司的职务，那我爸爸就能占他的位子，工资翻一番。我们全家都会感到非常幸福。

市长　(小声数来客人数)一、二、三、四(接着数餐具)一、二、三……这么说，好像多来了一个客人……哦，是这个男孩……好，好，别嚷嚷。你和妈妈在一个盘子里吃。人全到齐了。先生们，请入座。我们迅速简单地举行结婚仪式，然后就开席。我弄到一种鱼，它生来就是为了给人吃，下锅煎的时候，它高兴得笑；煎熟的时候，它自己会告诉厨师。再看这只母火鸡，肚子里塞满了它自己的蛋，这给人的感觉多么温暖，多么有家庭味。还有这些乳猪，它们不仅是专门为我们的婚宴喂肥的，而且是专门为我们的婚宴训练过的。别看它们已经烤熟，它们会自己调味，自己送上猪蹄。别怪叫，小孩子，这一点都不可怕，而是可笑。再看这些酒，都陈得老糊涂了，像小孩一样在瓶里跳。还有伏特加，纯净到这种程度，看起来长颈瓶好像是空的一样。对不起，酒瓶真的空了。这些奴才，下流坯，真的把瓶子喝净了。不过，不要紧，餐柜里多的是。先生们，做一个有钱人是多么愉快！大家都坐下了吗？等一等，等一等，先别吃，我们马上举行婚礼。只一会儿功夫！艾丽扎！伸过小爪子来！

〔艾丽扎伸手给市长〕

小滑头，淘气鬼！多么温暖的小爪子！小脸蛋抬得高些！笑一笑！亨利，都准备好了吗？

亨利 都好了，总统先生。

市长 执行吧。

亨利 先生们，我是个不高明的演说家，我担心讲得杂乱无章。一年前，一个瞧不起别人的过路人向该死的蛇妖提出挑战。由市政自治管理局组织的一个专门委员会调查清楚以下情况：那个现已死亡的蛮横家伙当时只是使蛇妖受了点轻伤，然而大大激怒了这头怪物。这时我们的前任市长，即自由城现任总统，英勇地扑向蛇妖，杀死了它，彻彻底底地杀死了它，创造了大无畏勇敢精神的奇迹。

〔掌声〕

可恨的奴役制度已从我们社会的基础中连根拔掉。

〔鼓掌〕

感恩戴德的全市民众通过下列决议：如果我们过去把最好的姑娘献给该死的蛇妖，那么现在我们难道会不承认我们的拯救者拥有这个不言而喻的权利？

〔掌声〕

总之，一方面为了突出总统的伟大，另一方面为了表明全市民众的顺从和忠诚，我作为市长，现在主持结婚仪式。乐队，奏婚礼进行曲！

〔管乐轰响〕

录事！打开美满事件记录簿。

〔众录事上，手持巨大的自来水鹅毛笔〕

四百年来，在这本记录簿中记下了祭献蛇妖的可怜的姑娘的姓名。400页，都写满了。今天我们将在第401页第一次记下一位幸福姑娘的姓名，娶她为妻的是杀死蛇妖的勇士。

〔掌声〕

新郎，请诚实地回答：您愿意娶这个姑娘为妻吗？

市长 为了故乡城市的福利，我无所不能。

〔掌声〕

亨利 记下来，录事！小心一点！要是沾上墨污，我要强迫你用舌头舔掉！就这样！好，都完成了。啊，对不起！还剩下一道无足轻重的手续。新娘！你当然是同意成为自由城总统先生的妻子啰？

〔停顿〕

喂，姑娘，回答，你同意吗……

艾丽扎 不。

亨利 那就好了。录事，写下来：她同意。

艾丽扎 不许写！

〔众录事急忙闪开〕

亨利 艾丽扎，别妨碍我们工作。

市长 我的亲爱的，她根本没有妨碍你们。如果一个姑娘说"不"，那就意味着"是"。写吧，录事。

艾丽扎 不！我会把这一页从本子上扯下，踩得稀烂！

市长 这是女孩子的情绪波动，真是妙不可言，眼泪、幻想，这个，那个。每个姑娘在婚礼之前都按自己的方式哭泣，以后往往就心满意足。我现在就挽住她的手，做完该做的一切。录事……

艾丽扎 让我说话，哪怕只说一句！求你们！

亨利 艾丽扎！

市长 儿子，别嚷。一切都按规矩办。新娘请求发言，我们就让她讲话并且以此结束婚礼的正式仪式。不要紧，不要紧，让她讲，这里都是自己人嘛。

艾丽扎 我的朋友们,朋友们!为什么你们杀害我?这太可怕,像是做恶梦。要是强盗在你头上举起刀来,你还可能得救,也许有人来杀死强盗,或者你设法脱身……但是,如果强盗的刀突然自动向你袭来,那怎么办?如果强盗的绳子像蛇一样自己向你爬来,要捆住你的手脚,那怎么办?如果连窗帘,那使人感到宁静的窗帘也突然向你扑来,想堵住你的嘴巴,那怎么办?到那时,你们大家还能说什么?我过去以为,你们大家不过是对蛇妖俯首帖耳,就像刀子听强盗使唤一样。而现在我发现,原来你们,我的朋友们,也是强盗!我并不是责备你们,因为你们自己并没有觉察到这一点,但是我恳求你们——快点清醒过来!难道蛇妖还没有死,像它常常玩的把戏那样,又变成了人?要是这样,它这一次变成了一群人,这群人正在杀害我。请不要杀害我!醒醒吧!我的天,多么苦恼……把捆住你们的那张网扯掉,撕碎。难道真的没有一个人为我抱不平吗?

男孩 我想出来保护你,但是妈妈拉住我的手。

市长 好了,全部完成。新娘发言完毕,生活一切照旧,什么事也没发生。

男孩 妈妈!

市长 闭嘴,小家伙。我们要像没事似的好好乐一乐,亨利,这套公文手续烦死人了。在本子里写上:"婚礼完满结束。"来,大家吃吧。我想吃得要命。

亨利 录事,写"婚礼完满结束"。喂,打起精神来!怎么,有顾虑?

〔众录事拿起笔。很响的敲门声。众录事急忙闪开〕

市长 谁?

〔沉默〕

喂,门外的人,不管是谁,明天再来,明天,在接待时间,通过秘书。我没有时间!我在办婚事?

〔敲门声又起〕

别开门!录事,快写!

〔门自动敞开。门外;一个人也没有〕

亨利,靠近我!这是什么意思?

亨利　哎，爸爸，老一套。我们这位姑娘的诉苦惊动了河里、湖里、森林里所有天真的精灵。家神从阁楼里跑出来，水精从井里爬出来……随它们吧……它们还能把我们怎么样？它们都是些看不见摸不着、无能为力的东西，就像所谓的良心等等的东西一样。最多让我们做两三个恶梦就完事了。

市长　不，这是他！

亨利　谁？

市长　兰采洛特。他戴着隐身帽。他就站在旁边。他听我们在说什么。他的剑悬在我的头上。

亨利　亲爱的好爸爸！如果你再不恢复理智，我就要接掌政权了。

市长　奏乐！奏起来！诸位亲爱的客人！出了点意外的小故障，请原谅，不过我确实害怕穿堂风。穿堂风吹开了门——就这么回事，我的娇小的艾丽扎，定定心。我宣布证婚程序全部完成。这是什么？谁在那儿跑？

〔惊惶失措的仆人甲跑上〕

仆人甲　收回去！收回去！

市长　收回什么？

仆人甲　收回您那些该死的钱！我再不跟您当差了！

市长　为什么？

仆人甲　为了我干的那些下流勾当，他会杀死我的。（跑下）

市长　谁会杀死他？啊？亨利？

（仆人乙跑上）

仆人乙　他正顺着走廊走过来！我向他鞠躬，他理都不理！他现在对人连正眼都不瞧。哎哟，恶有恶报！哎哟，报应来了！（跑下）

市长　亨利！

亨利　不管发生什么事，务必显得若无其事，这样我们才能得救。

〔仆人丙出现，倒着走，向前面喊，但他前面空无一人〕

仆人丙　我要告发！我老婆可以作证！我一直谴责他们的所作所为！我从他们手里拿钱只是出于精神上的原因。我马上拿证据来！（消失）

市长 看!

亨利 务必显得若无其事!若无其事!

〔兰采洛特上〕

市长 啊,您好,想不到您来了,不管怎么说,欢迎,欢迎。餐具不够……不过不要紧。您可以用深底盘子吃,而我用浅底盘。我本来可以下令送盘子来,但是仆人,那几个傻瓜都四散跑掉了……至于我们,是在这里举行婚礼,这样说吧,嘿—嘿—嘿,可以说是我们个人的私事。这样舒坦……请认识一下我们的客人。人在哪儿?啊,他们把什么东西打翻了,正在桌子底下找呢。这是我的儿子,亨利。你们过去好像见过几次。他年纪轻轻,可已经当上了市长,在我……在我们……总之,在蛇妖被杀死之后,他荣升了。您怎么啦?请进来。

亨利 您为什么不说话?

市长 真的,您怎么啦?您是怎样来的?听到什么了吗?旅途劳累,不想歇歇脚吗?卫兵可以送您去。

兰采洛特 你好,艾丽扎!

艾丽扎 兰采洛特!(跑到他跟前)坐下,请坐下。这真是你吗?

兰采洛特 是的,艾丽扎。

艾丽扎 你的手是热乎乎的,头发比我们初见时稍稍长了一些。或者这只是我的感觉?斗篷还是那件。兰采洛特!(让他坐在台中央的小桌子旁)。喝一点酒。哦不!什么也别拿他们的。你稍微歇歇,我们就走。爸爸!他来了,爸爸!完全像那天傍晚,正好又是这个当口,我们认为只剩一条路:悄悄地去死。兰采洛特!

兰采洛特 就是说你还像从前一样爱我?

艾丽扎 爸爸,听见了吗?我们曾经多少次幻想过:他走进来,问道,“艾丽扎,你还像从前一样爱我?”而我回答:“是的,兰采洛特!”然后我又问:“你在哪儿耽搁了这么久?”

兰采洛特 在很远很远的地方,在魔山里。

艾丽扎 你病得很重吗?

兰采洛特 是的,艾丽扎。要知道,我受了致命伤,这是非常非常危险的。

艾丽扎 谁照顾你呢?

兰采洛特 砍柴人的妻子,一个善良可爱的女人。她只是觉得有点委屈,因为我在神智不清时老是叫她——艾丽扎。

艾丽扎 那就是说,我不在你身旁,你才忧愁?

兰采洛特 我苦苦地思念。

艾丽扎 而我在这里悲伤万分,受尽折磨。

市长 谁折磨你?不可能!为什么你不向我们控告,否则我们早就采取措施了!

兰采洛特 我什么都知道,艾丽扎。

艾丽扎 你知道?

兰采洛特 是的。

艾丽扎 你从哪儿知道?

兰采洛特 在魔山里,离砍柴人的茅舍不远,有一个巨大的山洞,就在这个山洞里摆着一本书——《控告簿》,密密麻麻差不多写满了。谁也没有碰过这本书,但是一页接一页,每天增添新内容。谁在写?全世界!罪犯的一切罪行,无辜受害者的全部不幸,都写进去了。

〔亨利和市长踮着脚尖向门口溜〕

艾丽扎 你在书里读到了我们的事情?

兰采洛特 是的,艾丽扎。喂,你们在干什么?杀人犯!一步不许动!

市长 何必这样不客气?

兰采洛特 因为我已经不是一年以前的那个人了。我解救了你们,而你们干了些什么?

市长 啊,天哪!要是大家不满意我,我可以退休。

兰采洛特 你哪儿也退不了!

亨利 完全正确。您不在这儿的时候,他的所作所为简直不可思议。我可以给您提供一份完整的有关他的罪行录,那些罪行还没有记入《控告簿》,因为刚刚拟定执行。

兰采洛特 闭嘴!

亨利 对不起!如果往深里分析,那么我这个人毫无过错,因为我就是这样教育出来的。

兰采洛特 人人都受这种教育,为什么你成了第一名学生,变成这么个畜生?

亨利　我们走吧,爸爸。他开口骂人。

兰采洛特　不!你跑不了。艾丽扎,我回来已经一个月了。

艾丽扎　也不来看我!

兰采洛特　来了,但是戴着隐身帽,大清早。我轻轻地吻你,轻轻地,为了不惊醒你。我到城里四处转,看到了可怕的生活。读《控告簿》已经很难受,亲眼目睹更受不了。喂,您,米列尔!

〔市民甲从桌子底下钻出来〕

当有人向市长高呼"光荣属于你,打败蛇妖的胜利者"的时候,我看见您高兴得哭了。

市民甲　是的,我当时是哭了,不过我不是装出来的,兰采洛特先生。

兰采洛特　可是您明明知道,杀死蛇妖的不是他。

市民甲　我在家里是清楚的……可是在庆祝场合……(两手一摊)

兰采洛特　花匠!

〔花匠从桌子底下爬出来〕

您教过龙头花叫喊"总统,乌啦"吗?

花匠　教过。

兰采洛特　教会了吗?

花匠　教会了。不过,龙头花每次喊过以后,总向我吐舌头,做鬼脸。我本来想再弄点钱做新的实验……可是……

兰采洛特　弗里德利赫辛!

〔市民乙从桌子底下爬出来〕

市长曾经向您大发雷霆,然后把您的独子关进地牢。有没有这么回事?

市民乙　有这么回事。小儿一直咳嗽,因为地牢里太潮湿。

兰采洛特　出事以后,您给市长送了一只烟斗,上面刻着"永远忠于你"。有没有这回事?

市民乙　不这样,我怎能让他的心软下来呢?

兰采洛特　我拿你们怎么办呢?

市长　啐他们一口就走。处理这些事不必劳您大驾。要制服他们,我的亨利绰绰有余。对于这些算不得人的东西来说，这将是最好的惩罚。挽起艾丽扎的手走吧，让我们按自己的方式生活。这是最符合人道主义和民主精神的。

兰采洛特 我不能这样做。进来吧，朋友们！

〔织匠、铁匠、制帽匠和乐器匠上〕

连你们都让我痛心。我原以为没有我你们对付得了他们。为什么你们竟然服服帖帖进了监狱？要知道你们有这么多人？

织匠甲、乙 他们不让我们搞清楚是怎么一回事。

兰采洛特 把市长和总统这两个家伙抓起来。

织匠甲、乙 （抓住市长和总统）走！

铁匠 我亲自检查过窗栅栏，很结实。走！

制帽匠 给你们两顶傻瓜帽！我曾经做过那么好的帽子，可是你们在监狱里把我变得心肠硬起来了。走！

乐器匠 我在牢房用黑面包捏出一把小提琴，用蜘蛛丝编成琴弦。我的小提琴奏起来声音轻微而且令人闷闷不乐，不过这是你们罪有应得。在我的乐声中去吧，走到那永无回头之路的地方去。

亨利 这是胡说八道，这样不公正，简直闻所未闻。一个流浪汉、叫花子、啥也不懂的人，突然之间……

织匠甲、乙 走！

市长 我抗议，这不人道！

织匠甲、乙 走！

〔轻得仅仅能听得见的音乐，忧郁而单调。亨利和市长被带走〕

兰采洛特 艾丽扎，我已经不像从前的兰采洛特了，看见了吧？

艾丽扎 是的。但是我更爱你了。

兰采洛特 我们不能离开这里……

艾丽扎 不要紧。在家里我们也能过得很快乐。

兰采洛特 工作将是很琐细的，比刺绣还烦心。我们不得不在他们之中的每一个人身上杀死蛇妖。

男孩 那我们会觉得痛吗？

兰采洛特 你不会觉得痛。

市民甲 那我们呢?

兰采洛特 跟你们不得不麻烦一阵。

花匠 请耐心一点,兰采洛特先生。我恳求您,耐心一点。像植物嫁接一样,让他们习惯于新环境。架起篝火吧,温暖有助于生长。拔野草时请小心,注意不要伤了好花的根。要是仔细想想,那么人,从本质上说,也许,大概,就算有种种保留吧,也还是值得细心照料的。

女友甲 让婚礼仍然在今天举行吧。

女友乙 因为欢乐也会使人们变得好起来。

兰采洛特 对!嗨,奏乐!

〔音乐声起〕

艾丽扎,伸手给我。我的朋友们,我爱你们所有的人,否则我为什么要花许多时间精力和你们打交道呢。既然我是出于爱心,那么一切都会变得美好。我们大家经历了长久的烦恼和痛苦,最后一定会成为幸福的人,非常幸福的人。

——幕落

(1943 年)

(陆人豪译)

(原载《苏联文学联刊》,1993 年)

后 记

看完书稿校样之后，我决定补写这篇《后记》，对责任编辑郑亚楠表示特别的谢意。我和亚楠有师生之谊，她听过我讲授的俄罗斯文学史，对论文集中涉及的俄罗斯作家作品比较熟悉，有充分的知识准备，对那些又长又别扭的俄罗斯人名也都应付裕如，所以，书稿编校得顺当妥帖，不用作者多费心。亚楠多年从事编辑工作，文字功底好，改正了文章中不少写得不规范的字、词。这些文章以前都发表过，刊物编辑当时未发现的错误，亚楠都一一纠正。细致认真，一丝不苟。三十年前，我改亚楠的作业；三十年后，亚楠改我的“作业”，改得比我还严格，真是青出于蓝。整个编校过程，是亚楠和我交流切磋的过程，十分愉快。

这本文集的出版还得到苏州大学文学院王尧和苏大出版社吴培华的大力支持，我在这里一并表示深切的谢意。

就在看校样的这几天，我接到一位朋友的电话，获悉拙译《蛇妖》已收进北京外国语大学俄语学院的俄汉对照阅读教材，《施瓦尔茨和〈蛇妖〉》《西蒙诺夫和〈等着我吧〉》两篇文章也被指定为该教材阅读参考文献。这当然是令人高兴的事，顺笔附记于此。

陆人豪

2010.4.12